마농의 샘 1

마르셀 파뇰

마농의 샘 1

조은경 옮김

펭귄 클래식 코리아

마농의 샘 1

1판 1쇄 발행 2015년 4월 27일
1판 3쇄 발행 2022년 12월 26일

지은이 | 마르셀 파뇰   옮긴이 | 조은경

발행인 | 이재진   단행본사업본부장 | 신동해   편집장 | 김경림
마케팅 | 최혜진 이은미   홍보 | 반여진 최새롬 정지연
국제업무 | 김은정   제작 | 정석훈

브랜드 펭귄클래식코리아
주소 경기도 파주시 회동길 20 웅진씽크빅 단행본사업본부 펭귄클래식코리아
문의전화 031-956-7066(편집) 02-3670-1123(마케팅)
홈페이지 www.wjbooks.co.kr
페이스북 www.facebook.com/wjbook
포스트 post.naver.com/wj_booking

발행처 ㈜웅진씽크빅
출판신고 1980년 3월 29일 제406-2007-000046호

펭귄클래식 코리아는 유리장 에이전시를 통해 펭귄북스와 제휴한
㈜웅진씽크빅 단행본개발본부의 브랜드입니다. 펭귄 및 관련 로고는
펭귄북스의 등록 상표입니다. 허가를 받아야만 사용할 수 있습니다.
Penguin Classics Korea is the Joint Venture with Penguin Books Ltd.
arranged through Yu Ri Jang Literary Agency. Penguin and the associated logo
are registered and/or unregistered trade marks of Penguin Books Limited.
Used with permission.

이 책의 한국어판 저작권은 시빌 에이전시를 통해 프랑스 Fallois 사와의 독점 계약으로
㈜웅진씽크빅에 있습니다.
이 책은 저작권법에 따라 보호받는 저작물이므로 무단 전재와 무단 복제를 금하며,
이 책 내용의 전부 또는 일부를 이용하려면 반드시 저작권자와
㈜웅진씽크빅의 서면 동의를 받아야 합니다.

한국어 판 ⓒ 웅진씽크빅, 2015

ISBN 978-89-01-15893-8 04800
ISBN 978-89-01-08204-2 (세트)

* 잘못된 책은 바꾸어 드립니다.
* 책값은 뒤표지에 있습니다.
* 이 책은 환경보호를 위해 재생종이를 사용하여 제작했으며,
  한국간행물윤리위원회가 인증하는 녹색 출판 마크를 사용했습니다

1부
장 드 플로레트

나의 아내 자클린 부비에에게

1

 레 바스티드 블랑슈(하얀 요새라는 뜻)는 주민이 150명 정도 살고 있는 작은 마을로, 에투알 산맥의 끝자락에서 갈라져 나온 첫 번째 지맥에 위치해 있으며, 오바뉴 시에서는 2리 정도 떨어져 있다. 이 마을에 이르는 비포장도로는 매우 가파른 오르막이어서 멀리서 보면 수직으로 보인다. 하지만 언덕 측면에 이르면 좁고 가파른 길 끝에 오솔길 몇 개가 하늘을 향해 이어져 있다. '하얗다'는 이름에 어울리지 않는 건물 쉰 채 남짓이 다닥다닥 붙어 있고, 건물들 사이의 대여섯 갈래 길에는 인도도, 보도블록도 없었다. 햇빛에 반사된 길은 좁다랗고, 지역풍이 불면 더 구불구불해 보였다.

 해가 저물어 가는 계곡을 굽어보는 약간 길쭉한 형태의 공원도 있었다. 좋이 10미터는 되는 견고한 돌벽이 공원을 둘러싸고 있었고, 공원이 끝나는 지점에는 매우 오래된 플라타너스 나무들이 가지런히 줄지어 선 공터가 있었다. 이 고장 사람들은 이곳을 '불바르'라고 불렀고, 노인들은 불바르의 나무 그늘에 앉아 담소를 나누곤 했다.

 불바르 한가운데에 있는 열 개짜리 계단을 올라가면 작은 광장에 이르게 되는데, 건물들이 광장을 빙 둘러싸고 있었으며 그 가운데에는 분수가 있었다. 중앙에 소라고둥 모양의 돌 장식이 있는 분수가 이 고장의 젖줄이었다. 50여 년 전, 여름 사냥철마다 두세 번 들르곤 했던 마르세유의 어느 '여름 손님'이 마을에 금화가 가득 든 작은 주머니를 유산으로 남겼고, 그 덕분에 마을에서는 이 고장의 유일한 샘에서부터 이곳 작은 광장까지 반짝이는 맑은 물을 끌어올 수 있었다. 산골짜기와 언덕 곳곳에 흩어진 작은 농가에 살던 주민들은 농가를 버리고 하나 둘씩 분수가 있는 광장 근처로 모여들었고, 그렇게 해서 레 바스티드 마을이 형성된 것이다.

 분수 가에서는 단지나 항아리에 물을 담아 이고 가는 동네 수다쟁이 아주머니들이 분수의 노랫소리를 들으며 소식을 주고받는 모습을 하루 종일 볼 수 있었다.

 광장 주위에는 담뱃가게 겸 술집, 식료품점, 빵집, 푸줏간을 비롯해 언제나 활짝 문이 열려 있는 목공소와 그 옆에 대장간이 자리 잡았고, 광장 끄트머리에 성당이 있었다. 그리 오래되지는 않았지만 성당은 낡았고, 종루도 집들보다 높지 않았다.

 광장 왼편으로는 작은 길이 나 있었고, 길 끝에는 녹음에 덮인 또 다른 공원이 있었다. 공원은 마을에서 가장 큰 건물 앞까지 펼쳐졌다.

 마을에서 가장 큰 이 건물은 읍사무소였는데, 공화당 클럽의 본부이기도 했다. 공화당 클럽의 주된 정치 활동이라곤 로또 복권의 번호를 맞추거나 공놀이를 하는 거였는데, 매주 일요일 공원에 있는 플라타너스 아래서 공놀이 토너먼트가 열렸다.

　레 바스티드 사람들은 키가 크고 말랐으며, 근육이 발달한 편이었다. 마르세유의 오랜 항구에서 20킬로미터쯤 떨어진 곳에서 태어난 이들은 마르세유 사람들과도 비슷하지 않고, 프로방스 지방의 다른 대도시 사람들과도 닮지 않았다.

　레 바스티드 사람들의 특징이라고 한다면, 모든 마을 사람들의 성이 앙글라드, 샤베르, 올리비에, 카스카벨, 수베랑 등 대여섯 가지로 압축된다는 점이다. 서로를 구분하기 위해서 팡필 드 포르튀네트, 루이 데티에네트, 클라리우스 드 렌처럼 이름 뒤에 성 대신 어머니의 이름을 붙였다.

　레 바스티드 사람들은 로마인들이 침략했을 때 언덕 위쪽으로 후퇴했던 리구리아 인의 후손인 것이 분명했다. 그러니까 이들은 프로방스 지방에 가장 오래전부터 살아온 토착민이었다.

　집으로 통하는 모든 길은 불바르를 통과해야 했으므로, 이 지역에서 외지인을 보기란 매우 어려운 일이었다. 레 바스티드 사람들은 자신들의 운명에 만족하며 생활했고, 시장에 야채를 팔러 갈 때만 오바뉴 시에 내려갔다. 제1차 세계대전 이전만 해도 언덕의 방언을 사용하는 토박이 노인이 농가에 사는 모습을 볼 수 있었다. 노인들은 참전 젊은이들에게 '마르세유 이야기'를 들려달라고 했고, 도시 사람들이 소음 가득한 곳에서 살고, 길에서는 얼굴도 모르는 사람과 스쳐 지나가며, 곳곳에 경찰이 있는 그런 곳에서 살고 있다는 사실에 놀라곤 했다.

　한편 레 바스티드 사람들은 수다와 농담을 즐겼다. 그러나 주제가 무엇이든지 간에, 레 바스티드 사람들이 철저히 지키는 최우선 규율은 '남의 일에 참견하지 않는다'였다.

두 번째 규율은 레 바스티드를 프로방스에서 가장 멋진 마을이자, 주민이 500명이나 되는 레 종브레나 뤼사텔 같은 마을보다 더 큰 마을로 여겨야 한다는 것이었다.

다른 모든 마을에서처럼, 레 바스티드에도 불에 탄 유언장이나 불공평하게 분배된 재산에 얽힌 암투, 경쟁심이나 해묵은 증오와 같은 문제가 존재했다. 그러나 레 종브레의 밀렵꾼이나 크레스팽의 버섯 채집꾼들과 같은 외부의 적에 대항할 때는 모든 레 바스티드 사람들이 한마음으로 단결해 단체로 싸움을 벌이고 거짓 증언을 서슴없이 했다. 레 바스티드 사람들의 유대감은 실로 강한 것이어서, 빵가게 집안과 2대째 철천지원수인 메데릭네도 빵만은 레 바스티드 빵가게에서 살 정도였다. 한 마디도 주고받지 않고 손짓으로만 사면서도 말이다. 메데릭 가족은 언덕 위에 살고 있어 레 종브레의 빵집이 더 가까웠지만, 그들이 레 바스티드 땅에 살면서 '외지인'의 빵을 먹는다는 것은 생각조차 할 수 없는 일이었다.

레 바스티드 사람들의 가장 큰 결점은 병적으로 지독한 구두쇠라는 점이었다. 그들에게는 돈이 없었기 때문에 밀이나 채소, 갈비 서너 점을 빵과 교환하거나 암탉, 토끼, 포도주 몇 병을 주고 고기를 샀다. 가끔씩 오바뉴 시에 서는 장에 '돈'을 들고 가는데, 이 돈은 마술처럼 사라졌다가 봇짐장수가 지나는 길목에서 신발이나 모자, 전지가위 등을 구입할 때야 다시금 5프랑짜리 주화가 등장했다.

농지의 대부분을 차지하는 불모지는 깊은 협곡에서 분리된 푸르스름한 석회암으로 뒤덮여 있었다. 사람들은 이 협곡을 그냥 계곡이라고 불렀는데, 오랜 세월 동안 비바람에 패여 여기저기 작은 물웅덩이가 곳곳에 있었기 때문이다. 바로 이 땅 위에 레 바스티드 사람들은 올리브나무, 편도나무, 무화과나무 밭을 가꾸었다. 그리고 이집트콩, 렌즈콩, 흑밀 등등 물이 부족해도 자랄 수 있는 작물을 재배했고, 진디병에도 끄떡없는 작케 품종의 포도나무를 심었다. 분수로 연결되는 수도관에서 물을 끌어올 수 있었던 덕분에, 마을 주변에는 푸른 채소밭이나 살구나무, 복숭아나무가 있는 과수원도 찾아볼 수 있었다. 사람들은 과수원에서 딴 열매들은 시장에 내다 팔았다.

레 바스티드 사람들은 자신들의 채소밭에서 가꾼 채소를 먹고, 직접 기른 염소젖을 마셨으며, 1년에 한 번 삐쩍 마른 돼지를 잡거나 닭 몇 마리를 잡고, 끝없이 펼쳐진 언덕에서 얻은 사냥감으로 살았다.

그래도 소수의 부유한 집안이 있었다. 이들의 재산은 오랜 세월에 걸친 절약과 희생의 산물이었다. 재산이라고 하면 들보나 두꺼운 벽 안쪽 또는 저수통 밑에 숨겨둔 솥단지에 든 금화였다. 그들은 결혼이나 공동 '재화'를 마련할 때만 돈을 썼다. 그리고 일단 한번 돈을 쓰고 나면 온 가족이 힘을 합쳐 단시일에 축낸 재산을 채워 놓곤 했다.

*

이장은 필록센 드 클라리스였다. 마흔일곱 살로, 까만 눈동자에 몸집이 좋은 필록센은 수염이 없어도 로마인 같은 풍채였다. 털이 북실북실한 손은 곡괭이를 한 번도 잡아보지 않아 포동포동했다. 그는 담뱃가게 겸 술집의 주인이었다. 전쟁에서 입은 부상에 대한 보상 차원에서 연금과 함께 이 술집을 얻었다. 겉으로 보이진 않지만 부상을 입은 데다 연금을 받기 때문에 마을 사람들은 그에게 존경을 표했다.

그는 스스로를 반교권주의자이자 무신교이며 사회주의자라고 주장했고, 『르 프티 프로방살』 신문을 술집 테라스에 크게 펼쳐 놓고 읽으면서 프랑스를 패배로 내몬 예수회 수도사들을 격렬하게 비판하곤 했다. 그는 대 여섯 명밖에 안 되는 불신자 집단의 수장이었는데, 불신자들의 반교회 시위란 매주 일요일마다 미사에 참석하는 대신 야외 카페에서 아페리티프 와인을 마시는 게 고작이었다. 이장 선거가 있을 때면, 많지는 않지만 선출되기엔 충분한 표를 얻어 당선이 되곤 했다. 이를 두고 사람들은 그가 다른 사람들과는 다른 '우수한 두뇌'를 가졌기 때문이라고 했다.

그는 법을 어느 정도 알고 있어서, 어려운 일이 생길 때면 마을 사람들은 그에게 조언을 구했다. 그는 도회지 사람들과 대화가 가능했고, 남들과 달리 술집에 놓인 전화로 매우 자연스럽게 통화를 했다.

미혼인 필록센은 활달하고 속 깊은 노처녀 누이와 함께 살았다. 그는 매주 화요일마다 레 종브레에 내려가서 담배를 살 겸, 그에게 호의를 보이는 통통한 젊은 과부에게 인사를 하러 들르곤 했다. 또한 약사나 금발이 잘 어울리는 우체부, 혹은 가끔씩 멋들어진 고무바퀴가 달린 번쩍번쩍한 경운기를 타고 마르세유에서 오는 신사를 무시하거나 경멸하지도 않았다.

팡필 드 포르튀네트는 마을 목수였다. 서른다섯 살로, 멋진 밤색 콧수염을 길렀으며 레 바스티드에서는 유일하게 파란 눈동자를 가졌다. 다른 사람들보다 돈을 잘 쓰고 비밀이 없는 사람이어서, 마을 어른들은 그가 겁없이 무모한 나머지 들판에서 죽은 채 발견될 게 틀림없다고들 했다. 그가 아멜리 당젤과 결혼하자 마을 어른들의 예견은 더욱 확고해졌다. 아멜리 당젤은 풋풋하지만 뚱뚱했고, 우레 같은 웃음소리에 불같이 화를 내곤 하는 처녀였다. 늘 빵이나 소시지, 무화과나 차가운 순대 같은 음식을 입에 달고 사는 그녀는 심지어 길을 걸어가는 동안에도 먹는 일을 멈추지 않았다. 필록센은 그녀를 먹이는 것보다 실어 나르는 것이 돈이 덜 들 것이라고 말하곤 했다. 그러나 팡필은 일을 정말 열심히 하는 사람이어서 그녀를 먹여 살리는 것이 '가능'했다. 그는 썩은 대들보를 교체하거나 작은 수레를 고치고, 구유나 사료통, 무거운 시골 식탁 등을 제작했다. 그리고 주문이 없을 때면 관을 짰다. 주변 마을 사람들에게 주문을 받거나, 수요가 많은 마르세유에 자리한 회사에 세 종류의 관을 납품했다. 그뿐 아니라 일요일에는 목공소 앞 광장에 의자를 내놓고 '이발'도 했다.

빵집 주인은 서른 살 먹은 거구의 청년이었다. 가지런한 이에 까만 머리인 빵집 주인은 항상 밀가루를 뒤집어쓰고 있었다. 호탕하게 웃곤 하는 그는 좋아하는 스무 살 아리따운 처녀를 비롯해 마을에 사는 모든 여자들에게 관심을 가졌다. 그의 이름은 마르샬 샤베르였지만, 사람들이 다들 '빵집 주인'이라고 불러서 아무도 그의 이름을 기억하지 못했다.

앙주 드 나탈리는 늘 모자를 썼고 키가 크며 비쩍 마른 흑인이었다. 무언가를 삼키다 목에 걸린 것처럼 큰 목젖이 위아래로 쉴 새 없이 움직여서 매우 신경질적으로 보였다. 그는 농부이자 수도 관리인으로, 광장의 분수까지 물을 끌어오는 2킬로미터나 되는 수도관을 관리하는 일을 맡고 있었다. 게다가 수도관 주위에 자그맣게 자리 잡은 채소밭에 공급되는 물의 유량을 조절하기도 했다.

사람들은 앙주를 좋아했다. 특히 마을 남자들이 그를 좋아했는데, 예쁘장한 그의 아내가 사람들이 정중하게 부탁하는 것을 예의상 한 번 거절하고는 모두 들어주기 때문이었다. 그렇지만 그런 이유를 드러내놓고 말하는 사람은 아무도 없었다.

그리고 페르낭 카브리당이 있었는데, 어릴 적 별명은 '용두사미'였다. 어린 그의 외양을 종합적으로 묘사한 별명이었지만, 30년이 지나도 크게 변하지 않았다. 엉덩이는 작은 편이어서 벨벳 바지를 입어도 맵시가 나지 않았고 마치 커튼이 주렁주렁 매달린 듯했다. 그러나 큰 얼굴에 위치한 방울만 한 갈색 눈은 주의 깊고 반짝반짝하는 순수한 눈빛을 자랑했다.

아이가 둘 있는 페르낭은 가난했다. 가진 것이라곤 마을에 있는 작은 집 한 채와 언덕 아래쪽에 있는 작은 밭 한 뙈기, 아주 작은 저수지 한 개가 전부였지만, 거기서 크기가 꽤 큰 이집트콩과 입 안에서 살살 녹을 정도로 부드러운 개암 열매를 재배했다. 수확물들은 오바뉴 장에서 잘 팔렸고, 레 종브레 사람들을 포함한 모든 이들이 그를 '이집트콩의 왕'이라고 불렀다. 왕이라고 해서 큰돈을 버는 것은 아니었지만, 생활을 영위하기에는 충분했다.

대장장이 카지미르는 근육질 팔을 매우 자랑스러워했고, 살갗이 보이지 않을 정도로 털이 덥수룩하게 나 있었다. 채소밭을 가꾸지는 않았지만, 일 년에 한두 번은 마을 사람들을 위해서 인부 역할을 맡곤 했다. 그리고 늙은 앙글라드가 있었다. 목이 가늘고 매부리코에 긴 수염을 늘어뜨린 그는 레 바스티드의 현자였다. 그에 대한 경외심은 대단히 높아서, 매일 아침 교회 종을 울리는 사람이 바로 앙글라드였다. 아침 종을 치고서 그는 말더듬이인 쌍둥이 아들 조지아와 조나스를 데리고 밭으로 향하곤 했다. 레 바스티드에서 가장 중요한 사람은 세자르 수베랑이었다. 그에 대한 소개는 나중에 하도록 하겠다.

지금까지 언급한 레 바스티드의 유명 인사들을 제외하면, 일요일에만 가끔씩 계곡에서 올라오는 몇몇 농부들이 있었다. 그들은 서넛씩 모여 작은 농가에서 살거나 테트 루즈 또는 퐁드란 언덕에 혼자 떨어져서 살았다. 그들은 검은 양복을 깨끗하게 차려입고 일요일 아침 10시 미사에 참석했는데, 일요일만 되면 손이 떨려 면도칼에 베인 자국을 턱에 남겨 오곤 했다. 꽃무늬 스카프를 두른 여자들도 아름다운 자태를 뽐냈지만, 젊어서 생긴 주름과 양잿물에 색이 바랜 손등은 감추지 못했다. 꽃이나 작은 과일로 장식한 모자를 쓴 처녀들도 아를의 여인들만큼이나 아름다웠다.

  이들을 나이별로 비교해 보면, 드넓은 자연 속에서 산다는 것이 얼굴에서 풋풋함을 거두어가고 가장 순수했던 이마에 주름을 만드는 데 얼마나 커다란 영향을 미치는지 알 수 있었다.

2

 세자르 수베랑은 예순 살에 가까웠다. 거칠고 손질이 안 된 머리는 희끗희끗했고, 가끔씩 붉은 머리카락이 몇 가닥 보였다. 새카만 코털은 거미가 다리를 내미는 것처럼 콧구멍에서 삐져나와 텁수룩한 회색 콧수염에 닿을 정도고, 말을 할 때면 관절염 때문에 잇몸이 올라가 더 길어진 푸르스름한 앞니 사이로 발음이 새곤 했다.
 그는 여전히 건장했지만, 종종 오른쪽 다리에 심하게 나타나는 류머티즘 때문에 고통스러워했다. 그래서 둥근 손잡이가 있는 지팡이에 의지해서 걸어다녔다. 밭에서 일을 할 때면 지팡이 없이 앉은뱅이 자세로 일하거나 작은 나무 의자에 걸터앉았다.
 필록센과 마찬가지로 예전에 세자르 수베랑도 군대의 영광을 위해 참전했었다. 항간에는 실연의 아픔 때문이라는 얘기가 떠돌았지만 가족들과 격렬한 언쟁을 벌인 후 아프리카 파병 군인으로 자원했다고 알려져 있었고, 아프리카 최남단에서 마지막 전투를 벌였다. 그는 두 차례 부상을 당해서 1882년에 집으로 돌아왔고, 일요일이면 재킷 위에서 번쩍번쩍 빛나는 무공훈장과 연금을 받았다.

젊었을 때 그는 매우 잘생긴 청년이었다. 그윽하고도 까만 눈동자는 마을 안팎의 처녀들이 뒤돌아볼 정도였다. 이제 사람들은 그를 할아버지라는 뜻의 옛말인 '파페'라고 불렀다. 세자르 수베랑은 한 번도 결혼한 적이 없었지만 가족 중에서 유일하게 살아남았기 때문에, 가문의 이름을 걸고 권력을 행사하는 가장인 그에게 파페라는 이름은 잘 어울렸다.

그는 레 바스티드에서 가장 높은 곳, 마을이 한눈에 내려다보이는 확 트인 언덕 자락에 자리를 잡은 수베랑 가의 오랜 대저택에서 살았다. 돌벽을 쌓아 평평하게 만든 땅 위에 길쭉한 형태로 지은 저택이었고, 언덕에서 갈라져 나온 길이 저택까지 이어져 있었다. 정문에 이르는 길 가장자리로 라벤더가 줄지어 장식되어 있어서 사람들은 이 저택을 '정원'이라고 불렀다. 덧문은 수베랑 가의 전통에 따라 하늘색 칠을 했다. 특히 다른 사람들처럼 부엌에서 식사를 하는 대신 별도로 마련된 '식당'에서 식사를 한다는 사실 때문에 수베랑 가는 부르주아라는 명성을 얻었다. 식당에는 환기는 잘 안 되지만, 대리석으로 만든 작은 벽난로가 있어 감탄할 만했다.

파페는 붉은 당나귀처럼 고집불통이고 귀머거리에 벙어리인 하녀와 단둘이 살았다. 마음에 들지 않는 것을 시키면 하녀는 못 알아들은 척하고 자기 기분 내키는 대로 행동했다. 그러나 하녀가 꿋꿋하게 일을 잘하고 음식 솜씨가 훌륭했기 때문에 세자르 수베랑은 그녀를 내쫓지 않았다. 게다가 하녀가 문간에서 엿듣는다든지 이런저런 소문을 내고 다닐까 걱정할 필요도 없었다.

수베랑 가는 마을 주변의 황량한 언덕 위에 드넓은 땅을 소유

하고 있었지만, 불행이 그칠 새 없었다. 파페에게는 네 명의 형제가 있었는데, 둘은 제1차 세계대전에서 전사했고, 나머지 둘은 차례로 자살을 했다. 하나는 잇몸에서 피가 나자 폐병에 걸린 줄 알고 자살했고, 다른 하나는 기르고 있던 돼지감자가 극심한 가뭄으로 다 타죽자 상심해서 죽은 아내 뒤를 따라갔다. 하지만 그는 수베랑 혈통의 마지막 희망인 위골랭을 파페에게 남기고 죽었다.

위골랭은 자신의 대부이자 삼촌인 파페의 휘하에서 살았다. 이제 막 스물네 살이 된 그는 키가 크지도 않고 염소처럼 말랐지만 어깨가 딱 바라지고 근육이 잘 잡힌 사내였다. 붉은 고수머리 밑에 꼬불꼬불한 눈썹이 한쪽밖에 없었고, 약간 오른쪽으로 기울어진 코는 크고 높았다. 그렇지만 입술을 가릴 만큼 덥수룩한 콧수염 때문에 다행히 코가 그리 커 보이지는 않았다. 붉은 속눈썹 사이에 숨어 있는 노란 눈은 잠시도 한곳을 바라보는 법이 없었다. 그는 공격을 받을까 봐 주위를 살피는 짐승처럼 쉴 새 없이 이리저리 눈알을 굴렸다. 가끔씩 광대뼈가 경련으로 움찔거릴 때면, 세 번 연속으로 눈을 깜빡거렸다. 마을 사람들은 위골랭의 눈이 별처럼 '반짝'인다고 말하곤 했다.

위골랭은 알프스 보병으로 앙티브에서 복무했다. 그가 전역해서 마을로 돌아왔을 때 저택에서 혼자 살기를 고집했던 파페는 그에게 작은 농가를 하나 사주었고, 전 주인의 이름을 따서 마사캉 농가라고 불렀다.

마사캉 농가는 전체적으로 길쭉하게 생긴 집으로 언덕 꼭대기에 있었다. 농가 앞으로는 빽빽한 소나무 숲이 있었고 건너편으로 깊은 협곡을 사이에 두고 레 바스티드가 바로 보였다.

농가 아래쪽으로는 야트막한 돌벽이 지탱하고 있는 띠 모양의 계단식 밭이 언덕 아래까지 계속 이어졌다. 여기저기서 넓게 퍼져 올리브나무가 자랐고, 편도나무, 살구나무뿐 아니라 토마토, 옥수수, 밀을 조금 재배하는 밭이 있었다.

농가까지는 구불구불한 자갈길이 나 있고, 길을 따라 계속 가면 저 멀리 언덕의 레 로마랭 계곡으로 연결되었다. 길은 농가를 지나면서 '평원'이라고 불리는 평지에 다다르며 폭이 넓어졌다. 평지 끝쪽 큰 무화과나무 아래로 우물이 있고, 그 옆에 농가가 있었다. 농가의 문 앞에는 아주 오래된 아름드리 뽕나무가 있었는데 나무는 잎이 무성한 가지들을 곧게 뻗어서 그늘을 만들었다.

위골랭의 상속분을 먼저 주는 셈으로 마사캉 농가를 사 주면서 파페는 이렇게 말했다.

"내가 죽거든 너는 수베랑 가의 저택에서 살아라. 그때까지만 마사캉 농가에서 사는 거야. 나중에 이 농가는 다른 농부에게 세를 주거나 네 자식들에게 물려주면 되겠다."

그러나 위골랭은 결혼할 생각이 전혀 없었다. 마을 사람 중 아무나에게 수베랑 저택을 세를 주고, 자신은 혼자서 편하게 말할 수 있고 문을 다 잠그고 금화를 셀 수 있는 언덕 위의 이 작은 농가에서 죽을 때까지 살겠다고 생각했다.

위골랭의 아버지는 금화 서른 닢을 작은 양철 솥단지에 담아 부엌에 놓인 침대 다리 밑에 묻어 두었는데, 위골랭에게 그것을 물려주었다. 너댓 달에 한 번씩 위골랭은 이 재물에 1루이씩을 추가하면서 테이블 위에 전 재산을 펼쳐 놓고, 옆에는 장전된 총을 놓은 채로 노란 촛불 아래서 금화를 다시 세어보곤 했다. 그러면서 반짝거리는 금화를 쓰다듬고 볼에 비비고, 솥단지에 다시 넣어두기 전에 한 닢 한 닢 정성스럽게 입을 맞추었다.

가문을 다시 일으키고 싶어 했던 파페는 보따리 몇 개를 가져오는 것으로 수베랑 가의 땅과 결혼하는 것을 마다하지 않는 몇몇 처녀들을 가끔씩 위골랭에게 소개시켜주곤 했다. 그러나 위골랭은 항상 똑같은 대답을 했다.

"저는 노새도 한 마리 없어서 파페 것을 빌려 써요. 작물을 모두 망가뜨리는 염소나 암탉도 없지요. 그리고 간지럼을 타서 양말도 안 신어요. 이러니 결혼한들 아내를 무엇에 쓰겠어요?"

"그래도 감정이란 것이 있잖니." 파페가 말했다. 그러면 감성이 풍부한 위골랭은 이렇게 대답했다.

"아, 감정이요! 매주 오바뉴에 가면 피귀에 바에서 한 30분씩 쉬면서 생각을 정리하죠. 저는 한 달에 15프랑으로 어떤 일을 할 수 있는지 계산을 해봐요. 그런데 아내가 있으면 먹여주고 입혀줘야 하지요, 항상 저한테 말을 걸지요, 거기다 제 침대에 자리도 차지할 거잖아요. 뭐, 앞으로 두고 봐야 알겠지만요."

파페는 강요하지 않았다. 그러나 어느 날 마사캉 농가로 점심을 먹으러 갔을 때, 그는 휑한 부엌을 보면서 고개를 절레절레 흔들고는 말했다.

"갈리네트*, 계속 이렇게 살 수는 없다. 이 집은 짐승 우리 같구나. 침대 시트는 낡았고, 셔츠는 해져서 누더기인데다 바지엔 구멍이 나서 엉덩이가 보일 지경이야. 여전히 결혼하기 싫다면 안 해도 좋다. 하지만 이곳은 가끔씩 여자가 돌봐줘야 할 것 같구나. 내가 사람을 찾아보마."

그날 저녁 파페는 새 빗자루를 어깨에 메고 자루가 긴 쓰레받기를 든 아델리와 함께 왔다. 아델리는 마흔 살 먹은 젊은 과부로, 엷은 금발은 빗질을 안 한 듯했고, 풍만한 가슴에 파란 블라

---

* 프로방스 방언으로 붉은색 물고기인 '성대'를 가리킨다. 파페는 빨강머리에다 비쩍 마른 위골랭을 갈리네트란 애칭으로 부른다.

우스를 입고 있었다. 소처럼 큰 눈에 두꺼운 입술, 금빛 솜털이 살짝 나 있는 볼 한가운데에 점이 있었다.

"이쪽은 아델리다. 꿋꿋하게 일을 열심히 한단다."

파페가 말했다.

"아델리가 매일 오나요?"

걱정스러운 목소리로 위골랭이 물었다.

"일주일에 세 번 올 거란다. 하루에 30수를 주면 돼. 그리 비싸지도 않지만 그럴 만한 가치가 있지. 봐라, 저 모습을 보거라."

빗자루를 든 아델리는 벌써 큰 옷장 아래 숨어 있던 두툼한 먼지 뭉치들을 문 밖으로 쓸어내고 있었다.

"아델리, 서두르지 마세요. 이리로 와서 잠시 앉아 포도주 한 잔하며 이야기를 나누죠." 위골랭이 말했다. 아델리는 가까이 다가와 빗자루를 든 채로 의자에 앉았다.

"이미 이야기는 다 되었단다. 아델리는 월요일, 수요일, 토요일 아침 7시에 올 게야. 그녀가 빵을 사 가지고 와서 집안일을 하고, 이틀 동안 네가 먹을 점심을 준비할 거다. 그리고 저녁은 지금처럼 우리 집에서 먹을 테니 크게 신경 쓸 필요 없다. 그리고 네 옷도 빨아놓을 것이고 바느질도 해줄 거야. 저녁 6시에 집에 돌아갈 거란다."

"토요일 저녁에는 여기서 자는 편이 좋을 것 같아요." 위골랭이 말했다.

"왜요?" 아델리가 물었다.

"내 곁에서 지내요. 당신은 남편이 없고, 난 아내가 없지요. 그러니까 아무한테도 해가 되지 않잖아요."

"안 될 것도 없지." 파페가 말했다.

"저는요, 남녀간의 그런 것들을 별로 좋아하지는 않아요."

아델리가 말했다.

"나도 별로 좋아하지는 않아요. 하지만 나는 젊고 피가 끓는 나이잖아요. 본능이 원하는 거예요." 위골랭이 말했다.

"음, 그렇지. 그런 것들은 해결해서 떨쳐버려야 하는 거야. 그러지 않으면 정신을 혼란스럽게 해서 일하는 데 방해되지." 파페가 말했다. 아델리는 고개를 끄덕였지만 그다지 좋아하는 것 같지는 않았다.

"이봐요, 아델리. 당신한테 구애를 한답시고 괴롭히지는 않을 거라고요. 달콤한 밀어를 속삭이지도 않을 거고요. 나는 그런 말을 모르니까요. 그리고 잠 못 자게 방해하지도 않을 거예요. 그리고 토요일에 당신이 여기서 자고 간다면 그날은 40수를 더 줄게요."

"싫어요!" 아델리가 놀라서 말했다.

"자고 간다는 이유로 돈을 받는 것은 끔찍해요! 하지만 괜찮다면, 하루 일당을 30수 대신 40수로 올려주는 건 어때요? 아마도 토요일 저녁에 여기서 자고 갈 수 있을 것 같아요. 토요일 저녁이면 모두들 마을에 가서 즐거운 시간을 보내는데, 전 혼자서 뭘 해야 할지 모르거든요."

"좋다. 둘이 합의를 봤으니 더 말하면 입만 아프지."

파페가 말했다. 아델리는 일어서서 다시 먼지를 쓸어내는 일에 열중했다.

"파페, 이리 오세요. 제가 드릴 말씀이 있어요. 뭔가 보여드리고 싶어요. 이리 오세요."

위골랭이 말했다.

*

위골랭은 파페를 뽕나무 아래로 이끌어 나무 기둥을 둘러싸고 있는 얕은 담에 앉도록 권했다.

"먼저 말씀부터 드려야겠어요. 제 생활은 그다지 재미있어 보이지는 않지요. 일은 많이 하지만 남는 것이 별로 없어요. 이집트콩 두 포대, 살구 여섯 바구니, 기름 20리터, 포도주 세 통, 아몬드, 뭉그러진 올리브 열매, 개똥지빠귀 수십 마리, 말린 무화과 100킬로그램, 이렇게 해봐야 별것 아니죠. 이걸 팔아서 올해 750프랑 벌었어요…. 이제는 더 진지한 일을 해보고 싶어요."

"좋다. 정말 기분이 좋구나. 나도 너를 위해서 같은 생각을 했단다. 집에서 내가 계획을 짜고, 비용도 다 계산해 놓았다."

위골랭의 표정이 걱정스러워 보였다. "파페의 계획이 뭐죠?"

"우리 아버지 때처럼 솔리테르 고원에 위대한 수베랑 과수원을 다시 일으키는 것이지. 무화과나무 200그루, 자두나무 이백 그루, 살구나무 200그루, 커다란 복숭아나무 200그루, 최고급 편도나무 200그루를 심는 거다. 그래서 10미터 간격을 둔 스무 개의 이랑 위로 1,000그루의 과실수를 심는 거야. 그리고 이랑 사이의 철망에는 포도송이가 열릴 거야. 너는 포도나무 사이로 걸어 다니게 될 것이고, 포도나무 사이로 해를 보게 될 것이야. 갈리네트, 우리 과수원은 훌륭한 작품이 될 것이고, 성당처럼 웅장해서 진정한 농부라면 성호를 긋지 않고는 들어올 생각을 않는 그런 곳이 될 게야!"

걱정스러운 표정으로 불편한 기색을 보이며 위골랭이 말했다.

"파페는 그 모든 것을 저 혼자서 할 수 있다고 생각해요? 적어도 장정 다섯 명이 5년 동안 많은 돈을 들여야만 할 수 있는 일이라고요!"

"물론이지. 적어도 5,000프랑은 들 거라고 계산했단다. 그렇지만 그 가치는 어마어마한 거야!"

"파페, 그렇지 않아요. 전 그렇게 생각하지 않는다고요. 우선 이런 일을 할 수 있는 일꾼을 더 이상 찾을 수가 없어요. 그리고 그들에게 명령하고 지휘, 감독하는 것도 일이지요. 게다가 자두, 복숭아, 살구는 너무 많은 사람들이 재배해서 2년에 한 번은 돼지 먹이로 버려야 할 거고, 1킬로그램당 10수도 못 받을 거예요. 3, 4년 전부터 아를이나 아비뇽에서 수많은 농부들이 과수 재배를 시작해 배에다 과일을 가득 실어 보내는데, 그 양이 너무 많아 그걸로 뭘 할 수 있을지도 모를 지경이라고요…. 그래서 제노, 로크베르, 퐁 드 레투알의 농부들은 과실수를 다 뽑아버리고 그 자리에 다른 작물을 재배하고 있대요…. 파페도 제가 무언가를 시작하기를 원하시니까, 아직까지 말씀 안 드렸던 제가 정말 하고 싶은 것을 보여 드릴게요."

위골랭은 파페의 팔을 끼고 농가 뒤편으로 갔다.

3

앙티브에서 군 복무를 하는 동안 위골랭은 아틸리오 토르나부아라는 친절하고 힘 센 청년과 함께 내무반 생활을 했다.
"나도 너와 같은 농부야. 꽃을 재배하지."
아틸리오는 위골랭에게 말했다. 꽃을 재배한다는 말이 너무나 생소하게 들려서 위골랭은 농담으로 받아들였다. 그러나 어느 일요일에 아틸리오가 자신의 아버지 집으로 저녁 식사 초대를 했을 때, 위골랭은 놀라고 말았다.
그의 아버지인 아리스토텔 토르나부아는 식사를 하면서 30년 전에 르 피에몽에 도착했던 이야기를 들려줬다. 양파 몇 개와 빵이 들어 있는 배낭을 메고 신발은 닳을까 봐 신지 않고 어깨에 짊어지고 왔다고 했다. 그랬던 그가 지금은 도시의 저택만큼 아름다운 커다란 농장의 주인이 되었다. 저택에는 창문마다 파란 커튼이 쳐져 있고, 문에는 니스를 칠했으며, 식당에는 조각 장식이 있는 테이블이 놓여 있고, 등나무 줄기로 짠 식당 의자는 신축성이 있었다. 아리스토텔의 부인은 목 주위와 소매가 레이스로 된 블라우스를 입고 금 목걸이에 반짝이는 귀걸이를 하고 있었다. 하녀마저도 귀부인처럼 예뻤다. 아틸리오는 자전거 두 대와 사냥용 장총뿐 아니라 고기잡이용 배까지 있었다. 그리고 식사로는 양 다리를 통째로 먹었으며 마개로 밀봉이 된 고급 포도주를 마셨다. 이 모든 것이 카네이션을 재배한 덕분이었다.

매일 저녁 5시에 외출 허가를 받으면 위골랭은 친구인 아틸리오와 함께 카네이션 재배를 배우기 위해 카네이션 꽃밭으로 일하러 갔다. 그리고 제대하는 날 그는 서른 개의 꺾꽂이 가지를 레바스티드로 몰래 가져왔다. 파페에게 한 마디 말도 없이 그는 마사캉 농가 뒤편에 가지들을 심고 진정한 화훼가다운 정성 어린 마음으로 카네이션을 재배했다.

위골랭은 꽃밭 주위에 로즈마리 덤불을 심어 미스트랄로부터 최대한 카네이션을 보호하려 했다. 특히 길 잃은 사냥꾼의 눈을 피하기 위해서 카네이션 밭을 감추고자 했다.

그는 매일 저녁 가로장대 위에다 마른 풀로 엮은 두터운 낡은 지붕을 정성스레 덮었다. 그리고 매일 아침 우물에서 양동이로 10여 차례 물을 길어 가지 하나하나에 애정을 담아 정성껏 물을 줬다.

*

집을 빙 돌아 뒤편으로 가자 위골랭은 자랑스러운 몸짓으로 파페에게 꽃밭을 보여줬다. 놀란 파페는 활짝 핀 꽃을 보고 몸을 돌려 조카를 본 다음, 다시 꽃을 쳐다본 뒤 말했다.

"이것을 하며 즐긴 게냐?"

그러자 위골랭은 아틸리오의 카네이션 재배와 그의 멋진 저택에 대해서 장황하게 말했다. 파페가 투덜거리며 어깨를 으쓱하고 결론을 내리듯 말했다.

"그래도 환상일 뿐이지 않느냐."

그러나 위골랭은 활짝 핀 카네이션 서른 송이를 잘라 야자수 가지로 꽃다발을 묶고 신문지로 쌌다. 그러고는 파페에게 무개마차로 오바뉴에 데려다 달라고 부탁했다. 오바뉴에서 위골랭은 확신에 찬 태도로 아름답게 꾸민 꽃집으로 들어가, 가지고 온 신문지를 펼쳐 꽃다발을 계산대 위에 올려놓았다.

"이 정도면 얼마나 받을 수 있죠?"

하얀 턱수염을 길게 기르고 코안경을 쓴 대머리 꽃가게 주인은 꽃다발을 손에 들고 관찰하며 말했다.

"꽃이 아름답군요!"

"말메 종(種) 카네이션이지요." 위골랭이 말했다.

"예쁘게 자랐군요." 꽃가게 주인이 말했다.

"얼마나 받을 수 있을까요?"

"2월에 오셨다면 한 50수까지 쳐줄 수 있었을 것입니다만… 요즘은 철이 다 끝나가는 마당이니…."

주인은 다시 카네이션을 찬찬히 살핀 뒤 향을 맡아보았다.

"그래도 20수는 드릴 수 있겠네요. 괜찮습니까?"

"좋아요."

위골랭이 말했다. 그러고는 주인이 꽃을 세고 있는 동안 파페에게 윙크를 했다. 파페는 '20수면 감자 2킬로나 포도주 1리터 값이지. 꽃 한 다발치고는 괜찮은 가격인데…'라고 생각했다.

꽃가게 주인은 미소를 머금으며 위골랭에게 물었다.

"10프랑 있습니까?"

"네."

위골랭은 주머니를 뒤지면서 대답했다. 파페는 더 이상 이해할 수가 없었다. '왜 10프랑이 필요하단 말이지?'

꽃가게 주인은 10프랑짜리 주화를 받고 50프랑짜리 지폐를 건네주었고, 위골랭은 돈을 받아 주머니에 넣었다.

*

노새는 오바뉴로 가는 길보다 돌아오는 길을 더 잘 알고 있었다. 돌아오는 내내 파페는 한 마디도 하지 않고 느슨하게 고삐를 잡고 있었다. 위골랭이 말문을 열었다.

"드릴 말씀이 몇 가지 있어요. 첫째, 이번 꺾꽂이 가지들은 시들어서 아틸리오가 버렸던 것이었어요. 두 번째, 제가 제대하기 전에 심을 수가 없어서 파종 적기를 놓치고 너무 늦게 가지를 심었지요. 세 번째, 저는 카네이션에 양분이 될 만큼의 두엄이나 퇴비가 없었어요. 네 번째…"

"네 번째, 꽃장수가 네게 40프랑을 줬고, 네가 옳았으며, 우리는 카네이션을 재배해야 한다는 것이지. 왜냐하면 스테이크보다 더 비싼 꽃을 살 정도로 멍청한 사람들이 많기 때문이야. 왜 내게 좀 더 일찍 말하지 않았니?"

"왜냐하면 저는 먼저 이곳 땅이 카네이션 재배에 적합한지 알고 싶었어요…. 파페를 설득하기 위해서 꽃이 핀 다음에 보여드리고 싶었어요."

"꽃이 나를 설득한 것이 아니라 꽃장수가 나를 설득한 거야. 이랴, 이랴. 그러나 쉬운 일은 아닐 게다. 기술이 있어야 할 거야."

"물론이죠. 하지만 기술은 배웠어요. 아틸리오가 다 가르쳐 줬거든요. 저는 거의 매주 일요일마다, 그리고 가끔씩은 저녁때도 아틸리오와 함께 꽃을 재배했어요. 모든 병충해에 대한 치료법을 알고 있지요. 그리고 아틸리오가 제게 꺾꽂이 가지를 주기로 했어요."

"대량으로 재배하려면 얼마가 필요하니?"

위골랭은 머뭇거리다 눈을 몇 번 깜빡인 다음 어깨를 으쓱해 보이고는 결국 말하기 시작했다.

"15,000프랑이요."

파페는 중절모를 뒤로 넘기고 이마를 문지른 후 고개를 저었다. 그러고는 졸고 있는 노새에 채찍을 가하면서 말했다.

"내가 돈을 주마."

"파페, 과감한 결정을 하신 거예요."

"그런 게 아니다. 너를 위해서 돈을 주는 것이 아니야. 수베랑 가문을 위한 거야. 이미 저세상으로 떠난 조상과 앞으로 태어날 후손을 위한 거야. 이랴, 이랴."

잠시 침묵이 흐른 뒤 위골랭이 말했다.

"그런데 걱정스러운 문제가 하나 있어요."

"그게 뭐냐?"

"물이에요. 카네이션은 사람처럼 물을 많이 마셔요. 서른 그루에 물을 주는 데도 우물 물을 긷다가 손바닥이 다 까질 지경이었어요…."

"펌프를 달면 되잖느냐."

"네, 그렇지만 500그루에 물을 준다면 우물은 나흘 만에 말라버릴 거예요."

"그렇다면 문제구나."

곰곰이 생각을 하면서 파페는 노새에 채찍질을 했고, 노새는 숨이 막힐 듯 고약한 방귀로 응답했다.

"못된 녀석 같으니라고! 이놈 코가 엉덩이에 붙어 있었으면 오래 살지 못했을 것이야."

"우리도 마찬가지예요." 위골랭이 말을 이었다. "정말로 큰 저수지를 하나 만들어야 할 거예요. 도랑을 파서 계곡에 흐르는 빗물도 담을 수 있는 저수지를요."

"마사캉 농가에 카네이션을 심고 싶은 거냐?"

"당연하죠. 거기야말로 바람의 피해를 보지 않는 곳이고 토양도 카네이션 재배에 적합해요…. 파페에게 보여드렸잖아요."

"그렇다면 내게 생각이 있다. 우리가 레 로마랭에 있는 피크부피그의 밭과 샘을 산다면 어떠냐? 마사캉 농가에서 300미터 정도 위에 있는 그곳 말이다."

"그 샘에서 아직도 물이 나오나요? 아버지가 그 샘은 막혔다고 하신 것을 들은 적이 있는 것 같은데요."

"아마도 반쯤 막혔을 게 분명해. 피크부피그는 작물은 경작하지도 않고 포도주만 마시는 데다가 절대로 씻는 법이 없지…. 그러나 내가 젊었을 적만 해도 아름다운 개울이 흘렀단다. 그의 아버지인 늙은 카무앵 르 그로는 손수레 가득 실을 정도의 채소를 재배했었어. 아마 삽으로 서너 번만 파면 뚫릴지도…."

"그가 그 집을 팔 거라고 생각하세요?"

"물론 집은 안 팔 게야. 그러나 아마도 밭하고 샘은 팔지도 모르지. 그는 그곳에서 아무것도 안 하고, 앞으로도 절대 아무것도 안 할 테니, 그에게 돈을 보여준다면…."

*

피크부피그*의 원래 이름은 마리우스 카무앵이었지만, 사람들은 30년 전부터 그를 피크부피그라고 불렀다. 그가 전역하고 마을로 돌아왔을 때 마을 사람들에게 평범한 바늘과 짧은 실오라기로 물집을 치료하는 방법을 가르쳐줬기 때문에 그런 별명이 붙었다. 사람들은 일하는 법이 없던 그가 정확한 방법으로 물집을 치료하는 것을 보고 놀랐다.

그는 군대에서 스물네 시간 구보를 피하기 위해서 구보 전날 아침, 자기가 신을 군화 안에 단추를 하나 넣어두었고, 그로 인해 적당한 크기의 물집이 생겼다고 설명했다. 그러나 불행하게도 군의관이 바늘과 실을 가지고 이 방법을 써서 치료하는 바람에 그는 다음 날에 있을 구보에 참가해야만 했다.

삽을 들고 일하는 시간이 긴 농부들 사이에서는 물집이 직업병이었다. 마을에서 으뜸가는 게으름뱅이가 가르쳐준 이 방법은 큰 성공을 거두었고, 이로써 게으름뱅이는 사람들에게 대단한 인정을 받았을 뿐 아니라 영광스러운 별명까지 얻었다.

그는 키가 크고 골격이 튼튼했으며 매우 말랐다. 자신을 가꾸는 데 관심이 없어 몹시 낡은 가위로 면도를 했으며, 가끔씩은 까맣고 반짝거리는 수염을 나흘씩 기르고 다녀서 그의 하얀 머리와 우스운 대조를 이루곤 했다.

그는 마사캉 농가에서 300미터쯤 위에 있는, 언덕 사이의 골짜기에 위치한 오래된 농가에서 살았다. 그가 태어난 곳이기도 한 그 농가는 소나무 숲과 고요한 고독으로 둘러싸여 있었다.

언덕 꼭대기서부터 아래로 이어지는 숲은 길쭉한 밭 양쪽까지 내려왔고, 밭 둘레에는 약간 높고 오래되어 마모가 심한 울타리가 쳐 있었다. 예전에는 이 울타리 덕분에 산토끼들의 야간 습격

---

* 부풀어 오른 곳을 찌른다는 뜻.

으로부터 작물을 보호할 수 있었다. 그러나 지금은 군데군데 시커먼 말뚝이 달려 있고 녹슨 철망일 뿐이었다. 말뚝도 거의 다 안이나 밖으로 휘어 있어서 마치 땅이 말뚝 밑동을 갉아먹은 것처럼 보였다.

여기저기 구멍이 나 있는 울타리를 통과한 가시덤불은 밭을 침범해, 시스투스 관목이나 엉겅퀴, 로즈마리, 금잔화로 뒤덮여 있었다. 이 외에도 서른 그루 가량의 오래된 올리브나무가 자랐다. 죽은 잔가지로 수북한 굵은 가지들과, 보이지 않는 나무줄기를 둘러싸고 새로 자란 덤불로 보아 이 나무들은 오랫동안 방치되어 왔음을 알 수 있었다.

밭이 끝나는 곳 양쪽으로 높은 소나무 숲이 하늘까지 닿아 있었고, 그 앞에 아주 오래된 집이 헛간을 옆에 두고 서 있었다. 언덕 옆으로 나 있는 구불구불한 길에서 오솔길이 갈라져 나와 무성한 로즈마리 덤불을 가로질러 집 앞으로 이어졌다.

집 앞에 있는 흙바닥으로 된 테라스에는 큰 돌들을 가장자리에 놓아 테두리를 만들었다. 테라스 앞에는 시커먼 나무 기둥이 지지대 역할을 했는데, 나무 기둥을 따라 반쯤 죽은 포도덩굴이 장식되어 있었다. 바로 이곳이 피크부피그의 고독한 처소, 로마랭 농가였다.

*

이 시절만 해도 착한 보이스카우트와 친절한 캠핑족들은 일요일에 바비큐를 하려고 불을 피우지 않았다. 불을 피우면 한 움큼 정도 되는 잔가지가 탁탁 소리를 내면서 타 들어가, 생트 빅투아르에서 보롱 언덕까지 불꽃이 튈 정도였다. 길게 연결되어 있는 산맥을 뒤덮은 빽빽한 소나무 숲은 지중해 해안까지 뻗어 있어, 사람들은 숲을 통해 엑상프로방스에서 니스까지 걸어간다면 '해를 보지 않고도' 갈 수 있을 정도라고 말하곤 했다.

숲에는 히스, 금작화, 케르메스 덤불 사이사이로 자고와 붉은 산토끼, 그리고 백리향을 곁들인 꼬치구이를 만들기 좋은 토끼들이 숨어 있었다. 또 계절에 따라 개똥지빠귀나 찌르레기, 딱새, 외로운 멧도요들이 무리 지어 오곤 했고, 계곡 위쪽으로는 겨울이 되면 가끔씩 마을까지 내려오곤 하는 멧돼지들이 살았다.

그래서 피크부피그는 일찍부터 농사 짓기를 포기하고 밀렵 활동에 모든 것을 바쳐왔던 것이다. 오바뉴, 로크베르, 피쇼리의 농가에 먹잇감을 불법으로 판매하는 것이 이집트콩 재배나 올리브 수확보다 벌이가 더 좋았다. 그는 텃밭을 가꾸지도 않았기에, 사람들은 그가 순무와 돼지감자도 구별 못 할 거라고들 했다. 그는 야채조차 사서 먹었고, 피서객들처럼 매일매일 고기를 먹었다.

그럼에도 그는 돈 때문에 전전긍긍하는 오바뉴의 부자들보다 더 행복했다. 그러나 이 행복도 어느 날 피크부피그의 영광스러운 전성기에 큰 타격을 주는 한 비극적 사건에 의해 끝난다. 그리고 그때가 되면 이 자랑스러운 밀렵꾼의 사진은 교구 주임 신부와 이장이 보는 각기 다른 두 신문에 마을의 헌병들만큼이나 자주 등장하게 된 것이다.

*

6개월 후, 한 '외지인'이 언덕 저쪽 구릉인 레 종브레에 정착했다. 어디서 왔는지 정확히는 모르지만, 그가 북쪽에서 온 것은 확실했다. 왜냐하면 파리 가수들처럼 단어 끝에 오는 'e'를 발음하는 우스꽝스러운 북부 억양을 썼기 때문이다. 게다가 그는 햇빛을 두려워해 커다란 까만 모자를 벗지 않았다.

그는 키가 클 뿐더러 손도 크고 두꺼웠으며, 커다란 얼굴은 불그스름했고 푸른 눈동자에 눈썹이 붉었다. 그는 시메옹이라는 이상한 이름으로 불렸다. 레 종브레 바로 위쪽 언덕에 있는 작은 오두막을 사서 같은 고향 출신인 거구의 부인과 함께 살았다. 부인은 작은 텃밭에 야채를 심었고, 닭을 대여섯 마리 길렀다.

시메옹은 자신을 좋지 않게 쳐다보는 마을 사람들을 아주 무시했다. 매년 사냥 허가를 받았기 때문에 그가 언덕에서 사냥하는 것은 정당한 행위였다. 그러나 그의 주 무기는 사냥용 장총이 아니었다. 사실 매일매일 물을 채워두는 새의 물통 주위에 얇게 끈끈이를 발라두거나 덫이나 올가미를 놓았다.

일주일에 두 번 그는 자전거를 타고 마르세유에 갔다. 멜빵바지를 입고 개똥지빠귀, 토끼, 자고로 가득 찬 큰 연장통을 자전거 뒤에 싣고 떠났다. 연장통 덮개에는 큰 자전거용 자물쇠와 새 구리 밸브를 달아두었다.

그가 밀렵을 한다는 사실은 놀랄 일이 아니었다. 왜냐하면 레 종브레에서는 모두들 밀렵을 했고, 언덕은 끝없이 펼쳐져 있었기 때문이다. 그러나 사람들은 곧 그가 다른 이들의 덫에 걸린 사냥감을 훔쳐 간다는 사실을 알게 되었다. 그것은 도둑질 중에서도 가장 악질이었다. 어느 날 레 종브레의 두 사람이 그에게 욕설이 섞인 비난을 하러 갔다가 피투성이가 되어 돌아왔다. 그에 대한 보복으로 7월의 어느 아름다운 저녁, 열두 명 가량의 젊은이들이 봄 루주의 오솔길에서 그를 기다렸다가 그의 집으로 데려가서 목공소에서 빌려온 사다리에 매달아놓고 프로방스어로 된 찬송가를 불렀다.

너는 가버려라, 우리를 떠나라,
불쌍한 카르멍트랑, 영원히 안녕

그 일로 시메옹의 얼굴은 멍투성이가 되었고, 코가 비뚤어지고 눈 주위도 부어올랐다.

그래도 그는 레 종브레를 떠나지는 않았다. 그러나 빵가게 주인이 빵 무게를 재면서 이번은 단순한 경고라고 말했을 때, 이 의식의 의미를 이해했다.

그래서 그는 조금 더 멀리, 즉 테트 루즈의 반대편으로 가서 사냥을 하기로 마음을 정했다. 그리하여 그는 피크부피그가 스스로 자기 영역이라고 생각하는 레 바스티드의 땅을 조금씩 침범하게 되었던 것이다.

*

얼마 가지 않아 피크부피그는 누군가 와서 '자기' 토끼와 '자기' 자고새를 잡기 위해 덫을 놓는다는 사실을 알아차렸다. 그는 레 바스티드에 가서 그가 생각하기에 자기 몫을 가져갔을 만한 사람들을 대상으로 약간의 조사를 했다.

조사 결과는 좋지 않았다. 그러나 며칠 후, 폭풍이 지나간 다음 피크부피그는 오솔길에서 누군가가 지나간 흔적을 발견할 수 있었다. 발견된 발자국은 매우 커서 확실히 마을 사람들의 것은 아니었다. 이렇게 발이 큰 사람이 있었다면 오래전부터 마을에서 유명세를 떨쳤을 것이다. 그래서 그는 오바뉴나 레 종브레에서 온 밀렵꾼이라고 생각했고, 그 밀렵꾼은 '대단히 뻔뻔스러울 것'

이라고 판단했다. 그러나 그는 전통에 따라 다른 이가 놓아둔 덫은 손대지 않았다.

그렇지만 그로부터 일주일 후 그 다른 이가 자기 덫에 걸린 먹잇감을 훔쳐갔다는 사실을 알아차렸을 때, 그는 머리 끝까지 화가 나서 펄쩍 뛰었다.

그는 덫을 놓은 장소 가까이서 감시했고, 그 결과 레프레스키에르 협곡에서 모자를 쓴 남자를 현장에서 붙잡았다. 도둑의 큰 몸집에 전혀 주눅 들지도 않고 총도 뽑지 않은 채, 피크부피그는 도둑에게 호되게 욕을 퍼붓고는 여태까지 훔쳐간 것을 죄다 돌려줄 것과 100프랑의 벌금을 요구했다. 도둑은 훔쳤던 것을 피크부피그에게 순순히 돌려주는 척하더니, 갑작스레 피크부피그의 멱살을 잡았다.

놀라고 반쯤 숨이 막힌 피크부피그는 제대로 한 방 맞았다. 이쪽저쪽에서 맞아 눈에 푸르스름한 멍이 생긴 와중에 그가 정신을 차리려고 노력하는 동안 외지인은 그의 배낭을 빼앗아, 그 안에 들어 있던 여섯 개의 덫을 가져가면서 이 언덕에 다시는 나타나지 말라고 으름장을 놓았다. 얻어맞은 데다 크게 놀란 피크부피그는 이 부당한 위협에 뭐라고 대꾸할 힘도 없이 그 남자가 그렇게 사라져가는 모습을 지켜볼 수밖에 없었다. 그는 힘들게 집으로 돌아와서 이틀 동안 상처에 약초를 바르며 반쯤 상처 입은 머리로 복수극을 준비했다.

*

사흘째 되는 날 아침, 피크부피그는 상처가 거의 나았고, 얼굴에서 얻어맞은 흔적이 말끔하게 사라진 걸 보고 기뻐했다. 그는 식탁 가장자리에서 모양이 좋은 양파와, 맛 좋은 아몬드 한줌을 돌 두 개로 깨서 식사를 하고 포도주를 마셨다. 그러고는 열두 개쯤 되는 토끼 덫을 모두 모아 레 로마랭 근처 언덕에 놓아두러 갔다. 덫을 놓는 동안 그는 중요한 것을 외워두려는 사람처럼 "나한테 그것 하나가 필요해. 내일 저녁에는 나한테 그것이 필요하다고." 하고 여러 번 중얼거렸다. 그러고는 집으로 돌아와서 12구경 장총을 손에 쥐었다.

이 장총은 그의 귀중품이자 자존심이었다. 그는 이 총을 오바뉴의 한 무기상에게서 300프랑이라는 엄청난 가격에 중고로 구입했다. 소위 '해머리스'라고 불리는 공이치기가 없는 총으로, 그는 이것을 '나머리스'라고 불렀다. 이 장총은 반짝거리는 노란색 특수 화약을 사용했다. 마을의 모든 장총은 특수 화약을 사용하면 터져버리곤 했지만, 나머리스만은 끄떡없었다. 그는 장총을 관찰하고, 손에 들어보고, 노리쇠를 당겨보더니, 제 자리에 놓고는 말했다.

"이건 너무 유명해서 안 돼."

그는 다락방에 올라가서 아버지가 쓰던 피스톤 방식의 낡은 소총을 가지고 내려왔다. 길고 무거운 소총을 장전하려면 총구에 화약을 넣어야 했다. 그는 화약통과 작은 총구를 덮고 있는 뇌관들을 발견했고, 납으로 된 관을 녹여 총알을 만들었으며, 종이를 오래 씹어서 화약 마개를 만들었다. 그리고 나서 조심해서 낡은 총에 장전을 한 뒤, 키가 큰 추시계 안에 총을 숨겼다.

그런 다음 그는 나머리스를 들고 조준을 해본 후 종잇조각을 그 안에 넣고, 호기심 많은 이들이 가까지 오지 못하도록 말벌 무리가 살고 있는 올리브나무 뿌리 근처에 총을 숨기러 갔다.

하지만 그는 총을 숨기는 대신 나머리스의 총대를 멘 채 레 바스티드로 향했다. 그는 우선 빵집에 들렀다. 사람들이 빵집 주인은 반죽실에서 반죽을 만들고 있다고 했다.

그는 빵집 여주인에게 이틀 전부터 심한 위경련이 있다며 네 가지 꽃잎을 섞어서 만든 탕약을 가지고 있는지 물어봤다. 그러자 그녀는 언덕에서 자라는 약초를 섞어 탕약을 만든다고 알려져 있는 클럽의 가정부에게 가서 물어보라고 했다.

그는 반죽실로 가서 빵집 주인에게 장총을 맡기면서 자기는 언덕에서 조준창을 잃어버려서 다른 것으로 갈아야 하니 다음 날 아침에 총을 생마르셀에 가져갈 수 있도록 우체부에게 전해 줄 것을 부탁했다.

빵집 주인이 말했다.

"이런 불쌍한 양반! 그러면 일주일이 지난 후에나 총을 받을 수 있을 텐데! 일주일 동안 총 없이 무엇을 할 거예요?"

"그동안 쉬어야지. 뭐가 잘못됐는지 모르겠네만, 내장이 다 뒤틀리고 어지러워서 말이야. 그저께 버섯을 먹었는데, 아마 그것 때문인 것 같아. 내가 버섯에 대해 잘 알기는 하지만…."

피크부피그가 말했다.

"가끔씩 그럴 때가 있죠. 독버섯이 자랐던 자리에서 나온 건 좋은 것을 먹어도 독이 남아 있는 경우가 있어요. 죽지는 않겠지만, 고생은 할 거예요."

빵집 주인이 말했다.

피크부피그는 클럽으로 가서 어정쩡한 걸음으로 페탕크 공 사이사이를 가로질러 다가갔다. 공놀이를 하고 있던 사람들은 어디가 안 좋으냐고 그에게 물어봤고, 그는 의심스러운 버섯을 먹어서 그렇다고 대답했다. 말하는 중간에 위경련 때문에 배를 쥐고 몸을 웅크리는 피크부피그에게, 필록센은 위를 진정시키는 샤

르트뢰즈 약주를 한 잔 마시도록 강요했다. 그는 약초로 만든 탕약 봉투를 팔 밑에 끼고 그곳을 떠났다.

*

이튿날 새벽녘에 그는 열두 개의 덫을 보러 갔다. 덫에 걸린 다리를 빼내려고 흔들어대는 큰 수토끼 한 마리를 포함해 토끼 세 마리를 잡았다. 그는 귀 뒷부분을 손으로 쳐서 토끼를 잡고서 기쁘게 말했다.
"그래, 이놈이 내게 필요한 놈이야!"
그는 토끼를 쳐다보며 프로방스어로 이상한 말을 읊조렸다.
"오, 불쌍한 수컷이여, 너는 덫에 걸렸으니, 이제 네가 바로 덫이 되리라…."
그는 토끼를 큰 우리에 넣고 손을 주머니에 찌른 다음 언덕으로 올라갔다.

*

피크부피그는 망태기에 먹을 음식과 포도주 한 병, '긴 눈'을 챙겼다. '긴 눈'이란 낡은 선원용 망원경으로, 평상시에는 헌병이 오는 것을 감시하기 위해 사용하던 것이다.
골짜기 아래쪽으로 내려가 솔리테르 고원 옆을 지나서 노간주나무 뒤쪽, 큰 바위 사이에 자리를 잡았다. 레 종브레 쪽의 동태를 감시하기 안성맞춤인 곳이었다. 그는 멀리서 친절한 노인네가 마른 나뭇가지 묶음을 간신히 지고 가는 것과, 나무꾼용 수레를 끌고 큰 배낭을 멘 채 구부정하게 걸어가고 있는 젊은이 세 명

마농의 샘 41

을 보았다. 결국 반나절을 기다린 후에야 적을 만났다.

적은 5시 무렵이 되어서 큰 모자를 눌러쓰고 레프레스키에르 계곡 아래쪽에서 올라왔다. 그는 비스듬한 오솔길을 따라 계속 올라서 바위 언덕을 지나 감시자의 바로 아래에 도착했다. 언덕 끝은 바위투성이 절벽이었으며, 절벽 가장자리를 따라 시스투스 덤불, 테레빈나무, 노간주나무가 빽빽하게 들어서 있었다. 피크부피그는 이곳에서 매년 수십 마리의 토끼를 잡았으므로 이 지역을 잘 알았다.

시메옹은 높고 거대한 가시덤불을 가로질러 갔다. 피크부피그는 그를 볼 수는 없었지만 나뭇가지 끄트머리를 주의 깊게 살폈다. 그래서 시메옹이 다섯 번 멈춰 섰다는 것을 알았다. '덫이 다섯 개라, 아마도 나한테서 훔쳐간 것이겠지.' 피크부피그는 생각했다.

시메옹은 계곡을 건너서 건너편 언덕에서도 같은 짓을 계속했다. 한 열두어 차례 멈춰 선 후, 그는 여유 있게 산책하는 사람처럼 레 종브레를 향해 떠났다.

시메옹이 언덕 꼭대기를 지나 사라졌지만 피크부피그는 좋은 기회를 잡기 위해 계속 기다렸다. 마침내 망원경을 접고, 그는 암벽의 갈라진 틈을 타고 내려와서 외지인이 처음에 왔던 길을 똑같이 따라갔다. 그는 힘들이지 않고 덫에 걸린 다섯 마리의 토끼를 얻었고, 토끼가 덫에 걸린 형태를 보고는 연민에 찬 미소를 지었다.

"세상에! 어쩌면 이것들은 내 것이었을지도 모르겠는걸. 불쌍한 토끼들도 창피해할 지경이야."

그는 즉시 주위를 둘러보고 주변의 소리에 귀를 기울인 뒤, 절벽으로 향하는 비탈길 아래 넓은 바닥으로 가까이 갔다. 그곳으로 미끄러지듯 내려와서 몇몇 돌을 밀어내고는 발부터 집어넣었다. 마침내 로즈마리 덤불을 헤치고 배를 대고 엎드려서, 자기가 놓아둔 덫이 그곳에서부터 약간 오른쪽으로 15미터 앞에 있을 것이라고 생각했다. 자리를 잡은 그는 노간주나무와 로즈로크 덤불 덕에 자신이 숨어 있는 곳이 간신히 보일 정도라고 생각하면서 만족스러워했다. 그는 이끼 아래 지면 가까이에 있는 가지들을 꺾어 은신처 안쪽에 숨겨두러 갔다. 마침내 밤이 되자 그는 황량한 소나무 숲을 가로질러 내려왔다.

레 로마랭에 도착한 피크부피그는 덧문을 닫고 프라이팬 한가득 토마토소스 오믈렛을 만들었다. 입맛을 다시며 오믈렛을 먹고 포도주를 딱 한 잔 마셨다. 그러고는 작은 물병을 가져와 커피를 4분의 3 정도 담고 나머지를 화주로 채웠다. 마침내 그는 망태기에 죽은 큰 토끼를 넣고 장전된 낡은 총을 겨드랑이에 낀 뒤, 램프를 불어서 끄고 별이 총총한 밖으로 조용히 나왔다.

*

우선 피크부피그는 죽은 토끼를 매복할 장소 앞에 놓여 있는 덫에 끼운 뒤, 이 먹잇감을 보면서 느끼는 행복이 그놈의 마지막 행복일 거라는 생각에 미소를 지었다. 그러고 나서 그는 후추 향이 나는 민트와 마른 풀을 은신처에 깔아 푹신한 침낭처럼 만들고 달콤한 밤을 보냈다. 계곡에 감도는 정적 속에 저 멀리 올빼미 두 마리가 사랑을 노래했고, 메뚜기가 라벤더 틈새에서 바스락거렸으며, 행복한 귀뚜라미는 스륵스륵 소리를 내었다. 피크부피그는 필연적이고 정당할 뿐더러 도덕적이며 즐겁기까지 한 이 암살을 위해 모든 것이 준비되었다는 생각에 차분하게 기쁨을 만끽

하고 있었다.

이따금 그는 물병에 든 음료를 한 모금씩 마셨다. 그리고 얻어 맞았던 장면을 세세히 회상하면서, 자기가 맞은 주먹의 수를 헤아리며 낡은 장총을 쓰다듬고 작은 소리로 웃었다.

*

무시무시한 시메옹이 나타난 것은 새벽 4시쯤, 날이 밝아올 무렵이었다. 그는 작은 오솔길을 따라 와서 오래된 장총을 향해 곧장 다가왔다.

멀리서 그는 토끼를 발견했다. 큰 모자를 쓰고 활짝 웃으면서 걸음을 재촉한 그는 주위를 한번 둘러보고는 덫을 열기 위해 몸을 수그렸다…. 아주 가까이서 낮은 호각 소리가 주의를 끌었다. 시메옹은 퍼뜩 몸을 일으켰고 주변을 둘러보았는데, 로즈마리 덤불 사이로 무언가를 본 것 같았다. 동그랗게 뜬 눈 앞으로 작고 둥근 까만 물체가 나오고 붉은 불꽃이 보이더니 귀가 멍해질 정도로 큰 폭발 소리가 났다. 그는 정중하게 인사를 하듯이 몸을 앞으로 구부렸고, 머리가 먼저 떨어진 다음 그의 몸이 뇌 위를 덮었다. 두개골이 모자에 담긴 채로 뒤쪽으로 떨어졌기 때문이다.

*

희생자에게 다가가 보지도 않은 채, 승리자는 빛나는 태양의 후광 속에서 집으로 가는 길을 택했다. 파 뒤 루 언덕을 지나 피크부피그는 막대가 걸쳐져 있는 큰 암반 동굴 안으로 들어갔다. 두꺼운 장막처럼 쳐진 긴 나무줄기를 뒤로하고 그는 두 석회층 사이로 난, 가로로 길쭉한 구멍에 낡은 장총을 집어넣었고 자갈과 흙, 이끼로 틈을 막았다. 차렷 자세로 경례를 하고 장총의 장례식을 치른 후, 피크부피그는 집으로 돌아와서 열쇠로 문을 잠그고 덧문을 여는 대신 석유 램프에 불을 붙였다. 그는 머리 위로 양손을 마주잡고, 명예로운 복수를 기리는 가벼운 춤을 추면서 벽에 자기 그림자가 일렁이는 것을 보았다. 마침내 그는 물통에 들어 있는 남은 커피를 데워 마시고 잠자리에 들어 평화로이 잠에 빠졌다.

4

 그리 예민하지 않은 시메옹 부인은 남편이 돌아오지 않은 첫 밤에는 걱정하지 않았다. 헌병대를 피하느라 틀림없이 먼 길을 돌아오는 것이라고 생각했다. 그러나 사흘째 되는 아침에 그녀는 며칠 전에 시메옹이 죽을 정도로 때렸다고 얘기한 레 바스티드의 밀렵꾼 생각을 해냈다. 시메옹은 밀렵꾼과의 싸움에 대해 약간 과장해서 이야기를 했었다. 오후가 되자, 그녀는 남편의 실종 신고를 하기 위해서 마을 경비원을 찾아갔다.
 샤뱅 카페의 테라스에서 카드놀이를 하고 있던 경비원은 '알 바 아니다'라고 대답했다. 시메옹 부인이 무례할 정도로 집요하게 요구하자, 마지막엔 자신의 아내도 그처럼 집요했다면 자신은 이미 오래전에 도망갔을 것이라고 말했다. 그래서 시메옹 부인은 개를 앞세우고 혼자 언덕 위로 남편을 찾으러 떠났다.
 그녀는 언덕을 오를 때면 가끔씩 개를 데리고 가곤 했다. 그렇지만 그날은 여성 특유의 직감 덕인지, 저녁 무렵 갑자기 꼬리를 흔들기 시작한 개의 뒤를 따라 남편이 변을 당한 오솔길에 들어

섰다. 개는 짖으면서 덤불숲에 머리를 박고 무엇을 찾는 듯하더니, 그녀 앞에 기쁜 듯이 두피와 머리뼈를 컵받침처럼 담고 있는 남편의 모자를 찾아 왔다. 나머지 시신은 별 어려움 없이 찾을 수 있었다.

그녀는 즉시 헌병대에 신고했다. 흐느끼면서 그들에게 모든 이야기를 했고, 시메옹이 그녀에게 매우 부풀리고 과장해서 말했던 이야기를 통해 추측 가능한 살인 용의자에 대해서도 알렸다.

바로 이런 이유로 헌병들이 이 거인을 수배하기 시작했고, 일주일 후 그들은 피크부피그의 집에 당도했다. 헌병들은 피크부피그에게 총을 들고 따라오라고 말했다. 그러나 피크부피그는 자신의 '나머리스'는 지난주 우체부를 통해 무기상에게 전달했고, 아직도 무기상이 가지고 있을 것이라고 답했다. 헌병들은 농가를 전부 수색했지만, 토끼 덫 열두 개를 찾았을 뿐이었다. 피크부피그는 불쌍한 아버지에 대한 추억으로 덫을 보관하고 있었을 뿐, 그 덫을 사용할 줄도 모른다고 호소했다.

하지만 헌병들은 피크부피그를 오바뉴의 파출소로 데리고 왔고 한 형사가 매우 오랫동안 그를 취조했다. 그는 완벽하게 평온한 태도로 사건을 전면 부인하면서 몇몇 질문에 대해서는 농담조로 대답해 헌병들을 웃게 만들었다. 그러나 그가 집으로 돌아갈 수 있을 것이라고 생각한 순간, 음흉한 형사는 갑자기 책상 위로 구리 단추를 꺼내 놓으면서 불쑥 질문을 던졌다.

"그럼 이것은, 이것은 뭐라고 생각하시오?"

피크부피그는 자신의 윗도리를 쳐다보고는 순간 공포심을 느꼈다. 형사는 이 순간을 놓치지 않았다. 그러나 그는 곧바로 평정심을 되찾았고 거리낌 없는 목소리로 말했다.

"아, 이건 내 윗도리에서 떨어진 단추로군요! 우리 집에서 찾으셨습니까?"

"암살자가 숨어 있었던 작은 동굴에서 우리가 찾아낸 것이오."

"그 동굴이 어디 있답니까?"

피크부피그가 천진한 태도로 물었다.

"우리보다 당신이 더 잘 알잖소!"

그리하여 그의 사진이 신문에 실렸고, 그는 엑상프로방스의 고등법원에서 재판을 받게 되었다.

피크부피그는 침착한 태도로 끝까지 죄를 부인했고, 규정에 따라 그를 맡게 된 관선 변호사를 설득하는 데 성공했다. 그러나 변호사를 재판소의 보조인 정도로밖에 생각하지 않았다. 그는 단지 그 끔찍한 단추가 자신의 것이라는 것과 작년에 자고를 잡기 위해 매복했던 동안 잃어버린 게 틀림없다는 것만 인정했다.

레 종브레 마을 사람들은 전부 재판을 보러 왔지만 그들은 희생자에 대해 그다지 호의적인 말을 하지 않았다. 레 바스티드 사람 몇몇과 우체부, 무기상은 피크부피그는 살인이 일어났던 그 한 주 동안 장총을 사용할 수 없었다고 증명하러 왔다. 게다가 피크부피그는 심하게 아팠고, 사람들이 그가 코를 쥐고 입에 거품을 물면서 땅에서 데굴데굴 구르는 것을 봤다고 했다.

그 결과 사건은 비교적 잘 처리되는 듯했다. 하지만 검사장이 배심원들 앞에서 "저 낮고 불뚝한 이마, 격렬한 눈빛을 띤 잔인한 작은 두 눈, 앞으로 튀어나온 턱하며 고기를 찢어발길 듯한 저 이를 주의 깊게 보십시오"라고 간청하는 순간 피크부피그는 걱정을 했다. 그리고 검사장이 그를 혐오스럽게 묘사하고는, 마치 자기 집에 가져가고 싶다는 듯 피크부피그의 목을 자르게 해달라고 배심원들에게 간청하는 것을 보면서 놀랐다.

변호사가 미소로 그를 안심시켰지만, 그리 오래가지는 못했다. 변호사는 피고인이 가족도 없고 교육도 받지 못한 가난한 사람임이 분명하지만, 마을의 대다수 무지렁이들처럼 친절하고 선량한 사람이라고 변호했다.

그러나 피크부피그가 보기에 변호사는 검사장이 앞서 말한 것보다 더 잔인하게 사건을 묘사했다. 즉, 단순한 살인이 아니라, 프로방스의 순수한 첫 아침 햇살이 비치는 새벽에 고요한 언덕에서 비겁하게 매복까지 해가며 경계하지 않은 한 사람에 대해 행해진, 오래전부터 계획된 완벽한 암살이라고 했다. 게다가 변호사가 그의 덥수룩한 머리를 지목하며 다음과 같이 외쳤을 때, 피크부피그는 당황했다.

"여러분이 그에게 내려야 할 형벌은 바로 사형입니다. 그렇습니다! 검사가 옳습니다. 이런 범죄라면 목숨을 지불해야 합니다. 징역은 말도 안 됩니다. 여러분에게 필요한 것은 바로 그의 머리입니다!"

절망에 빠진 피크부피그는 변호사가 자기를 배신하고 단두대로 보내고 싶어 한다고 생각했다. 화가 머리끝까지 치민 피크부피그가 일어서서 소리를 지르려고 하자, 그의 변호사가 강한 어조로 다음과 같이 외쳤다.

"그가 유죄라면 말입니다. 그러나 그는 무죄입니다. 제가 여러분께 무죄임을 보여 드리겠습니다."

이 말에 피크부피그는 터져 나오려는 웃음을 참지 못했고, 이것이 오히려 배심원들에게는 긍정적인 효과를 줬다.

그리고 변호인은 결정적인 증거물로 책상 위에 우두커니 놓여 있는 구리 단추 한 개를 가리키면서 이 증거물을 완전히 무시하는 어투로 말했다.

"보십시오. 이것이 우리 기소인들이 찾아낸 전부입니다. 그들은 속옷 단추 한 개와 우리 피고인의 머리를 교환하려 하고 있습니다! 배심원 여러분, 저는 여러분 앞에서 변론을 계속하는 죄를 범하지 않으려 합니다. 왜냐하면 저는 여러분이 이해하셨다는 것을 확신하기 때문입니다!'

프로방스 주민들로 구성된 배심원단은 윗옷에서 떨어진 단추건 속옷 단추건 그 단추에 어떤 의미를 부여해야 하는지 잘 알고 있었고, 이것이 증거물로서의 가치가 없다고 생각해 검사장이 요구했던 잔혹한 사태의 장본인을 검사에게 넘겨주는 것을 거부했다.

그리하여 피크부피그는 무죄 방면되었고, 그는 변호사의 안내 하에 영광스럽게 재판장을 빠져나왔다. 변호사는 저녁 식사를 하러 가자고 그를 자신의 집으로 이끌었다.

무죄로 풀려난 피크부피그는 맛있게 먹고 잘 마셨다.

"그럼 이제 끝난 건가요?" 그가 물었다.

"영원히 끝난 겁니다." 용감한 변호사가 답했다.

"만약에 누군가가 나를 보았다고 증언하러 온다면요?"

"그렇다 해도 그건 중요하지 않습니다. 무죄 방면은 최종 판결입니다. 즉 판결이 끝났다는 말이죠. 최종 판결을 뒤집을 수는 없습니다. 당신이 공개적으로 그 사람을 죽인 사람이 바로 나라고 말한다 하더라도, 경찰이나 재판관이 그 증언을 재고할 권리는 없습니다."

"확실한가요?" 피크부피그가 감동해서 물었다.

"정말 확실합니다."

변호사는 서가에서 책 한 권을 꺼내 와서 자기가 언급한 관련 법 조항을 큰 소리로 읽었다. 피크부피그는 법 조항을 눈으로 보고 싶어 했다. 비록 책을 읽을 줄은 모르지만 그는 한참 동안 법

조항을 들여다보고는 마침내 변호사에게 이렇게 말했다.

"저한테 있어서 이것은 가장 아름다운 책입니다. 왜냐하면 저는 그를 죽인 것에 매우 만족했는데, 그 사실을 말하지 못하는 것이 몹시 고통스러웠거든요."

*

피크부피그가 레 바스티드로 돌아온 다음 날, 이장인 필록센은 죄 없는 사람을 위해 명예의 술을 베풀었다. 그러나 필록센이 환영사를 읊으며 죄 없는 피크부피그가 박해를 받으며 겪었던 부당한 고통에 대해서 말했을 때, 피크부피그는 손을 들고 주먹으로 가슴을 치면서 다음과 같이 말했다.

"정신 나간 소리야. 맞네. 그를 죽인 것은 바로 나라고. 내가 했단 말이야. 내 변호사가 '이제는 말해도 됩니다'라고 했소. 그렇소. 바로 내가 했단 말이오."

"바보 같으니라고! 우리도 다 알고 있네. 그렇다고 그런 식으로 소리 지르지 말게. 그러면 나중에는 자네가 악의를 품고 그 일을 저질렀다고 믿게 될 걸세!"

필록센이 말했다.

피크부피그는 사람들이 진심으로 축하해 줄 것이라고 여겼던 매복 준비 과정 등등을 자세하게 이야기하기 시작했다. 압생트에 취하고 우월감에 도취된 그는 고개를 높이 들고 반짝이는 눈으로 자신의 영광을 명예로이 선언하면서 길을 건너갔다. 그가 언덕으로 올라가는 동안 사람들은 계속해서 그의 장중한 고백이 오랫동안 메아리치는 것을 들었다.

그의 업적과 그가 떠벌린 이야기들로 인해, 그는 살인자로서의 명성을 얻었다. 외부에서 온 그 어떤 밀렵꾼도 다시는 그의 땅을 침범하는 실수를 범하려 하지 않았다. 게다가 그의 반복된 고백은 그를 심문했던 헌병 장교의 동정심마저 사게 되어, 결국 그의 육감이 옳았음을 확인시켜 주었다.

하지만 다른 한편으로 완벽히 성공적인 그 복수극은 그에게 과장된 자만심을 불러일으켰다. 행운이 자기 편일 때 어리석은 자들은 빠르게 불쾌한 사람으로 변해 간다. 바로 그런 이유로 그는 자만심에 가득 차 자신의 레 로마랭 작은 농가에서 홀로 살았고, 어깨에 장총을 멘 채로 자신의 농가에 누구도 얼씬하지 못하게 했다.

5

위골랭과 파페가 점잖게 차려입고 모자를 쓰고 혼자 사는 피크부피그를 찾아간 것은 6월의 어느 맑은 아침이었다. 그들은 피크부피그가 올리브나무 위에 올라가 있는 것을 발견했고, 파페는 그가 가지를 치고 있다는 사실에 매우 놀랐다. 그는 곧게 뻗은 작은 가지들을 잘라내고 그 위에 끈끈이 가지를 설치하고 있었다.

위골랭과 파페는 그들이 온 것을 피크부피그가 눈치 못 챈 상태에서 나무 밑동까지 다가갔다. 파페는 고개를 쳐들고 이렇게 외쳤다.

"이봐, 마리우스. 잘 지냈나?"

"알아서 뭐 하게 그러시나?"

피크부피그는 되물으며, 전지가위로 가지치기를 계속했다. 파페는 당황한 기색 없이 말했다.

"마리우스, 왜 그리 퉁명스러운가? 내게 화라도 난 건가?"

"자네에게 화날 것도 없지만, 그렇다고 친할 것도 없지. 자네한테 관심이 없다고. 그러니 자네도 내게 관심 두지 말게나."

"자네는 나한테 관심이 없을지 몰라도 나는 아니네. 자네를 보러 온 거야."

"여기까지 올라온 걸 보면, 나한테 뭔가 원하는 게 있겠지."

"그렇지. 자네한테 부탁할 것도 있고, 줄 것도 있다네!"

"난 필요한 것이 전혀 없어. 사람들이 말을 걸면 피곤해. 그리고 말을 하게 되면 더 귀찮단 말일세."

피크부피그가 대답했다.

이미 초조해진 위골랭은 아무 말도 하지 않고 눈만 깜빡이고 있었다. 조금 더 위로 올라간 피크부피그의 거친 얼굴을 더 잘 보려고 파페는 한 발짝 뒤로 물러서서 그에게 사장님 같은 어조로 침착하게 말했다.

"이보게, 마리우스, 거두절미하고 말하겠네. 자네 재산을 내게 판다면 말이야, 자네 집 말고 이 밭과 저 건너편 구릉 지대 말일세. 그걸 판다면 원하는 만큼 값을 치러주겠네. 여기 보게."

파페는 주머니에서 1,000프랑짜리 지폐 다섯 장을 꺼내 부채처럼 펴서 위로 내밀면서 말했다.

"1,000프랑짜리 지폐라네!"

그는 피크부피그가 1,000프랑짜리 지폐를 본 적이 한 번도 없을 거라고 생각했다.

피크부피그는 바로 대답을 하지 않았지만, 위골랭과 파페는 위에서 나무가 흔들리는 소리를 들었다. 다음 순간 화가 나서 시뻘게진 피크부피그의 얼굴이 갑자기 나뭇잎 사이로 나타났다.

"무슨 뜻인가? 대체 무슨 생각을 하는 게야? 내 재산을 팔라고? 돼지 같은 인간들아, 썩 꺼져버려! 더러운 수베랑 놈들 같으니!"

"마리우스. 그렇게 소리를 지르다간 숨도 못 쉴 걸세. 그리고 나는 자네한테 정중하게 말하고 있지 않은가. 수베랑 가문을 욕

하지 말게. 그러다간 큰코다칠 것이야!"

파페는 침착하게 말했지만, 하얗게 질렸고 두 눈에서는 시커먼 불꽃이 이글거렸다. 위골랭이 중재를 해보려고 나섰다.

"파페, 화내지 마세요. 웃자고 한 말이에요. 오늘은 기분이 별로 좋지 않은가 봐요. 다음엔 괜찮겠죠."

화가 난 피크부피그가 소리쳤다.

"그 빨간 올빼미 새끼 같은 놈은 왜 끼어들고 그러는 건가? 다른 곳에나 가서 눈을 깜빡일 것이지…. 내가 여기서 내려가기만 하면 너희 수베랑 놈들을 가만두지 않을 것이야…."

그러자 얼굴이 하얗게 질리고 화가 난 파페의 두 눈에서 시뻘건 불똥이 튀었다. 그는 아파서 짚고 다녔던 지팡이를 멀리 던져버리고, 모자와 윗옷도 벗어 풀숲에 던졌다. 팔을 벌리고 목을 움츠린 다음 숨을 거칠게 내쉬면서 쉰 소리로 말했다.

"자, 어서 내려오너라. 빨리 내려오라고! 바쁘단 말이야! 어서 내려와, 이 쓰레기 같은 놈아. 이 살인자야!"

위골랭은 옆으로 비켜섰다. 밀렵꾼은 가지 사이에서 뛰어 내려와 전지가위를 들이댔다. 파페는 뒤로 물러서는 대신에 앞쪽으로 뛰어들어서 피크부피그의 발목을 잡았다. 피크부피그는 파페의 등 뒤쪽에서 앞으로 고꾸라졌다. 위골랭은 구두 굽으로 전지가위를 든 피크부피그의 손을 밟았다. 피크부피그의 발목을 놓지 않고 있던 파페는 그의 몸을 뒤로 젖혀 돌리기 시작했다. 피크부피그의 몸은 대여섯 바퀴 빙빙 돌았다. 회전할 때마다 코나 턱을 바닥에 부딪힌 그는 손으로 가시덤불을 잡으려 했으나 손만 피투성이가 될 뿐 헛수고였다. 파페는 마지막 바퀴를 갑작스레 빠른 속도로 돈 다음 손을 놓아버렸다. 피크부피그는 양팔을 쭉 편 상태로 5, 6미터 앞으로 날아가 지면을 거칠게 쓸고선 큰 올리브나무 밑동에 머리를 부딪히고 그 아래쪽에 있던 산사나무 덤불 속에 머리를 처박았다. 파페는 손을 털고는 윗옷을 찾으러 갔다. 엎드려서 더 이상 움직이지 않는 싸움의 희생자에게로 위골랭이 다가갔다. 피크부피그의 엉덩이 쪽을 살짝 차보았지만, 아무런 반응이 없었다. 그래서 위골랭은 그를 등 쪽으로 돌려 눕히고는 부러진 코 주위로 피를 흘리고 있는 찢어진 얼굴을 보았다.

파페가 다가왔다.

"죽어서는 안 되는데요."

위골랭이 말했다.

"왜 안 되는데? 사람은 나무에서 떨어져서 죽기도 하지. 올리브나무 아래로 옮겨 놓자꾸나."

파페가 말했다.

위골랭과 파페는 피크부피그의 다리를 한 쪽씩 잡아끌고 갔다. 쌓아둔 흙더미 위에서 피크부피그의 머리가 살짝 움직였다. 그들은 피크부피그를 나무 아래에 엎어두고, 그 옆에 전지가위를 가져다 놓았다. 불운한 피크부피그는 풀 위에 쭉 뻗어서 미동도 하지 않았다.

파페는 윗옷을 입고 지팡이를 잡은 다음 찔레나무에 걸려 있던 모자를 썼다. 위골랭과 파페는 가끔씩 뒤를 돌아보며 멀어져 갔다. 마사캉으로 가는 도중에 위골랭이 말했다.

"이제 카네이션 재배는 망했네요."

"아쉽구나. 그 장소가 괜찮았는데 말이다." 파페가 대답했다.

그는 몇 걸음 더 가다가 골똘히 생각에 잠겨 멈춰 섰다. 그러고는 잠깐 생각을 하더니 주위를 둘러보고는 낮은 목소리로 말했다.

"만약 피크부피그가 다시 깨어나지 않는다면, 유족들은 분명

농가를 경매에 내놓을 것이야. 그 여동생이 페팽에 아직 살고 있는 것 같더구나. 그렇게 되면 비싸지 않은 가격으로 농가를 살 수 있을 게다."

그는 생각에 잠겨 하늘과 땅을 번갈아 쳐다본 뒤 지팡이 끝을 털어냈다. 위골랭은 주머니에 손을 넣고 기다렸다. 마침내 그는 조카를 정면으로 쳐다보고는 속삭였다.

"돌아가서 그놈을 끝장내 버리는 건 어떠냐?"

"아니요, 안 돼요. 누군가 우리를 봤을 수도 있어요. 파페, 가요. 가는 게 좋겠어요."

겁에 질린 위골랭이 말했다. 위골랭은 자신의 어깨 위로 무겁게 몸을 기댄 완강한 노인을 이끌었다.

*

파페와 위골랭은 사람들에게 모습을 드러내기 위해 마을로 내려가서, 푸줏간 주인과 빵집 주인에게 공놀이를 하자고 제안했다. 파페는 한 판도 빠지지 않고 했으며, 위골랭도 재미있는 농담을 한 후에 자신이 먼저 웃어버리곤 했다.

저녁 6시가 되자 위골랭은 토끼를 돌보러 집에 먼저 가겠다고 했다. 하지만 그는 마사캉 농가 뒤쪽으로 돌아서 잡목 수풀 사이를 내려가 레 로마랭으로 갔다.

멀리서 지켜보니, 피크부피그의 시신은 올리브나무 아래 놓여 있지 않았다. 그는 기어서 가까이 갔다. 피크부피그는 테라스 난간에 팔짱을 낀 채로 앉아서 고개를 오른쪽 왼쪽으로 갸우뚱거리고 있었다. 위골랭은 조용히 빠져나와 이 소식을 알리러 파페의 집까지 달려갔다.

"경계를 게을리 하지 말아야 한다. 우리에게 총을 쏠 수도 있는 사람이야." 파페가 말했다.

*

그날부터 파페와 위골랭은 장전된 총을 손 닿는 곳에 늘 놓고 경계하면서 지냈다. 처음 이틀은 아무 일이 없었다. 그러나 사흘째 되는 날, 위골랭은 피크부피그가 위쪽에서 내려와 마을에 가기 위해 자기네 집 앞으로 지나가는 것을 보았다. 그는 막대기에 의지해 걸었으나 무기를 가지고 있지는 않았다.

위골랭은 집으로 들어가 덧문 사이에 난 틈으로 밖에서 일어나는 일을 살폈다. 피크부피그는 가파른 비탈길을 내려왔다. 그러나 마을로 가기 위해 계곡 아래쪽으로 난 길을 따라가는 대신 마사캉으로 이어지는 교차로로 접어들었다. 눈가는 멍투성이이고 코는 시퍼랬지만 그는 한 발 한 발 조용히 걸었고 만족스러운 눈길로 경치를 감상했다.

집 앞에 선 그가 외쳤다. "이봐, 마사캉!"

위골랭은 놀랐다. 마사캉은 십 년 전에 죽은 이 집의 옛 주인이었기 때문이다. 피크부피그는 잠시 기다렸다가 주변을 둘러보러니 다시 한 번 불렀다.

"이봐, 마사캉!"

그제야 위골랭은 그의 눈빛을 보았다. 그는 반쯤 얼어맞은 얼굴에 반짝이는 눈빛으로 미소 짓고 있었다. 위골랭은 집 밖으로 나가 방문자 쪽으로 걸어갔다.

"피크부피그 아니세요? 잘 지내셨어요?" 위골랭이 말했다.

"아주 좋지는 않아. 아주 좋지는 않다고. 그런데 자넨 누구냐?"

"저는 위골랭이에요."

"수베랑 가의 위골랭?"

"네!"

위골랭은 한 발짝 뒤로 물러서면서 대답했다.

"많이 변했구나! 내가 널 본 게 한 열다섯 살쯤이었을 때인데. 어머니는 안녕하시고?"

겁이 나기 시작한 위골랭은 피크부피그에게 어머니는 수년 전에 돌아가셨다고 말할 엄두를 내지 못했다.

"잘 지내세요."

"다행이구나."

피크부피그는 손으로 얼굴을 슥 쓰다듬더니 말했다.

"내가 한 짓을 좀 봐라." 그는 푸르스름한 자기 코를 가리키면서 위골랭을 향해 돌아섰다.

"이런, 어쩌다 그렇게 되셨나요?"

"나도 모르겠어. 어제 가지를 치려고 올리브나무 위에 올라갔는데, 아침에 일어나 보니, 땅바닥에 얼어맞은 채로 누워 있더구나. 아주 아프지는 않은데, 우리 불쌍한 아버지처럼 뇌출혈이 있었을까 봐 걱정이구나. 처음에는 아무것도 아니지만, 두 번째는…."

피크부피그가 힘주어 말했다. 그러고는 머리를 저으면서 걱정스러운 듯이 아랫입술을 깨물었다. 그러더니 불쑥 물었다.

"마사캉은 여기 없는가?"

"없는데요."

위골랭이 대답했다.

"어디 있는가?"

"묘지에 있어요."

"거긴 뭣 하러 갔대?"

"죽어서 묻혔죠. 10년 전에요."

"마사캉이 죽었다고? 놀랄 만한 일인데. 뇌출혈이었을지도 모르겠군. 마사캉이 죽은 건 끔찍한 일은 아니지만, 내가 그걸 기억 못한다는 것은 끔찍한 일일세! 그게 다가 아니지. 나는 마사캉한테 나 대신 마을에 좀 가달라고 부탁할 생각이었어. 왜냐하면 이 꼴로는 마을에 안 가는 것이 나을 것 같아서 말이지. 모두 내 일에는 관심이 없을 게야. 심부름을 좀 해줬으면 했는데…."

피크부피그가 생각하는 듯이 말했다.

"저도 마을에 가야 하는데요. 무엇을 가져다 드릴까요?"

"포도주 두 병, 큰 빵 한 개, 소시지 한 개. 배가 고파 죽을 지경이야."

"알겠어요."

"넌 참 용감하구나. 자, 여기 돈 있다."

피크부피그가 말했다. 그는 10프랑짜리 지폐를 위골랭에게 쥐어 주었다.

"잔돈은 가져오너라. 정오에 다시 들르마."

그는 일어서서 떠나려 했다.

"잠시만 기다리세요."

위골랭이 소리쳤다. 그러고는 집 안으로 들어가서 둥근 빵 반 토막과 작고 길쭉한 소시지 한 조각을 가지고 나왔다.

"기다리시는 동안 이거라도 가져가 드세요."

"고맙구나. 고마워."

그는 놀랄 만한 식욕으로 먹으면서 돌아서서 멀어져갔다.

 파페는 위골랭의 이야기를 듣고는 입술을 지그시 다물고 여러 차례 고개를 끄덕였다.
 "일부러 그랬을 게야. 우리가 경계심을 늦추도록 하기 위해서 말이야. 그가 바보 연기를 하고 있지만, 그가 우리보다 한 수 위일 수도 있어."
 "그를 보셨다면…."
 위골랭이 말했다.
 "그래, 그를 보고 싶구나. 얼른 가서 심부름을 하고 오너라. 같이 보러 가도록 하자꾸나."

*

 파페와 위골랭은 테라스 난간에 앉아 있는 피크부피그를 발견했다. 아주 우연히 파페는 어깨에 장총을 메고 있었다.
 피크부피그는 그들을 알아보고는 술병을 집어 들며 함께 한잔하자고 간절히 청했다. 그는 포도주 넉 잔을 연거푸 들이켜고 프로방스 지방의 오래된 크리스마스 캐럴인 〈라 캄보 미 파 마우〉를 쩌렁쩌렁한 목소리로 불렀다.
 파페와 위골랭은 당황해서 뒤로 물러섰다.
 "제 생각에는요, 그는 완전히 돌았어요."
 위골랭이 말했다.
 "가능해. 가능한 일이야. 머리에 큰 타격을 입으면 밀가루 반죽처럼 머리가 돌 수도 있지."
 파페가 말했다.

"어쩌면 지금이 그자한테 5,000프랑에 대해서 제안할 좋은 기회인지도 몰라요."

"그건 안 된다. 그놈이 정말로 돌았다면, 우리 제안으로 기억이 돌아올 수도 있어. 연극을 하고 있다면야, 그에게 말할 가치도 없는 거란다. 조심해야 해! 절대로 총 없이 혼자서 돌아다녀선 안 된다. 그는 이미 별일도 아닌 것 때문에 한 사람을 죽였어. 네가 두 번째가 되고, 내가 세 번째가 되어서는 안 되지. 조심해야 해!"

그날부터 그들은 문에 빗장을 걸고 침대 머리맡에 장전된 총을 놓는 등 철저하게 안전을 기했다.

6

 그럼에도 위골랭은 '피가 바짝 마를 정도로' 걱정을 했다. 그의 자그마한 화훼 농원에서 그는 두 다발 분량의 꽃을 거두었고, 그것으로 오바뉴에 가서 51프랑을 벌어 왔다. 이 성공으로 그는 더 속이 상했고, 아틸리오로부터 온 짧은 편지 때문에 슬픔은 더해졌다.

 친애하는 내 친구여!
 결정은 했나? 네게 줄 꺾꽂이 가지를 따로 보관하고 있어. 꽃병 200개 분의 10,000그루라고! 이 정도면 수확기에 네가 12,000프랑을 벌기엔 적당할 거야. 답장이 오는 대로 내가 가지들을 가져다줄게. 너한테 설명해 주러 말이야.

너의 친구
아틸리오

"12,000프랑이라고! 올해 내가 날려버린 돈이 12,000프랑이나 돼요. 그럼 20프랑짜리 주화가 몇 개나 되는 거죠?"

위골랭이 물었다.

파페는 한동안 생각에 잠겨, 눈을 감고 입술을 빠르게 움직이더니 손가락으로 셈을 하고는 대답했다.

"큰 주머니 한 개 정도일 테지."

"그렇다면 그 큰 주머니 한 개는 잃고 싶지 않아요. 이제 질렸어요. 더 늦기 전에 말이에요. 내일 제므노 쪽을 한번 돌아보러 갈래요. 거기라면 확실히 아무 농가나 밭, 물을 빌릴 수 있을 거예요. 파페가 원하는 가격으로 살 수도 있고, 우리는 카네이션 재배를 시작할 수 있어요."

파페는 미간을 찌푸리면서 눈을 번뜩였다.

"그래서 어쩌잔 말이냐! 너한테 대답하지 않는 편이 낫겠다."

"제 말을 들어보세요."

파페는 거칠게 테이블을 내리쳤다.

"입을 다물어라. 다른 이야기나 하란 말이다."

*

레 바스티드 사람 중에 고향을 버리고 떠난 사람은 없었다. 메데릭의 아들 테스타를 제외하고는 말이다. 메데릭의 아들은 사람들이 용서해 준 경우이다. 왜냐하면 그는 좋은 학교를 나왔고 마르세유에서 세관원이 되었기 때문이다. 세관원은 매우 영광스러운 직업으로 추앙받았는데, 그 이유는 제복을 입으며 주임 신부를 포함한 모든 사람을 수색할 수 있는 권한을 가졌기 때문이다. 게다가 한파나 가뭄이 닥치고 우박이 내린다 할지라도 걱정

없이 두 다리 뻗고 잠을 잘 수 있으며, 아무런 노력을 하지 않아도 결국에는 퇴직금을 받을 수 있었다. 레 바스티드에 남아서는 이렇게 훌륭한 직업을 가질 수가 없었다. 그러나 테스타 가족은 다른 곳에서 덜 척박한 땅을 경작했고, 그렇게 해서 고향 땅을 훼손하고 마을의 명예를 배반했다. 폐허가 된 테스타 가족의 농가를 지날 때면, 사람들은 땅에다 침을 뱉었다. 게다가 '외딴' 곳에서 성공한들 어떤 이점이 있단 말인가? 성공을 함께 기뻐해 주는 친구도 하나 없고, 이웃들의 격려 섞인 질투를 맛볼 수도 없을 텐데 말이다.

게다가 수베랑 가문은 스스로를 마을 전통과 비밀의 수호자, 마을의 주인장처럼 생각했다. 위골랭은 파페의 침묵에 깊은 분노를 느꼈고, 갑자기 마을을 떠날 생각을 했다는 사실에 수치심을 느꼈다.

"르 플랑티에는 어떠냐? 거기라면 가능하지 않겠냐?"

파페가 말했다.

르 플랑티에는 언덕 저 멀리에 위치한 작은 동굴이었다. 커다란 돌벽으로 막혀 있는 그 동굴에서 한 은자가 오랫동안 살았다고 전해졌다. 그곳에는 여름이나 겨울이나 아름다운 샘이 흐르고 있기 때문에 지금은 양치기들의 은신처로 사용되고 있었다.

"거기도 생각해 봤어요. 르 플랑티에 샘물은 아름답지만, 높이가 400미터나 돼요. 겨울에는 매일 아침 하얀 서리가 내리는데, 그렇게 되면 카네이션은 다 죽어요. 게다가 그곳도 피크부피그의 땅이라는 사실을 잊지 마세요!"

"그래, 맞구나. 그러면 남은 방법은 저수지밖에 없구나. 마사캉 근처 계곡 쪽에 큰 웅덩이를 하나 파고 빗물을 모으는 도랑을 파자꾸나. 그렇지만 크기가 어느 정도 되어야 하는지 알아야겠구나. 아틸리오가 가지 만 개라고 했지? 그에게 가지 하나당 몇 리터의 물이 필요한지 물어보거라. 그리고 가지 가격도 물어보고. 요샌 손이 아파서 제대로 글을 쓸 수가 없구나."

위골랭은 펜대를 든 손을 부들부들 떨면서 이로 혀를 지그시 깨물고는 아틸리오에게 긴 편지를 썼다.

며칠 후, 복숭아나무 가지를 치고 있던 위골랭은 마을에서 도착한 편지를 가지고 올라오고 있는 파페를 보았다. 편지는 앙티브에서 온 아틸리오의 답신이었다. 파페와 위골랭은 우물가에 앉으러 갔다.

친구여,

자네에게 바로 답장을 쓸 수 없었어. 내 여동생이 자기를 쫓아다녔던 에지디오와 결혼했거든. 이제 여동생은 그의 아내가 됐어. 꺾꽂이 가지는 당연히 내가 너한테 선물로 주는 거야. 아버지도 승낙했어. 네가 값을 물어봤다고 아버지한테는 말 안 했어. 그러면 아버지가 화를 낼 수도 있거든. 가지는 4월에 준비될 거야. 밭을 준비하고 특히 물을 확보해라. 아버지는 만 그루 나무에 적어도 400입방미터의 물이 필요하다고 했어. 물이 정말로 확실히 준비되지 않는다면, 끝내지도 못할 일은 시작하지도 않는 게 좋아. 알아들었지? 400입방미터야. 길이의 미터가 아니고, 입방미터. 졸업 시험에 나왔던 거 말이야. 이것 때문에 내가 합격을 못했지. 이제는 선생님보다 더 많이 그걸 이용해서 선생님보다 더 많은 돈을 번다고!

답장을 보내. 그리고 철자법에 주의해야겠더라. 하나도 이해를 못 했어. 다 추측해야 했다고! 기분 나쁘라고 하는 말이 아니야. 나도 가끔씩 어떤 단어는 어떻게 써야 할지 모르겠으니까. 그러면 그 단어 대신에 다른 말을 쓰지.

아틸리오

추신. 내 여동생이 네가 아직도 눈을 깜박거리냐고 물어보래.

그런데 이 친근한 농담조차도 위골랭에게는 우습지 않았다.
"400입방미터라고! 마르세유 항구보다도 더 큰 저수지를 파야 하지 않을까 겁이 나네요." 위골랭이 말했다.
"당연히 아니지. 겁내지 마라! 계산을 해보면 알 게다."
위골랭은 당황해서 머리를 긁적거렸다.
"잘 생각만 하면 어떻게 계산해야 하는지는 알 수도 있을 것 같아요. 그런데 잘 모르겠는 건 바로 소수점이에요. 어디다 찍어야 하는지 모르겠어요…."
미소를 띤 파페가 말했다.
"소수점은 내가 잘 안다. 오늘 저녁에 식사하면서 네게 답을 가르쳐 주마."

*

파페는 계산에 능했고, 소수점을 두려워하지 않았다. 그러나 1입방미터가 100리터라는 원칙에서 출발해서, 가로세로 4미터에 깊이 3미터의 저수지면 충분하다고 말했다. 골똘히 생각해본 위골랭은 "작을 것 같은데요"라고 대답했다.
이튿날 식전에 한잔하면서 파페와 위골랭은 필록센에게 자문을 구했다. 필록센은 곰곰이 생각한 후에 말했다.

"나는 입방미터에 대해서 잘 몰라. 그러나 그것이 헥토리터보다는 훨씬 큰 단위인 것 같네. 훨씬 큰 단위일세. 내 생각에는 아마도 1뮈* 정도 되는 듯하네."

운좋게도 까만 레이스가 달린 만틸라 스카프를 하고 바구니를 든 늙은 여선생이 우연히 근처를 지나가고 있었다. 그들은 여선생을 불러 세웠다. 저수지 문제를 꺼내자마자, 여선생은 놀랍게도 생각해 보지도 않고 1입방미터는 1,000리터라고 대답했다. 그러므로 가로세로 10미터에 4미터 깊이의 저수지가 필요하고, 그 저수지를 만들려면 40만 리터의 흙을 퍼내야 하며, 1리터당 2킬로그램이라고 할 때, 퍼낸 흙은 전부 80만 킬로그램이고, 이 정도의 흙을 퍼내려면 전문 토목 인부 한 명이 일 년 반을 일해야 하는 양이라고 했다. 그리고 웅덩이의 내장 공사로 0.25미터 두께의 벽을 만들면 표면적은 260제곱미터가 되고, 이를 위해서는 65입방미터의 미장 작업, 1입방미터당 2톤의 자재가 필요하니 총 130톤의 자재가 필요할 것이라고 말했다. 이윽고 교회 종이 6시 30분을 알리자, 그녀는 계산 솜씨에 놀라고 그 결과에 경악한 사람들 곁을 서둘러서 떠났다.

저녁 식사 자리에서 파페는 단언했다.

"갈리네트, 그것은 불가능하다. 3년이나 걸리는 공사야."

"인부 한두 명을 쓸 수 있지 않을까요?"

"그것도 생각은 해봤다만, 내 생각에는 저 위에서는 이 정도 되는 규모의 저수지를 채울 만큼 비가 자주 오지 않지. 폭우가 생트빅투아르에서 온다고 해도 생 테스프리 산의 꼭대기에서 구름이 갈라져 물은 다른 쪽으로 모일 거다."

---

* 용량의 옛단위. 1뮈는 268리터.

"저도 알아요. 다시 생각해 보죠. 생각을 해보면 돼요….."

위골랭이 말했다. 그는 매우 침울해 보였고, 호박 튀김을 베어 물면서 우울하게 눈을 깜빡거렸다.

이후 몇 주 동안 그는 카네이션에 대해서 더 이상 말하지 않았고 아틸리오에게 미안하다는 편지를 쓸 준비를 하고 있었다. 그 무렵, 하느님은 그의 편을 들어주셨다.

7

10월의 어느 포근한 아침, 레 로마랭의 테라스에는 몇몇 사람들이 주일 미사에 참석할 때나 입는 정장 차림으로 앉아 있었다. 현명하다고 소문난 앙글라드는, 야트막한 담 위에 걸터앉아 있는 필록센과 카브리당 사이에 자리를 잡았다. 앙글라드의 두 아들은 포도나무 덩굴이 드리워진 테라스에서 거대한 나무를 관찰하며 말을 더듬어가며 나무의 나이를 가늠해 보고 있었다.

레 종브레에서 온 클라리우스는 고개를 끄덕이면서 버려진 올리브나무를 쳐다보고 있었다. 그리고 활짝 열린 창문 앞에 대장장이 카지미르와 테트 루즈 출신의 엘리아생과 카브리당, 이렇게 셋이 자리했다. 이들은 말없이 있었다. 그저 부엌에서 벌어지고 있는 기이한 상황을 관심 있게 지켜볼 따름이었다.

피크부피그가 눈을 커다랗게 뜨고 의자 위에 앉아 있었다. 앙주와 빵집 주인은 겨드랑이 아래로 손을 넣어 피크부피그를 붙잡았고, 팡필은 서서 피크부피그의 얼굴에 열심히 비누칠을 했다. 그는 한 손으로 오소리 솔을 들고 얼굴을 문지르면서 허공에 있는 다른 한 손으로는 날이 선 면도칼을 잡고서 즐겁게 외쳤다.

"절대 움직이지 말라고, 이 바보야! 이제 시작이야!"

"그러다가 베어버리겠는걸! 뭐, 그렇다 해도 피를 흘리지는 않겠지만 말이죠!"

빵집 주인이 말했다.

피크부피그는 이미 사흘 전에 죽었지만, 사람들은 마지막 치장을 해주기 위해 그를 의자 위에 앉혔다. 왜냐하면 팡필이 누워 있는 손님 면도는 못하겠다고 우겼기 때문이었다.

다른 사람들처럼 정장 차림을 한 위골랭과 파페는 장지로 출발하는 것을 기다리는 동안에 계곡을 산책하는 척했다. 이따금씩 위골랭은 몸을 구부려서 풀을 뽑아 들고 뿌리에 딸려 나온 흙을 관찰했다. 흙은 갈색이었으며 휴한기에 형성된 검은 부식토층 때문에 검은 띠가 나 있었다. 파페는 그 흙을 조금 집어 두 손가락으로 문질러 보고 오랫동안 냄새를 맡아보았다. 위골랭은 흙 알갱이를 입으로 가져가 마치 포도주를 시음하듯이 혀로 빨아 보았다. 그리고 나서 그들은 언덕 위에 있는 키가 큰 관목 숲으로 들어가서 언덕 위쪽으로 올라가 하얀 바위로 된 절벽 앞에서 멈추었다.

사실 그들은 산책하는 듯이 조금씩 우회하면서 한 발 한 발 다가가다 마침내 샘이 있는 자리에 당도했다. 그곳에는 푸른 잎이 남아 있는 죽은 나뭇가지를 펼친 채 오래된 무화과나무 기둥이 박혀 있었다. 손가락으로 건너편 언덕을 가리키면서 그들은 둘 다 언덕을 바라보는 척했다.

"바로 이곳이다. 무화과나무 아래, 사람 하나 들어갈 크기에 내 키 정도 깊이의 작은 우물 같은 것이 있을 게야. 이건 인위적으로 만든 게 아니야. 반은 흙벽에, 반은 암석으로 에워싸여 있어. 암석 바닥에 5프랑짜리 동전 크기의 작은 구멍이 하나 있었지. 바로 거기서 샘이 흘러나왔어. 그렇지만 우물 위쪽까지 솟아오르지는 않았단다. 양동이로 물을 길어 올려야만 했어. 그의 아버지 카무앵은 멍청하지 않았기에 수면이 밭보다 약간 높은 곳에 있다는 걸 알아차렸지. 그래서 그는 아래쪽에 작은 구멍을 냈지. 바닥에는 기와와 벽돌로 밭까지 이르는 일종의 도랑을 파고, 작은 구멍을 막은 뒤 우물을 덮었어. 그렇게 해서 물은 아래까지 저절로 흐르게 되었단다."

파페는 이렇게 말하면서 가시가 돋친 금작화와 시스투스 관목을 지나 가시덤불 위로 솟아오른 갈대밭까지 내려왔다.

"여기가 도랑이 시작된 곳이지."

갈대 아래쪽으로 가시양골담초 몇 포기가 자라 있었다. 위골랭과 파페는 이끼를 걷어 올렸다. 머리를 하늘로 향하고 마치 불어오는 바람에 관심을 기울이는 듯 하늘을 쳐다보며 파페는 중얼거렸다.

"내 발밑을 보거라. 샘이 분출하려 하고 있어. 막혀서 못 나오지만, 물이 아래에 있지. 달리 크게 할 일은 없을 게야…."

위골랭은 이끼 위를 살짝 걸어보았는데, 그의 큰 신발 아래로 흙탕물이 올라왔다.

"이런 재산을 썩히고 있었다고 생각하면, 녀석에게 한 방 먹인 것을 기쁘게 생각한다. 그 녀석은 단순히 사람 한 명을 죽인 것이 아니었어. 이 샘하고 사람에게 두 번 살인을 저질렀던 것이야."

*

농가에서는 네 명이서 피크부피그를 막 관에 눕혀 놓았다. 그에게 했던 치장이 마지막이자 처음이었다는 것을 증명하기라도 하듯, 그의 얼굴은 알아볼 수 없을 정도로 말쑥했다. 목수인 팡필이 관 뚜껑을 덮으려 하자 대장장이가 끼어들었다.

"기다려 보게! 어느 날 사냥 나간 길에 피크부피그를 만나 식사를 함께한 적이 있네. 바보가 되기 훨씬 전이었어. 그때 내게 자기 나머리스를 보여주고는 '이건 내 유일한 친구일세. 나는 이 놈과 함께 묻히고 싶어'라고 말했다네."

"이렇게 좋은 총을 안 쓴다는 건 바보 같은 일이에요."

빵집 주인이 말했다.

"저 위에서 이걸로 그가 무엇을 하겠나? 아마도 날고 있는 천사를 쏘고 싶은 것을 참지 못할 거야. 총이 있다고 해서 그가 한 일이 크게 바뀌는 것도 아니고 말이지."

팡필이 말했다.

"이봐, 이봐. 농담할 때가 아니야. 이 나머리스를 그와 함께 묻어야 하네. 죽은 자의 바람은 신성한 것이란 말이지!"

대장장이가 말했다. 그는 나머리스를 들어 총구가 어깨 위로 오도록 해서 시신의 오른팔 아래 놓았다. 그러자 피크부피그는 마치 천국의 입구를 지키러 올라가는 듯 보였다.

신부가 복사들을 앞세워 도착한 것은 팡필이 관 뚜껑의 나사를 조이고 있을 때였다. 여섯 명의 남자가 관을 어깨에 지고 그 뒤로 장례 행렬이 따라갔다. 10월의 우울한 햇살 아래로 금작화가 활짝 피어 있는 길을 따라 피크부피그는 그의 마지막 여행을 떠났으며 서른 명 가량의 농부들이 뒤를 이었다. 장례 행렬이 산꼭대기를 넘어서서 마을이 멀리 보이자 사람들은 레 바스티드에서 조종이 울리는 소리를 들었다.

바로 그때 필록센이 빵집 주인에게 물었다.

"자네, 총이 장전되어 있는지 봤나?"

"아니. 그건 생각도 못했어요. 나머리스에는 공이가 없어서 그냥 보이지는 않거든요!"

엘리아생이 소리쳤다.

"확실히 총에는 사냥용 총알이 장전되어 있을 테지요. 그는 집에 들어가면 가끔씩 밤에 나타나곤 하는 멧돼지 때문에 항상 사냥용 총알을 장전해 놓곤 했어요."

"그럼 위험할 수도 있겠군." 파페가 말했다.

"특히나 그는 빠르게 총을 쏠 수 있도록 걸쇠 부분을 줄로 밀어 놓았었어. 바람만 살짝 불어도 총을 쏠 수 있다고 말했지."

대장장이가 말했다.

이 말은 순식간에 행렬 끝까지 전달되었다. 신부 뒤에서 걷고 있던 필록센은 뒤로 돌아서서 말했다.

"아마도 안전장치는 있겠지?"

"그렇지는 않을걸!"

대장장이 카지미르가 말했다.

그러자 사람들이 약간 술렁였다. 전나무 관 안에서 나머리스의 총구가 얼굴 높이에서 그들을 겨냥하고 있었던 것이다. 사람들은 몇 발짝 움직여 총알이 지나갈 수 있는 가운데 널찍한 공간을 남겨두고 양 갈래로 비켜났고, 만일 발사가 된다면 총알은 최악의 상황에도 천국에 갈 정도로 성인군자인 주임 신부의 머리에 박히게 될 터였다.

묘지에서 파페는 엄숙하고 점잖았으나, 무의식적으로 미소를 띠고 콧노래를 부르는 위골랭 때문에 여러 번 그의 팔을 꼬집어야 했다.

장례식이 끝나자 늘 그랬던 것처럼 공화당 클럽에서 고인을 기리기 위해 백포도주를 한잔하는 모임이 있었다. 위골랭과 파페는 앙글라드와 이야기를 나누었다.

"이봐, 그러면 자네가 유산을 받는 건가?"

파페가 물었다.

"아니지! 내가 사촌이기는 하지만 우리는 먼 사촌이었네. 피크부피그의 아버지의 어머니가 내 할아버지의 사촌이었지. 그분이 당시 앙글라드 집안 사람이었다고."

앙글라드가 대답했다.

"그러니까 자네도 무언가 받을 자격이 있지 않나?"

"아니지. 피크부피그의 누이가 다 상속받을 것이야."

"우리도 친척이야. 피크부피그와 플로레트의 아버지가 카무앵 르 그로고, 그의 아버지인 외눈이 카무앵이 우리 할아버지의 누이와 결혼했지. 그렇게 돼서 우리도 같은 피를 이어받은 친척이기는 하지. 그렇지만 유산을 받는 건 당연히 플로레트지."

카지미르가 말했다. 파이프 속을 채우고 있던 파페는 고개를 들지 않은 채로 물었다.

"자네들은 그녀가 아직 살아 있다고 보는가?"

"그렇지 않겠나? 플로레트는 자네보다 어리다고. 남편이 죽었다는 소식은 들었어. 5, 6년 전에 오바뉴의 장터에서 누군가로부터 들었지. 하지만 그녀는 아직 살아 있을 거야. 여자들은 오래 살거든!"

앙글라드가 말했다.

"플로레트가 누군가요?"

위골랭이 물었다.

"파페가 잘 아는 여자지. 그렇지 않나, 세자르?"

파페는 안주머니에서 성냥을 찾고 있었다. 앙글라드는 작은 목소리로 말을 이었다.

"플로레트 드 베랑제르, 플로레트 카무앵이야. 아주 예뻤지."

"그녀는 어디 사는데요?"

위골랭이 물었다. 파페는 파이프에 불을 붙이고서 대답했다.

"크레스팽에 살아. 왜냐하면 크레스팽의 대장장이인 리오넬한테 시집갔거든."

옆 테이블에서 백포도주를 따르던 필록센은 파페 쪽으로 고개를 돌리고 위협적인 어투로 물었다.

"대체 어떤 놈이 크레스팽을 입에 올렸어?"

*

크레스팽은 넓은 지역을 아우르는, 레 바스티드와 비슷한 규모의 마을이었다. 위대한 문인인 아나톨 프랑스의 작품에서 사람들은 장관에게 "왜 이웃 마을과 그렇게나 자주 싸우는 겁니까?"라고 물었다. 놀란 장관은 대답했다. "그러면 여러분은 저희가 누구와 싸우기를 바라십니까?" 크레스팽도 여러 다양한 이유로 레 바스티드의 오래된 숙적이었다. 그 원인은 오래전으로 거슬러 올라가야 한다. 필록센은 아마도 로마 시대 때부터일 것이라고 했다.

싸움의 첫 번째 원인은 상당량의 먹을거리를 대가 없이 제공했던 불법 사냥, 즉 밀렵 때문이었다. 보기 드문 파렴치한이었던 크레스팽 출신들은 레 바스티드 쪽으로 넘어와서 덫을 놓고 가곤 했었다. 여러 차례 다툼이 있은 후 레 바스티드 사람들은 머리끝까지 화가 났다. 그들은 여자와 아이들로 구성된 열두어 명의 감시단을 결성해 망을 보다가, 크레스팽 사람이 넘어오면 네댓 명의 건장한 레 바스티드 사람들이 그들을 덮쳐 끌고 가서는 얼굴을 알아볼 수 없을 정도로 팬 다음 크레스팽으로 돌려보냈다. 당시 크레스팽의 대표자는 막 군 복무를 마치고 돌아온 사람을 오바뉴의 헌병대 하사로 임명했다. 새로운 하사는 어린 시절에 레 바스티드 쪽 언덕에서 두들겨 맞은 기억이 있었기에 결코 언덕을 떠나는 법이 없었고, 6개월도 채 안 돼서 세 건이나 입건했다. 그는 네 번째 사건을 입건하는 기쁨을 누리지 못했는데, 그 이유는 어느 날 봄 데 라트페나드 근처에서 마가목 나무에 목 매달린 채 발견되었기 때문이다. 누가 그를 공격했는지는 아무도 몰랐다.

그 보복으로 크레스팽 사람들은 미스트랄이 시작되는 첫날에 파 뒤 루에 있는 넓은 소나무 숲에 불을 놓았고, 그 소나무 숲이 재건되는 데는 30년이라는 세월이 걸렸다.

크레스팽에서 갈탄 광산이 발견되고 정부에서 작은 규모의 관개수로를 건설해 주어 경제적으로 번영하자, 시간이 지나면서 밀렵 전쟁은 점차 수그러들었다. 자고 대여섯 마리나 토끼 한 마리는 더 이상 귀중한 먹을거리가 아니었다. 그렇지만 그들의 악한 심성을 증명이라도 하듯이, 크레스팽 사람들은 다른 빌미를 찾아냈다.

하늘에 시커먼 구름이 다가오는 것을 보면 그들은 대포를 쏘아대서, 인자하신 주님이 그들에게 보내신 우박이 언덕 반대쪽으로 떨어지게 만들었고 그 바람에 레 바스티드의 비쩍 마른 포도나무들이 죽어나갔다. '파리' 문제도 무시할 수 없었다.

크레스팽 사람들은 올리브나무를 기르지 않았다. 포도나무를 심기 위해서 수백여 그루의 올리브나무를 베어내는 만행을 저질렀고, 게다가 남아 있는 올리브나무를 더 이상 가꾸지도 않았다. 그러자 올리브나무에 파리가 꼬이기 시작했다. 꽃이 피는 철에

운 나쁘게도 동풍이 불어닥치면, 파리들은 레 바스티드까지 날아와 올리브 수확량을 절반으로 줄여놓았다.

실제 피해를 언급하자면 끝이 없겠지만, 이는 부모자식 간에 험담으로 이어져 내려와 세대를 거듭할수록 완성되고 부풀려졌다. 크레스팽 사람들도 그들 나름대로의 이야기를 이어와, 레 바스티드 사람들은 전근대적인 인종에 속하고 대다수가 바보거나 정신병자 아니면 살인자라고 서슴없이 말하곤 했다. 그러나 사실 그들은 마치 형제처럼 비슷한 사람들이어서, 겉으로는 유쾌하고 프로방스인다운 쾌활함을 보여도, 질투심 많고 경계심이 강하며 비밀이 많은 사람들이었다.

*

"우리가 크레스팽이라고 말했다네. 플로레트의 결혼식에 대해서 말하고 있는 중이었어." 앙글라드가 말했다.

"자넨 결혼식에 참석했나?"

"물론이지. 막 군대에서 돌아왔을 때였어. 아마도 40년쯤 전이었지."

"그 당시 나는 저 먼 곳에 있었지. 아프리카에 있는 국군 병원에 있었어. 그렇지만 아버지가 내게 그 싸움에 대해 말씀해 주셨지." 파페가 말했다.

"무슨 싸움이요?"

거구의 엘리아생이 가까이 다가서며 물었다.

"물론 결혼식 날 벌어졌던 싸움이지!"

젊은이들이 손에 잔을 들고 둘러싸며 원을 만들자, 앙글라드가 말했다.

"플로레트 카무앵은 이 지방에서 제일가는 미인이었어. 약간은 자만심에 차 있기도 했지만, 정말 예뻤어. 어느 날 저녁 플로레트는 레 바스티드 처녀들과 발렌틴에서 열리는 축제에 갔다가 그 리오넬과 춤을 췄어. 큰 키에 건장하고, 멋진 까만 콧수염을 기른 청년이었지. 그들은 첫눈에 반해서 열흘쯤 뒤 주일 미사가 끝날 때 신부님께서 둘의 결혼을 알렸지. 폭탄선언이었어. 플로레트의 부모는 고개를 숙이고 잠자코 있었지. 그런데 플로레트는 맨 앞줄에 앉아서는 뒤를 돌아보며 옆구리에 손을 얹고 사람들을 똑바로 쳐다봤어. 그러자 신부님께서는 좋지 않은 과거는 잊어야 하며, 이 결혼은 인자하신 하느님께서 두 마을에 평화를 가져오기 위해 바라신 일이라고 말씀하셨어. 이미 크레스팽의 신부님께서는 앞으로는 대포를 언덕 반대쪽으로 쏘아서 우박이 로크베르 쪽으로 떨어지도록 하겠다고 약속하셨지. 우리 신부님도 크레스팽 사람들은 우리 형제들이며 서로 사랑해야 한다는 둥 설교하셨고. 어쨌든 결혼식에는 신부님을 앞세워 크레스팽에서 적어도 서른 명 정도가 참석하러 왔었어. 우리 신부님이 그쪽 신부님을 맞이하고 서로 안으면서 인사를 했어. 그러고서 우리 신부님이 크레스팽 사람들에게 강복을 내리시고, 크레스팽 신부님이 우리에게 강복을 내리셨지. 혼인 미사 중에는 두 신부님이 모두 설교를 하셨어. 내 친구들을 비롯해 모든 사람들이 눈물을 흘렸지."

"왜요?" 위골랭이 물었다.

"아름다웠으니까! 그때 나는 일고여덟 살이었지만, 미사가 끝날 때 모든 사람들이 서로 손을 잡고 있었던 것을 기억하지! 크레스팽에서 온 옷을 잘 차려입은 어느 부인이 나를 안아주면서 '이렇게 예쁜 아이들이 있는 곳, 레 바스티드여, 영원하리!' 라고 말씀하셨어."

필록센이 외치자 목수가 물었다.

"이봐, 필록센, 그 아이가 자네인 것이 확실한가?"

앙글라드가 말을 이었다.

"크레스팽 사람들은 여태껏 있었던 모든 일들은 자기들 잘못이라고 말했어. 그리고 우리도 우리 잘못이라고 대답했지. 마침내 두 마을 사람들이 모두 다 똑같이 바보 같았다는 점에 동의했고 모든 것이 잘되는 듯했어. 그러고는 크레스팽 남자와 우리 마을 여자, 우리 마을 남자와 크레스팽 여자, 이런 식으로 둘씩 짝을 지었어. 신부의 아버지 카무앵 르 그로가 돈을 내서 광장에서 큰 피로연을 시작했지. 커다란 햄이 여섯 덩어리, 양 다리가 적어도 서른 개나 나오고, 세이보리로 속을 채워 포도나무 가지와 함께 구운 토종닭 쉰 마리를 내놓는 등 대단했어."

피로연 음식을 열거하자 거구의 엘리아생은 입을 벌리고 코를 찡그리며 아주 작은 까만 눈을 크게 벌리고는 숨을 멈췄다. 앙글라드는 이야기를 계속했다.

"크레스팽 사람들은 자기들이 담근 포도주 125리터들이 두 통을 가지고 오고 싶어 했지. 그런데 포도주는 마시기엔 괜찮았지만 딱하게도 너무나 가벼운 포도주인지라 물처럼 맹맹했다고. 그래서 약간 덜떨어진 늙은 메데릭이 친절하고도 예의바른 어투로 어떻게 하면 이렇게나 시큼한 포도주를 만들 수 있는지 물었지. 그랬더니 크레스팽의 한 아낙이 우리 토종닭 요리가 찌르레기로 만든 줄 알았다고 되받아쳤어. 그랬더니 사람들이 저마다 자기 이야기를 하려들면서 이 말 저 말이 오가다가, 급기야는 테이블 위에 올라가 싸우더니, 테이블이 무너져 내리고, 기름에 불붙인 격으로 싸움이 크게 번졌지."

필록셴이 말했다.

"나는 카지미르와 함께 아카시아 나무 위로 기어 올라갔지. 우리가 다 봤어."

카지미르가 말했다.

"배를 가득 채우고 난 후였지. 여자들은 서로 할퀴고, 남자들은 땅바닥을 뒹굴고 말이지. 모두가 소리를 지르는 데다 발길질만 했다 하면 누군가가 맞을 정도였어!"

앙글라드가 말했다.

"사람들을 떼어놓으려던 양쪽 마을 신부님들은 아예 끼어들지 않는 편이 나았을 거야. 우리 신부님은 크레스팽 놈이 햄으로 정수리를 쳐서 기절했고, 크레스팽 신부님은 날아가던 의자에 맞아, 의자 등판의 격자무늬 사이에 얼굴이 끼어서 빼지도 못하는 상황이었지. 나는 지나가던 덩치 큰 애꾸눈을 거의 질식시키기 일보 직전이었어. 내가 그를 풀어주고는 '이제 이해가 가냐? 꺼져버리라고, 이 야만인아!'라고 말했지. 그는 숨을 고르더니 슬리퍼 신은 발로 내 배를 걷어찼어. 마셨던 포도주가 코로 나오지 뭔가. 나는 절망에 빠진 사람처럼 울었고, 눈앞이 흐릿해져 아무것도 볼 수가 없었어. 그래서 아카시아 나무 뒤로 잽싸게 숨어서 기침을 하고 침을 뱉고는 눈을 비볐지. 내가 마지막으로 본 것은, 신랑 신부가 타고 전속력으로 달려가던 카무앵네 이륜마차였어. 그리고 그날 이후로 크레스팽 놈들은 전보다 더 심하게 굴었고, 플로레트는 순식간에 크레스팽 놈들보다 더 고약한 크레스팽 년이 되어버렸지!"

"원체 성깔이 있었던 것 치고는 그리 변하지도 않았다고!"

파페가 말했다.

"난 말이지, 플로레트에게 동생이 죽었다고 알리는 공식 편지를 부쳤어. 내일 아침이나 되어야 내 편지를 받게 될 거야. 그녀가 살아 있다면 말이지, 아마도 유산을 받으러 오겠지."

필록셴이 말했다.

"그녀가 유산을 상속하는 것이 당연하고말고요!"

빵집 주인이 말했다. 위골랭은 불만이 가득한 표정을 짓고 있는 파페를 쳐다보았다.

파페가 말했다.

"아마 받을 만한 것이 별로 없을걸."

앙글라드가 말했다.

"나는 그렇게 생각 안 해. 레 로마랭 농가는 별반 가치가 없어 보이지. 왜냐면 피크부피그가 아무것도 한 적이 없으니까. 그렇지만 농가 상태는 꽤 괜찮은 편이지. 수리를 조금만 하고 칠도 좀 하면 그리 나쁘지는 않을 거야. 게다가 1870년 보불 전쟁 이전에는 올리브나무도 쉰 그루나 있었다네."

"그런데 나무는 전부 병들었어요. 처참할 지경이라고요."

위골랭이 말했다.

"곡괭이질 몇 번 해주면 괜찮아질 거야."

"그러려면 빨리 해줘야 할 거예요. 엄청 큰 곡괭이로 말이죠."

앙글라드가 계속 말했다.

"편도나무도 서른 그루 있고, 계곡 아래쪽으로 평평하고 질 좋은 땅이 2헥타르나 있지."

빵집 주인이 말했다.

"그래요. 그런데 거기는 비가 안 드는 곳이라고요. 나도 레 로마랭에서 약간 멀지만 그 위쪽으로 작은 밭 한 떼기를 갖고 있는데, 물이 없어서 거기에 아무것도 심을 수가 없어요. 폭우가 오는 소리도 들리고, 먹구름이 그쪽으로 가긴 하지만, 먹구름이 생 테스프리 봉우리를 지나자마자 반으로 나뉘어서 비가 봉우리 반대쪽에만 내린다고요. 계곡 쪽에는 몇 방울 떨어지기나 하는지…."

앙글라드가 말했다.

"그럴 가능성이 있지. 그렇지만 자네들이 모르는 모양인데, 피크부피그의 집에는 샘이 하나 있네."

위골랭은 눈을 세 번 깜빡였다.

파페가 말했다.

"샘이 하나 있었지."

앙글라드는 끼어들었다.

"나는 그 샘을 봤어. 참으로 아름다웠지. 마치 손바닥 너비만한 작은 실개천 같았거든."

파페가 말했다.

"자네가 아주 어렸을 때 본 걸 거야. 분명히 폭우가 쏟아진 직후였을 테고. 왜냐하면, 내가 봤을 때는 40년 전이었거든. 그때는 내 손가락 굵기만큼 흘렀어. 그 이후에는 샘이 사라졌지."

"그럼 자네는 그 샘이 아주 사라졌다고 생각하는 겐가?"

"내가 오늘 아침에 잠깐 보러 다녀왔네만, 돌처럼 말라 있더구먼. 사실은 피크부피그 같은 게으름뱅이가 샘을 돌보지 않아 막혀버린 거라네. 샘은 그 아래로 흐르다가 땅 속으로 더 깊이 숨어버려서, 어디까지 들어갔는지 알 수도 없다네."

"우물을 판다면요?"

카지미르가 묻자 파페가 대답했다.

"시간 낭비일 뿐이야. 그 물은 심연에서부터 흐른 것이 틀림없지. 물이 올라오는 것을 더러운 것들이 막고 있어서 도로 심연으로 방향을 튼 것이야. 땅 밑으로 30미터 들어갔을 수도 있고, 100미터일 수도 있지. 나는 샘들의 본성을 알고 있다고. 샘은 미인과 비슷해. 사람들이 미인들을 잊어버리면, 그녀들은 떠나버린다네. 그걸로 끝인 거지." 빵집 주인이 말했다.

"그런데, 작년에 언덕 위를 지나면서 무화과나무 한 그루를 봤어요. 나무가 자란다는 것은 물이 멀지 않은 곳에 있다는 소리 아닌가요!" 파페가 말했다.

"물이 멀지 않은 곳에 있었다는 소리지. 무화과나무는 일단 자라기만 하면 더 이상 아무것도 필요 없어. 그 무화과나무는 적어도 100년은 더 된 거야."

"그래도 가지가 새로 났던데…." 필록센이 덧붙였다. 그러자 파페는 강한 어조로 필록센의 말을 잘랐다.

"자네 말이야, 아페리티프에 대해서 말할 때는 다들 자네 말을 귀 기울여 듣지. 그런데 샘은 자네 전문 분야가 아니야. 페르노 술은 샘물로 만든 것이 아니라고. 분명히 샘을 다시는 볼 수 없을 거야. 그 올리브나무는 병에 걸렸고, 그곳에 있는 흙은 썩어버렸으며, 더 이상 아무것도 자라지 않을 거라고, 토끼 오소리 메뚜기 떼가 그곳에 있는 것을 죄다 먹어치울 거라고 내가 장담하지. 그곳을 원래대로 회복시키려면 적어도 여든 번은 땅을 갈고 15,000프랑을 들여 철망이 달린 울타리를 세워야 할 게야. 그런다고 해도 사과 네 개, 감자 서른 개 남짓, 이집트콩 5킬로그램을 얻을 뿐이지. 그것들을 시장에 이고 가려면 2킬로미터나 가야 한다고!"

"그렇지요. 나 같으면 공짜로 준다고 해도 안 받는다고요!" 위골랭이 외쳤다.

8

그날 저녁 작게 포도주를 넣어 너무 까맣게 된 스튜 요리를 먹으면서 위골랭과 파페는 오랜 시간 대화를 나눴다. 위골랭은 이튿날 플로레트를 만나러 크레스팽에 가고 싶어 했다.

"내 눈에 흙이 들어가기 전까지는 절대로 안 된다. 가서 물어본다면 네가 무엇을 가지고 싶은지 알려주는 셈이고, 그러면 원래 가격보다 세 배나 비싼 가격을 말할 거야. 그리고 그것을 원하는 게 우리라는 사실을 알면 플로레트가 거절하겠지…." 파페가 소리쳤다.

"왜요?" 위골랭이 물었다.

파페는 우울한 미소를 머금으며 대답했다.

"플로레트 성격이 원래 그렇거든."

"그러면 어떻게 해야 하죠?"

"내 계획을 들어 보려무나."

파페는 파이프를 채우기 시작했다.

"첫째, 플로레트는 절대로 이곳에 오지 않을 거야. 둘째, 젊었을 때 그녀는 돈을 밝혔었지. 나이를 먹으면서 돈을 더 밝히는 사람이 되었을 거야. 그러니까 그녀는 유산을 팔 테지. 네 생각에는 이 마을 사람 중에 그 유산을 살 만한 사람이 있을 것 같아 보이니? 재산이 있는 사람들 중에서 말이지."

위골랭은 잠시 생각하다가 대답했다.

"아뇨. 그럴 사람은 없다고 생각해요. 땅이라면 모두 다 충분히 가지고 있죠. 그리고 그 높은 곳에서 살려고 계곡의 밭을 버려두고 떠날 사람은 아무도 없을 거예요. 그럴 사람이 없단 말이죠. 그런데 외부에서 누군가가 올 수도 있죠."

"그러면 그 외지인은 무엇 하러 오는 게냐?"

"야채를 심을 수도 있고 저처럼 꽃을 재배할 수도 있죠! 샘이 있으니 말이에요!"

"그렇지, 우리야말로 샘이 있어서 관심을 갖는 거야. 만일 샘이 없다면, 무슨 가치가 있겠니?"

"아무런 가치도 없죠. 절대로 없어요. 그런데 그곳에 샘이 있잖아요."

파페는 웃으면서 입에 파이프를 물고는 음흉한 시선으로 위골랭에게 윙크를 했다. 그러고는 천천히 파이프에 불을 붙였다. 그는 낮은 목소리로 말했다.

"그 샘은 이미 4분의 3이나 막혀 있지. 만약에 '우연한 사고'로 완전히 막힌다면?"

당황한 위골랭이 물었다.

"어떤 사고요?"

"네가 등에 시멘트 한 포대를 이고 샘 가를 지난다고 생각해 보자꾸나. 하필 그때 미끄러져서 넘어지는 거야. 그리고 시멘트가 떨어져서 샘의 구멍을 딱 막게 되는 거지!"

파페의 말에 위골랭은 잠시 주저하다 큰 소리로 웃으면서 외쳤다.

"파페, 대단해요! 우리 내일 샘을 막으러 가요. 우리가 해야 할 일이 딱 그거네요! 사고를 만드는 거예요!"

그러고 나서 위골랭은 갑자기 진지한 태도로 말했다.

"그런데 문제가 하나 있어요. 그 샘, 사람들이 알고 있어요. 오늘 클럽에서 사람들이 샘에 대해 말했잖아요…."

"그래, 하지만 외지인이 농가를 방문할 때면 아무도 그 말을 하지 않을 게다. 내일 그곳에 가려면 오늘 만반의 준비를 해두어야만 한다. 지금 너는 시멘트를 챙기도록 해라. 한 광주리 분량이면 충분할 게야. 단단한 나무로 만들어진 큰 마개를 두세 개 다듬어라. 한쪽은 병 바닥 너비 정도로 커야 하지만 반대쪽은 병목처럼 가는 게 좋아. 다듬고 나서 불 근처에서 잘 말려야 한다. 그리고 할 이야기가 또 있단다. 그라피네트*에 대한 거야."

"그라피네트가 누구예요?"

"네가 태어나기 전에 이곳을 떠났으니, 너는 모를 게다. 그라피네트는 오르텅스의 딸, 그러니까 라 제르멘의 카스텔로 집안 딸이었지. 천사 같은 얼굴의 포동포동한 처녀였어. 그녀의 별명이 그라피네트였는데, 사내놈들이 그녀에게 키스를 하려고 하면 얼굴을 할퀴어버려서 그런 별명이 붙었지. 일부러 손톱을 아주 뾰족하게 잘랐거든. 그런 태도가 곧 그녀의 명성이 되었고, 신부님께서는 그녀를 본받으라고 하셨어. 그런데 사람들을 너무 할퀴다 보니 시집을 못 가고 노처녀로 남게 되었단다. 그녀의 부모님이 돌아가시자, 그라피네트는 미메의 신부님 곁에서 시중꾼이

---

* '할퀴쟁이' 라는 뜻.

되었어. 한 4, 5년쯤 전에 교황께서는 미메의 신부님을 크레스팽으로 임명하셨고, 그녀도 신부님을 따라 크레스팽으로 갔단다…."

"그녀가 신부님을 할퀴지 않았다면 말이죠!"

"물론, 지금 나이 정도면 누군가를 할퀴게 될 기회도 없을 거야…. 그라피네트가 플로레트의 친구였으니, 아마 서로 자주 왕래했겠지. 지금 그라피네트에게 편지를 쓰마."

"그라피네트가 죽었다면요?"

"그럴 리 없어! 내 또래들이 전부 죽은 건 아니란다!"

파페가 외쳤다.

"전부는 아니지만 많이 돌아가셨죠."

위골랭이 답했다.

"그건 사실이지. 만약에 그라피네트가 죽었으면, 편지가 다시 돌아올 것이야."

"어떻게요?"

"내 주소를 봉투 뒤에 적어둘 거다."

위골랭은 걱정스러운 기색을 보였다.

"주소를 두 개 쓰면 우체부가 혼란스러워 하지 않을까요?"

"불쌍한 위골랭아, 네가 겁쟁이가 되었다니 우습구나. 우체국에서 일하는 사람들은 우표가 붙은 쪽에 쓰여 있는 제대로 된 주소를 먼저 본단다. 그런데 수신인이 어디론가 떠났거나 사망한 경우에는 봉투를 뒤집어서 다른 쪽에 작게 적혀 있는 주소를 보고 그곳으로 도로 가져다 주지. 그래서 그라피네트가 더 이상 그곳에 살지 않거나 죽었다는 사실을 알게 되는 거란다!"

"그럼 그 편지를 돌려보내기 위해 누가 우표를 붙이나요?"

파페는 약간 짜증을 내면서 설명했다.

"아무도 안 붙여. 원하던 곳에 편지가 도착하지 않을 경우에는 내가 처음에 붙인 우표가 제 구실을 못했으니 우표를 또 붙일 필요가 없단다. 그래서 우체국에서는…."

"파페, 설명 안 해주셔도 돼요. 하나도 이해가 안 가요. 그렇지만 중요한 건 아니에요. 파페가 편지를 쓴 뒤에 앞으로 어떤 일이 생길지 지켜보도록 해요."

벙어리 하녀가 테이블을 치우는 동안, 파페와 위골랭은 글을 쓰기 위해 필요한 준비물을 챙겼다. 잉크 병을 찾아서 미지근한 물과 식초를 부어야 했고 깃털 펜은 모래로 문질러서 마치 새것처럼 보였다. 그리고 편지를 쓰기 시작했다. 그들은 매 문장마다 써야 할 것과 쓰지 말아야 할 것을 의논했다. 파페의 글씨는 읽을 수 있을 정도였지만, 얼마든지 변한다는 이유로 철자법에는 신경 쓰지 않았다.

자정 무렵에 편지가 완성되었고, 파페는 편지를 큰 소리로 다시 읽어 보았다. 위골랭은 그 편지가 완벽하다고 생각했고, 별이 반짝이는 밤에 가벼운 발걸음으로 마사캉에 돌아갔다.

*

그라피네트의 답신을 기다리며 파페와 위골랭은 즉시 행동을 개시했다.

파페는 동이 틀 무렵 위골랭을 데리러 왔다. 그 전날 파페는 클럽에 가서, 11월 초가 되었으니 내일은 언덕에서 버섯을 따며 하루를 보낼 거라고 말해 두었다. 그는 사냥용 망태기 두 개를 끈이 서로 교차되도록 멨다. 한 망태기에는 먹을 것이 들었는데, 두 개의 병 주둥이가 망태기 밖으로 삐져나왔다. 다른 망태기에는 연장이 들어 있었다.

위골랭은 이집트콩과 신선한 양파를 곁들인 샐러드를 먹으면서 파페를 기다렸다. 식탁 위에는 떡갈나무 가지를 다듬어서 화덕의 재로 말린 원뿔 모양 마개가 두 개 놓여 있었다.

"작은 것으로도 충분할 것 같구나. 단화를 벗고 운동화를 신도록 해라. 드릴도 가지고 있겠지?"

"어제저녁에 그곳에 가져다 놓았어요. 망치, 끌, 큰 톱, 작은 곡괭이와 함께 덤불 속에 숨겨 두었어요."

위골랭은 신발 끈을 단단히 매고 일어서서 반쯤 찬 배낭을 어깨에 걸쳐 멨다.

"이게 시멘트예요. 바로 그 '사고'를 위한 시멘트요."

*

파페와 위골랭은 소나무 숲 사이로 지나가 레 로마랭으로 조용히 올라갔다.

약간은 주저하는 듯이 무색의 후광을 비추면서 태양이 떠오르고 있었다. 개똥지빠귀가 살며시 움직이면서 내는 '칙' 하는 소리만이 고요함을 깨뜨리고 있었다.

파페는 샘 바로 위편에 빽빽하게 들어서 있는 돌 뒤에 작은 드릴을 숨기러 갔다. 그 자리에서는 주변을 감시하면서 작업을 지휘할 수 있었다.

위골랭은 우선 무화과나무에서 뻗어 나온 가지를 전부 잘라내고, 밑동에 붙어 있는 뿌리를 쳐내기 시작했다. 소리 내지 않으려고 뿌리를 잘라내는 작업에 곡괭이를 사용하지 않았기 때문에 일하는 데 아주 긴 시간이 필요했다. 그는 곡괭이를 땅에 박고는 발을 자루 위에 얹어 지렛대로 사용했다. 그러고 나서 흙손으로 뿌리에 붙어 있는 흙을 치워냈다. 그러나 나무뿌리가 거기까지만 뻗어 있는 것이 아니었다. 샘이 솟아나는 구멍까지 뻗어 있어서 주위는 점점 진창이 되어가고 있었다. 10시쯤 그는 깊이가 1미터 50센티미터 정도 되는 반원형의 작은 물웅덩이를 팠다.

위골랭은 육체노동을 한 데다 누군가에게 들킬까봐 걱정했기 때문에 땀을 비 오듯이 흘렸다. 벌써 외바퀴 손수레 두 대 분량의 흙더미가 쌓여 있어서 지나가는 행인의 이목을 끌기에는 충분했다. 물론 아무도 이 계곡에 오지 않지만, 원래 그런 순간에는 항상 일 년에 한 명 있을까 말까 한 행인이 지나가는 법이다.

가끔씩 파페가 속삭이곤 했다.

"갈리네트, 서두르거라. 아무도 없긴 하지만 빨리 해야 한다."

"할 수 있는 한 최선을 다하고 있어요. 그런데 문제는 뿌리예요. 굵은 뿌리 주변에 잔뿌리가 수두룩해요."

다행히도 흙탕물 덕분에 소리가 나지 않아 위골랭은 톱을 서서히 밀고 당겼다.

정오쯤 되어 열댓 개의 뿌리 조각을 흙더미 위로 던져버린 후에야 위골랭은 마지막 뿌리를 잡아당길 수 있었다. 마지막 뿌리는 한참 동안 뽑혀 나오지 않았다. 샘 구멍이 너무 아래쪽에 있어서 위골랭이 힘을 쓰지 못했기 때문이었다. 그래서 그는 뿌리에 밧줄을 묶고 철사로 매듭을 지어 고정시킨 다음, 구멍 밖으로 올라와서 크게 흔들면서 잡아당겼다. 세 번째로 잡아당기자 뿌리가 나왔고, 아직까지 보이지는 않는 물줄기가 흙탕물 아래서 솟아오르기 시작했다.

위골랭은 당황했다. 만일 이 작은 우물이 너무 빨리 차오른다면 샘이 솟는 작은 구멍을 무슨 수로 찾아 마개로 막을 것인가? 낮은 목소리로 그는 파페를 불렀다.

"파페, 빨리 오세요! 제가 있는 곳까지 물이 차오를 거예요!"

파페는 대답하지 않고 내려왔다. 그러나 파페가 도착하기도 전에 물은 멈췄다. 위골랭은 쓰러져가는 우물 벽 중간 부분에서 작은 소용돌이를 보았다. 바로 그곳이 물이 솟아나오는 구멍이었다.

"놀라울 지경이다. 바로 이것이 카무앵 르 그로가 파놓았던 지하 고랑이구나. 물은 저 아래서 흘러나오는 것이 틀림없어. 저기 갈대밭 쪽 말이다." 파페가 말했다.

"누군가가 지나가다가 이 광경을 본다면 우린 끝장이에요!" 위골랭이 울먹였다.

"갈리네트, 울지 말고 희망을 좀 가져보거라. 곧 구멍을 찾을 수 있을 게야. 네 바로 앞에 있는 바위에 있어!"

물은 점점 맑아지고 있어서 위골랭과 파페는 물이 솟아나오는 것을 볼 수 있었다. 위골랭은 우물 주변을 손바닥으로 짚으면서 슬며시 내려갔다.

"에구머니! 물이 얼음장 같아요. 발에 감각이 없을 정도예요."

지하 도랑이 뚫렸기 때문에 물은 고이는 것보다 더 빠른 속도로 흘러가버려서 수면은 천천히 낮아졌다. 위골랭은 팔을 어깨까지 깊숙이 집어넣고는 말했다.

"찾았어요…. 여기예요…. 구멍을 찾았어요. 작은 마개면 충분할 것 같아요. 아까 그 뿌리가 구멍을 막고 있었던 거예요. 아직까지 구멍 안에 나무뿌리가 남아 있어요…."

파페는 위골랭에게 마개를 건넸다. 구멍에 마개를 끼워 넣으려고 위골랭은 무릎을 꿇고 앉아야만 했다.

"이런! 굉장히 끔찍한데요. 전 발보다 엉덩이가 더 예민한가

봐요. 그런데 물 때문에 마개 위로 망치질을 하긴 어렵겠는데요."

"마개를 그 자리에 꽂아 둬라. 곧 물이 빠질 거야. 그런데 그 전에 단지에 물을 채워라. 회반죽을 준비하마."

파페가 팔을 쭉 뻗어서 위골랭에게 단지를 건네주었다. 위골랭은 단지에 물을 가득 채웠다.

1분도 채 지나지 않아, 물은 다 빠지고 나무 마개 주위에만 조금 남았다. 마개를 둘러싼 부분에서 왕관 모양으로 물이 뿜어져 나오고 있었다. 망치질을 세 번 하자 더 이상 물은 솟아오르지 않았다. 파페는 이미 자갈과 모래를 섞어 시멘트를 반죽하고 있었다. 그들은 구멍 안쪽에서부터 마개 높이까지 반죽을 부었다.

"너무 많이 붓지 마세요. 제가 이 샘을 다시 뚫어야 한다는 사실을 잊지 마시라고요." 위골랭이 외쳤다.

파페는 우물 위쪽 언덕으로 올라와서 망을 봤다. 위골랭은 작은 우물 안쪽에 파낸 흙을 다시 한 층 한 층 쌓고는, 큰 통에 포도를 넣고 밟아 짓이기는 것처럼 그 위에서 덩실덩실 춤을 추었다. 갑자기 파페가 우물 쪽으로 몸을 구부리고는 속삭였다.

"움직이지 마라! 소리가 났다."

"어디서요?"

"농가 안에서 났어."

파페와 위골랭은 귀를 기울였다. 오랜 침묵이 흐르고 나자 다락에서 삐걱거리는 소리가 들렸다.

"피크부피그의 유령은 아니네요. 쥐예요. 지붕 위를 달려가는 걸 봤어요. 토끼처럼 크더라고요."

위골랭이 웃으면서 말했다.

그들은 좀 더 귀를 기울였다. 농가의 전면은 쥐 죽은 듯 고요했고, 덧문은 모두 닫혀 있었다. 주위가 아주 조용해서 파페와 위골랭은 멀리서 바람을 타고 들려오는 자고의 울음소리까지 들을 수 있을 정도였다. 마침내 파페가 속삭였다.

"계속해도 좋겠다."

위골랭은 다시 흙을 밟았다. 그러나 그가 기대했던 것처럼, 우물에서 파낸 흙더미를 우물 안으로 전부 다시 집어넣을 수는 없었다. 그는 남은 흙을 둔덕 발치 쪽의 조금 먼 곳으로 옮겨 쌓아 두었다. 파페는 다시 우물 쪽으로 내려와, 파헤쳐진 땅 위에다 위골랭이 백리향이며 시스투스 관목을 심는 것을 도왔다. 그리고 흙더미 위에는 소나무 잔가지를 두텁게 쌓았다.

"이제는 저 아래 밭으로 내려가서 갈대와 등나무 가지, 이끼를 가져와야겠다." 파페가 말했다.

지하 도랑에서 물이 흐르고 있어서 두 개의 길쭉한 물 웅덩이가 밭 근처에 형성되었다.

"이럴 수가! 누가 이걸 보기라도 하면…."

"가서 나뭇가지나 꺾어 와라. 웅덩이는 내가 처리하마."

파페는 비스듬히 서 있는 울타리의 말뚝을 뽑아 와 도끼로 세 번 쳐서 끝을 뾰족하게 만들고는 말뚝으로 땅에 군데군데 구멍을 냈다. 몇 분 새에 물은 전부 스며들었다. 그는 발꿈치로 땅을 밟아 구멍을 없애고 젖은 땅 위를 낙엽으로 덮었다. 그리고 나서 긴 이끼 층을 쪼개서 이끼 조각을 가시덤불 사이사이에 흩뿌렸다. 그동안 위골랭은 작은 돼지감자가 주렁주렁 달린 가지처럼 보이는 수많은 갈대를 뽑았다.

"해야 할 일이 엄청나네요. 아직도 많이 남았어요!"

위골랭이 말했다.

"다음에 다시 오자꾸나. 오늘은 이 정도로 충분하다. 정오 기도를 위한 종이 울렸는데 우린 아직 아무것도 먹질 못했잖니. 배가 고파 죽겠구나. 어서 가자."

파페가 말했다.

갈대 가지와 무화과나무 뿌리를 한 묶음씩 묶은 다음 파페와 위골랭은 연장을 챙겼다.

"언덕에서 먹을까요?"

위골랭이 물었다.

"아니다. 네 집으로 가자. 덧문 꼭 닫고 낮잠을 자자꾸나."

파페와 위골랭은 마사캉 농가로 다시 내려왔다. 파페가 앞장서서 걸었고, 위골랭이 연장을 지고 뒤따랐다.

문과 창문을 다 닫고서, 램프를 켜고 그들은 말없이 천천히 점심을 먹었다. 나무뿌리 묶음이 벽난로에서 타고 있었다. 마치 즐거운 장난의 성공을 축하하는 것처럼 두 사람은 윙크와 옅은 미소를 주고받았다.

9

그 이후로 위골랭은 새벽녘에 해가 뜨자마자 레 로마랭으로 올라가는 것이 습관이 되었다. 나무를 하러 가는 사람처럼 밧줄과 작은 도끼, 톱을 메고는 소리를 내지 않고 귀를 쫑긋 세우고 레 로마랭으로 갔다.

그는 우선 오랫동안 샘의 무덤을 관찰했다. 왜냐하면 샘은 배신자와 같기 때문이다. 사람들이 샘을 찾아다닐 때는 결코 발견하지 못한다. 하지만 샘을 막고자 할 때는 '다른 어딘가'에서 분출하기 때문이다. 그러나 매일 아침 위골랭은, 작업을 완벽하게 성공적으로 이행했음을 확인할 수 있었다. 어떠한 물 자국도 땅 위에 드러나 보이지 않았고, 무화과나무에서는 어떤 가지도 새로 나지 않았다. 파페와 위골랭은 실로 멋진 작업을 했다.

그리고 나서 위골랭은 도랑의 끝 부분을 살펴보았다. 가끔씩 위골랭조차도 그 부분이 어디였는지 찾지 못했다. 그럴 때면 그는 기쁘고 만족스러워서 웃음을 지었다. 확인이 끝나고 나면 위골랭은 일에 착수했다.

올리브나무 둘레에 난 새싹들은 거의 다 싹을 틔웠다. 위골랭은 그 주위에 엉겅퀴, 시스투스 관목, 클레마티스 씨앗을 한 줌씩 뿌렸다. 그러고는 가장 예쁜 꽃자루가 자라는 꽃밭을 만들기 위해 가시덤불을 적당히 다듬었다. 그는 새싹들을 희생시켜 자기 집에서 꺾꽂이 가지를 만들고 정확한 시간에 물을 주고는, 가지가 잘 자랄 만한 몇 곳에 정성을 다하여 심었다. 그동안 버려졌던 식물들은 갑작스러운 정성에 놀라서 매우 사나운 기세로 죽어 있는 편도나무를 공격했다. 그는 찔레나무를 대상으로 꺾꽂이도 시도해 보았다. 찔레나무 꺾꽂이는 단번에 전부 성공했다. 그는 이런 기이한 일을 하면서 매우 즐거워했다. 그는 낮은 목소리로 혼잣말을 하곤 했다.

"내가 샘을 뚫고, 찔레나무를 심고, 들장미로 꺾꽂이 가지를 만들지. 나는 악마의 농부야!"

출발하기 전에 그는 레 로마랭 농가를 정리했다. 포도 덩굴이 올라가 있는 난간의 기둥을 뽑아서 흙을 바를 벽에 부풀어오른 부분을 가라앉게 했고, 부푼 부분을 두세 개의 조각으로 부쉈다. 그리고 지붕 위로 돌을 던져 기와 몇 장을 깨뜨렸다.

그다음에 그는 만족스러워하며 마사캉 집으로 돌아와 집안일을 했다. 벽난로에 필요한 나무를 자르고, 당근, 양배추, 무를 거두었으며, 과실수 몇 그루를 손질했다. 그러나 위골랭은 어떠한 확신도 가질 수 없었다. 그는 오로지 카네이션만 생각했고, 그라피네트로부터의 소식을 매우 초조하게 기다리고 있었다.

*

12월의 어느 날 아침, 레 로마랭에서 내려오는 길에 위골랭은 뽕나무 밑에 앉아 있는 파페를 발견했다. 파페는 목동들이 입는 긴 외투를 단단히 챙겨 입고 멀리서 희미하게 비치는 태양 아래서 파이프 담배를 피우고 있었다.

위골랭이 오는 것을 본 파페는 일어나서 종이 한 장을 흔들어 보였다. 위골랭은 빠른 걸음으로 다가가서 물었다.

"답장이에요?"

"그럼 이것이 무엇으로 보이냐?"

우선 위골랭은 주위에 사람이 없는지 둘러보고, 안경을 쓰는 파페 앞에 서서 턱을 내민 채 귀를 기울였다.

12월 5일, 성 사바스 축일

나의 친애하는 세자르에게

당신은 항상 놀라운 행동을 하지요. 성탄절이 적어도 서른대여섯 번은 지난 것 같은데, 이제야 플로레트에 대해 묻는 편지를 내게 쓰다니요. 게다가 플로레트가 죽은 날, 그녀에게 수의를 입히고 막 돌아온 날, 우체부가 내게 당신 편지를 전해 주었다고 생각해 봐요! 하느님의 목소리는 못 들으려야 못 들을 수가 없지요. 생각해 봐요. 그래서 바로 답장을 할 수가 없었답니다. 플로레트의 남편은 5, 6년 전에 세상을 떴고, 이후 그녀는 아무 일도 안 하면서 풍족하게 살아왔기 때문에, 내 생각에는 많은 돈을 남기지는 않았을 거예요. 매일 고기에 좋은 와인으로 식사를 했지요. 그래도 그녀가 살던 멋진 집과 제므노 근처에 제므노 사람한테 세놓은 3헥타르 가량의 평원이 남았어요. 돈을 받고 빌려준 것은 아닌 듯해요. 그리고 레 바스티드에는 언덕 위에 넓은 땅이 있어요. 그녀의 할아버지가 염소를 키우던 곳 말이에요. 르 플랑티에 계곡인데, 계곡 아주 깊은 곳에 아름다운 샘이 있는 동굴이 하나 있지요. 한 현인이 그곳에 살았어요. 베스에서 온 가스파르라는 강도가 아무 이유 없이 그 현인을 죽였죠. 플로레트의 증조부는 그곳에 성전을 짓는 대신, 두꺼운 벽을 짓고, 문과 창문을 달아 동물 우리로 사용했어요. 그리고 그 샘물은 성수로 사용되는 대신에 염소와 개에게 마실 물로 주었지요. 하느님께서 그렇게 하도록 그냥 두셨을 리가 없지요. 아름다운 샘이 있어도 그곳은 별 가치가 없어요. 왜냐하면 그곳에는 경작이 가능한 땅이 한 평도 없거든요.

"제가 그렇다고 말했잖아요."
위골랭이 외쳤다.
파페는 계속 읽었다.

그리고 플로레트의 동생, 죄를 저질러 놓고 정작 신부님 빼고는 모두에게 죄를 고백했던 대단한 살인자 피크부피그에게 남겨진 농가가 있어요. 얼마나 지독한지. 이제 저 하늘에서 죗값을 치르고 있을 거예요. 하느님은 무한한 자비를 베푸세요. 그래서 마지막 순간에 참회할 수 있는 거예요. 그래도 솔직히 말하면, 피크부피그가 지옥에 떨어지지 않았다면 대체 누가 지옥에 가게 될지 궁금하네요. 확실히 저는 아니겠지요.

모든 재산은 당연히 그녀의 아들, 장 카도레가 상속하겠지요. 장은 아마 서른다섯쯤 됐을 거예요. 그는 세금 징수원이었는데, 어디서 일했는지는 모르겠네요. 분명히 공증인이 그를 찾을 거예요. 그는 결혼을 했는데, 신의 섭리에 의해 불행히도 꼽추예요. 주임 신부님께서는 장이 농부가 되고 싶어 하지는 않을 거라고, 아마도 땅을 다 처분할 거라고 말씀하셨어요. 장이 이곳에 오는 대로 당신께 알려드릴게요. 그리고 이 기회에 말씀을 드리자면, 세자르, 당신이 좀 더 자주 미사에 참석하길 바라요. 이제는 그럴 때예요, 세자르. 우리 나이쯤 되면 죽음의 문턱에 있는 것과 같아서 죽음이 마치 도둑처럼 어느 밤에 올지 몰라요. 당신이 올해 부활절을 의미 있게 보냈다고 말했다면 정말 기뻤을 거예요. 그랬다면 당신은 내면으로부터 정화되었을 테니까요. 플로레트도 성당에서 장례식을 치렀고 모든 사람들이 이에 만족했답니다.

피네트와 부스카를르의 클레르를 비롯한 옛 친구들에게 안부를 전해 주세요. 꼽추인 장이 이곳에 오는 대로 다시 편지할게요.

파페가 말했다.

"자, 이게 답장이다. 내 생각에는 장이라는 사람은 절대 이곳에 정착하지 않을 테니 아주 잘된 것 같구나. 잘 들어봐라. 그는 세금 징수원이지. 세금 징수원들은 바보가 아니야. 그들은 땅에서 돈을 걷는 것보다 내 주머니에서 돈을 꺼내게 하는 것이 더 쉽다는 사실을 잘 아는 사람들이라고. 땅은 저속하고, 창구는 고귀하지. 그리고 펜으로 하는 일이 곡괭이질보다 물집이 덜 생기잖니. 두 번째로 그는 꼽추란다. 농부가 꼽추가 되는 경우는 있지만 꼽추가 농부가 되는 경우는 드물단다."

"그건 그래요. 아주 잘됐어요. 운이 따르네요. 이제 무엇을 하면 좋지요?"

"기다려야지."

"그가 한 번에 전 재산을 제므노나 로크베르의 누군가에게 팔아버릴까 봐 두렵지는 않으세요?"

"아주 불가능한 일은 아니야. 그런데 전 재산을 살 누군가가 있다 해도, 그는 괜찮은 부분만은 남겨둘 거야. 이 농가는 팔고 싶어 하겠지. 물론 싼 가격에 말이다. 농가에 네가 한 짓을 보면, 어떤 농부가 보러 오든 보자마자 땅바닥에 주저앉아 울음을 터트릴 게야."

"파페 말이 맞네요. 그리고 한 달 뒤에는 더욱 가관이 되겠죠. 가시덤불이 하루에 5센티미터씩 자라니 말이에요."

위골랭이 자신 있는 어조로 말했다. 파페는 비열하면서도 열정적인 목소리로 외쳤다.

"게다가 물도 없지! 물이 없어! 썩어 빠진 작은 물탱크 외에는 하나도 없어!"

"그래도 걱정되는 것이 하나 있어요. 방금 생각한 건데요…."

"뭔데 그러냐?"

"저는 공증인이 가지고 있는 문서에 샘이 표시되어 있을까봐 걱정이에요."

"나도 그 생각을 했단다. 우리 집 문서에도 우물이 표시되어 있단다…."

파페가 곰곰이 생각하며 대꾸했다.

파페와 위골랭은 한참을 생각에 잠겨 있었고, 높이 매달린 시계추만이 정적을 갈라놓았다.

"갈리네트, 들어봐라. 그 샘은 오래된 것이 아니야. 내가 어렸을 적에 카무앵 르 그로의 아버지 애꾸눈 카무앵이 그 샘을 찾았다고 말하는 것을 들었단다."

"그러면 100년쯤 전 이야기인가요?"

위골랭이 물었다.

"아마도 그럴 게야. 그러나 공증인의 서류는 그보다 더 오래되었을 거다. 레 로마랭 농가가 팔린 적이 없었으니, 내 생각에는 샘이 문서에 표시되어 있을 것 같지 않다."

"유산이 상속될 때 말을 했다면요?"

"그들이 왜 그런 행동을 했겠냐? 정부 관청에 관리들이 모르는 어떤 것을 알리는 것은 결코 말이 안 되는 일이란다. 관리들은 언제나 네게서 세금을 떼어 가려고 하지. 그러니, 내가 생각하기에는 샘이 표시되어 있지 않을 거야."

"그런데 꼽추가 여기에 오고, 마을의 누군가가 그 샘에 대해서 이야기하면요?"

"그것도 말이 안 된다. 바보 같은 피크부피그가 샘을 방치해 둔 지 거의 20년이 넘었기 때문에 젊은이들은 샘을 모를 게야. 그리고 피크부피그가 아무도 들어오지 못하도록 이 울타리를 설치했다는 건 너도 알지…. 그리고 샘에 대해 알고 있는 사람들, 즉 클럽에서 샘에 대해 말한 사람들은 다른 사람 일에 간섭할 권리가 없다는 사실을 잘 알고 있단다. 여러 모로 고려해 볼 때 별일 없을 게다. 이제는 희망을 가지고 기다리는 일만 남았다. 두고 보자꾸나. 아마도 곧 꼽추를 보게 되면 그라피네트가 내게 편지를 쓸 게다. 그가 유산을 받기 위해서는 크레스팽에 들러야 하니 말이지. 아니면 우리가 그에게 말하러 가야 하겠니?"

파페는 정성스럽게 편지를 접어 주머니에 넣었다. 그러고는 파이프에 불을 붙이는 내내 오랫동안 입을 다물고 있었다. 그러더니 마침내 우울해져서 입을 열었다.

"플로레트가 꼽추를 낳으리라고 누가 생각이나 했을까? 그녀는 키도 크고 아름다웠는데. 마치 이슬처럼 싱싱했어."

"파페는 플로레트를 잘 아셨어요?"

"그렇고말고. 아주 잘 알았지. 어쩌면 너무 잘 알았을지도…."

위골랭은 다른 질문을 하려 했으나 파페가 힘들게 일어서서 단숨에 말했다.

"자, 가자꾸나. 포도밭에 내려가 보련다. 포도나무 가지를 쳐야겠어. 가지를 좀 많이 남겼단 말이야. 포도나무는 나처럼 늙었지. 나처럼 지칠까 봐 걱정이다. 늙은이들은 서로 도와야 해. 갈리네트, 오늘 저녁에 보자꾸나. 로즈가 폴렌타 빵을 만들어 줄 거고, 클로디우스는 내게 순대를 1미터나 줬단다."

10

 아무 소식이 없는 채로 한 달이 지나자, 위골랭은 나날이 야위어갔다. 그는 레 로마랭에 지속적으로 왕래했으나 그곳에는 더 없앨 것도, 더 가져다 놓을 것도 없는 상태였다.
 "왜 그라피네트가 답장을 안 보내는 거지? 어쩌면 이곳이 팔렸다고 말할 용기가 없어서일지도 몰라. 가까운 시일 내에 사람들은 서류에서 샘을 확인할 것이고, 샘을 다시 뚫으러 오겠지. 아마도 앙티브 시의 사람들이 올 거야. 그러면 그들은 카네이션을 재배할 테고, 나는 계속해서 밤에 방귀나 뀌고 킬로그램당 2프랑밖에 안 되는 이집트콩이나 재배해야겠지…."
 그러다 어느 날 아침에 채소밭에서 김을 매던 위골랭은 아래쪽 가파른 오솔길에서 마사캉으로 올라오고 있는 파페의 모습을 봤다. 그는 파페를 보기 위해 한걸음에 달려 내려갔다.
 멀리서 파페가 소리쳤다.
 "서두르지 마라. 다 잘되고 있어!"
 위골랭은 파페를 기다렸다가 파페와 함께 조용히 뽕나무 아래로 가서 앉았다.

"무슨 일인데요?"

"들어보거라."

파페는 낮은 목소리로 그라피네트의 편지를 읽었다. 편지는 다음과 같았다.

1월 9일
성 마르세랭 축일

나의 친애하는 세자르에게

'두드려라, 그리하면 열릴 것이다.'라고 했던가요. 편지를 썼더니, 그리하여서 답장이 왔습니다. 마침내 꼽추가 왔어요. 잘생긴 얼굴이지만, 잘생긴 혹도 달고 있죠. 이런 것들이 언제나 나를 웃게 만든다고요. 특히나 그는 정말 키가 커서 등에 달린 혹이 밀수업자 등에 붙은 가짜 혹처럼 보인다니까요. 장의 부인은 붉은 머리에 매우 뾰족한 굽이 달린 신발을 신고 있어서, 그녀가 당신 발을 밟으면 아마 발에 구멍이 날 정도예요. 그다지 품위가 있는 여자는 아니에요. 그렇지만 아마도 좋은 사람일 거예요. '남을 판단하지 마라, 그래야 너희도 평가받지 않을 것이다.'라는 말도 있잖아요. 그들은 이제 하루 머물렀어요. 슈발 블랑 레스토랑에서 식사를 했죠. 카시스산 백포도주를 곁들인 송어 요리와 보르도산 적포도주를 곁들인 자고 요리를 먹었어요. 크림 소스 양배추 요리나 술에 대해서는 말하고 싶지 않네요. 시작하면 끝을 맺을 수 없을 거라서 말이죠. 그러고 나서 그들은 공증인을 찾아가서 서류에 사인을 했어요. 공증인이 크레스팽의 집과 제므노의 평원을 팔려고 공고를 붙였죠. 이런 게 가문의 끝이라고요. 주임 신부님은 그들이 차후에 당신이 제게 말한 레 로마랭의 농가를 팔 것이라고 하시더군요. 공고를 붙이는 대로 당신께 알려드리겠어요. 그들은 도시에 가서 가진 돈을 전부 쓸 테고, 아무것도 남지 않겠죠. 슈발 블랑의 하녀가 말하기를, 장의 부인은 식사하는 동안 웃기만 했다고 하네요. '애통하는 자는 복이 있나니, 저희가 위로를 받을 것임이요.'

주임 신부님께 당신의 축복을 빌어달라고 청했더니, 바로 강복해 주시더군요. 당신께 깊은 우정의 키스를 보내요.

파페가 말했다. "이번에는 네가 기뻐할 것 같구나. 장이 아마도 보름 안에 재산을 경매에 내놓을 것이 분명하다. 거미를 본받자꾸나. 거미들은 지치지도 않고, 소리를 내지도 않는단다. 단지 기다리기만 할 뿐이지."

*

파페와 위골랭은 두 달이 넘게 기다렸다.

위골랭은 기다리다 지쳐 병이 났고, 파페는 걱정스러운 기색은 내비치지 않았지만, 조바심을 보이기 시작했다. 자신이 태어난 생가는 팔아버린 꼽추가 레 로마랭의 버려진 농가를 처분하겠다고 결정을 내리지 않는 것은 좀 이상했다. 아마도 잊어버린 것이 아닐까? 어쨌든 그라피네트는 세 번째 편지를 통해 주임 신부가 공증인을 만나러 갔었는데, 농가의 판매 날짜는 아직 정해지지 않았다는 것을 알려줬다.

위골랭은 레 로마랭 농가를 예전처럼 자주 찾아가 보지 않았다. 방문하는 것이 그를 짜증나게 했기 때문이다. 그런데 어느 일요일 아침 위골랭은 어깨에 장총을 걸치고 티티새나 토끼 한 마리라도 잡을까 싶어서 레 로마랭으로 올라갔다. 생각에 잠긴 채 걷는 바람에 그는 아무것도 보지 못했다.

농가 앞에 있는 벌판에는 가꾸지 않은 나무들이 솟아 수풀을 이루고 있었다. 오솔길만큼이나 좁은 길 몇 개가 무성한 가시덤불 사이에 나 있을 뿐이었다. 게다가 3미터나 되는 가시덤불 가지는 갈퀴 자루보다 더 굵었고, 아티초크처럼 보이는 푸른 엉겅퀴 위쪽 가시덤불은 아치 모양으로 굽어 있었다.

위골랭은 한 갈래 길로 접어들면서 쓸모없는 식물의 왕성한 생명력과 돈이 되는 식물의 가냘픔에 대해서 잠시 씁쓸한 생각을 했다. 실로 인자하신 주님은 우리가 일하는 것을 원하셨다. 축 늘어진 빛바랜 편도나무 주위로 찔레나무가 무례하게 자란 것이 주님의 의도를 보여주는 뼈아픈 증거였다.

그러나 갑자기 오솔길 한가운데 흙더미가 쌓여 있는 곳에서 사람 발자국을 발견했을 때, 위골랭은 소기의 목적을 달성했으며, 이곳에 온 자신을 축하했다. 그는 발자국을 관찰하기 위해 몸을 숙였다.

발자국은 뚜렷하지는 않았지만, 남자 신발 자국임은 분명했다. 못이 박혀 있지 않으며 매우 부드러운 가죽 밑창이었다. 위골랭의 심장은 빠르게 뛰기 시작했다. 도시인의 신발 밑창이었다!

밀렵꾼의 경험을 바탕으로 위골랭은 집 주변과 땅을 자세히 조사했다. 그는 곧 다른 발자국도 발견했다. 누군가가 이곳에 왔다. 남자임이 틀림없으리라. 그 남자는 혼자서 농가 주위를 여러 차례 걸어 다니고 들판에서 산책을 했다…. 걱정이 위골랭을 엄습했다. 어쩌면 공증인의 서류에 서명을 하기 전에 '방문'을 하러온 구매자가 아닐까? 아니면 자신의 유산을 보고 싶어 한 꼽추가 와보지 않았을까?

그런데 그는 어느 누구도 이곳으로 올라오는 것을 보지 못했다. 그리고 꼽추가 왔다면 마을에서 분명히 그 사실을 알았을 것이다. 그러나 만일 언덕 반대쪽에서 왔다면 알 수 있었을까? 아니, 반대쪽에서 오는 것은 불가능한 일이었다. 못이 박히지 않은 신발을 신은 '외지인'이 가시덤불 사이로 예닐곱 킬로미터를 걸어야 하는 오솔길을 알 턱이 없었다. 그러면 이 발자국을 어떻게 설명해야 할까? 그는 파페에게 이 사실을 알리러 가기로 했다. 그러나 떠나기 전에 마지막으로 농가를 바라본 순간, 그는 멀리서 사람의 목소리를 들은 것 같았다. 위골랭은 귀를 기울였다. 그것은 분명히 채찍을 휘두르며 말을 재촉하는 한 남자의 고함 소리였다.

그는 낮은 목소리로 중얼거렸다. "아마도 나무꾼일 거야."

구불구불하고 험한 이 길에서 노새를 몰고 다닐 모험을 감행하는 사람은 나무꾼뿐이었기 때문이다. 어쨌든 마차는 점점 가까이 왔다. 이제는 쇠바퀴가 바위 위로 튕기고 조약돌을 부수면서 삐걱거리는 마차 소리를 위골랭도 들을 수 있을 정도였다. 위골랭은 언덕 쪽으로 달려가 금작화 아래에 몸을 숨겼다.

11

마차가 모습을 드러냈다.

노새 두 마리가 위험할 만큼 높이 짐을 실은 마차를 온 힘을 다해 끌고 있었다. 마차꾼은 맨 앞에 있는 노새의 굴레를 잡아당기고 큰 고함을 질러 뒷걸음질을 치게 했다. 고함 소리가 온 계곡에 울려 퍼졌다.

그리고 마차 뒤로 한 남자가 걸어오고 있었다. 멀리 나뭇가지 사이로 보기에는 키가 무척 큰 금발의 사내였다. 좀 더 가까이 오자, 위골랭은 그가 보통 키의 사내이며, 금빛 곱슬머리 소녀를 목말 태우고 있는 것을 보았다. 검은 머리의 사내 등에 올라탄 소녀는 깍지를 끼고 있었다.

그들 뒤로 조금 멀리 붉은빛 나는 금발의 키 큰 여자가 보였다. 오르막이어서 약간 기우뚱거리며 걸었는데, 가슴팍에 활짝 핀 로즈마리를 한 아름 안은 여자의 얼굴은 창백하고도 발그레했다.

놀란 위골랭은 아이를 무등 태운 남자가 마차꾼에게 소리를 지를 때까지도 이들이 길을 잃었다고 생각했다.

"여깁니다! 집 조금 위쪽, 바로 거기서 멈추십시오."

그러고선 그는 농가로 비스듬히 내려가는 길을 따라 피크부피 그의 허물어진 테라스까지 성큼성큼 걸어왔다. 그의 머리를 살짝살짝 때리고 있던 소녀는 웃음을 터뜨렸다.

그는 멈춰 선 뒤, 아이의 겨드랑이 사이에 손을 넣어 자신의 머리 위로 들어 올린 다음 자기 앞에 있는 로즈마리 덤불에 내려놓았다.

겁에 질린 위골랭은 아이가 앉아 있던 곳에 난 혹을 보았다. 바로 그가 유산을 상속받은 이 집의 주인인 꼽추였다! 그는 가족과 함께 왔고, 삐걱거리는 수레에 실려 있는 짐은 이삿짐일 것이다…. 위골랭은 스스로를 안심시키려 애를 썼다.

"어쨌든 이 세상에 꼽추가 한 명일 리는 없지. 이 사람은 유산을 상속받은 이의 친구일지도 몰라. 꼽추들끼리는 다들 알고 지낼 테니까. 상속받은 꼽추가 아마도 휴가 동안 오래된 농가를 이 자에게 빌려줬을까?"

남자는 막 도착한 아름다운 부인 쪽으로 몸을 돌리고 외쳤다.

"어떻게 생각해?"

그녀는 기쁜 듯이 다가왔다.

"보라고! 이 거대한 가시덤불, 미로 같은 올리브나무, 나무 같은 로즈마리들을 봐!"

"이 찔레꽃은 여태까지 본 것 중에 가장 예쁘지 않아요?"

"졸라가 말한 파라두*가 바로 이곳이야. 파라두보다 더 아름다울지도 몰라!"

꼽추가 외쳤다. 위골랭은 졸라라는 작가에 대해서 말하는 것을 들어본 적도 없었을 뿐더러, 찔레꽃도 '가시꽃'이라는 이름으로 알고 있었다.

꼽추는 가시덤불 쪽으로 몇 발짝 걸어가서는 불쑥 소리쳤다.
"에메, 이리 와서 이 엉겅퀴를 봐!"
그녀는 뛰어와서 그의 옆에 멈춰 서더니 감탄에 겨운 작은 신음 소리를 냈다.
"만지지 마. 조금 있다가 가위를 가지고 와서 다발을 만들어 줄게."
꼽추가 말했다. 그러고는 주위를 둘러보며 열정이 가득한 목소리로 말했다.
"수백 송이가 있다고! 마치 요정의 세계에 온 듯해! 아! 이 식물들을 희생시켜야 한다는 사실이 가슴 아프구먼. 손대기 전에 먼저 사진을 찍어야겠어."
위골랭은 놀라서 이 외지인들이 하는 말을 듣고만 있었다. 그들을 이토록 감동시키는 식물을 심느라 자기가 고생했다는 사실에 후회막심이었다.
"자, 일을 시작하자!"
갑작스럽게 꼽추가 말했다. 여자는 뒤로 돌아서더니 허름한 농가의 전면을 바라보았다. 그러고는 들고 있던 꽃을 발치에 떨어뜨리고 두 손을 맞잡으면서 감정에 북받쳐 말했다.
"이곳은 세상에서 가장 아름다운 곳이에요."
"그렇지? 내가 말했잖아. 이곳은 고대 프로방스의 모습을 그대로 간직하고 있다고. 저 무너진 담벼락은 로마 시대의 농부들이 지은 것일지도 몰라!"
그들은 말없이 서로를 쳐다보았다. 그러더니 남자가 주머니에서 반짝이는 물건을 꺼내고는 입으로 그것을 물었다. 위골랭은

---

* 에밀 졸라의 소설 『무레 신부의 과오』에 나오는 정경이 아름다운 곳.

하모니카가 만들어내는 놀라운 음악 소리를 들었다. 여자가 노래를 부르기 시작했다.

    눈을 감으면 그곳이 보여요.
    아주 하얗고 소박한 은신처
    숲 한가운데 있어요….

  그녀의 목소리는 순수하고 힘이 넘치며 놀랄 만큼 긴 여운을 남겼고, 계곡은 메아리로 그녀의 노래에 대한 경외심을 보였다.
  음악에 대해 무감각한 위골랭은 자문했다. '저 마차에 무엇을 싣고 왔을까?' 그는 곧바로 그 답을 알 수 있었다. 집의 약간 위쪽에다 마차를 멈췄던 마차꾼이 덮개를 잡아당겼고, 니스를 칠한 가구들이 햇빛 아래서 빛났다.
  꼽추는 주머니에서 무거워 보이는 녹슨 열쇠를 꺼냈다…. 그리고는 열쇠를 자물쇠에 넣자 둔탁한 소리와 함께 문이 열렸다.
  마차꾼은 니스를 칠한 식탁을 머리에 이고 오솔길을 따라 내려오고 있었으며 여자는 꼽추의 뒤를 따라 집 안으로 들어갔다. 그녀가 덧문을 열고 있는 동안 두 남자가 다시 나왔다. 곱사등이는 윗도리를 벗었고, 소매를 걷어붙이고는 마차꾼을 뒤따라 마차로 왔다.
  위골랭은 생각했다. '저자가 상속인인가? 아니면 친구인가? 그제야 그는 그라피네트가 말하기를 꼽추는 키가 크고 그의 부인은 붉은 머리라고 한 말을 떠올렸다. 그렇지만 그라피네트는 그의 부인이 노래를 하고, 꼽추한테 딸이 있다는 말은 안 하지 않았는가…. 그리고 그라피네트가 말하기를 꼽추는 도시의 세금 징수원이라고 했다. 세금 징수원이라면 가족들을 데리고 가구를 싣고서 언덕에 정착하러 오지는 않겠지? 휴가철이라면 가능하겠지만, 3월에 오지는 않는다. 아니면 그들은 단지 집에 가구를 들이고 다음 여름을 준비하러 왔을지도 모른다. 틀림없이 그럴 것이다….

이것이 좋은 일일까, 나쁜 일일까? 한편으로는 나쁜 일이다. 이 사람이 상속을 받은 꼽추라면 그는 농가를 절대로 팔지 않을 것이기 때문이다. 그렇지만 다른 한편으로는 그가 상속을 받은 꼽추건 꼽추의 친구건 간에 그는 농부가 아니라는 점이다. 이곳에서 1년 내내 살지 않을 것이니, 밭을 빌려 달라고 할 수 있고, 샘을 찾은 척할 수 있을 것이다…. 저 사람들이 엉겅퀴를 좋아하는 것을 보니, 집 주위에 카네이션이 심어져 있는 것을 보면 더 좋아할 거야. 카네이션 사진을 찍는 것이 크나큰 기쁨이 될 거야! 지금 저들에게 말을 걸고 잘 지내야겠다.

그는 덤불 속에 장총을 숨겨두고, 봇짐 모양으로 둘둘 말린 침대 매트를 내리고 있는 두 남자 쪽으로 걸어갔다. 위골랭은 웃으면서 친근한 어투로 말했다.

"안녕하십니까, 여러분!"

"안녕하세요."

꼽추가 놀란 기색으로 대답했다.

"저는 선생이 제 도움을 거절하지나 않을까 걱정하고 있는 중이었답니다."

위골랭이 농담조로 말했다.

"오, 아니죠! 왜냐하면 이 낡은 상자를 무사히 내릴 수 있을까 염려하고 있었으니까요."

마차꾼이 기뻐하며 말했다.

"네, 맞아요. 저것이 문제죠. 선생이 우리를 도와서 이 문제를 해결해 주신다면 정말 고맙겠습니다!" 꼽추가 말했다.

그의 목소리는 굵고 아름다웠고, 뜨거운 커피색의 큰 눈과 매우 하얀 이를 가졌으며, 창백한 얼굴 위로 검은 고수머리가 반짝였다. 위골랭은 근육질의 길고 두꺼운 그의 팔을 바라보며 말했다.

"최선을 다해보죠!"

"도움을 주셔서 정말 감사합니다. 오바뉴에서 오셨나요?"

"아닙니다. 저는 레 바스티드 사람입니다. 거기에 살지는 않지만요. 언덕 시작 부분에 여기로 올라오면서 마지막에 보신 농가가 제 집입니다."

"그러면 우리는 이웃인 셈이군요."

"제 이름은 위골랭, 위골랭 드 줄마입니다. 귀족은 아니죠. 제 어머니 성함이 줄마라서 위골랭 드 줄마라고 부르는 겁니다. 제 성은 수베랑이고요."

그는 이번에는 외지인이 자기소개를 해줄 것을 기대하며 쳐다보았다. 그러나 마차 위로 올라간 마차꾼이 이미 조각 장식이 있는 문이 달린 프로방스 풍의 상자를 뒤쪽으로 밀고 있었다. 위골랭과 꼽추는 상자의 두 다리를 잡고 뒤로 물러서면서 상자를 내렸다. 무게가 엄청났기 때문에, 위골랭은 꼽추가 불구라곤 해도 자신보다 훨씬 힘이 세다는 사실을 알아차렸다.

남자 세 명이서 잃어버린 옛 시대의 유물인 이 상자를 옮기는 데 성공했고, 그들은 프로방스 풍의 넓은 부엌에 상자를 갖다 두었다. 부엌에서는 부인과 여자아이가 곰팡이투성이인 피크부피그의 지푸라기 깔개를 창문 밖으로 던져버리고 벌써 빗자루질을 하고 있었다.

부엌에는 늙은 밀렵꾼이었던 피크부피그의 추억들이 많이 남아 있었다. 두꺼운 들보로 만들어진 거대한 식탁 위에는 새카만 포도주가 반 정도 차 있는 병이 놓여 있었고, 포도주 표면에는 하얗게 빛바랜 꽃들이 둥실 떠 있었다. 그리고 7월에 만든 점토 그릇처럼 단단하지만 살짝 금이 간 수프 그릇과 돌보다 더 단단한 빵 반쪽, 싸구려 포도주가 증발되면서 빨간 줄을 남겨놓은 유리잔 한 개가 놓여 있었다.

벽 쪽으로는 주방 가구 세트가 자리 잡고 있었다. 개수대 위에 놓여 있는 초록색 단지, 등판에 쥐가 쏜 자국이 있는 의자 두 개, 언덕만큼이나 오래된 큰 찬장 하나가 있었다. 옷장 문 한 개는 비스듬하게 달렸고, 옷장 오른쪽 모서리 아래에는 다리가 빠져 벽돌 네 개를 괴어 두었다. 피크부피그의 장례식 전날 저녁에 사람들이 멈춰 두었던 프로방스 풍의 높은 추시계는 거미줄로 뒤덮였다. 그렇지만 꼽추는 부엌이 매우 아름답고, 적어도 백 년이 넘은 공간이며, 마치 박물관 같다고 말했다.

사내들은 서로 어울리지 않는 가구들을 옮기느라 스무 번도 더 왔다 갔다 했다. 퀴퀴한 서랍장, 호두나무 위에 조각이 되어 있는 매우 아름다운 침대 한 개, 하얀 나무로 만들어진 협탁, 황금색 나무틀에 비스듬히 재단된 커다란 거울 한 개, 전기로 작동하는 전구가 달려 있는 크리스털 샹들리에, 아주 큰 가죽의자 한 개와 비틀거리는 의자 몇 개를 날라 왔다. 그러고 나서 책으로 가득 찬 상자 몇 개, 청동 인형 장식이 된 책상 하나, 돌돌 말려 있는 카펫 여러 묶음이 들어왔다. 지푸라기 침대가 내려오는 광경조차 한 번도 본 적이 없는 위골랭에게는 엄청난 이삿짐이었다. 그러고 나서 상표가 붙은 생수 병과 붉은색 또는 하얀색 밀랍으로 봉인되어 있는 포도주 상자가 여러 개 내려졌다.

'이 사람은 부자구나. 분명히 세금 징수원, 바로 그 사람이야!'

위골랭은 생각했다.

마침내 마지막으로 남은 상자들 뒤쪽에서 위골랭은 관 크기의 큰 궤짝을 보았다. 위골랭이 궤짝을 들려고 하자, 마차꾼은 큰 소리로 웃기 시작했다.

"아, 그 궤짝을 들려면 적어도 네 명의 장정이 필요할 거요."

"그러면 궤짝을 실을 때는 어떻게 하셨나요?"

"궤짝을 실을 때는 우선 마차에 궤짝을 먼저 싣고 나서 연장을 하나씩 옮겨 실었지요. 이제는 딱 그 반대로 하면 될 겁니다!"

꼽추가 대답했다.

'연장이라고? 무슨 연장이지?' 위골랭은 생각하며 마차 위로 올라가서 궤짝의 뚜껑을 들어 올렸다. 살이 두 개인 갈퀴와 네 개인 갈퀴, 낫, 곡괭이, 쇠스랑 각 한 개씩, 도끼 큰 것 하나와 작은 것 하나, 망치 한 개, 써레 두 개, 작은 톱 한 개, 작은 곡괭이 한 개, 삽 두 개, 낫과 낫자루 한 개씩, 풀 베는 낫 한 개 등 그 안에는 놀랍게도 새 농기구들이 다양하게 들어 있었다. 그뿐만 아니라 큰 천에 정성 들여 끈으로 묶어둔 약간 큼지막한 봇짐도 하나 있었다.

"이것은 전지가위와 톱니 칼, 대패, 끌, 금속용 톱 같은 연장입니다. 작지만 아담한 작업장을 만들려고 가져왔답니다."

꼽추가 말했다. 그는 상자를 겨드랑이 사이에 낀 채로 날랐고, 위골랭은 곡괭이와 삽을 한 아름 안고 꼽추의 뒤를 따랐다.

위골랭의 불안은 극에 달했지만, 위안이 될 만한 생각을 해냈다. '그는 아마 목공 일을 좋아하는 사람일 거야. 도시에 사는 사람들은 종종 목공 일을 좋아한다고. 아마도 작은 채소밭을 만들려고 하겠지. 네 종류의 양상추, 3인치 정도 되는 샐러리와 파슬리를 가꾸겠지. 파종 시기를 놓치거나 너무 깊이 심곤 하겠지. 내

가 그를 도와주고 그는 어쩌면 내게 공짜로 넓은 들판을 빌려 줄 지도 몰라!'

넓은 부엌에서 노래를 하던 부인은 망치와 끌을 가지고 능숙하게 상자를 열더니 그 안에 들어 있던 주방 기구들을 꺼냈다. 그러면 그녀의 딸이 벽에 박혀 있는 못에 주방 기구를 걸었다.

짐을 나른 후에 사내들은 2층에 있는 작은 방으로 침대를 날랐다. 나선형의 계단이 매우 좁아서 침대를 올리는 것은 시간이 많이 걸리는 어려운 작업이었다.

아름다운 부인이 말했다.

"사랑하는 장, 이제 좀 쉬지 그래요."

꼽추가 말했다.

"그래야지. 그리고 이제는 술의 신 바커스와 함께 즐길 시간이 된 것 같아. 선생, 선생만 좋으시다면 함께 한잔하지 않겠소!"

남자 셋은 덩굴이 드리워진 테라스에 자리를 잡았고, 그동안 부인은 백포도주 병을 무릎 사이에 끼고 마개를 땄다.

"부인께서는 정말 아름다운 목소리를 가지고 계시군요. 성당에서도 이런 목소리로 노래하는 것은 들어본 적이 없네요."

위골랭이 말하자 꼽추가 웃으면서 대답했다.

"아내 목소리에 놀란 사람은 선생 말고도 많이 있었지요. 아내는 〈라크메〉, 〈내가 왕이었다면〉, 〈마농〉과 같은 오페라를 불렀었습니다."

위골랭은 장이 말한 오페라 작품을 들어본 적이 없었지만, 그걸 모른다고 해서 감탄하는 마음이 사라지는 것은 아니었다.

"부인께선 많은 사람들 앞에서 노래를 하셨을 거예요!"

위골랭이 말했다.

"네, 그랬었죠. 청중이 가득 찬 곳에서 노래를 했었지요."

꼽추는 거짓말을 하는 것은 아니었지만, 베트남의 사이공, 세네갈의 다카르를 비롯한 프로방스의 여러 도시에서 공연을 했었다는 말은 하지 않았다.

"오래전 일이에요. 지금은 그때 실력 반도 안 돼요."

부인이 겸손하게 말했다.

"반이라니요? 그러면 그 당시에는 도대체 어땠는데요?"

"감탄사가 절로 나올 정도였죠. 독특하기도 했고요. 가장 성공적이었던 공연은 〈마농〉이었어요. 그래서 저희는 딸아이에게 그 제목을 따서 이름을 붙여줬지요. 언젠가 엄마와 똑같은 재능을 발휘하라고 말입니다."

꼽추가 덧붙였다.

부인이 컵을 차례차례 쌓아 올리고 있는 동안 아이는 웃으면서 눈을 내리깔고는 몸을 양쪽으로 흔들었다. 마차꾼은 계단식으로 층층이 높아지고 있는 소나무 숲을 바라보고 있다가 고개를 끄덕이고는 말했다.

"이곳은 매우 아름다운 곳이군요. 길이 나쁘긴 하지만, 올 만한 가치가 있소. 공기도 좋고 말입니다!"

"공기가 참 좋지요. 신선하고 좋아요."

위골랭이 말했다.

"제 생각에 이곳은 지상낙원 같습니다."

꼽추가 말했다. 바로 이 순간이 원하는 목적을 너무 드러내지 않고 질문을 던질 때였다.

"그래서 이 낡은 농가를 빌리신 겁니까?"

꼽추는 살짝 웃었다.

"농가를 빌리지 않았습니다."

"그럼 산 거로군요?"

"그것도 아닙니다. 빌리지도 사지도 않았지만, 이 농가는 제 집입니다."

"그럼 혹시 선생이 장 드 플로레트십니까?"

위골랭이 교묘하게 물었다.

"맞습니다. 제 이름이 장이고 저의 어머니 이름이 플로레트죠. 그러나 정식 이름은 장 카도레입니다."

"당신 어머니처럼 이곳에서 태어나셨다면, 우리는 선생을 장 드 플로레트라고 불렀을 겁니다."

"어쩌면 이렇게 멋질 수가! 마치 노래나 오페라 제목처럼 멋지 군요." 부인이 외쳤다.

"선생은 우리 어머니를 아시나요?" 꼽추가 물었다.

"아니요. 그러나 저는 피크부피그라고 불렸던 선생의 삼촌이신 마리우스를 잘 압니다. 친하게 지냈던 분이죠. 제가 마을에 가서 그분 심부름을 해주곤 했어요."

"그분을 딱 한 번 뵈었습니다. 오래전이었지요. 그분은 매우 야생적인 인상을 풍겼어요. 그렇지만 이 농장을 저희 어머니께, 그리고 이제 제게 물려주신 것에 대해 깊이 감사하고 있습니다."

꼽추가 말했다.

분명한 증거가 있음에도 위골랭은 여전히 의문을 품고 있었다. 이제는 그 문제가 언급된 것이다. 바로 그가 유산을 상속받은 집주인이고, 그는 적어도 현재로서는 농가를 팔 의도가 없다는 것이다.

꼽추는 잔을 높이 들고 엄숙하게 말했다.

"저는 어머니이신 자연과 향기로운 언덕을 위해서 건배합니다. 매미들과 소나무 숲, 산들바람, 수천 년 된 바위와 창공을 위해 건배합니다!"

위골랭도 잔을 들고 간단하게 말했다.
"부인을 위하여!"
세 명의 사내가 잔을 들이켜고 있을 때 갑자기 요란한 고철 발굽 소리가 들렸다. 지친 노새가 빈 마차를 이끌고 방향을 바꾸어 빠른 속도로 비탈을 내려가고 있었다.
"젠장, 못된 짐승들 같으니라고! 매일 저런다니까! 가장 어린 것이 가장 못된 행동을 한다고! 여러분, 이만 실례하겠소. 내일 뵙기로 하죠."
마차꾼이 말했다. 그는 욕설을 내뱉으며 빈 마차를 쫓아 성큼성큼 걸어 나가서 겁 먹은 노새 위로 성난 호랑이처럼 돌진했다.
'내일 보자고 했어. 먼 길을 다시 온다는 소리란 말이야.' 위골랭은 혼자 생각했다. 그는 두 번째 이삿짐이 도착해서 이 사람들이 더 공고하게 정착할 것이라는 생각에 더욱 놀랐다.
붉은 머리의 부인은 새로 잔을 채우고선, 바닥에 앉아 무릎께에 깍지 낀 손을 얹고 남편의 무릎에 머리를 기대었다. 꼬마 여자아이는 활짝 열린 창문으로 낡은 신발과 벽에서 떨어져 나온 부스러기, 누더기 등을 던지고 있었다.
"이곳을 잘 알고 계십니까?"
위골랭이 물었다.
"20년도 더 전에 아버지와 함께 한 번 와 봤습니다. 저희는 크레스팽을 출발해서 언덕을 가로질러서 왔죠. 농가의 상태를 보기 위해서 지난주에 이곳에 다시 왔었습니다. 이십 년이란 세월이 흘렀는데도 길을 제대로 찾아 왔지 뭡니까!"
"당신은 비둘기처럼 길눈이 밝다니까요."
부인이 부드럽게 말했다.
"그건 재능이죠. 저는 장소에 대한 기억력이 뛰어나서 장소를 잊지 않곤 한답니다."

꼽추는 즐겁게 두 손을 비볐다.

"그러면 선생께서는 휴가를 며칠 보내시려고 이곳에 가족과 함께 오신 건가요?"

"네, 휴가를 보내러 왔습니다. 그리고 제 휴가는 제가 죽을 때까지 계속될 겁니다."

꼽추가 대답했다. 위골랭이 걱정스러운 듯이 두 눈을 크게 뜨자, 꼽추는 힘주어 덧붙였다.

"저는 바로 이 솔밭 그늘에서 하느님께서 허락해 주신 생을 매일매일 기쁨 속에 평화로이 살고 싶습니다."

"선생께서는 집이 머리 위로 무너질까 겁나지 않으신가 보죠?"

"천만에요. 이 집은 선생께서 생각하는 것보다 훨씬 견고합니다. 게다가 집을 수리해서 새집처럼 만들 거지요. 내일 시멘트와 석회를 가져올 겁니다."

이는 가혹한 고백이었다. '석회와 시멘트에 대해 말하고, 평생 동안 이곳에서 살 것이라고 말하는 자라면 아마도 샘에 대한 비밀을 알고 있지 않을까? 즉시 질문을 던져야 했다. 위골랭은 거리낌 없는 어조로 물었다.

"이곳에 정착하는 것은 좋은 생각인 것 같아요. 그런데 물은 어떻게 구하실 건가요?"

"세상에나, 다행히 이곳에는 물탱크가 있지요!"

위골랭은 숨을 가다듬었다.

"그렇지요, 하지만 그 물탱크의 물은 썩었어요."

"알고 있습니다. 지난주에 방문했을 때 확인해 보았어요. 물탱크 표면까지 시커먼 물이 가득 차 있더군요. 그렇다고 해서 아주 방법이 없는 것은 아닙니다. 물탱크의 물을 다 비우고 생 석회석을 몇 개 넣어두면 됩니다."

"그 방법이 언제나 잘 듣는 것은 아니에요. 이 물탱크는 이십 년 전부터 썩었고, 이제는 그 벽 안쪽까지 물때가 끼었어요."

"긁어내면 되지요. 그리고 필요하다면 벽을 다시 바르면 돼요. 딱 하나 궁금한 게 있는데요, 물탱크가 큰가요?"

"아니에요! 물탱크는 작아요. 정말 작아요."

위골랭이 대답했다.

"그렇다면 물탱크를 확장해야겠군요."

꼽추는 사소한 일이라도 되는 투로 말했다.

"이제 다 해결되었네요!"

부인이 웃으면서 말했다.

"그동안에 물탱크의 물은 마시지 마세요. 티푸스나 그보다 더한 병에 걸릴지도 모르잖아요." 위골랭이 말했다.

"그 문제를 이미 생각했습니다. 우리 샘의 물이 마실 만한지를 알 때까지는 생수 몇 병 가져온 것을 마시지요."

샘이라는 단어를 듣자 위골랭의 심장은 크게 고동쳤다. 그는 매우 당황한 사람처럼 눈을 깜빡였다. 그러고는 몹시 놀란 기색으로 물었다.

"샘이라고요? 어떤 샘이요? 어디에 있는 거지요?"

"아직 샘을 보지는 못했습니다만 공증인이 제게 준 토지대장 사본에 나와 있습니다. 선생께 보여드리지요. 아마도 선생께서 제게 가르쳐줄 수 있을 겁니다."

그는 집으로 들어갔다.

'그래, 끔찍한 일이 닥친 거야. 서류를 가지고 있다면 그를 속이기 어려울 거야. 어찌되었든, 나는 아무것도 모르고, 아무것도 못 본거야.' 위골랭은 생각했다.

에메가 다시 잔을 채우면서 말했다.

"선생님과 같은 이웃이 있다니 행운이네요!"

"저도 여러분이 이곳에 계셔서 좋습니다. 지금까지는 저 혼자였거든요. 물론 할 일이 많아서 지루하지는 않았지만, 어쨌든 이웃이 있다는 것은 서로 도울 수 있으니 좋은 일이잖아요. 아프거나 불이 나거나 서로 도움이 필요하다면 말이죠…. 당연한 거예요…."

위골랭은 그 어느 때보다도 더 빠르게 눈을 깜빡거렸다. 그의 붉은 속눈썹도 격렬하게 움직였다. 꼽추가 토지대장을 가지고 와서, 테이블 위의 잔을 옆으로 치우고는 서류를 펼쳤다.

위골랭이 말했다.

"지도는요, 제겐 너무나 복잡해요. 정말로 뭐가 뭔지 하나도 모르겠어요!"

"보세요, 여기 작은 동그라미가 보이죠? 이것이 바로 우물이나 샘을 나타내는 겁니다."

"농가는요? 농가는 어디에 있나요?"

"여깁니다. 자, 샘이 여기 있어요. 샘까지는 2킬로미터쯤 되는군요. 르 플랑티에라고 불리는 계곡 끝쪽에 있습니다."

위골랭은 깊이 숨을 내쉬고 눈을 세 번 깜빡였지만 웃음을 참을 수가 없었다.

"아, 르 플랑티에 계곡말이군요. 그곳을 잘 알지요. 이 언덕의 저쪽, 반대편입니다. 계곡 끝으로 좀 많이 올라가야 하지만, 언덕 위에 동굴이 하나 있고요, 그 동굴 안에 샘이 있지요. 맑은 물이긴 한데 엄지손가락 두께 정도밖에 안 돼요."

"에메, 들었소?"

"네, 들었어요. 그곳이 아주 멀지 않았으면 좋겠네요."

"세상에나, 한 시간 정도 걸으면 돼요."

위골랭이 답했다.

"우리는 여러 건축 자재와 노새를 한 마리 데려올 건데, 그 노새를 데리고 간다면 일주일에 한 번만 가도 충분하겠군요."

"일요일마다 산책을 하면 되겠네요."

에메가 말했다.

"산책이라고 하기엔 조금 먼데요, 언덕길을 걷는 것을 좋아하신다면…."

위골랭의 말에 장이 답했다.

"사실 저희는 걷는 것을 매우 좋아한답니다."

위골랭은 말했다.

"지금은 그곳에 나무꾼과 그의 아내가 동굴에서 목축을 하며 살고 있어요. 그들은 피에몽 사람들이에요. 나무꾼의 아내는 밥티스틴이라고 하는데, 약간 마녀 기질이 있어요. 모든 종류의 식물에 대해서 알고 있거든요. 그래도 그들은 용감한 사람들이죠. 깨끗하고, 정돈을 잘 해놓고 산답니다. 그런데 거슬린다면 그들을 나가라고 하실 수도 있을 거예요."

"신이 기뻐하지 않으실 겁니다. 그 동굴이 그들에게 알맞다면 제가 그들을 내쫓을 필요는 없지요. 우리는 곧 그들을 방문할 겁니다. 물 문제는 중요하니까요."

"물론이죠. 그런데 서두르실 필요는 없습니다. 저도 제 우물이 있거든요. 요즘에는 물이 넉넉하게 있어서 앞으로 한 2, 3주 동안 선생께서 물통 한두 개 분량을 떠가셔도 괜찮아요."

위골랭이 말했다.

"정말이지 너그러운 제안을 해주시니 고맙게 받아들이겠습니다. 우리가 안정될 때까지 말이죠. 감사합니다. 이웃 선생의 건강을 위하여 건배합시다!"

장이 말했다.

"세금 징수원이신 당신의 건강을 위하여!"

위골랭이 웃으면서 말했다.

"호, 너무 많이 생각하셨군요! 저는 세금 징수원이 아닙니다. 세무서 직원일 뿐이죠. 매우 지루하고 불쾌한 직업이라 저와는 맞지 않았죠."

장은 친절했지만 아주 겸손하지는 않았다.

"친애하는 이웃사촌 님, 저와 같은 지식인이 왜 이곳에 정착기로 결심했을까 의아해 하시리라 생각합니다."

위골랭은 고개를 끄덕이며 대답했다. "네, 맞습니다. 혼자 생각하고 있었죠."

"그 이유를 말씀드리자면, 저는 정신적인 일을 많이 했고, 오랫동안 명상과 사색의 시간을 보낸 결과, 유일한 행복은 자연인이 되는 것이라는, 거스를 수 없는 결론에 도달했습니다. 제 생각을 결정체로 승화시키기 위해서는 야외의 공기와 장소가 필요했습니다. 그래서 진실하고 솔직한 것, 순수하고 넓은 것, 즉 한마디로 오탕티크, '진정한 것'에만 관심을 갖게 되었지요. 그래서 저는 오탕티크를 키우기 위해서 이곳에 왔습니다. 선생께서 이해하실 것이라고 봅니다."

"네. 이해해요."

위골랭이 대답했다.

"저는 자연과 조화를 이루며 살고 싶습니다. 제 정원에서 기른 야채를 먹고, 제가 기른 올리브로 만든 기름과 제 암탉이 낳은 달걀을 먹고, 제 포도밭에서 딴 포도로 만든 포도주에 취하고 싶습니다. 가능하다면 제가 키운 밀로 만든 빵을 먹고 싶습니다."

"아시겠지만, 금방 그렇게 될 수는 없어요. 이 올리브나무들은 오랫동안 야생 상태로 자라서, 제대로 가꾸려면 3년은 걸릴 거예요. 여기 이 포도나무들도 잘되기까지 3년이 걸릴 거고요. 암탉은요, 여우가 선생의 암탉을 먹지 않아야 달걀을 얻을 수 있을 거예요. 정원의 채소들은 물 없이는 기를 수 없어요."

"잘 알고 있습니다."

장이 활짝 미소를 띠고 답했다.

"시간과 노력을 들이지 않고는 아무것도 얻을 수 없다는 사실을 잘 압니다. 그런데 저희 인자한 구두쇠 어머니께서 남겨주신 조촐한 유산 덕분에 저희는 적어도 3년 동안 살 재산은 있답니다. 앞으로 3년 후에는…."

장은 묘한 미소를 띠면서 입을 닫았다. 그러자 부인이 말을 이었다.

"네, 3년 후에는 말이지요…."

그녀는 영광에 찬 태도로 고개를 끄덕였다.

"3년 후에 무슨 일이 일어나는데요?"

위골랭이 물었다.

"저희는 원대한 계획을 세웠답니다."

장이 부인의 머리칼을 쓰다듬으며 말했다.

"그러나 선생께 그것을 말씀드릴 시점은 아닙니다. 제겐 시간이 더 필요하지요. 언젠가는 말씀드리리다. 제 계획에 관해서 선생의 조언을 구해야만 하거든요. 북쪽으로 제 땅을 더 넓히기 위해서 땅을 빌리거나 살 수 있을까요?"

갑자기 위골랭은 숨이 턱 막혔다.

"선생께서는 이미 12,000평방미터가 넘는 땅을 갖고 계시는 걸 아세요?"

"정확하게 12,800평방미터죠. 그러나 충분치 않습니다. 언젠가 충분치 않을 날이 올 겁니다. 그래서 한 1헥타르 정도 더 확보하고 싶습니다. 그 문제에 대해서 생각을 좀 해보아 주실 수 있으십니까?"

"마을에 가서 물어볼게요. 제 생각에 선생의 이웃은 빵집 주인인 것 같군요. 그에게 물어보지요."

위골랭이 대답했다.

"감사합니다."

"그런데 2헥타르를 경작하려면 일꾼이 필요하실 텐데요."

"물론이지요. 두 명이나 있습니다. 여기 이 두 명 말입니다."

그는 팔을 크게 벌리면서 소개하는 몸짓을 해 보였다. 그의 손은 크고 길었으며, 가늘고 하얀 손가락에 손톱은 거의 투명했다. 장은 웃으면서 일어섰다.

"저는 선생의 친절에 기쁘고도 놀랐다는 사실을 말씀드려야겠습니다. 왜냐하면 이곳 출신이신 저희 어머니께서는 레 바스티드 농부들은 진정한 야만인이고 크레스팽 사람들을 바보처럼 싫어한다고 몇 번이나 되풀이해서 말씀하셨기 때문입니다. 기쁘게도 선생께서는 예외라는 생각이 듭니다. 선생을 만나게 되어서 아주 기쁩니다. 그렇지만 저희가 왔다는 사실을 마을에는 알리지 말아 주시길 바랍니다. 물론 그들도 얼마 안 가서 알게 되겠지만 말입니다."

"빵을 사러 마을로 내려가야 하실 텐데요."

"뤼사텔에 가서 빵을 살 겁니다. 물론 뤼사텔이 좀 더 멀긴 하지만, 그곳 사람들은 교양이 있으니까요. 다시 한 번 감사드립니다. 그런데 지금은 시급한 것을 먼저 살펴봐야겠군요. 에메, 지금이 몇 시지?"

부인은 금으로 된 손목시계를 보며 대답했다.

"10시 정각이군요."

"1분도 낭비할 수가 없군. 당신이 정리를 하고 점심을 준비할 동안에 나는 지붕을 손봐야겠어. 죄송합니다, 이웃 선생. 이사 온 첫날은 매우 중요하거든요. 저는 바로 일을 시작해야겠습니다!"

장은 일어나서 위골랭에게 악수를 청하며 말했다.

"너그러이 도와주셔서 정말 감사합니다. 저의 훈훈한 우정을 믿으셔도 좋습니다. 일을 시작합시다."

그는 집으로 들어갔다. 기와 몇 장이 부러지는 소리가 들리면서 그의 상체가 지붕 위로 보였다.

"보십시오. 이건 정말 전쟁터를 방불케 하는군요. 이 돌들은 아마도 미스트랄에 기왓장이 날아가는 것을 막으려고 올려놓은 것이지요?"

"그럴 거예요."

위골랭이 대답했다.

"아무렇게나 올려놓았군요. 마치 아래에서 돌을 위로 던져 놓은 것 같습니다. 기왓장이 많이 깨졌네요. 다행히도 마구간 기와는 상태가 좋아 보입니다. 기왓장을 갈아치우는 것은 애들 장난만큼 쉬운 일이지요."

"그렇지만 손을 다치지 않도록 조심하세요!"

부인이 외쳤다.

"필요한 건 다 있다고!"

장은 주머니에서 오래된 가죽장갑 한 벌을 꺼냈다.

"전갈을 조심하세요. 기와 아래 숨어 있곤 하거든요."

위골랭이 외쳤다.

"말씀 고맙습니다. 지금 제가 하는 건 임시 작업입니다. 지금은 시멘트도 석회도 없으니까요. 그렇지만 봄철의 이슬비를 피하는 데는 충분할 겁니다."

장이 지붕 위로 기어가면서 대답했다.

"그러면 수고하세요."

위골랭의 말에 장이 대답했다.

"선생의 도움을 잊지 않겠습니다!"

장은 손에 장갑을 끼고 두 팔을 십자 모양으로 엇갈린 채로 곡예사처럼 기와를 따라 앞으로 나아갔다.

12

 위골랭은 파페를 찾아 뛰어갔다. 그는 계곡에 위치한 포도밭에서 파페를 찾아냈다. 파페는 직접 가져온 의자 위에 앉아서 이미 싹이 돋아난 포도나무 가지들을 서로 엮기 위해 철사 줄을 팽팽하게 당기고 있었다.
 위골랭이 달려오는 소리에 파페는 고개를 들었다. 숨이 턱까지 찬 위골랭은 우선 주위를 살피고서 낮은 목소리로 말했다.
 "꼽추가 도착했어요. 부인과 딸아이와 함께 말이에요. 이사를 온 거예요. 지금 짐을 정리하는 중이에요."
 "그렇구나. 내 망태기를 가져오너라. 테레빈나무 그늘에 놓여 있는 것 말이다. 뭐라도 좀 먹자꾸나. 점심 먹는 것을 잊어버렸어."
 위골랭은 밭고랑의 움푹 파인 부분에 앉았다. 파페가 의자에 앉아서 빵을 썰고 소시지를 얇게 자르는 동안 위골랭은 병을 따서 잔을 채웠다.
 "꼽추는 어떤 사람이더냐?"

위골랭은 한순간 주저하다가 마치 잘 알려진 인물이라도 되는 듯 대답했다.

"전형적인 도시 꼽추예요."

"도회지 물을 많이 먹었더냐?"

"아주 많이요. 꼽추 부부는 친절했어요. 그렇지만 믿지 못할 말들을 했지요. 엉겅퀴를 세상에서 가장 아름답다고 하고, 사진을 찍겠다고 했어요. 부인은 가시꽃을 바라보면서 감상에 젖었죠. 농가가 천국 같다고 했어요."

"그래서, 그들에게 말을 걸어 보았니?"

먹느라고 볼이 뿔뚝해진 위골랭은 힘들어서 말했다.

"가구 내리는 것을 도와줬어요. 그랬더니 제게 백포도주를 마시라고 줬고요."

"그곳에서 오래 살겠다더냐?"

"죽을 때까지 산다던데요. 그렇게 말했어요."

"병이 들었든?"

"전혀 아니에요. 대장장이 같은 팔뚝을 가지고 있더라고요. 꼽추는 마차에 곡괭이, 삽, 갈퀴 등의 연장을 가져왔어요. 농부가 되고 싶대요."

"네게 그렇게 말하더냐?"

"네. 그리고 12,000평방미터나 가지고 있으면서도 그 땅이 충분치 않대요. 1헥타르가 더 필요하대요. 빵집 주인의 밭을 사고 싶다던데요. 원대한 계획을 세웠다나요."

"그래, 그가 샘에 대해 알고 있던?"

"아니요! 모르는 게 확실해요. 르 플랑티에에 있는 샘은 알고 있어요. 그 샘이 토지대장에 기록되어 있거든요. 그런데 우리 샘은 토지대장에 없어요. 제가 몇 번씩이나 물에 대해 말해 보려고 했는데요, 그는 마시는 물은 르 플랑티에에 가서 떠올 거라고 했어요. 그리고 물탱크를 넓힐 거래요."

"갈리네트, 조심하거라. 꼽추들을 너무 믿어서는 안 돼. 그들은 우리보다 훨씬 교활하단다. 그 샘에 대해서는 그자 어머니한테서 들었다고 보는 게 당연해. 그가 크레스팽에서 왔고 우리를 경계하리라는 것을 잊지 마라. 그저 순진한 도시 사람일지도 모르지만, 그는 저수지 하나 분량의 물로 2헥타르를 경작하는 것에 대해서 말하진 않을 게다. 뭘 심고 싶어 하더냐?"

"채소랑 포도나무, 밀을 심고 싶어 하더라고요. 그리고 로탕티크*를 심고 싶다고도 했어요. 로탕티크에 대해서 계속 말하더라고요. 그게 뭔가요?"

"책에서나 자라는 식물일 게다. 어디선가 봤지."

"현대적이어야 한다고도 말했어요."

"그가 네게 '루틴한 것'에 대해 말했다는 데 10프랑 걸겠다."

"그게 뭔가요?"

"도시에서 쓰는 말이야. 루틴하다는 것은 옛날 사람들이 우리에게 가르쳐준 것을 말하지. 도시 사람들은 현대적이지 않다는 이유로 옛 사람들이 가르쳐준 것을 전부 버렸어. 그리고 그들은 기적을 만들었지."

"그런가요?"

"정말 어리석은 짓이지. 이십 년 전에 말이다, 난 마르세유 출신의 한 거대한 부잣집에 일하러 갔었단다. 그 부자 양반은 기계와 압착기, 그리고 여러 아이디어로 무장하고 제므노 근처에 정착을 했었지. 바로 그가 루틴에 대해서 말하곤 했어. 루틴에 대해서 참으로 그럴 듯하게 이야기한 나머지 그것을 대대로 믿었지. 부자 양반은 자기가 식민지 전시회에서 사 온 아프리카산 강낭콩을 5헥타르나 되는 땅에 심으라고 시켰지. 그리고 심은 자리에 코담배보다 훨씬 비싼 가루로 된 화학 비료 몇 자루를 뿌렸어. 그런데 그것은 루틴이 아니었던 것이야. 강낭콩들이 엄청난 속도로 자라버렸어. 일주일에 1미터씩 자랐다고! 그래서 한 달 만에 강낭콩은 콩나무 받침대보다도 더 높이 자라서 허공에 삐죽 나와버렸지. 콩나무 받침대보다 낮게 만들려고 낫으로 콩대를 잘라야 했을 정도였어. 그다음에 뭐가 생겼는지 상상이나 가느냐? 그늘이 생겨버렸다고! 그래서 깍지도 생기질 않았고 씨앗도 거두질 못했지. 1년 만에 부자 양반은 짐을 싸고 우리에게 이렇게 말했어. '친구들이여, 나는 깨달았다네, 도시로 돌아가겠네. 자네들이 다음에 나 같은 사람을 보게 된다면 망하는 데는 세 가지 길이 있다고 말해 주게. 여자, 도박, 농사. 그중에 농사짓는 것이 가장 빠르고 가장 기분 나쁜 방법이라네. 잘들 있게!' 그렇게 말하고선 떠났어. 꼽추가 말한 로탕티크라는 것은 분명히 그런 종류의 것이 틀림없어. 수확이 하나도 없어서 꼽추는 낙담하게 될 게다. 그렇지만 우리는 시간을 허비할 수밖에 없겠구나…."

"적어도 1년은 허비할 거예요."

위골랭이 걱정스러운 기색으로 말했다.

"그가 샘을 알고 있다면 2년, 아니 3년이 걸릴 수도 있단다. 물이 있으면 더디기는 하지만 무언가 자라기는 할 게다. 도시 사람들 중에는 가끔씩 돈이 다 떨어질 때까지 고집을 부리는 사람들이 있단다…. 그렇지만 샘을 모르고 있다면 아마도 다음 5월에는 떠날 것 같다."

"그럴지도 모르겠네요. 그럼 10월에는 카네이션 밭을 갈 수 있

---

* '진정한 것'이라는 의미의 '오탕티크 authentique'라는 단어를 모르는 위골랭이 관사를 붙여 잘못 발음한 것.

을 거고…. 그러나 3년이면 끔찍한데요."

"갈리네트, 항상 최악의 상황을 생각해서는 안 돼. 언젠가 마차가 다시 와서 밖으로 이삿짐을 실어 가는 것을 보게 될 거라고 내 장담한다…. 단지 우리는 상황을 잘 파악해서 우리 계획을 준비하자꾸나. 잘 생각해 보면 그가 샘을 모를 거라는 생각이 들어. 먼 친척인 앙글라드나 카지미르가 샘에 대해 말하지나 않을까 두렵구나. 그게 가장 어려운 문제야."

"그 문제는 걱정하실 필요 없어요. 꼽추 어머니가 꼽추에게 레바스티드 사람들에 대해 일러 놓았대요. 자기가 크레스팽에서 왔다고 사람들한테 말하지 말라고 했어요."

"그렇지만, 우리가, 우리가 소문을 내자꾸나! 플로레트나 그의 이름은 말하지 말고 농가를 산 사람이 바로 크레스팽 사람이라고 말을 하자꾸나." 파페가 기쁜 듯이 말했다. "너는 그에게 작은 것을 베풀도록 해라. 새로 이사를 오면, 언제나 필요한 게 있는 법이지. 그의 일을 도와주고, 내 노새도 빌려 주거라. 아니면 그가 준비하지 못한 도구를 빌려 주거나 말이다. 특히 그의 부인에게 아몬드 두 움큼, 개똥지빠귀 두 마리, 무화과 한 바구니 등등 관대하게 베풀거라. 그러면 그가 떠날 때 다른 사람보다는 네게 농가를 팔고 갈 것이야!"

"이미 오늘 아침부터 시작했어요. 꼽추에게 마실 물은 제 우물에서 퍼가도 좋다고 말이죠. 하루에 물통 한 개 정도요. 하지만 파페가 말한 의도로 그렇게 한 건 아니에요."

"그럼 왜 그랬느냐?"

위골랭은 당황한 듯 보였다. 눈을 깜빡였고, 눈꺼풀은 세 차례나 바르르 떨렸다. 그리고 관대한 선물에 대해 변명을 하듯이 재빨리 말했다.

"이해하실 거예요. 저수지의 물을 마신다면 그들 셋 다 죽을 게 확실하잖아요. 그렇게 되면 당황스럽겠죠. 샘을 막아버린 것은 범죄가 아니에요. 카네이션을 위한 것이잖아요. 그런데 그것 때문에 사람이 죽는다면, 우리가 그 일을 입에 담지는 않겠지만 계속 생각은 하게 되겠죠."

파페는 일종의 연민에 찬 표정으로 점잖게 웃고는 말했다.

"너는 네 불쌍한 어미를 쏙 빼닮았구나. 네 어미도 항상 다른 사람을 위해서 걱정을 많이 했단다. 어쨌든 아주 잘했다. 가족들이 다 죽으면 그를 대신해서 어떤 사람이 올지 알 수가 없지 않느냐. 어쨌든 일 잘하는 농사꾼보단 그가 나으니 말이다."

"그리고 저는요, 즉시 그의 사기를 꺾도록 하겠어요. 가서 올리브나무는 다 죽었고, 땅은 개밀 때문에 썩었으며, 레 로마랭에는 절대로 비가 오지 않는다고 말하겠어요. 물탱크는 너무나 작고 겨울에는 매일 얼어붙는 데다가 북풍이 불면…."

"그만 입 다물어라. 너는 착각을 하고 있어. 흔히 사람들이 생각하는 것처럼, 오르막길에서 올라가는 것보다 내리막길을 내려가는 것이 더 쉽다는 사실을 잊지 마라. 그에게 가서 로탕티크는 훌륭한 것이고, 비 때문에 어려울 일은 절대로 없을 것이며, 북풍은 산들바람이나 마찬가지고 원대한 계획은 당장에 실행해야 한다고 말하거라. 그가 무너지는 방향으로 부추기란 말이다."

"그거라면 쉬울 것 같아요. 이미 그는 스스로 잘못된 방향으로 들어섰는걸요. 그를 판단해 보기 위해 파페가 만나러 가셨으면 해요."

파페는 파이프 담배를 채우면서 잠시 생각에 잠겼다.

"아니다, 아니야. 그가 나를 모르는 것이 낫다. 언젠가는 그 사실이 우리에게 유리하게 쓰일 거다."

13

위골랭이 3시경에 집에 올라갔을 때, 멀리서 하모니카 소리가 들렸다. 그는 하모니카를 부는 사람이 새 물통 두 개를 사이에 두고 마사캉 농가의 뽕나무 아래 앉아 있는 것을 발견했다.

꼽추가 말했다.

"이웃사촌 씨, 안녕하십니까? 늦지 않게 선생의 관대함을 누리러 왔습니다."

"잘하셨습니다. 그런데 저를 기다리실 필요는 없습니다. 그냥 퍼 가시기만 하면 되는데요!"

"처음이다 보니 기다렸습니다…. 게다가 저는 시간을 낭비하지 않았습니다. 이렇게 아름다운 경치를 감상하고 있었거든요."

장은 멀리 보이는 마르세유 베이르 산맥의 발치에 보이는 바다까지 뻗어 있는 계곡을 가리켰다.

"세상에나. 저는 경치에 대해서는 잘 모릅니다. 그래도 보여주신 곳은 넓으니 좋군요. 시간이 된다면 가서 보지요…."

말을 하면서 위골랭은 양동이를 우물 깊숙이 떨어뜨렸다. 양동이가 수면에 닿는 소리가 들렸다. 위골랭은 사슬로 연결된 끈을 잡고 서너 번 흔들었다.

위골랭이 말했다.

"이렇게 해야만 해요. 그러지 않으면 양동이가 수면 위에 둥둥 떠서 빈 채로 끌어당기게 되거든요."

우물 아래에서 고철 소리가 들렸고 찰랑찰랑하는 소리가 짧게 났다.

"됐습니다. 양동이가 옆으로 기울어서 물속에 잠겼어요."

위골랭은 사슬을 오랫동안 잡아당겨서 반짝이는 물을 물통에 부었다.

"지붕은 잘돼가고 있나요?"

"그럭저럭요. 그런데 기왓장이 몇 개 더 필요합니다. 마차꾼에게 기와를 주문하는 것을 잊었어요. 제가 우려하는 것은 새로 오는 기왓장이 새것이라서 짧으면 전체적인 조화를 해친다는 것이지요."

"그런데 지붕은 잘 보이지 않잖아요."

위골랭이 말했다.

"잘 알고 있습니다. 그렇다고 해도 말이지요…."

꼽추가 말했다.

위골랭은 두 번째 양동이 물을 물통에 비우고는 말했다.

"여기 있습니다. 이제부터는 혼자 하세요. 사흘째 꺾꽂이 가지를 창고에 방치해 두어서요. 밤이 오기 전에 가지를 심어야 해요."

꼽추는 수차례 고맙다는 말을 했다. 그는 양동이로 물을 세 차례 더 길은 후에 두 물통 사이에서 기우뚱거리며 떠났다.

*

　10분 후, 위골랭이 집 앞에서 토마토를 심고 있을 때 마차 소리가 들렸다. 마차는 그의 집 앞까지 이어지는 구불구불한 길을 큰 소리를 내면서 힘들게 올라오고 있었다. 작은 당나귀 한 마리가 두 마리의 노새 앞쪽으로 묶여 있었다. 초록색 덮개가 짐 위로 씌워졌고, 마차 뒤로 고삐에 반쯤 목이 졸린 예쁜 염소 두 마리가 네 다리를 질질 끌면서 따라오고 있었다.

　채찍을 휘두르며 마차꾼은 소리를 질렀다. 마차가 농가 앞의 평평한 곳에 도착했을 때, 노새는 숨을 돌리기 위해 멈춰 섰고, 마차꾼은 주머니 속에서 회색빛이 도는 큰 손수건을 꺼내 이마의 땀을 닦았다.

　위골랭이 가까이 다가갔다.

　"이보세요, 여전히 가구를 나르는 중인가요?"

　"가구도 몇 개 있지요. 그렇지만 대부분은 책 상자, 식기 상자, 양복이나 속옷이 가득 찬 여행 가방입니다."

　마차꾼이 말했다.

　"연장도 있어요?"

　"그렇게 많지는 않습니다. 유리 한 상자와 페인트 통 몇 개, 그리고 작은 펌프가 한 개 있어요."

　위골랭은 즉시 눈살을 찌푸렸다.

　"펌프를 어디에 쓴대요?"

　"물탱크에 달겠죠."

　그럴 만했다. '샘에 대해 알고 있다면 펌프가 필요하진 않았을 거야. 그러니 어쩌면 샘이 자연적으로 흐른다는 사실을 모를지도 모르겠군. 어쨌든, 어디에 펌프를 다는지 보러 가야겠어!' 위골랭은 생각했다.

"자, 가자! 저는 일찍 내려가 봐야 해요. 제 아내가 애를 낳으려 하거든요. 이랴, 이랴."

마차꾼이 말했다.

*

이튿날 아침, 마차가 다시 나타났다.

"이런, 걱정되는걸."

위골랭이 중얼거렸다. 왜냐하면 위골랭에게는, 재산을 지속적으로 나르는 것이 이 불행한 꼽추를 영원히 정착시키는 것으로 보였기 때문이다.

이번에는 농가 앞 평지에서 숨을 가다듬기까지 마차꾼은 올라오는 길에서 대여섯 번 멈춰 섰다. 덮개에 가려 보이지는 않지만 마차에 실린 짐 때문에 마차의 스프링이 짓눌려 있었다.

"이번에는 제가 저 위까지 올라갈 수 있을지 모르겠습니다. 시멘트 관 200킬로그램, 철책을 300킬로그램이나 실었다고요."

마차꾼이 말했다. 위골랭은 큰 두루마리 모양의 짐 위에서 펄럭이는 덮개를 가리키면서 물었다.

"이걸로 뭘 할 거래요?"

"울타리를 만든답니다. 오바뉴에서 가져온 회반죽 열 포대와 여러 가지를 가져와야 하니, 저는 내일 또 올 겁니다."

"저 사람은 아주 부자인 모양이군요."

위골랭이 말했다.

"부자인지는 모르겠지만, 돈은 잘 주더군요."

"저 위에서 오래 머무를 것 같아 보이나요?"

"모르겠는데요. 그 사람이 제게 무엇을 주문했는지 아십니까? 약간 깨지고 길쭉한 세 면짜리 오래된 기와를 주문했어요. 그런 기와를 더 이상 취급하지 않는데 말입니다. 이 분야에 대해서는 약간 모자란 사람이 아닌지 의심스럽습니다."

"그는 도시 사람이잖아요."

위골랭이 변명을 하려는 듯이 말했다.

"저도 그렇습니다. 저도 도시 사람이에요. 그렇지만 저는 머리가 돈 사람은 아니지 않습니까. 그 반대지요. 그리고 말입니다, 아들이에요!"

도시 외곽에서 살고 있는 마차꾼은 자랑스럽게 말했다.

"무슨 아들이요?"

"제 아들 말입니다. 어제 말씀드렸지 않습니까. 아들이라고요. 4킬로 반이나 나가던걸요!"

"축하드려요. 그리고 아주머니께도 축하드리고요."

"이름을 브뤼노라고 지었습니다. 왜냐하면 얼네스틴의 동생이 대부거든요. 괜찮은 사람이죠. 그는 포도주를 하루에 10리터씩 들이켠답니다. 그리고 저녁에도 아침처럼 멀쩡하다니까요. 그가 대장장이란 사실을 말씀드려야겠네요. 굉장하죠! 그리고 말이죠…."

기쁨에 차서 두 번째 노새가 첫 번째 노새의 꼬리를 무는 바람에, 첫 번째 노새가 뒷발질을 하더니 갑자기 출발했다.

"오, 주여!"

마차꾼은 채찍을 휘두르며 두 번째 노새에게 욕설을 퍼붓고는 달려갔다. 위골랭은 마차가 떠나는 모습을 지켜보다가 문득 주고받았던 말 한 마디를 떠올렸다. 언제나처럼 5분이 지나서 말이다.

'마차꾼이 굵은 시멘트 관에 대해 말했었지. 꼽추는 관을 가지고 도대체 무엇을 하려는 걸까? 관은 물을 끌어오는 데 쓰이는데. 무슨 물을 끌어온단 말이야?'

위골랭은 공포에 사로잡혔다. 한 번 더 파페가 틀리지 않았다. 꼽추는 샘이 존재한다는 사실을 알고 있으며, 그곳에서 2헥타르의 땅에 물을 대기 위해 관을 설치할 계획이다. 바로 그것이 '원대한 계획'이었다.

위골랭은 논리적으로 생각했다. '꼽추는 약간 젠체하기는 했어도 친절했어. 거짓말쟁이 같아 보이지는 않았단 말이야. 그렇지만 겉 다르고 속 다르지…. 게다가 그는 크레스팽 사람이야. 크레스팽 사람을 믿을 수 있을까?'

그는 팔을 흔들면서 입을 반쯤 벌린 채 그 자리에 계속 서 있었다. 가끔은 지평선을 바라보기도 하고 가끔은 발끝을 바라보기도 했다. 마침내 그는 절망하기에 앞서 마차꾼이 돌아오기를 기다리는 것이 현명하다고 생각했다. 그래서 꺾꽂이용 가지가 있는 곳으로 되돌아갔다.

*

정오경에 빈 마차가 모습을 드러냈다. 위골랭은 지나가는 수레를 멈춰 세웠다.

"아까 선생에게 실어다 준 관이 뭔가요?"

"시멘트 관이요."

"굵은가요?"

"주먹 한 개 정도 들어갈 크기죠."

"많아요?"

"한 30미터, 40미터를 덮을 정도예요."

"관을 어디다 쓴대요?"

"늘 그렇듯이 물 때문이겠죠."

신경이 곤두선 위골랭이 소리쳤다.

"그런데 그곳엔 물이 없잖아요!"

"아마도 물탱크 때문이겠죠…. 길가에 흐르는 빗물을 물탱크까지 모으려고 말이죠."

"그렇게 말했어요?"

"아니요. 제겐 아무 말도 하지 않았어요. 그를 이해하려고 해서는 안 되죠. 게다가 전 관심도 없답니다. 가자! 안녕히 계세요!"

마차가 비탈길을 내려갔다.

'30미터, 40미터라…. 굉장히 비싸겠어…. 아무것도 아닌 일에 이렇게 큰돈을 지불할 리는 없지. 나를 속인 게 확실해!'

위골랭은 마늘 씨앗을 심고 발끝으로 흙을 덮었다.

"어쩌면 그가 유산을 상속받았을 때, 언덕에 왔었는지도 몰라…. 아마도 몸을 숨기고서 우리가 샘을 막는 것을 봤을 거야. 지금은 아무것도 모르는 체하고 있지만 그러다 어느 날엔가 나를 초대하고 이렇게 말할 거야. '선생, 내가 무엇을 발견했는지 보러 오시오.' 그러고는 소방관의 펌프처럼 콸콸 흐르는 개울을 보여 주겠지. 게다가 나무로 된 마개를 들고선 불쑥 내게 말할 거야. '대체 누가 이 마개를 막아 놓았지? 누가 내게서 샘을 훔치려고 했을까? 당신은 세상에서 가장 더러운 놈이야. 헌병대에 가서 다 고발하겠어' 라고 말이지. 이제 끝장이야."

위골랭은 마늘쪽 몇 개를 묻고는 낮은 목소리로 중얼거렸다.

"아니야, 아니야. 내가 상상을 하고 있는 거야. 더 간단할지도 몰라. 그의 어머니가 샘에 대해 말했고, 그는 샘을 뚫게 되겠지.

그리고 결코 이곳을 떠나지 않을 거야. 물이 있고 그 정도의 땅에다 토마토에 받침목이라도 세워 준다면 일주일 후에는 무럭무럭 자라서 그늘을 만들 거야! 탐스러운 딸기에 마차 바퀴만큼 큰 호박, 살구만 한 올리브를 수확하고 원대한 계획도 실현할 거야. 그럼 카네이션은 망한 거지."

그는 땅에 갈퀴질을 몇 번 한 다음에 갑자기 말했다.

"그 관을 보러 가야겠어. 지금 당장 알아보는 게 나아."

그는 갈퀴 자루를 놓고 파페의 노새가 서서 자고 있는 마구간으로 달려갔다.

14

 온통 머릿속으로 공상에 가까운 생각만 하는 장 카도레는 무한한 에너지와 세심한 근면성으로 그 공상을 실현하기 위해 노력했다. 몽상가의 끈기와 힘은 때론 정신병자의 그것에 비유된다.
 『지붕과 배관』이라는 책이 지붕의 용마루 위에 놓여 있었다. 말벌에게 쏘인 한쪽 눈이 부어서 반쯤 감긴 채 장은 손에 흙손을 들고 맨발로 오래된 기와를 붙였다. 가끔씩 빗물받이 홈통 옆으로 몸을 숙여 밧줄로 연결한 통을 내려 보내면 그의 어린 딸이 그 통에 모르타르 반죽을 가득 채웠다.
 방법은 우스울 정도로 허술했지만 장은 벌써 기와를 절반 가까이 수리했고, 갓 수작업에 입문해 뿌듯함을 배운 모든 초보자들처럼 자신이 해낸 일을 매우 영광스럽게 생각했다.
 한 번 더 모자란 기왓장을 세어보려 하고 있을 때, 장은 오솔길에서 거대한 노새의 모습을 보았다. 노새의 안장에는 풀로 엮은 큰 주머니가 두 개나 매달려 있었고, 위골랭이 이 굶주린 노새 뒤를 따라오고 있었다. 위골랭은 테라스 앞에서 노새를 멈추더니 기쁜 듯이 외쳤다.

"안녕하세요, 장 선생님!"

"안녕하십니까?"

꼽추가 대답했다.

"이것 좀 보세요."

위골랭은 안장 주머니에서 약간 오래된 듯했지만 온전한 프로방스 풍의 길쭉한 기왓장을 꺼내 보였다.

"기왓장을 어디로 가지고 가십니까?"

"여기로요. 오래전부터 우리 집 마구간 한켠에 놓여 있던 것들이죠. 어제 선생께서 제게 말씀하신 후로, 선생을 기쁘게 해드릴까 해서 가져왔어요."

위골랭이 말했다.

"두 번째로 우정을 베푸시는군요! 결코 잊지 않겠습니다."

꼽추가 말했다. 그는 즉시 지붕에서 내려와 위골랭과 악수를 했다. 그리고 위골랭과 장은 우정의 기왓장을 벽 아래쪽에 세워두었다.

몇 차례 왔다 갔다 하는 동안 위골랭은 눈으로 도관을 찾았다. 그는 지붕이 없는 마구간의 둘둘 말려 있는 철책 옆에 가지런히 쌓여 있는 도관을 발견했다. 꼽추는 위골랭에게 백포도주를 한 잔하자고 권했다. 위골랭은 사양 않고 받아들였고, 그들은 테라스 쪽으로 가서 앉았다.

위골랭이 말했다.

"제가 선생의 물 문제에 대해 생각을 해봤어요. 물탱크 덕분에 어느 정도는 물을 줄 수 있겠지요. 그런데 물탱크는 금방 말라버릴 거고, 물탱크의 지붕도 아주 넓은 게 아니잖아요. 비가 내리면 저 위쪽 길에 물이 많이 흐른다고요. 만약에 선생이 수도관을 가지고 있으면, 굵은 시멘트 수도관 말이죠, 그것으로 저 위에서 물탱크에 이르는 수로를 만들 수 있을 거고, 물탱크의 물은 언제나 가득 차겠죠!"

"참 좋은 생각입니다. 수도관 말이지요. 제가 오늘 아침에 받았답니다."

꼽추가 말했다.

"운이 좋으시군요! 그런데 관으로 무엇을 하실 생각이십니까?" 위골랭이 물었다.

"아직까지는 중대한 비밀입니다…."

꼽추가 야릇한 미소를 지으며 말했다.

'그렇군. 확실히 그는 샘을 알고 있어. 비밀이라고 말하면서 이상한 태도를 보이고 있잖아. 나를 놀리고 있는 거야!' 위골랭은 생각했다. 그러나 그는 친절하게 미소를 지으려 노력했다.

장의 부인이 부엌에서 잔 두 개와 포도주 병을 내왔다. 그녀는 카페에서처럼 잔과 포도주 병을 쟁반에 들고 왔다. 위골랭은 일어서서 부인에게 인사했다. 그녀는 웃음이 많고 아름다웠으며 깨끗하게 차려입었다. 정성껏 묶은 머릿수건 밖으로 금발머리가 살짝 빠져나와서 이마 위로 작은 곱슬을 만들고 있는 게 마치 모자를 쓴 것처럼 예뻤다. 긴 앞치마를 입고 있었는데, 뒤쪽 허리에 끈을 묶은 앞치마는 어깨까지 올라왔다. 밝은 파랑색의 앞치마 가장자리에는 얇은 노란색 레이스 장식이 있었다.

부인이 말했다.

"이런 차림으로 인사드리게 돼서 죄송해요. 집에 일이 아직 많아서요. 단순히 치우기만 하는 데도 일주일이 넘게 걸려요!"

위골랭은 부인의 말을 하나도 이해하지 못했다. 왜냐하면 머릿수건에 앞치마라도 그녀는 우아한 자태의 극치를 보여주는 것 같았기 때문이다. 위골랭은 부인에게 인사를 하고 주머니에서 아몬드를 몇 움큼 꺼내서 테이블 위에 올려놓았다.

"선생의 딸아이를 위해서 아몬드를 좀 가져왔어요."

"어머, 친절하시기도 하지. 언제나 저희에게 큰 기쁨을 주시는군요. 마농, 가서 호두까기를 가져오렴."

에메가 말했다.

"그럴 필요 없어요. 프린세스 종이라서 손으로 껍질을 깔 수 있어요."

위골랭이 말했다.

귀여운 마농이 뛰어왔다. 위골랭은 마농의 황금색 곱슬머리를 쓰다듬으려 했다. 그러자 마농은 가슴에 손을 모으고 뒤로 획 돌아서더니 달려가서 엄마의 고급스러운 앞치마에 얼굴을 묻었다.

"죄송해요. 아직 선생님을 잘 몰라서 낯을 가리네요." 에메가 말했다.

위골랭은 초조함과 걱정으로 속이 끓었다. 수도관을 어디에 쓰려고 하는 거지? 그는 용기를 내서 단호하게 물었다.

"아까 댁에 짐이 도착하는 걸 봤어요. 울타리를 만드실 건가요?"

"네, 약간 특별한 울타리를 만들 겁니다. 울타리는 땅 밑으로 60센티미터나 내려갈 겁니다."

"하하. 토끼들이 선생의 야채를 먹을까 봐 겁이 나십니까?"

위골랭이 묻자, 꼽추는 집게손가락을 세워 들고 야릇한 태도로 말했다.

"거의 맞추셨습니다. 단지 토끼의 방향이 틀렸습니다."

위골랭은 눈살을 찌푸리고, 눈을 세 번 연속으로 깜빡인 다음 말했다.

"이해가 안 가요."

꼽추는 부인을 쳐다보았다.

"그것을 선생께 말씀드릴까?"

"그러세요! 안 될 건 없죠."

"그럽시다."

장은 집으로 들어갔다.

위골랭은 생각했다. '토끼의 방향이라고? 그게 무슨 말일까? 어쨌든, 그가 수도관은 비밀이라고 말했겠다. 부인은 계속 미소만 짓고 있고. 부인도 나를 바보로 여기는 게 확실해. 그리고 아이는 내가 마치 성난 야수인 것 모양 멀리서 나를 쳐다보고 있고…. 결국 하나도 이해가 안 가. 이 사람들은 내게 너무 못되게 굴어….'

꼽추가 손에 책자를 들고 나타났다. 그는 편안하게 테이블에 팔을 올려놓더니 턱에 손을 괴고 앉았다.

"이미 선생께 큰 계획을 세웠다고 말씀드린 적이 있지요."

"원대한 계획이 있다고 하셨지요."

"네, 그것입니다. 오늘 그것을 선생께 말씀드리지요."

그는 강의하는 어투로 말했다.

"제가 이곳에 관심을 갖는 이유는 자연을 사랑하는 제 마음 때문입니다. 지금 당장 돈이 궁하지는 않지만, 제게는 먹여 살려야 할 가족이 있고, 딸아이의 미래도 생각해야 합니다. 그래서 저처럼 생각이 많은 사람이, 돈을 벌어야 하는 가장의 의무와 자연 속에서의 생활에 대한 욕망을 절충하려고 한 것입니다."

위골랭은 장의 이야기 가운데 '돈을 벌다'라는 말을 기억했다. '그가 돈을 벌려고 한다. 레 로마랭에서 돈을 벌려고 한다! 무엇을 가지고 돈을 번단 말인가? 물론 반쯤 죽어가는 올리브나무나

썩고 있는 편도나무, 채소나 밀, 포도주로 돈을 벌지는 않겠지. 그러므로 그는 샘에 대해서 알고 있고, 카네이션을 심으려고 하는 거야!'

그래서 위골랭은 절망에 차서 반격했다.

"선생도 아시겠지만, 꽃이란, 좋은 샘이 하나 있다고 해도…."

"무슨 꽃 말씀이십니까?"

놀란 기색으로 꼽추가 되물었다.

"선생께서는 제가 엉겅퀴나 찔레꽃을 팔아서 돈을 벌려 한다고 생각하십니까? 그리고 어떤 샘을 말씀하시는 겁니까? 제가 가지고 있는 샘은 여기서 먼 곳에 위치하고 있는 걸 아시지 않습니까?"

장은 진지한 태도로 말했다. 그러나 위골랭은 속으로 생각했다. '수도관은? 수도관으로 뭘 하려는 거야? 중대한 비밀이 도대체 뭐란 말이야?'

장이 말을 이었다.

"저는 경솔하게 이야기하는 것이 아닙니다. 제 계획에 대해 충분히 숙고했고, 완벽하게 구상하고 발전시켰다는 사실을 선생도 아실 겁니다."

부인이 곁에서 자신감에 차서 미소를 지었지만, 아무 말도 하지 않았다.

"우선은 파, 토마토, 감자, 파슬리와 같은 텃밭용 작물을 심을 겁니다. 그건 쉬운 일이겠죠."

'무슨 말을 하는 거야!' 위골랭은 생각했다. 그러나 겉으로는 고개를 크게 끄덕이며 말했다.

"그만큼 쉬운 일도 없지요."

"하루에 한 시간만 투자하면 되니까요."

"텃밭도 일단 심고 나면 가꾸는 데는 30분이면 될 거예요."
"그렇게 되길 바랍니다."
"그러나 물탱크는 아주 작아요. 그래서 텃밭에 충분히 물을 주지 못한다면 어떡해요?"

에메가 끼어들었다.

"세상에…. 채소의 크기는 약간 작겠죠. 그렇지만 향이나 맛은 뛰어날 겁니다."

위골랭이 웃으면서 대답했다.

"다행입니다. 제가 바라는 것은 양이 아니라 품질입니다."

꼽추가 말했다.

"아, 품질은 뛰어날 겁니다."

위골랭은 확실한 어조로 말했다.

"그러면 이 문제는 해결된 것입니다."

마치 테이블 위를 쓸어내는 듯한 간단한 동작으로 그는 순간 전 가족을 먹여 살릴 음식을 확보했고, 계속 말을 이었다.

"먹을거리를 위한 텃밭을 가꾼 다음에 저는 토끼를 대량 사육하는 데 꼭 필요한 작물을 대량으로 키울 준비를 할 겁니다."

"대량이라고요? 어떻게요? 큰 토끼를 원하시는 건가요?"

위골랭이 물었다.

"아니에요! 한 달에 몇 백, 더 나아가 몇 천 마리의 토끼를 의미하는 거예요."

에메가 대답했다.

"에메, 과장하지 마. 상상한 것을 말하지 말고, 상식적인 선을 지키자고."

장이 말했다. 그는 앞뒤로 인쇄가 되어 있는 책자를 펼쳐서 까만 숫자가 세로로 나열된 도표를 위골랭에게 보여 주었다.

"여기를 보십시오."

위골랭이 쳐다보고는 두 차례 눈살을 찌푸리더니 말했다.

"하나도 모르겠어요. 물론 읽을 수는 있지요. 그런데 숫자들은 머리만 아프네요."

"저는 이게 무엇인지 아주 잘 알고 있습니다. 제가 이 의미를 선생께 설명해 드리지요. 이것은 토끼 암수 두 마리만 있으면 '현대적인' 목축업자는 3년 만에 매달 500마리의 토끼를 기를 수 있다는 것입니다. 적어도 전문가는 이렇게 생각합니다."

위골랭은 세 번 연속으로 눈살을 찌푸리고는 꼽추가 농담을 하는 건 아닌지 잠시 자문해 보았다. 그러나 위골랭은 장의 진지한 표정, 도시인의 전문가다운 표정을 보았고, '무너지는 방향으로 부추겨야 한다'는 파페의 충고를 떠올렸다. 그래서 눈을 깜빡이면서도 놀라고 감탄하는 태도로 말했다.

"그것은 정말 멋진걸요! 매달 토끼 500마리라니!"

"놀라시겠지요. 그렇지만 선생도 아시다시피 토끼들이란 그렇죠. 게다가 선생도 토끼를 길러보신 적이 있지요?"

"여섯 마리 기르고 있어요."

"그렇다면 선생께서는 길러본 경험이 있는데도 불구하고 이 녀석들의 번식력에 대해서는 정확히 모르시는 것 같습니다."

장은 책자를 들이밀며 말했다.

"이 전문가는 토끼의 수가 5,000마리가 넘어가면 이는 공공의 위험 수준에 달한다고 말했습니다. 이유는, 1,000마리의 수놈과 5,000마리의 암놈이 있으면, 목축업자는 첫 달에 3만 마리의 토끼 떼에 파묻히게 되고 그 토끼는 여섯 달이 지나면 20만 마리, 열 달이 지나면 매달 200만 마리로 늘어날 겁니다. 그렇게 되면 한 지방, 더 나아가 한 나라를 온통 기근과 죽음의 구렁텅이로 몰아갈 것입니다."

위골랭은 눈썹을 찌푸리면서 이 불길한 마술사를 쳐다보았고, 초토화된 렌즈콩 밭, 이집트콩 밭에서 성난 토끼들이 그의 다리를 타고 올라오는 것을 상상했다.

"그렇게 생각하십니까?"

위골랭이 물었다.

"호주요, 그에게 호주 이야기를 해줘요."

에메가 말했다.

"그럽시다."

꼽추가 말했다. 그는 다시 강의하는 어투로 말을 이었다.

"프랑스보다 열네 배나 큰 저주받은 대륙은 이민자 한 사람이 가져온 토끼 두 마리 때문에 거의 망할 뻔했습니다. 토끼들이 밭과 평원을 쓸어버려서, 나라를 구하려고 2,000킬로미터 길이의 전기가 통하는 철책을 세워야만 했답니다. 이제는 토끼들이 사람이 살지 않는 곳에서 번식을 합니다. 호주 토끼들은 크기가 커져서, 풀이 없을 때면 나무에 오를 줄도 안답니다!"

"나무에 오른다고요?"

의심이 많지만 겁이 난 위골랭이 물었다.

"그렇습니다, 선생. 토끼들이 숲도 통째로 갉아먹는다고요."

"그러면 이 토끼 종을 기르시려고 하는 건가요?"

"아닙니다. 다행히도 아닙니다. 게다가 제 생각에는 이 토끼들이 힘이 세지고 해를 끼친 이유는 호주 기후 때문인 것 같습니다. 여기서는 2, 3세대 후에는 확실히 이 지방 토끼와 비슷해질 겁니다. 물론 조금 더 크기는 하겠지요."

"다행이군요! 선생께서는 한 달에 500마리를 얻으실 것으로 기대하세요?"

"아닙니다, 아니지요."

꼽추는 공상을 믿지 않는 사람의 어투로 말했다.

"아닙니다. 모든 것에 있어서 절제할 줄 알아야 합니다. 이 전문가가 제공한 통계는 확실히 정확한 수치입니다. 그러나 이것은 단순히 수치일 뿐이고 현실은 다를 수도 있습니다. 그렇지만 제가 이 수치를 4분의 1로 떨어뜨린다면 분명히 성공할 것이라는 생각에 동의하실 겁니다. 그래서 저는 이 년 안에 매달 백이십오에서 백오십 마리의 토끼를 얻을 것이라고 기대하고 있습니다. 그리고 토끼 목축도 그 수준에서 유지할 것입니다."

"왜요? 내게는 이백오십 마리라고 말했잖아요!"

에메가 항의하듯이 외쳤다. 장은 에메의 어깨 위로 다정하게 손을 얹고는 웃으면서 말했다.

"친애하는 이웃 선생, 여자들은 장점이 아주 많지만, 상식이 없어서 탈입니다. 사랑하는 부인, 이성의 고삐를 두 손에 쥐고서 당신의 열정을 다스려야만 한다오. 우리는 수놈 열 마리와 암놈 백 마리를 유지할 거고 한 번에 1,500마리의 새끼가 태어날 거요. 그 정도면 충분하지 않겠소!"

"확실히 그 정도만 해도 이미 큰 사업을 하시는 거죠. 토끼장 청소만 해도 혼자서는 무리예요!"

꼽추는 승리에 가득 찬 태도로 말했다.

"선생께서 그 말씀을 하시기를 기다렸습니다. 그렇지만 저 혼자서 할 겁니다!"

"어떻게요?"

"야생 토끼들이 토끼장 청소하는 사람을 필요로 한답니까?"

"맞는 말이긴 합니다만 야생 토끼들은 토끼장에서 살지는 않지요."

위골랭이 말했다.

"바로 맞히셨습니다. 목축업자들의 대 실수가 바로 그 토끼장입니다. 친애하는 선생, 토끼장이 바로 루틴입니다!"

'대단해, 그가 그 말을 했어. 파페가 기뻐하시겠다.' 위골랭은 생각했다.

"그것은 루틴 중에서도 가장 무식한 루틴입니다. 왜냐하면 토끼를 가두어 놓는 것이 모든 병의 근원이 되거든요. 게다가 루이 11세가 주교 한 사람을 산송장으로 만들려고 했을 때, 왕이 무엇을 하셨는지 아십니까? 주교를 감옥에 가두었습니다! 역사가 교훈을 주는 것이죠."

주교, 왕, 송장과 토끼 간에 무슨 연관성이 있는지 전혀 이해하지 못하는 위골랭에게는 역사가 교훈을 주지는 않았다. 그렇지만 꼽추는 계속 이어 말했다.

"저는 거대한 농장을 만들 겁니다. 토끼를 놓아기르는 '현대적인 목축'을 할 겁니다."

"대단해요. 흥미로워요."

위골랭이 말했다. 그러면서 속으로 훗날 장이 파산했을 때 상기시켜 줄 수 있을 만한 몇몇 하찮은 제약 조건에 대해 말해 두는 것이 낫겠다고 생각했다.

"여우에 대해서도 생각해 보셨나요?"

"여기엔 여우가 많습니까?"

"있을 만큼 있지요. 제법 있어요. 아주 없지는 않아요."

"울타리를 잊으셨어요! 울타리가 적어도 2미터는 될 거예요. 게다가 전기가 흐르는 철망으로 되어 있지요!"

에메가 말했다.

"아, 전기가 흐르는 철망으로 2미터나 된다고요."

안심하면서 위골랭이 대답했다.

"잘못 알고 있어, 잘못 알고 있다고. 여우라면 2미터쯤 되는 철망은 가뿐히 뛰어넘을 수 있지요. 그러나 저는 땅 밑으로 인공적인 땅굴을 만들 계획입니다. 그리고 그 땅굴의 입구는 시멘트 관으로 하고요!"

위골랭의 심장은 기쁨으로 가득 차서 떨렸다. '드디어 관에 대해서 말하는군!'

"시멘트 관은 말입니다, 그 지름이 토끼들은 지나다닐 수 있어야 하지만 여우의 머리보다는 '작아야' 한답니다. 여우란 놈은 그 안으로 들어가기 위해서 입구를 넓힐 수 없을 테고, 제 토끼들은 안전하게 여우를 약올릴 수 있을 겁니다."

꼽추가 계속 설명했다.

"그건 아주 좋은 생각인데요!"

위골랭이 말했다.

"그리고 저는 그동안 무엇을 할 것 같습니까?"

꼽추가 음흉하게 말하자 에메가 물었다.

"그래, 당신은 무엇을 할 건데요?"

"음, 나는 우리 침실 창문가에 있는 침대에 자리를 잡고, 달빛이 비치는 아름다운 밤에 실망한 게걸스러운 여우들이 시멘트 입구에 주둥이를 대고 긁고 있을 때, 총알이 제대로 장전된 아버지의 16구경 낡은 장총으로 그 녀석들의 목을 따버릴 거야. 여우 가죽을 팔면 토끼 가죽 판 돈과 함께 쏠쏠한 소득이 되겠지!"

마농은 손뼉을 쳤고, 에메는 환하게 웃으며 말했다.

"저는 맨 처음 잡은 다섯 마리 가죽으로 코트를 만들 거예요!"

"아니야, 처음 건 안 돼. 털이 빽빽하고 단단하게 박힌 가죽을 얻으려면 한겨울까지 기다려야 해."

꼽추가 위엄 있게 말했다.

"맞아요. 좋은 건은 12월 말에 얻는 가죽이죠."

위골랭이 덧붙였다.

"12월 말에 해준다고 약속할게. 대신 그 전에는 안 돼!"

"모든 계획이 아주 좋아요. 그런데 이 토끼들은 뭘 먹죠?"

"그것이 제가 기다렸던 질문입니다! 그 질문을 하시는 것은 당연합니다. 그것이 가장 핵심이 되는 문제죠. 친애하는 이웃 선생, 제 대답은 이렇습니다. 우선은 토끼들이 지낼 농장 안에 저는 사료용 콩과 토끼풀을 심어서 그곳에 있는 자연 식물들이 잘 자라게 할 겁니다. 제 딸과 아내가 하루에 두 번씩 산책을 나가서 언덕 위의 향기가 나는 풀을 한 아름씩 가져올 겁니다. 그리고 제 계획의 가장 중요한 열쇠이자 가장 혁신적인 아이디어는 바로 '이것' 입니다."

그는 조끼 주머니를 뒤져 크고 반들반들한 까만 씨앗 네 개를 꺼냈다. 그는 오목한 손바닥 위에 씨앗을 놓아 위골랭에게 보여 주었다. 위골랭은 그것을 관찰하면서 말했다.

"이것은 수박 씨인가요?"

"아닙니다! 아니고말고요."

신비스러운 웃음을 띠면서 꼽추가 말했다.

"그럼 이것이 로탕티크인가요?"

위골랭이 묻자 꼽추는 잠시 시간을 끌더니 낮은 목소리로 말했다.

"오탕티크요? 당연하지요! 이것은 아시아 산 큐큐르비타 멜라노스페르가 종의 완벽한 진품입니다."

"그곳에서는 그렇게 부르나 보죠?"

"아닙니다. 이것은 라틴어 학명입니다. 검은씨호박이라는 의

미죠. 친애하는 선생, 이 식물은 놀랄 만큼 빠른 속도로 자란답니다. 열대 기후에서는 우기가 지난 후 하루에 30에서 40센티미터씩 자랍니다. 물론 우리가 열대 기후에서 사는 건 아니지만요."

"다행이죠."

에메가 말했다.

"솔직하게 이야기해서 우기가 있는 것도 아니고요."

"있지요, 여기도 비는 많이 온다고요. 물론 아주 자주는 아니지만, 일단 오면 많이 내려요!"

위골랭이 말했다.

"제가 수치를 보여 드리죠."

꼽추가 말했다.

"마르세유 기상관측소의 학자들이 작성한 지난 50년간의 통계에 따르면 말이죠, 우리 지방의 강수량은 연간 52센티미터입니다. 다시 말해서, 이 계곡 바닥이 돌로 되어 있고, 물이 스며들지 않는다면 일정하게 연말에는 깊이 52센티미터의 호수가 완전히 가득 찬다는 말입니다. 그래서 5년이 지나면 선생네 부엌 테이블이 거의 천장에 닿을 정도로 둥둥 떠다니게 되겠지요."

이야기에 몰두하고 있던 위골랭이 말했다.

"그것은 의심의 여지가 없어요!"

"수치가 여기 있습니다. 물론 이 52센티미터 안에는 겨울에 내리는 비의 양도 포함되어 있는데, 그것은 우리에게 도움이 안 되지요. 자, 여기 식물이 자라는 달에 하늘이 우리에게 정해 준 양입니다. 4월에 비오는 날이 엿새, 5월에 닷새, 6월에 나흘, 7월에 이틀, 8월에 사흘, 9월에 엿새, 10월에 엿새입니다."

"제 생각에는 그것이 맞는 것 같습니다."

위골랭이 말했다.

마농의 샘 157

"하지만 우리가 이 거대한 호박을 풍성하게 수확할 수 있도록 변덕스러운 비가 언제나 충분히 올 것이라고 생각해서는 안 됩니다. 그래서 저는 열대 지방만큼의 수확을 기대하지는 않습니다. 절대 아니죠. 게다가 저는 25센티미터 정도의 수치도 포기했습니다. 저는 강수량이 15센티미터를 넘지 않으리라고 봅니다."

"이이는 항상 비관적이에요."

에메가 말했다.

"우리가 고통스럽게 실망하지 않으려면 회의적이어야만 해. 사랑스러운 에메, 이건 아이들 장난이 아니야. 지옥 같은 도시로 돌아가지 않으려면 우리가 3년 안에 성공을 해야만 하는 입장이라는 사실을 생각해 봐. 그러니까 나는 15센티미터라고 말한 거고, 그것만으로도 이미 훌륭한 거야."

꼽추가 단언했다.

"게다가 호박이 하루에 50센티미터씩 자란다면 적당한 건 아닐 거예요. 6개월이 지나서 호박을 따려면 마을까지 가야 할지도 모른다고요! 그리고 줄기가 서로 얽혀 있기까지 하면 호박을 수확할 수가 없죠!"

위골랭이 말했다.

"완벽하게 옳은 말씀입니다."

"그렇게 되면 우리는 호박을 피트당 100킬로그램도 수확할 수가 없나요?"

에메가 항의하는 듯이 말했다.

"100킬로그램이라고요?"

놀란 위골랭이 말했다.

"네. 그것이 본고장에서의 일반적인 수확량입니다. 여기서는 상식적으로 생각하면, 정성을 다해 기른다고 해도 평균적으로 50

에서 60킬로그램 정도 수확할 수 있을 것입니다."

"그 정도라도 훌륭합니다! 지금은 씨앗이 네 개밖에 없으니까요…."

위골랭이 말했다.

"이 씨앗은 얻기가 매우 어렵습니다. 저는 이것을 마르세유 출신의 선원에게서 우정의 선물로 받았어요…. 저는 이 씨앗을 안전한 곳에 심고 소중하게 키울 겁니다…. 그러면서 대규모로 경작하기 전에 이 호박의 성장 반응을 연구할 수 있을 겁니다. 5, 6개월 내에 최소한 100여 개의 호박은 건질 수 있을 거예요. 즉 1헥타르에 뿌리기 충분한 씨앗을 얻을 수 있겠지요. 그걸로 내년에 씨앗을 뿌리는 거지요. 18개월 후면 수확을 하고 대량 목축을 시작할 수 있을 겁니다! 이 정도의 계획을 즉흥적으로 생각하고 실행할 수는 없지요. 계획에 따라 풍성한 수확을 기대하기까지 3년을 잡았습니다. 그때까지 버틸 돈은 있으니까요!"

장이 매우 큰 확신을 가지고 말했기 때문에 위골랭은 몹시 놀랐다. 3년이라니! '다행히도 그는 샘을 모르는구나.' 위골랭은 생각했다.

"친애하는 이웃 선생, 어떻게 생각하십니까?"

"아주 흥미로워요! 그런데 이 호박은 먹을 수 있는 정도로 맛있나요?"

위골랭의 물음에 장이 대답했다.

"아주 맛있고말고요! 주식으로 삼아도 될 정도지요. 게다가 호박을 둘러싸고 있는 겉껍질은 매우 단단하고 물이 스며들지 않아서 과육이 상하지 않게 몇 년 동안이나 저장이 가능하답니다. 몇 년이 지나도 마치 수확한 날처럼 맛이 좋고 영양분도 풍부하지요."

"저희 같은 농부들이 그런 호박을 경작할 수 없다는 것이 안타깝군요."

"맞아요. 안타깝네요."

에메가 대답했다.

"뭘 기대하십니까…."

위골랭이 우울하게 말했다.

"저나 다른 농부들은 책도 없어요…. 동네 어르신들에게서 배운답니다. 그래서 루틴한 것이나 배울 뿐이지요. 루틴이란 건 정말 끔찍한 겁니다…."

위골랭의 말에 꼽추가 도취되어 말했다.

"결국에 여기 농부 자질이 있는 진정한 농부가 한 분 계시는군요. 선생께서 완전히 이해하고 계시므로 제가 선생께 선물로 씨앗을 드리다. 물론 지금은 저도 네 개밖에 없습니다만 6개월 후에는 씨앗을 구하는 것이 문제가 아니라 호박의 성장을 멈추는 것이 문제가 될 것입니다."

"만약에 선생께서 토끼나 호박의 증가세를 멈추지 못한다면 어떻게 될지 궁금한데요!"

위골랭이 말했다.

"돈을 버는 겁니다! 선생의 즉각적인 친절에 감사하는 의미에서 저는 저와 함께 선생을 돈 버는 길로 인도할 겁니다."

꼽추가 말했다.

"이분은 받을 자격이 있어요."

에메가 말했다.

장도 백포도주 두 잔을 따랐다. 위골랭이 말했다.

"그런 의미에서 저는 빵집 주인의 땅에 대한 선생의 말씀을 생각해 봤는데요. 결국에는 빵집 주인에게 아무 말도 하지 않았어

요."

"어째서요?"

"왜냐하면 어제 클럽에서 사람들이 선생에 대해서 말을 했거든요. 사람들은 선생이 누군지 알더라고요…."

"누가 그것을 사람들에게 말했습니까?"

"그건 모르겠는데요. 마을에서는 사람들이 서로 지켜보고 말을 하잖아요. 한 노인네가 선생 어머니의 결혼식 싸움에 대해서 이야기를 했어요."

"저희 아버지가 그 이야기를 여러 번 해주셨습니다. 아버지는 웃으면서 그 이야기를 하셨죠."

꼽추가 말했다.

"그런데 사람들은 그 이야기로 전혀 웃지 않았어요. 마을에서 가장 예쁜 처녀가 크레스팽 사람과 함께 떠났다면, 사람들한테는 언제나 배신 행위로 생각되지요."

"그렇게 비열할 수가!"

에메가 경멸조로 말했다.

"이렇게 어리석은 원한을 통해, 어머니가 이런 시골 사람들을 떠나신 게 절대 옳으신 행동이었다는 것을 알 수 있어. 나도 그들과 왕래할 마음이 전혀 없어. 제가 선생께도 이미 말씀드렸지만 말이오."

에메는 화가 나서 얼굴이 하얗게 질렸다.

"제 남편이 이곳에 살러 왔다는 것은 그들에게 매우 큰 영광이지요. 선생님께서 저 대신 사람들에게 말해 주세요."

"사람들이 원래 그런데, 뭘 바라시는 건가요…. 사람들은 선생께 나쁜 짓을 하려고 들지 않을 거에요. 선생께서 아무런 말을 하지 않는다면, 그들은 선생님을 조용히 계시도록 내버려둘 거예요. 그런데 밭 문제는, 빵집 주인에게 제가 빌리는 것이라고 말해 볼게요. 그리고 나서 제가 선생께 그걸 넘겨드리지요. 그리고 또 다른 문제를 생각해 봤는데요. 뤼사텔은 식료품을 사러 가기엔 너무 멀어요. 그래서 선생께 도움이 된다면, 저희 집에 일주일에 세 번씩 집안일을 하러 아델리가 오거든요…. 저한테 심부름할 목록만 주시면, 아델리가 필요한 것을 선생께 가져다 드릴 거예요."

"친애하는 이웃 선생, 다시 한번 선생의 친절한 제안을 수락하겠습니다. 왜냐하면 지금 당장은 정리를 마저 끝내야만 해서 한시도 지체할 틈이 없습니다. 게다가 그때가 오면, 말뿐이 아닌 다른 방법으로 저의 고마운 마음을 전하겠습니다."

15

 위골랭은 마을로 달려왔다. 공원에서는 파페가 막 공놀이 게임을 끝내는 중이었다. 왼손으로 지팡이를 짚고 오랜 숙고 끝에 파페는 제대로 겨냥했다. 공은 참석자들의 환호성 속에 목표물에 명중했고 1점을 추가해서 총점 15점을 만들었다.
 사람들 앞에서 위골랭은 아무 말도 하고 싶지 않았다. 그래서 공놀이를 한 사람들과 함께 한잔하러 갔다. 술자리가 한 시간이 넘게 지속되자 위골랭은 파페에게 눈짓을 했지만, 파페는 너무 일찍 자리를 떠서 좋을 것이 없다고 판단했다. 그러고 나서 파페와 위골랭은 여러 가지 문제를 의논하면서 수베랑 저택으로 올라왔고, 문을 잠그고 귀머거리에 벙어리인 늙은 하녀가 수프에 넣을 치즈를 강판에 가느라 바쁘다는 것을 확인한 후 포도주 한 병을 놓고 테이블에 앉았다. 파페는 파이프에 불을 붙이고는 말했다.
 "새로운 소식이 있니?"
 "네. 좋은 소식도 있고 나쁜 소식도 있어요. 첫째는 그 원대한 계획 말이에요. 그건 철책 울타리 안에서 토끼를 대량으로 놓아 기르는 거예요."

"잘됐구나. 참고 서적을 갖고 있더냐?"

"네, 제게 보여 줬어요. 숫자로 가득하던데요. 책에 따르면 두 마리 토끼로 시작하면 6개월 후에는 1,000마리를 얻을 거래요. 그리고 그렇게 계속하면 망하게 된대요. 토끼들이 호주를 먹어 버린 것처럼요."

"나도 아는 사실이구나. 나는 책에서 그것을 본 게 아니라 신문에서 봤단다. 펜대로 곱셈을 해서 토끼를 기르는 것은 쉽지. 언젠가 저녁에 발랑틴에서, 실크모자에서 토끼를 네 마리 끄집어내는 마술사를 봤단다."

"그 꼽추는 한 달에 150마리 이상은 기르지 않겠다고 제한을 두고 싶대요."

파페는 비웃었다.

"대단하구나, 대단해!"

"그리고 그는 껍질이 단단한 중국 호박을 먹여서 키울 거래요. 그가 말하기를 뱀이 구멍에서 나오는 것처럼 빨리 자라고, 적어도 100킬로그램이나 되는 호박을 얻을 수 있대요. 그런데 그는 50킬로그램에서 만족할 거래요."

"갈리네트야, 네가 과장하는 게 아니냐?"

"아니에요! 절대 아니에요. 그가 내게 말한 것을 그대로 파페에게 말하는 거예요."

"그가 널 놀리는 것이 아니고?"

"가끔씩 놀리는 게 아닌지 생각해 보곤 했어요. 그런데 아니던데요. 그는 진지했어요. 정말로 그것을 믿더라고요. 그는 오늘 아침에 철책, 말뚝, 시멘트를 실은 마차를 올라오도록 주문했어요.

마차꾼이 그게 마지막이 아니라고 제게 말했고요!"

"자, 전부 다 아주 마음에 드는구나. 인자하신 주님이 우리 형편에 맞추어서 그를 보내주셨구나. 6개월 안에 그는 떠날 게다."

"그 문제에 대해서는 파페가 틀리셨어요. 제가 좋은 소식과 나쁜 소식이 있다고 말씀드렸죠. 나쁜 소식이란 그가 3년간의 계획을 준비했다는 거예요. 그가 부인에게 '우리가 3년 안에 성공을 해야만 해, 그러지 않으면 도시로 돌아가야 할 거야'라고 말했어요. 그렇게 말했다고요."

"그가 말한 것과 그가 행동으로 보여줄 것이 언제나 일치하는 것은 아니란다."

"그럴지도 모르죠. 그런데 그 말은 그에게 돈이 있다는 뜻이에요. 그가 제므노의 집과 가재도구를 팔았다는 걸 파페도 아시잖아요. 그리고 유산을 받았다는 것도 아시잖아요!"

"갈리네트, 유산은 그리 좋은 것이 아니야. 손가락 사이의 모래알처럼 주르륵 빠져나간단다…. 그가 시멘트를 사기 시작했다면! 계획과 시멘트가 있으면 많은 일을 할 수 있지. 6개월 안에 그는 배가 고프게 될 거다. 6,000프랑을 주어서 그를 떠나보낼 수 있을 게야. 그리고 그때까지는 그가 호박들 사이에서 어찌할 바를 모르는 광경을 보는 것이 재밌을 게야. 그것이 우리에게는 인내심을 길러 주겠지…."

"파페, 파페가 그를 보고 와서 제게 설명을 해줬으면 좋겠어요. 가끔씩 저는 하나도 이해를 못하겠단 말이에요."

"이미 안 된다고 하지 않았니! 그렇지만 나도 궁금하니까, 멀리서 그를 지켜볼 수 있도록 소나무 숲 사이에 작은 은신처를 만들 거다. 내 재미를 위해서 말이지."

그 순간에 문이 열리고 벙어리 하녀가 파페를 향해서 이상한 신호를 보냈다. 파페가 고개를 끄덕여 대답했다.

"식사가 준비되었단다."

벙어리 하녀가 가볍게 두 손을 벌려 흔들었을 때, 파페가 통역을 했다.

"오늘 식사는 작은 프라이팬에 구운 새 요리야."

"알았어요. 벌써 맛있는 냄새가 나네요." 위골랭이 말했다.

*

그즈음 석유 램프 불빛 아래서 꼽추가 엄숙하게 말했다.

"우리는 언제나 성급하게 판단해. 사랑하는 마음이 영혼과 가까워지지 않을 때면 영혼이 정말로 분리되곤 해. 그분에 대해서는 내가 잘못 알았어. 첫날, 그가 우리 가구를 들어다 주러 왔을 때, 나는 그분의 친절함이 시골 농부의 호기심 때문이라고 탓했어. 게다가 그분의 미소에서 적의 비슷한 걸 보았다고 믿었다고. 죄를 고백하나이다! 처음에 그는 우리가 아무것도 요구하지 않았음에도 자신의 귀중한 물을 나누어 주었어. 오늘은 우리에게 기왓장을 가져다 주었지. 그래서 난 오바뉴까지 멀고도 돈이 많이 드는 여행을 갈 필요가 없어졌어. 맞아, 메마르게 보이는 땅인데도 밭이 잘 손질되어 있는 걸 보아 그는 쉬지 않고 계속 일에 시달려왔을 텐데, 그런 사람이 알지도 못하는 이웃에게 도움을 주려고 왔어. 그리고 바보 같은 마을 사람들에 대해서 그가 우리에게 말한 것도 동정심에서 우러나온 증언이고 그의 세심한 성격을 잘 보여 주는 증거야. 그는 그들의 바보짓에 동참하는 것을 거부하고 있잖아. 게다가 그는 외로이 살고 있지. 그 사람 집은 우리 집만큼이나 외따로 떨어져 있어. 마을 사람들과 전혀 왕래하지 않는 듯한 인상을 받았어!"

"그런데 저는 그가 그다지 마음에 들지 않아요."

에메가 수줍게 말했다.

"왜냐하면 못생겼기 때문이야! 게다가 그는 왼손잡이에 천박하지. 그렇지만 가끔은 천박한 외양을 가진 순수한 영혼이 있는 법이지…."

"저도 잘 알아요. 그래서 그를 이해하려고 노력중이에요. 어쨌든 마농은 그를 무서워해요…. 그가 머리를 쓰다듬으려고 했을 때, 마농이 소리를 질렀잖아요."

에메가 말했다.

"마농, 의외구나. 그 친절한 농부가 싫으니?"

"그 아저씨는 나쁜 사람이에요. 뺨이 오싹했다고요. 두꺼비처럼 못생겼어요!"

마농이 외쳤다.

"마농, 그렇게 생각하면 못 써. 그분은 우리한테 필요한 기왓장을 가져다 주셨어. 비가 올 때마다 그 아저씨에게 고마워해야 한단다."

꼽추가 위엄 있는 목소리로 말했다.

16

 일요일 오후에 위골랭은 언제나처럼 마을로 내려와서 공놀이를 했다. 게임은 길고도 재밌었다. 위골랭은 앙주, 파페와 한 팀이었고, 빵집 주인과 푸줏간 주인, 팡필에 맞서서 게임을 했다. 필록센은 바에 남아 있다가 이따금씩 분쟁이 생기면 점수를 계산하러 오곤 했다.
 해설을 도맡아 하는 카브리당, 앙글라드와 대장장이가 맨 앞줄을 차지하고 있는 많은 구경꾼 무리 앞에서 위골랭 팀은 첫 판을 땄다. 첫 판이 가장 '훌륭한' 판이었는데, 첫 판을 딴 팀과 해설자에게는 아페리티프가 제공되기 때문이었다.
 많은 사람들이 멀리서 꼽추가 이사온 것과 마차꾼이 왔다 갔다 하는 것을 보았다. 그러나 '남의 일에 참견하지 않기 때문에' 아무도 꼽추에 대해서 말하지 않았다. 위골랭이 선수를 쳤다.
 "저 위에 재미있는 사람이 이삿짐을 잔뜩 싣고 새로 왔어요."
 "마차가 올라가는 걸 봤어. 마차를 적어도 세 번쯤 봤을걸!"
 팡필이 말했다.

"나는 네 번 봤는데요."
엘리아생이 말했다.
"농가를 세냈다던가?"
필록센이 물었다.
"아니요. 농가를 샀다는데요. 뭐 그가 그렇게 말했어요."
위골랭이 대답했다.
"농부야?"
"아니요. 꼽추예요."
"불쌍하기도 하지!"
팡필이 말했다.
"그가 온 지 오래됐나?"
빵집 주인이 물었다.
"일주일 정도 됐어요."
"나는 아직 본 적이 없어. 그는 어디서 빵을 산대나?"
"뤼사텔에서 산대요. 뤼사텔에 모든 걸 사러 가요."
위골랭이 대답하자 빵집 주인은 기분이 상해서 말했다.
"무엇 때문에? 내가 빵에 독이라도 넣을까 봐 겁이 나서?"
"아니에요. 사실은 그는 마을에 내려오고 싶어 하지 않아요."
위골랭은 시간을 조금 끌고 눈을 깜빡인 다음에 덧붙였다.
"그는 크레스팽에서 왔어요."
"이런! 추천받아서 오지는 않았겠지."
대장장이가 말했다.
"어쩌면 첩자일지도 몰라요."
카브리당이 말했다.
"누구를 훔쳐보길 바라는 건데? 그가 자네 이집트콩이나 세러 온 것 같나?"

필록센이 소리치자, 영리한 팡필이 덧붙였다.

"만약에 그가 첩자였다면, 크레스팽에서 왔다고 말하지 않았을 게야."

"정보를 얻으려고 마을에 내려왔겠지!"

"그렇고말고, 그런데 그는 그 반대로 행동하고 있잖나. 자, 자, 이런 건 다들 소용없는 짓이라네. 크레스팽 사람들이 모두 나쁜 건 아니지 않은가." 파페가 말했다.

"그는 크레스팽에서 뭐 하던 사람인가?"

"거기서는 세금 징수원 사무실에서 서류를 작성했대요."

잠시 침묵이 이어졌고, 카브리당이 겁에 질린 토끼처럼 눈을 크게 뜨고 말했다.

"우리에게 새로운 세금을 매기러 왔나봐요!"

"아니지, 아니야. 세금은 그런 식으로 매기는 게 아니라고!" 파페가 말했다.

"가족이 있던가?"

빵집 주인이 물었다.

"네. 아내와 딸이 하나 있어요."

"그가 오래 머물 것 같아 보이나?"

"그건 말 안 했어요. 어쨌든 집을 수리하고 있어요."

"혼자서 수리를 한단 말이야?"

대장장이 카지미르가 물었다.

"네, 장갑을 끼고 말이죠."

"제대로 해야 할 텐데!" 필록센이 말했다.

"할 만큼 하겠죠."

"그래, 돈은 있고?"

"제가 그걸 어떻게 알겠어요? 두세 번 5분 정도 말한 게 다에

요."

"어쨌든 크레스팽에서 왔고, 언덕 위에서 숨어 지내는 꼽추를 경계할 거예요." 앙주가 말했다.

"자네가 누구를 경계한다고? 그가 저 위에서만 지낸다면 아무한테도 해를 끼치지 않는 거야." 필록센이 말했다.

"그렇지, 그를 그대로 내버려두기만 하면 돼. 그러면 우리에게 아무것도 요구하지 않을 거야." 파페가 말했다.

17

 3월 30일이 되자 레 로마랭 농가의 지붕 수리는 완전하게 마무리되었다. 지붕은 새 기와로 덮였고 문과 창문은 거의 딱 들어맞게 닫혔으며, 유리창 한 장도 깨진 곳이 없었다. 밝은 녹색으로 덧문을 다시 칠했으며, 석회를 새로 발라 제법 시골풍으로 보였던 농가 전면은 햇빛 아래 하얗게 빛났다. 그리고 테라스의 썩은 기둥은 껍데기가 붉고 까만 어린 소나무 줄기로 교체되었다. 예전에는 아무렇게나 헝클어졌던 포도 덩굴도 새로 고친 테라스 위에서 푸른 지붕을 만들었다.
 공사를 마친 것을 축하하고자, 그리고 다른 축하의 말을 듣기 위해서 장 카도레는 샴페인을 한잔하자고 위골랭을 초대했다.
 위골랭은 저녁 6시경에 도착했다. 계곡이 꺾어지는 모퉁이에 도달했을 때, 위골랭은 농가를 보자 눈을 크게 뜨면서 잠깐 동안 멈춰 섰다. 꼽추는 멀리서 웃으면서 위골랭을 지켜보고 있었다. 10미터쯤 떨어져서 위골랭은 다시 한 번 걸음을 멈추고 오랫동안 쳐다본 후 고개를 흔들었다.

꼽추가 물었다.

"자, 어떻게 생각합니까?"

"이런 집을 보러 오기 위해서는 일요일에 입는 정장을 입고 와야 했을 거라고 생각했어요."

핑크색 원피스를 입은 에메가 막 집에서 나왔다. 양쪽으로 굵게 땋은 붉은 머리가 창백한 얼굴을 더욱 빛나게 했다. 올리브나무의 낮은 가지에 매단 그네를 타고 있던 귀여운 마농은 입에 회향나무 가지를 물고 파란 운동화를 신은 다리를 쭉 뻗고 있었다.

마침내 위골랭은 저수지의 나무 덮개 위에 달려 있는 꼭지가 달린 예쁜 펌프를 보았다. 고무호스는 굵은 나무 관에 감겨 있었다. 위골랭은 고무관의 길이가 30미터쯤 되고 가격은 적어도 100프랑은 될 거라고 생각했다.

밀랍으로 새것처럼 닦인 추시계로 경쾌해지고, 밝게 빛나는 하얀 벽 위에 매달린 반짝이는 구리 식기들로 인해 화려해진 옛 부엌을 위골랭은 알아보지 못했다. 사용은 안 하지만 비싸 보이는 전구들이 둘러져 있고 푸른 유리 갓이 씌워진 채 안쪽에는 큰 석유 램프가 달린 금색의 등을 보며 놀라워했다. 이층에 올라갔을 때 그는 남편과 아내가 같은 방을 쓰지 않고 각자 자기 방이 있다는 사실에 놀랐다. 각방을 쓰는 습관은 부자들의 방식이었다. 이 악마 같은 꼽추는 돈이 많은 것이 확실하고, 스스로 일을 할 줄 알았다. 위골랭의 눈에는 이 첫 성공으로 인해 꼽추의 계획이 당연히 성공적인 최후를 맞이할 것으로 비쳤다…. 아주 걱정스러운 표정으로 그는 파페를 찾아갔다.

*

 이튿날 아침 장 카도레는 첫 작업에 착수했다.

 그는 해가 뜨기 전에 소리 없이 일어났다. 아내와 딸을 깨우지 않기 위해 신발을 손에 들고 계단을 내려왔고, 잉걸불에 숨을 불어넣어 커피를 끓였으며, 가장 멀리 있는 밭으로 일하러 떠났다.

 해가 뜰 무렵 작은 야생 관목을 베기 전에 그는 자신에게 가족을 부양해야 할 의무가 있다는 내용을 담은 짧은 연설을 했다. 그리고 해가 뜨는 동안 자신이 베어버려야 하는 모든 식물을 위해서 슬프지만 고귀한 곡을 하모니카로 연주했다….

 처음 며칠은 그다지 능률적이지 못했다. 도끼나 낫, 톱을 사용하는 데 서툴러서 너무 많은 힘이 들었고, 작은 모루에다 낫의 날을 두드려서 가는 작업은 번번이 실패했다. 게다가 그가 넓은 날을 앞쪽으로 밀어 보내면, 날의 뾰족한 끝 부분은 땅에 박혀버리곤 했다. 어렸을 때 사람들이 매우 능숙하게 낫으로 풀을 베는 광경을 보지 못했었다면, 그는 이 무식한 낫을 벌써 집어던졌을 것이다. 그러나 그는 생각하며 끈질기게 일을 했다. 결국 날의 끝을 살짝 들어 올리는 작업에 전념해서 몸통을 축으로 쓰는 법을 익혔다. 일주일도 채 되지 않아 그는 낫을 전문가처럼 능숙하게 사용할 수 있었다.

 게다가 그는 필요한 만큼의 힘을 들여 곡괭이를 적당한 높이까지 들어 올리고 적당한 거리를 두어 연장을 땅에 박는 동작을 터득했다. 의심의 여지없이 그가 가진 농사꾼 기질 덕에 능숙함과 효율성을 금방 되찾은 것이리라. 또 다른 이유라면 육체노동을 장려하는 사람들이 뭐라고 말하든지 간에, 수작업을 하는 데 있어 딱히 진정한 기술이 요구되지 않을 뿐더러, 금작화 뿌리를 뽑아내는 것보다 제곱근의 값을 구하는 것이 훨씬 더 어려운 일이기 때문이리라.

   자루가 긴 낫을 가지고 장은 거대한 찔레 덤불과 가시양골담초 덤불을 베어냈다. 그러고 나서 엉겅퀴를 베어내고, 손으로 로즈마리와 시스투스 풀을 뽑아내었다. 마무리로 쇠스랑과 써레로 무장한 장은 자기가 뽑아낸 식물들을 소나무 숲 가장자리까지 긁어냈고, 암탕나귀와 염소가 백리향과 엉겅퀴를 먹으려고 그의 뒤를 따라왔다.

   8시쯤 되어 그는 올리브나무에 낫을 걸어두었고 연장을 정리한 후에 사냥을 위한 뿔피리 간주곡을 하모니카로 연주했다. 그 무렵 그의 아내와 딸아이가 먹을 것을 들고 왔다. 왜냐하면 그가 농부처럼 일터에서 아침을 들고자 했기 때문이었다. 삶은 달걀, 말린 멸치, 소시지, 두껍게 썬 빵 조각에 적포도주 한 잔을 곁들인 아침은 거의 정찬에 가까웠다.

   식사를 마친 다음 수다를 조금 떨거나 가끔씩은 노래를 부르면서 세 사람은 일을 시작했다. 장은 낫이나 쇠스랑을 집어 들었고, 에메는 청소를 하러 갔다. 그리고 마농은 염소를 지켰다.

   정오가 되자 에메가 노래를 부르면서 테라스에 테이블을 차렸다. 꼽추는 점심을 먹는 데 30분 이상을 할애하지 않았고, 어두워질 때까지 계속 일을 했다.

   올빼미가 울기 시작할 때가 되자 장은 지쳤지만 뿌듯한 미소를 띠며 부엌으로 돌아왔다. 부엌에서는 에메가 밭에서 따온 꽃다발 주위에 접시를 정리하는 동안 마농은 테이블 위에서 글씨 쓰기 연습을 하고 있었다. 그는 몸을 씻고 까만 머리카락을 빗질했다. 그러자 잔가지며 백리향 잎사귀, 나무껍데기 등이 떨어져 내렸다.

그는 램프 근처에 가서 앉은 다음 촛불로 소독한 바늘로 낮에 손가락에 박힌 가시를 찾았다. 그럴 때면 주의 깊은 마농이 고통스러운 작은 소리를 내면서 옆에 있다가, 장이 커다란 손을 불쑥 내밀면, 그 상처투성이의 손가락에 입을 맞추었다.

저녁을 먹는 동안 장은 빠른 시일 내에 그들의, 특히 마농의 재산을 보장해 줄, 오랜 시간 구상했던 계획을 다시 한번 설명했다. 그리고 나서 그는 테이블 위에 금화가 굴러다니는 광경을 상상했다. 후식을 먹고 나서 장은 불가에 자리를 잡았다. 마농은 아빠 다리 옆에 있는 방석에 앉아서 무릎을 베고 누웠다. 장은 하모니카로 농부들의 오랜 노랫가락이나 프로방스의 옛 캐럴을 불었다. 가끔씩 에메는 경탄할 만한 소프라노 음성으로 노래를 했고 장이 듀엣으로 아내의 노래를 따라 부르곤 했다. 밤이 오자 소나무 숲에서 올빼미 울음소리가 먼 대답처럼 들려왔다.

초기 몇 주간은 에메는 장이 무리를 하고 있다고 걱정했다. 그리고 장 스스로도 지속적으로 힘을 쓸 수 없는 순간이 올까 우려했다. 그러나 얼마 가지 않아 장은 나날이 체력이 좋아지고 있으며 언덕의 공기가 그를 다른 사람으로 만들었다는 사실을 알아차렸다.

인생에서 처음으로 장은 살아가는 기쁨을 알게 되었다. 그의 어머니는 이 외딴 농가에서 태어났다. 그녀는 청춘이 꽃피는 동안 이곳에 있는 편도나무에서 아몬드를 따고 2, 3세기 전에 조상들이 심은 올리브나무 아래 풀밭에다 이불을 널었었다…. 그는 이곳의 소나무 숲을, 노간주나무와 테레빈나무를 좋아했다. 아침에 우는 뻐꾸기 소리와 정오의 매 울음소리, 저녁의 올빼미 울음소리도 좋아했다. 그가 곡괭이로 땅을 고를 때, 날아다니는 제비들을 보면서 장은 이곳에서는 그 어떤 생물도 자기가 꼼추라는 사실을 알지 못한다고 생각했다.

*

이삼 일에 한 번씩 밀렵을 하고 돌아오는 길에 위골랭은 레 로마랭 농가에 들렀다. 그는 자고 한 마리나 개똥지빠귀 두세 마리, 에스카우프레에서 딴 세이보리 등등을 언제나 선물로 남겨두었다. 때로는 총을 해제한 후 풀밭에 놔둔 채로 올리브나무 아래 앉아 땅바닥에 작은 모루를 박고, 장이 유심히 지켜보는 동안 낫의 날을 오랫동안 갈았다.

보름이 지나자 들판은 매우 깨끗해졌다. 올리브나무는 싹을 틔우고 죽은 가지를 쳐내서 나무의 형상을 되찾았고, 덤불들은 언덕 발치까지 물러섰다.

*

어느 날 저녁 장은 가족들에게 이튿날은 중요한 날, 실제로 농사일을 하게 되는 첫날이라고 알렸다. 그는 작물을 기르기 위해서 곡괭이로 밭이랑을 팔 예정이었기 때문이다.

동 틀 무렵, 장 부부는 부엌에서 단둘이 조용하게 아침을 먹고 있다가, 계단 위에서 아직 잠은 덜 깼지만 웃고 있는 마농을 발견했다. 마농은 소리 내지 않고 옷을 입고 의식에 참여하러 왔다.

장은 가족들에게 엄숙하게 말했다.

"내가 오늘 시작하려는 일은 길고도 힘들 거야. 당연히 몇 달 동안 계속되겠지. 그렇지만 우리가 지금 당장 경작할 수 있도록 땅을 갈 필요는 없어. 지금 현재로는 텃밭을 만들기 위한 300평방미터와 토끼 농장 안에 일굴 작은 밭 6~700평방미터면 충분해. 위골랭 선생에 따르면 매일 40평방미터의 땅을 가는 것이 적당하다고 해."

"수학 문제 같아요! 그런데 평방미터는 아직 어떻게 계산하는지 모르겠어요. 그래서 하나도 이해가 안 가는데요."

마농이 말했다.

"내가 밭에 가서 보여주면, 너는 금방 이해할 수 있을 거야. 텃밭을 씨를 뿌릴 수 있는 상태로 만들기까지 대략 열흘이 필요할 거고, 작은 밭은 삼 주가 걸리겠지. 그러고 나면 겨울 내내 호박과 옥수수를 대량으로 경작할 수 있는 땅을 만들기 위해서 밭을 갈 수 있을 거야. 이 정도가 적당하고 실행할 만한 계획이지. 주님께서 오늘까지 허락해 주신 것처럼 내게 건강을 허락해 주신다면 말이지. 자, 이제 일을 시작하자!"

그들은 밖으로 나왔다. 새벽녘 떠오르는 태양은 산의 능선을 따라서 붉게 이글거렸다.

그들은 밭에 이르자 조용히 멈춰 섰다. 부인과 딸아이는 고개를 숙이고 두 손을 모으고는 장의 기도를 들었다. 고개를 들면서 장은 자기가 시작하려는 일을 축복해 줄 것을 하늘에 강구했다. 그가 아멘이라고 말하는 순간, 구불구불한 길에서 쇠붙이가 딱딱거리고 채찍이 휘날리는 소리가 들렸다. 그리고 그들은 노새의 고삐를 당기는 위골랭의 등을 보았고, 삐거덕거리는 수레는 자갈 위에서 요동치고 있었다.

장은 위골랭이 나무를 하러 간다고 생각했다. 그러나 수레는 언덕길을 벗어나 농가 쪽으로 내려오고 있었다. 그리고 수레 위에는 긴 쟁기가 놓여 있었다.

"안녕하십니까, 이웃 선생! 쟁기를 가지고 어디를 가십니까?"

꼽추가 물었다.

"선생 집으로 가죠."

위골랭이 대답했다. 수레에서 노새를 풀면서 위골랭은 말을 이었다.

"제가 생각하기에는 곡괭이로 일하다가는 석 달 만에 성질만 버리게 될 것 같아서요. 쟁기가 있다면 땅을 다 갈고도 내년에 호박을 심을 밭도 갈 수 있을 거예요. 그럼 땅에게도 좋고 우리도 저녁까지 일을 마칠 수 있지요!"

꼽추는 환한 얼굴로 아내를 바라보았다.

"에메, 기도는 절대 헛된 법이 없어. 이것이 하늘의 응답이야."

*

이렇게 해서 위골랭은 '주님의 도구' 반열에 오르게 되었다. 그러나 사실 그의 의도는 그다지 선한 것만은 아니었다.

우선 위골랭은 훗날 농장을 헐값에 얻기 위해 꼽추와 우정을 쌓으라는 파페의 조언을 따랐다. 그리고 혹시나 곡괭이가 잘못해서 샘 부근을 파헤쳐 샘의 존재를 드러낼 물이 조금씩 배어 나올까 봐 걱정이 되었던 것이다. 위골랭이 와서 직접 조언을 한다면 이와 같은 불행을 피할 수 있게 된다. 그리고 장의 어리석은 계획이 빨리 진행되면 그만큼 실패도 빨리 드러날 것이라고 생각했다. 마지막으로 위골랭은 땅의 상태가 어떤지 점검하고, 깊이를 가늠해 보고 부드러운 정도를 살펴보며, 흙 냄새를 맡고자 하는 열망으로 불타올랐다. 그리고 이 작업은 미래의 꽃 재배에 대한 준비 단계가 될 것이다. 이런 저속한 이유 외에도 위골랭 자신도 모르는 새에 스며든 어두운 양심의 가책도 한몫했다. 위골랭은 스스로에게 말했다.

"그를 도와주고, 그에게 좋은 일을 하는 거야. 나는 그의 계획이 성공하지 못하리라는 것을 알지만, 어쨌든 도와주는 건 선행이지. 그리고 인자하신 주님께서는 나의 선행에 보답을 해주실 거야."

미래의 카네이션 재배를 위해, 그리고 자신의 선행을 미화하기 위해서 위골랭은 시간도 수고도 아끼지 않았다. 밭을 가는 작업은 한나절 내내 계속됐다.

두꺼운 부식토 아래에는 갈색 토양과 죽은 뿌리 부스러기, 그리고 썩은 나뭇잎들이 기름진 토양을 만들었다. 돌 한 알도 발견할 수 없었다. 선대의 농노와 농부들이 이미 돌을 전부 거두어서 밭 가장자리를 두르고 있는 돌길을 만들었다. 땅은 매우 깊어서 날이 땅에 깊이 박히는 것을 막아주는 작은 바퀴 없이는 쟁기가 땅속으로 빠져버릴 것만 같았다.

위골랭은 쟁기의 손잡이를 단단히 쥐고 있었다. 그는 밭고랑 옆으로 떨어지기 전에 쟁기 옆쪽에서 올라오는 어두운 색의 흙을 바라보면서 생각했다.

'이 땅 전부가 심기만 하면 되는 금화 밭이로구나.'

*

위골랭과 장의 가족은 큰 올리브나무 아래서 말린 멸치, 소시지, 배추를 곁들인 자고, 크레프와 고급 포도주 세 병으로 점심을 먹었다. 포도주를 마신 덕에 오후에 처음 갈았던 밭고랑이 약간 휘어져 보였다.

저녁이 되자 쌉쌀한 백포도주를 큰 잔으로 마시면서 위골랭은 말했다.

"장 선생님, 이제는 이 땅을 보름 동안 그대로 두어서, 햇볕을 쪼이고 이슬을 맞도록 해야 합니다…. 텃밭에 채소는 더 있다가 심어야 할 거예요. 텃밭은 어디에 만들려고 생각하세요? 토끼 농장은 어디에 만드실 거예요?"

토끼 농장의 위치 때문에 위골랭은 걱정이 되었다. 장이 계곡 바닥 쪽에 시멘트로 된 지하 땅굴을 서른 개나 만든다면 카네이션을 심기 전에 땅굴을 없애고 땅을 원래 상태로 되돌리는 데 한 달이나 걸릴 것이기 때문이다. 그러므로 땅굴은 언덕에 파야 했다. 그리고 샘이 갇혀 있는 언덕 오른쪽도 피해야 했다.

"장 선생님, 선생도 아시겠지만, 계곡 바닥 쪽이면 경작이 가능한 땅을 많이 잃어버리게 돼요. 그리고 토끼들은 오줌을 많이 싼다는 걸 잊지 마세요. 만일 배수가 잘 안 된다면 토끼들은 파리들처럼 냄새에 질식해서 죽을 거예요. 그러니까 내가 선생님이라면 언덕 옆 기슭에 땅굴을 팔 거예요. 그리고 시멘트 관 바닥에 구멍도 네 개를 낼 거고요. 그렇게 되면 토끼들은 항상 젖지 않겠죠. 그러니까 언덕에 토끼 굴을 판다고요. 언덕 어느 쪽에 파야 하는지가 문젠데, 물론 오른쪽은 안 되지요. 그쪽은 북쪽이라 햇빛도 안 들고 북풍도 세게 불어요. 왼쪽이라면 정오 경에는 해가 들고 바람도 피할 수 있지요. 어떻게 생각하세요?"

장 카도레는 훌륭한 의견이라고 생각했고, 위골랭은 더 확실히 하기 위해 이튿날 장이 기준이 될 푯말을 세우는 것을 도우러 오겠다고 말했다. 그리고 그들은 마당의 약간 길쭉한 부분에 텃밭을 만들기로 정했고 계곡에는 기적의 호박을 심기로 했다. 마지막으로 건배를 한 후에 위골랭은 노새를 수레에 연결하고 쟁기를 수레에 실은 후 달빛을 맞으며 떠났다.

장의 가족은 위골랭이 로즈마리 꽃이 만발한 길을 따라 멀어져가는 것을 바라보았다. 위골랭은 주머니에 손을 넣고 춤을 추고 있었다.

  바로 이날부터 에메는 위골랭을 성인으로 간주했다. 그러나 마농은 위골랭이 자신을 만지는 것을 절대로 허락하지 않았다. 게다가 위골랭도 겁이 나서 더 이상 시도하지 않았다.

18

장은 새로 정돈된 채소밭에 씨를 뿌리기 시작했다.
'계획적으로 일을 해야지!'

*

레 로마랭 언덕 위에다, 파페는 금작화 숲 아래쪽으로 돌아서 들어올 수 있는 관찰 지점을 만들었다. 그곳은 일종의 '매복 장소'였는데, 마치 자고를 기다렸다가 사냥하기 위한 초원의 대피소 같은 곳이었다. 노간주나무 두 그루 사이에 앞쪽으로는 클레마티스 관목이 장막을 이루었고, 그 사이로 두 개의 드나들 수 있는 구멍이 있는 관찰 지점에서 파페는 딱딱한 바위를 부드럽게 만들기 위해 말린 건초 주머니를 놓고 앉아 소나무 기둥에 등을 기대고 있었다. 그리고 만일을 위해 자신의 행동을 정당화하기 위한 사냥용 총을 옆에 두었다.

그는 매일 오후 4시경에 관찰 지점에 와서 초보 농부의 허세를 즐겼다. 그리고 저녁 식사 때 본 것을 이야기했다.

"갈리네트, 그는 토마토를 소나무 숲 그늘이 있는 북쪽에 심더구나. 토마토가 열린다고 해도 절대로 익지 않을 것이야. 이집트 콩은 뿌린 지 이레나 되었어. 나무 막대기로 씨앗을 찔러 넣더구나. 아직까지 싹도 안 텄다. 그걸로 샐러드 반 접시나 수확할 수 있다면 놀랄 일이지. 양파는 거대한 올리브나무 둘레에 심었단다. 양파가 씨앗째로 땅 위로 올라온다면 더 멋지게 보일 게다. 그리고 감자도 너무 깊이 묻었단다! 그 바보가 그걸로 가족을 먹여 살릴 생각이라면, 가족들은 전부 피골이 상접하게 될 거다."

그 '바보'는 사료용 콩과 토끼풀 씨앗을 토끼 농장이 들어설 자리에 뿌렸다. 파페는 그의 행동에 대해 달리 할 말을 찾지 못했으나, 단지 좋은 시기가 아니었고 씨앗을 뿌리는 사람이 부채꼴 모양으로 씨앗을 흩뿌리는 방법을 모른다고만 말했다.

"그는 씨앗을 뿌리는 게 아니라 던지더구나! 그렇게 되면 탈모가 심한 메데릭의 머리카락처럼 뭉텅이로 빠질 게다. 사실, 그건 중요한 게 아니지. 물을 주지 않는다면 잡초처럼 자랄 수밖에 없을 거야. 그가 일을 하는 걸 볼 때면 매 순간 웃음이 터진단다. 그런데 다른 한편으로는 안쓰러워서, 내가 내려가서 연장을 그의 손에 쥐어 주고 이렇게 쓰는 거다 하고 보여주고 싶을 지경이야!"

"파페, 그렇게 흥분하지 마세요. 그냥 자기 방식대로 하도록 내버려두세요. 좋은 방법은 아닐지 모르지만, 우리에게는 가장 좋은 방편이에요!" 위골랭이 말했다.

*

텃밭 파종이 끝난 후에 위골랭은 네 개의 까만 씨앗 파종 행사에 초대를 받았다. 테라스를 따라 나 있는 난간 앞에서 장은 네 개의 구멍을 팠다. 그는 구멍에 암탕나귀의 퇴비를 섞은 부식토를 채우고 그 안에 씨앗을 심은 뒤 물을 충분히 뿌렸다. 자랑스러워서 얼굴이 빨개진 마농은 매일 저녁 씨앗 한 개당 작은 물뿌리개 하나 분량의 물을 주는 임무를 맡았다.

장이 말했다.

"보름 내로 이 작물이 난간을 지나서 정자를 타고 올라갈 것입니다."

장은 이튿날부터 토끼 농장을 조성하기 시작했다.

포도밭을 가꾸는 데 별달리 할 일이 없었던 파페는 가끔씩 관찰 지점에 오곤 했다. 그는 철책의 아랫부분이 묻히게 될 구덩이를 파고 있는 꼽추를 지켜봤다.

팔을 걷어붙이고 낡은 꽃무늬 조끼를 입어 혹을 가린 꼽추는 광부용 곡괭이를 힘껏 내리찍은 다음 폭이 좁은 삽으로 부드러워진 흙을 치웠다. 가끔씩 그는 올리브나무 아래에서 휴식을 취했다. 휴식 시간이면 그는 주머니에서 하모니카를 꺼내 〈마갈리〉나 〈미제 바베〉와 프로방스 민요, 혹은 성가 비슷한 신비로운 음악을 연주했다. 그리고 테라스에서 빗자루질을 하거나 로즈마리 덤불 위에 빨래를 널고 있는 그의 아내는 하모니카 화음에 맞추어 멀리서 노래를 불렀다. 때로 마농은 머리 위로 팔을 둥글게 올리고는 짤막짤막한 즐거운 노래에 맞추어 봄철의 풀밭 위에서 맨발로 춤을 추곤 했다.

파페는 살짝 감동해서 노래를 듣고 쳐다보면서 생각했다. '진짜 예술가들이야. 서커스나 수호성일 축일에 열리는 콘서트에 선다면 큰 성공을 거둘 거야. 그런데 신부님처럼 곡괭이질을 하고 있는 저 바보는 성과도 얻지 못할 일을 하느라 돈과 시간을 낭비하고 있지….'

그는 구덩이의 길이를 계산해 보았다. 100미터가 넘을 것이 분명했다. 불쌍한 장이 6개월 동안 매일매일 일해도 이 일을 절대로 마치지 못할 거라고 결론을 내렸다. 그러나 얼마 되지 않아 파페는 음악을 연주하는 휴식을 취했음에도 구덩이는 날마다 5, 6미터씩 진전을 보이고 있으며, 6주도 안 돼서 장이 구덩이 파는 일을 끝낼 거라는 사실을 받아들여야 했다. 파페는 어차피 대량 목축의 실패가 불보듯 뻔했기 때문에 이런 작은 성공을 거둔다 해도 별 소용없다는 생각으로 스스로를 위로했다. 그러나 위골랭은 낙심했다.

"파페, 저 꼽추가 두려워요. 그는 모든 작물을 우연찮게 심었는데, 다 자라잖아요. 호박은 무릎 높이까지 올라왔어요. 울타리도 거의 끝나가죠. 게다가 그는 마르기는커녕 점점 살이 찌고 있어요. 올해 조금이라도 성공을 거둔다면 그는 내년에도 계속할 거예요…."

파페는 어깨를 으쓱했을 뿐 아무런 대답을 하지 않았다. 위골랭은 꼽추가 앞으로 얼마나 더 버틸 수 있는지를 가늠하기 위해 그가 받은 유산과 지출 정도를 계산하기 시작했다. 그러면서 그는 이 바보 때문에 자기가 매일 잃어가고 있는 엄청난 돈도 계산하면서 식탁 위에서 셈을 했다.

위골랭은 식욕을 잃어갔지만, 장은 자신의 일에 매우 만족하면서 놀라운 식욕에 환한 안색, 반짝이는 눈빛과 함께 매일 저녁 하모니카 연주로 삶의 지대한 기쁨을 느꼈다.

그러던 어느 날, 그가 텃밭에 물을 주기 위해서 펌프 손잡이를 움직이고 있을 때, 물탱크 바닥에서 물이 빠지는 듯한 이상한 소리를 들었다. 텃밭 한가운데서 호스의 작은 구리 꼭지를 쥐고 있던 마농이 소리를 쳤다.

"물이 더 이상 흐르지 않아요!"

그는 램프의 심지에 불을 붙여 줄로 묶은 다음 저수지 안으로 램프를 내려 보냈다. 램프가 수면을 살짝 스치면서 물탱크 바닥 한편으로 물이 매우 야트막하게 남아 있는 것이 보였다.

그러나 장은 전혀 걱정하지 않았다.

"이건 예상했던 일이야. 내 생각에는 아직 하루나 이틀 정도 물을 줄 수 있을 거야. 이미 예상하고 있었던 일이야. 오늘 밤에 비가 안 오면, 내일 방법을 찾아 보자꾸나."

19

 오후 4시경, 이집트콩 밭의 두벌갈이로 바쁜 시간을 보내고 있던 위골랭은 레 로마랭으로 올라가는 길에서 탐험가 무리가 내려오는 것을 보았다. 그들은 위골랭의 관심을 사로잡았다.
 어린 딸은 양철 물통 두 개를 양쪽에 매단 노새 위에 걸터앉아 있었다. 딸아이 뒤로는 아버지가 걸어왔다. 그는 쿠션으로 보호한 등의 혹 위에 선반을 하나 얹고 가죽 멜빵으로 어깨에 연결해 두었다. 선반 위에는 30리터들이 목이 가는 큰 물통이 이마 주위를 두른 약간 넓은 띠로 고정되어 있었다. 여행자처럼 긴 지팡이를 짚으면서 걷는 그는 매우 유쾌해 보였다.
 그 뒤로는 그의 아내가 따라왔다. 그녀는 큰 밀짚모자를 써서 얼굴을 가렸는데, 얇은 모슬린 스카프로 모자를 맸기 때문에 모자 챙의 양쪽 끝이 살짝 구부러졌다. 손에 가위를 들고 길가에 피어 있는 야생화를 꺾느라 그녀는 세 걸음마다 서곤 했다.
 위골랭이 물었다.
 "안녕하세요, 여러분! 소풍 가십니까?"

"네, 소풍 갑니다. 정찰 간다고도 할 수 있죠. 정확하게 말하면 제가 선생께 갚아야 하는 것과 일종의 관계가 있기도 합니다."

장이 말했다. 위골랭은 그의 미묘한 말장난을 전혀 이해하지 못했고, 장은 그것을 즐겼다.

"제가 말씀드리고자 하는 것은 다름이 아니라, 저희가 여기 온 이후로 선생께서는 관대하게도 하루에 마실 물 두 통씩을 제공해 주셨습니다. 그런데 저는 선생 우물의 수위가 내려가기 시작했다는 점을 발견했고, 여름이 다가오는데 하늘에서 내려야 할 비가 아직 내리지 않고 있다는 점도 알게 되었습니다. 그래서 저희는 르 플랑티에의 샘으로 마실 물을 뜨러 갑니다. 이번이 저희의 첫 방문이기 때문에, 저는 군대에서 쓰는 의미로 '정찰' 하러 간다고 말씀드린 겁니다. 그러면서 선생에 대한 제 고마움을 표현하기 위해 이 단어의 다른 의미를 빌렸습니다. 이제 이해가 가십니까?"

"물론이죠. 선생께서 르 플랑티에에 가신다는 것을 알아들었습니다. 그리고 설명 안 하셨을지라도, 선생 등에 있는 물통과 양철 통, 단지를 보기만 해도 알 수 있었을 거예요. 불행히도 오늘은 선생님과 함께 갈 수 없군요. 이집트콩 밭을 두벌갈이 해야 하거든요. 이집트콩은 물을 줄 필요가 없지요. 물이 오히려 해로워요. 그런데 가끔은 작물이 아침 이슬을 맞을 수 있게 김을 매줘야 해요. 그게 가장 좋은 방법이죠. 제가 이집트콩 밭을 돌보는 걸 약간 소홀히 해서요. 이거 보세요. 모양이 좋지 않은 것도 있잖아요. 그래서 상태가 좋아지게 하려고 노력 중이에요…."

장이 말했다.

"이해합니다. 그리고 선생의 우물물을 길어 가는 것이 죄송해서 샘에 가는 것은 아니랍니다. 저희 물탱크가 비었어요. 하지만

마농의 샘 189

아직 크게 걱정하지는 않습니다. 왜냐하면 선생께 장담하지만 내일이나 모레면 비가 올 겁니다. 제 스스로에게 장담하는 것이기도 하지요."

"어떻게 아세요? 신경통이 와서 아시는 건가요?"

"운이 좋게도 신경통은 없습니다. 그러나 제가 선생께 기상관측소의 통계를 보여드렸지 않습니까! 5월에 엿새 동안 비를 뿌렸어야 할 하늘이 아직까지 사흘만 비를 줬습니다. 6월 1일 이후로 두 번이나 비가 왔어야만 했는데 아직 오지 않았고요. 그러므로 하늘은 우리에게 닷새 분량의 비를 빚지고 있는 셈입니다. 놀랍게도 하늘의 회계 장부에 적자가 난 셈이고, 내일이나 모레의 만기일까지 확실히 밀린 빚이 지급될 것입니다! 비가 온다는 약속을 드렸으니, 제게 르 플랑티에로 가는 가장 가까운 지름길을 알려 주십시오."

"지름길은 안 돼요. 십중팔구 길을 잃으실 거예요. 가장 쉬운 길을 알려 드릴게요. 계곡 아래로 내려가세요. 저기, 우리가 선 이곳 아래쪽으로요. 그런 다음 마을 쪽을 향해서 언덕 반대편으로 올라가지 마시고, 오른쪽으로 돌아서 쭉 가세요. 계곡이 끝나는 곳에 있는 골짜기 위로 길 끝에 동굴이 있을 겁니다."

에메가 물었다.

"이 언덕에 꽃이 있나요?"

"장미나 카네이션을 말씀하시는 거라면 확실히 없다고 말씀드릴 수 있어요…."

"아내는 들판의 야생화를 말하는 겁니다."

"전 눈여겨본 적이 없는데요, 가시나무가 보이기는 하지만, 어쨌든 그렇다면 꽃이 있을 거예요."

"고맙습니다."

그들은 비탈을 내려갔다. 그동안 위골랭은 카네이션이라는 단어를 꺼낸 것을 후회했다. 카네이션은 그의 비밀의 일부였기 때문이다.

*

푸르스름한 암석 절벽으로 가득 찬 계곡은 거대한 협곡에 가까웠다. 길은 오른쪽으로는 절벽을 끼고 계곡 바닥까지 이어져 있었다. 왼쪽으로는 따로따로 분리되어 있는 1미터 간격의 계단식 밭이 한참 동안 계속해서 이어졌다. 그리고 마른 돌벽 위쪽으로 밭이 형성되어 있었다.

마을에 가까운 밭에는 작물이 심어져 있었다. 잘 가꾸어진 포도밭과 보리밭, 올리브나무와 자두나무 아래로 길쭉한 이집트콩 밭을 볼 수 있었다. 그러나 계곡이 언덕을 향해 올라가자, 경작지는 누르스름한 거친 잡초로 바뀌었고 수천 그루의 회향나무, 테레빈나무 한 무더기, 어린 소나무와 거대한 찔레덤불이 자리를 잡고 있었다. 여기저기 시커멓고 깡마른 죽은 가지가 삐죽삐죽 솟은 자두나무, 싹에 의해 질식해 버린 오래된 무화과나무가 몇 그루 보였다.

계곡은 점차 좁아졌다. 한 시간쯤 걷자 더 이상 밭이 보이지 않았고, 텅 빈 푸른 하늘을 향해 비스듬히 올라가며 층층이 넓어지는 깊은 협곡이 나왔다.

협곡은 수천 년 전에 폭풍우로 인한 급류에 의해 형성이 되었다. 그곳에서는 좁은 길 위로 드리워져 있는 소나무 몇 그루만 볼 수 있을 뿐이어서 마치 작은 규모의 '캐니언'과 비슷해 보였다. 그러나 로즈마리, 금작화, 유향나무 덤불이 오솔길 위를 뒤덮고 있어 길은 덤불 가지 사이로 간신히 보이는 정도였다. 그래서 무릎과 손으로 가지들을 젖히고 길을 만들며 가야만 했고, 신축성이 뛰어난 거대한 금작화 가지가 뒤로 튕겨나가 뒤따르는 사람의 얼굴을 치지 않도록 불쑥 손을 놓지 말아야 했다

당나귀는 아주 기분이 좋아 보였다. 이따금씩 멈춰 서서 금빛의 아름다운 엉겅퀴를 따 먹곤 했다. 에메가 당나귀에게 성화를 부렸지만 소용이 없었다. 마농은 〈마갈리〉 노래를 불렀고, 장은 고삐를 놓고 수풀에 돌을 던지고 있었다. 그러면 웃음소리와 함께 까마귀만큼이나 까만 티티새가 화들짝 놀라 튀어 올랐다. 암탕나귀는 협곡을 이루는 모퉁이 뒤쪽으로 사라졌고 딸아이의 목소리가 몇 번씩 메아리쳐 울렸다.

"아빠, 여기 좀 와 보세요!"

그들은 앞서 갔다. 가파른 돌 계곡 위쪽으로 벌거벗은 두꺼운 돌벽이 높은 암석 아래쪽에 박아 끼운 듯 보였다.

"정말 아름답구나. 여기 사는 사람들이 부러워. 내가 돈을 벌 필요가 없다면 이들에게 내 농가를 내주고 이곳에 와서 살고 싶구나!"

장이 외쳤다.

그때 위쪽 덤불에서 남자의 상체가 불쑥 튀어나왔다. 남자는 눈썹 위에 손을 올려 해가리개를 만들며 장의 가족이 올라오는 것을 바라보았다. 남자는 나무꾼 주세페였고 까만 옷을 입은 키가 큰 여자는 밥티스틴이었다.

*

10년 전, 이탈리아 피에몽의 한 작은 마을에서 밥티스틴은 아

버지에게서 일을 배우던 주세페와 결혼했다. 결혼 직후 초가집에 혼방을 차리고 아이들의 보금자리를 마련하는 대신, 모험 정신이 강하고 가난하게 죽기를 원치 않았던 주세페는 혼례를 마치고 교회에서 나오면서 신부의 이마에 키스를 했고, 나무꾼이 되면 매일 고기를 먹을 수 있다는 프랑스로 떠났다. 이 년 후에 그는 사랑하는 동정녀 아내를 불렀다.

그는 서른 시간이나 기차에 시달린 아내를 맞으러 오바뉴 역의 승강장으로 마중 나왔다. 밤색 벨벳의 멋진 바지를 입고 푸른색 허리띠를 맸으며 굵은 까만 줄무늬가 그려져 있는 빨간 체크무늬 셔츠를 입고 있었다. 그리고 딱 바라진 어깨 위로는 맵씨가 나는 녹색 벨벳 재킷을 걸쳤다. 머리 위에는 펠트 모자를 뒤쪽으로 비스듬하게 눌러 써서 이마 위로 윤기 나는 머리카락 몇 올이 살짝 빠져나왔다. 눈썹은 반짝였고, 콧수염은 빅토르 엠마누엘 왕의 수염만큼이나 길고도 빽빽했다. 가장 고급스러운 것은 그의 신발이었는데, 군화만큼이나 아름다운 천연가죽 구두는 깔창에 박힌 징으로 인해 시멘트 승강장 위에서 또각또각 소리를 냈다. 관심 없이 지나다니는 행인들 사이에서 주세페와 밥티스틴은 몇 마디만을 나눈 채, 봇짐과 가방을 챙겨 떠났다.

앞장서서 걷던 주세페는 갑자기 오른쪽으로 돌아 언덕으로 난 오솔길을 따라 걸었고, 한 시간쯤 걷자 위로는 천연의 협곡이 드리워져 있으며 앞으로는 마른 돌벽이 동굴 입구를 막고 있는 푸르스름한 암석 절벽의 발치에 도달했다. 돌벽에는 문이, 그리고 양쪽 벽에는 작은 창문이 하나씩 달려 있었다.

주세페는 먼저 안에 들어가서 덧문을 열었다. 한쪽 모퉁이에 껍질이 살짝 벗겨진 전나무 가지로 둘러친 움푹 들어간 공간에 두꺼운 노란 양모 이불을 덮어둔 침대가 놓여 있었고, 그 위로 걸려 있는 구리 십자고상(十字苦像)은 햇빛을 받아 빛이 났다. 석회 벽을 따라서는 둥근 나무의자 두 개, 굵은 대못 머리로 장식이 되어 있는 궤짝이 두 개 놓였고, 뚜껑을 덮은 낡은 밀가루 반죽 통 위에는 하얀 철로 만들어진 자명종이 있었다.

바위 벽에 연결되어 있는 모퉁이쪽, 문 왼쪽으로는 붉은 석고로 장식된 벽난로가 있었는데, 아직도 석고 장식 위에서 깊이 파인 손가락 자국을 찾아볼 수 있었다. 오른쪽 벽에는 굵은 나무 볼트마다 가지치기용 도끼, 낫, 구부러진 가는 날이 가죽 케이스에 들어 있는 큰 도끼 두 개가 걸려 있었다.

밥티스틴은 놀랐지만 행복한 표정으로 야생의 보금자리를 쳐다보았다. 주세페는 집게손가락을 치켜들고 말했다.

"소리를 내지 말고 들어 봐!"

그러자 새들이 지저귀는 소리 가운데 가끔씩 졸졸 흐르는 물소리가 희미하게 들렸다. 주세페는 아내의 손을 잡고 동굴의 깊숙한 곳까지 데려갔다. 이끼가 낀 암석의 비탈 부분 아래로 투명한 물이 가득 찬 작은 물웅덩이가 있었다.

"샘이야!"

그가 말했다.

물은 오른쪽 벽을 가로지른 도랑을 따라 흐르고 있었다. 주세페는 아내를 침대 위에 앉혔다.

"내 사랑, 밥티스틴, 바로 여기서 내가 2년 전부터 살고 있어. 이 낡은 동굴의 주인이 누군지는 몰라. 아무도 내게 돈을 내라고 한 사람이 없거든. 일하러 가기 편하고 돈도 절약되니까 여기 와서 살고 있었지. 그렇지만 마을에 집을 한 채 살 돈은 있어. 여길 봐."

그는 돌벽으로 가서 벽에 나 있는 구멍에 손을 깊숙이 집어넣어 수도관만큼이나 가는 천 주머니를 하나 끄집어냈다. 주머니 끝을 손으로 잡고 거꾸로 들어 이불 위에 흔들자 금화가 떨어졌다. 밥티스틴은 감격해서 두 손을 맞잡았다.

주세페가 말했다.

"62닢이 있어. 내가 도끼질을 해서 번 돈인데, 이제는 당신 거야. 집을 사지는 않았어. 왜냐하면 집은 여자가 골라야 하는 거니까 말이야. 자, 이제는 당신이 원하면 입덧을 하기 전까지는 여기서 살도록 하자. 그리고 그때가 되면 당신이 마을로 가서 집을 고르는 거야. 그게 내 생각이야. 다만 이 동굴이 마음에 들지 않는다고 한다면…."

"오, 주세페, 내게는 이 동굴이 왕이 사는 궁전 같아요. 금과 대리석으로 만들어진 궁전 같다고요. 더 이상 아무 말씀 마세요. 전 오 년 동안 당신의 약혼녀였고 지난 이 년 동안은 첫날밤도 치르지 않은 아내였어요. 제가 진정 당신 부인이 될 수 있도록, 이리 오세요."

그녀는 입고 있던 옷을 입으로 물어서 찢었다. 주세페와 밥티스틴은 동굴 궁전에서 오래도록 지냈다. 그리고 아침에 나타나곤 하는 입덧이 찾아올 생각을 전혀 하지 않았기에 그들은 계속 그곳에서 지냈다.

*

그날은 마침 주세페가 일을 하러 가지 않은 날이었다. 예전에 목동들이 동굴 앞에 일구어놓은 텃밭에 야채를 심어야 했기 때문이다. 100년도 전부터 목동들은 깎아지른 듯한 비탈 위에 마른 돌로 벽을 쌓아 올려 그 뒤편에 흙을 채웠다. 그들은 매일 저녁 언덕 여기저기서 주머니에 흙을 담아 날랐고, 전설에 따르면 가끔씩은 모자에 담아서 나르기도 했다고 한다. 그렇게 해서, 그들은 고정되어 있는 돌벽 뒤로 비옥한 흙이 있는 길쭉한 밭을 만들었고, 그곳에 염소들의 퇴비를 이용해 야채며 토마토뿐 아니라 자두나무 몇 그루, 무화과나무 세 그루와 살구나무 한 그루를 심어 과일을 수확했다.

*

 주세페는 장의 가족에게 매우 친절하게 인사했고 밥티스틴은 웃으면서 그들을 맞았다. 어디선가 방울 소리가 들렸는데, 높은 잡목림 때문에 염소는 보이지 않았다. 가끔씩 개 한 마리가 들판에서 짖어대곤 했다.
 밥티스틴이 나서서 프로방스 방언과 피에몽 방언이 섞인 이상한 언어로 말했다.
 "여러분은 물을 찾아 오셨군요!"
 장 카도레는 마르세유 근교에서 세금 징수원 일을 했었고, 흥분한 에메는 완전하게 알아듣지는 못해도 이탈리아어로 오페라를 불렀었다. 주세페는 장이 이탈리아어를 구사하는 정도로 불어를 했다. 온갖 손짓과 얼굴 표정을 동원한 덕에 그들은 대화를 이어나갈 수 있었다. 그동안 암탕나귀는 풀을 뜯어 먹고 마농은 모자를 휘두르며 예쁜 나비를 쫓아다녔다.
 장 카도레는 저수지의 물은 썩었기 때문에 마실 물을 찾으러 왔다고 설명했다. 그리고 그는 어머니께서 이 동굴과 주변의 땅을 자기에게 물려주셨다고 덧붙였다. 그러자 갑자기 밥티스틴의 눈에서 굵은 눈물이 뚝뚝 떨어졌다. 그녀는 하늘을 향해 손을 벌리며 성모마리아를 부르짖었고, 장 앞에 무릎을 꿇고는 흐느끼면서 간청했다. 그녀는 동굴 궁전의 주인이 그곳에 살러 와서 동굴을 내줘야 한다고 생각했던 것이다.

놀란 장은 주세페를 쳐다봤고, 주세페는 자초지종을 설명했다. 그러자 장은 밥티스틴의 두 손을 잡고 그녀를 일으켜 세우면서 어휘를 골라 정중히 말했다.

"농 베니 페르 아비타 케스타 베르제리아. 부아 레스타테 키, 탄토 롱고 코메 볼레테."

그 어떤 언어로도 의미가 없는 이 말을 밥티스틴은 이해했고, 그 즉시 다시 성모마리아를 외치면서 고마운 나머지 눈물을 흘렸다. 그러고 나서 그녀는 주인의 손을 잡고 격렬하게 입을 맞췄다.

마농은 나비를 쫓는 것을 포기하고 이 흥미로운 광경을 바라보고 있었다. 밥티스틴은 마농을 '하늘의 천사'라고 부르면서 마농에게 동정녀 마리아의 축복을 기도했다. 밥티스틴은 언젠가 마농이 배가 고프면 자신의 눈과 간을 주겠다고 말했다. 이 말을 여러 번 들었던 주세페를 제외하곤 뜻을 이해한 사람이 없었기 때문에 아무도 그 말에 놀라지 않았다.

그러고는 그들은 동굴로 들어갔다. 흥분한 에메는 동굴의 안락함과 깨끗함을 극찬했고, 장은 물이 흐르는 소리를 들으며 아름다운 샘을 쳐다보았다.

주세페는 암탕나귀에 매달려 있는 물통을 가져와, 깔대기와 냄비를 이용해서 물통을 채웠다. 그리고 샘에서부터 텃밭까지 물이 흐르는 고랑을 꼽추에게 보여 주었다. 그동안에 밥티스틴은 당구대만큼이나 무거운 테이블 앞에 놓인 통나무 의자에 에메를 앉혔다. 껍질이 벗겨진 통나무 의자는 모루를 얹어 두는 평범한 작업대처럼 생겼다. 그녀는 말린 무화과, 아몬드, 호두와 아니스

열매를 뿌린 달콤한 폴렌타 빵을 달군 돌 위에서 데워 에메에게 대접했다.

5시경이 되어서 집으로 돌아가려던 장의 가족은 밥티스틴의 염소 떼에 섞여서 같은 무리인 양 고집을 부리는 염소 두 마리와 암탕나귀를 붙잡아 와야 했다. 붙잡아 오는 데는 다소 시간이 걸렸다. 주세페는 한사코 장의 가족과 함께 가기를 원해서, 그가 가진 가장 큰 통인 30리터짜리 작은 통을 어깨에 짊어졌다. 밥티스틴은 유약을 바른 흙단지 두 개를 들었고, 흥분한 에메는 양철 물통을 들기로 했다.

꼽추는 암탕나귀에 실은 50리터, 주세페가 든 30리터, 자신이 등에 맨 30리터를 합해서 총 110리터를 계산했다. 여기에 여자들이 들고 있는 물 15리터를 더해야 했다.

"125리터라, 물론 많지는 않군요. 그렇지만 비가 올 때까지 기다릴 정도는 될 겁니다."

장은 말했다.

"아마도 그렇겠죠."

주세페가 말했다. 그는 계곡 위에 있는 언덕으로 이어지는 지름길로 안내했다.

장 카도레는 즐거운 것 같았다. 그는 연신 농담을 하며 자기에게 쓸모 있는 곱사등을 선물해 주신 인자하신 주님께 감사를 드렸다. 그러나 그는 가는 도중 여러 번 멈춰 섰다. 겉으로는 경치를 감상하기 위해서라고 했지만 곱사등에 올려진 무거운 선반 때문에 혹사당한 등을 쉬게 하기 위해서였다.

집으로 올라가는 길목에서 위골랭이 웃으면서 서둘러 뛰어왔고, 에메의 양철 물통을 농가까지 들어주겠다고 했다.

텃밭 앞에 도착했을 때 장은 경악했다. 많은 작물이 머리를 숙이고 있었고, 어떤 작물들은 시들어 버렸다. 아시아 호박 네 줄기와 넓은 잎사귀는 늘어지기 시작했다.

"아침까지만 해도 멀쩡했는데! 이게 어떻게 된 일이지?"

위골랭이 대답했다.

"오후에 그렇게 된 거죠. 네다섯 시 경에 푹푹 찌는 걸 못 느끼셨어요? 아프리카에서 불어오는 바람인데요, 이제 막 불기 시작한 거죠. 물을 준다고 해도 별 소용은 없을 거예요. 그리고 제가 지금 하고 싶은 말은…."

모두 다 식물에 물을 주기 시작했고, 물을 주자 효과는 금세 나타나서 도와준 사람들은 모두 기뻐했다. 다 함께 포도주를 두 병 마셨고, 밤이 찾아오자 주세페와 밥티스틴은 새로운 친구들과 작별 인사를 나누었다.

주세페가 말했다.

"우리의 주인님, 저는 내일은 도와드릴 수가 없어요. 내일부터 사흘 동안 피쇼리에 일을 하러 가야 하거든요."

장이 말했다.

"걱정하지 마십시오. 저수지가 완전히 바닥을 드러낸 건 아닙니다. 그리고 이틀 안에 틀림없이 비가 올 겁니다."

밥티스틴은 모든 사람의 손에 입을 맞추었다. 그러고는 알아들을 수 없는 말로 말했다.

"저는 비를 내리는 기도를 알아요. 자기 전에 세 번 기도를 드릴게요."

그리고 곧바로 성모마리아께서 주저않고 순순히 들어주시기 때문에 남용하면 절대 안 되는 피에몽 기도문을 바쳐 이 화목한 가족을 위해 하늘의 축복을 빌어 주었다.

그날 저녁 식사를 하면서 장 카도레는 에메에게 말했다.

"우리에게 르 플랑티에의 것과 같은 샘이 있었다면 문제가 없었을 텐데…. 그러나 낙심하면 안 돼. 올해 농사가 완전히 성공하지 못한다 해도 우리 계획을 계속할 여유 자금이 있으니까 말이야. 통계 수치와 신의 섭리를 믿어보자."

그러고 나서 그는 하모니카를 꺼내 들고 말했다.

"마농, 노래를 불러보거라. 종달새야, 귀여운 종달새야…."

*

밥티스틴의 기도는 매우 효과적이었다. 왜냐하면 하늘은 네 차례나 밭에 물을 주고 물탱크를 채우면서 통계상의 약속을 지켰기 때문이다. 아시아 호박은 테라스 기둥을 타고 올라가 꽃을 피웠고, 어린 마농은 무럭무럭 자랐다. 그리고 6주 만에 토끼 농장은 완성되었다. 장은 그 어느 때보다도 멋들어지게 하모니카를 연주했고, 불쌍한 위골랭은 뽕나무 아래 주저앉아 이집트콩 밭의 해충을 제거하고 있었다.

*

어느 날 아침, 위골랭은 장이 작게나마 목공일을 하는 것을 보았다. 이삿짐을 나르는 데 사용했던 상자를 가지고 장은 철책 문이 달린 토끼장 네 개를 매우 능숙하게 만들었다. 이중문이 말끔하게 고쳐진 헛간에 토끼장을 둔 다음 그는 위골랭에게 말했다.

"자, 이것이 제 계획의 시작입니다. 내일은 제가 기를 가축을 사러 갈 겁니다. 수컷 한 마리와 암컷 세 마리를 데려오려고요. 이 녀석들이 첫 새끼를 낳을 때까지는 토끼장에서 기를 겁니다.

언덕 위에서 뜯어온 풀을 먹인다면 쉬울 것 같습니다. 저는 7월 말까지 스무 마리의 새끼를 기대하고 있습니다. 그렇게 되면 풀 사료를 보충하기 위해서 뤼사텔 방앗간에 가서 밀을 여러 포대 살 겁니다. 11월 초가 되면 다른 보금자리를 만들 예정입니다. 저는 토끼 농장 안에 토끼장을 전부 설치할 겁니다. 그리고 검정 호박도 익기 시작하겠죠. 큰 모험이 될 겁니다!"

20

 이튿날 아침 7시경, 장 카도레는 정장을 입고 집을 나섰다. 까만 펠트로 된 중산모자를 쓰고 깔끔하게 면도를 한 후 은으로 손잡이 장식이 된 지팡이를 들었다.
 마구간 앞에서는 에메와 마농이 암탕나귀의 편자를 손질하느라 분주했다. 암탕나귀는 작은 둥근 구멍들이 뚫린 상자 두 개를 실은 안장을 얹고는 얌전하게 기다리고 있었다. 위골랭이 언덕에서 내려왔다. 기다란 죽은 나뭇가지를 끌고, 달팽이를 가득 담은 큰 바구니를 어깨에 메고 있었다. 위골랭은 언덕 옆쪽으로 나 있는 길을 벗어나 농장으로 내려왔다.
 꼽추가 말했다.
 "안녕하십니까? 보시다시피 저는 오바뉴에 갑니다. 제게 부탁하실 일이 있으신가요?"
 "지금 당장은 필요한 게 없어요. 어쨌든 고마워요. 이번에도 씨앗을 사러 가시는 건가요?"
 "그보다 더 좋은 것을 사러 갑니다. 토끼를 사러 가지요! 그래서 선생께 부탁할 것이 좀 있습니다. 제가 하루 종일 집을 비울 거라서 말입니다. 괜찮으시다면 가족들이 잘 있는지 확인하기 위해 저희 집을 방문해 주셨으면 합니다."

"저만 믿으세요! 11시쯤 들르고 저녁때 다시 오지요. 저도 선생의 첫 토끼를 보고 싶군요!"

위골랭이 말했다.

"그러면 저녁에 보십시다!"

장은 암탕나귀 뒤를 따라 점점 멀어져갔다.

*

위골랭은 웃으면서 친절한 태도로 정오 전에 다시 왔다. 그리고 금발의 에메에게 필요한 것이 없는지 물었다. 에메는 자기가 끝까지 못 자른 두꺼운 장작을 쪼개줄 수 있는지 부탁했다. 위골랭은 도끼를 들고는 열댓 개를 잘라서 조심스럽게 장작더미 위에 쌓아 두었다.

그는 오후 6시경에 다시 왔는데, 중산모자가 암탕나귀 뒤를 따라 모습을 드러낸 것도 바로 그때였다. 당나귀의 안장에는 상자 두 개가 매달려 있었고 그 위로는 커다란 밀 포대가 둥글게 쌓여 있었다.

그들은 이미 토끼장이 놓여 있는 헛간에 짐을 가져다 두었다. 가족들이 보는 앞에서 목축업자는 가윗날을 이용해 상자 뚜껑을 조심스레 열었고, 뚜껑을 들어 올린 다음 커다란 쥐만 한 크기의 붉은 암토끼를 한 마리씩 차례로 꺼냈다.

장이 말했다.

"아시다시피 아직 새끼 한 마리도 밴 적이 없는 아주 젊은 암컷으로 가져왔습니다. 새로운 종을 만들 때 첫 번째 조건이지요."

그들은 암토끼를 힘들이지 않고 같은 토끼장에 넣었다. 토끼들은 즉시 풀을 먹으러 사라졌다.

"자, 이제 수컷입니다! 마농, 문을 닫고 오너라. 이 녀석은 놀랄 만큼 힘이 세서 도망갈 수도 있거든."

위골랭이 웃었다.

"겁내지 마세요. 그놈이라도 저를 피해갈 수는 없어요! 끈을 풀고 뚜껑을 살짝 들어 보세요. 아주 조금만요…."

하지만 위골랭이 작은 틈 사이로 손을 집어넣자마자 철책을 긁는 소리와 함께 상자는 심하게 덜컹거렸다. 위골랭은 놀라서 소리쳤다.

"세상에나! 산토끼인가요?"

꼽추가 웃으면서 대답했다.

"아닙니다. 아니에요. 플랑드르산 큰 토끼와 샤랑트의 벨리에 종을 혼합한 종입니다…."

말하면서 장은 에메에게 알 수 없는 오묘한 눈길을 보냈다. 위골랭은 팔꿈치까지 손을 깊숙이 넣었다. 보이지 않는 싸움이 너무 격렬해져서 마농은 뒤로 물러났다.

"됐어요! 제가 뒷다리를 잡았어요! 뚜껑을 여세요!"

위골랭이 갑자기 외쳤다. 그는 지쳐버린 붉은 토끼를 상자에서 꺼냈다. 토끼가 머리를 아래로 하고 몸을 움츠렸다가 심하게 흔들면서 저항을 하는 바람에, 위골랭의 팔이 몹시 흔들렸다. 마농은 흠칫 놀라 뒤로 물러섰다. 에메는 놀라서 입을 크게 벌리고 그 토끼를 쳐다봤다. 위골랭은 눈 높이로 토끼를 들어 올리고 외쳤다.

"이게 뭔가요? 털은 개털에, 산토끼 발에 귀는 당나귀 같군요!

이런 건 전혀 본 적이 없습니다!"

꼽추의 눈이 기쁨과 자신감에 빛났다. 그의 부인은 토끼의 기이함에 감탄해서 남편의 팔을 붙잡고 있었다.

"이 동물을 어디서 구하셨어요?"

장 카도레는 잠시 주저하는 듯하다가 대답했다.

"친구에게서 샀습니다."

"돈을 많이 줘야 했나요?"

"그럼요! 아주 비쌌지요."

위골랭이 말했다.

"신기하네요. 단점이 하나 있다면 너무 말랐다는 거예요. 털이 난 개 밥그릇 같아요…. 이런 놈은 먹을 만한 부분이 별로 없어요. 귀를 빼고 말이에요."

"이놈은 생식용입니다. 아주 어린 토끼도 아니지만 보시는 것처럼 아직 원기왕성합니다! 토끼장에 넣으십시오. 자물쇠가 있는 장에 말입니다!"

토끼를 넣는 작업은 순조로이 진행되었다. 수컷은 들어가자마자 얌전해져서 정신없이 먹기 시작했다. 아카시아 나뭇가지에 앞다리를 얹더니 불쑥불쑥 고개를 끄덕거리며 아카시아 잎을 뜯어먹었다.

"개처럼 먹는군요. 못된 태도예요! 뼈다귀를 준대도 겁도 안 낼 거라고 장담합니다!"

위골랭이 말했다.

"약간 과장하시네요."

에메가 말했다.

"네. 약간 과장해서 말했어요. 어쨌든 저 녀석과 어린 토끼들을 같이 두지는 마세요. 내일 아침이면 뼈밖에 남지 않을 거라고 장담해요!"

백포도주를 마신 다음 그는 안심하며 떠났다. 비쩍 마르고 휘청거리는 수컷을 선택한 장이 완전히 미쳐버린 것 같아 보였기 때문이다.

"겁이 난 거예요. 100살에 화가 나서 죽은 산토끼의 '귀신'을 생각해 보세요!"

위골랭은 파페에게 말했다.

"어느 종이더냐?"

위골랭은 묘사를 하려고 애를 썼다. 그렇지만 웃음을 그치지 못했다. 위골랭의 웃음소리에 벙어리 하녀는 그가 죽어가는 줄 알고 겁에 질렸다.

*

그날 저녁 자러 가기 전에 장 카도레는 부인의 침실로 와서 앉았다.

"에메, 당신한테 말할 비밀이 있어."

"아, 얼마나 기쁜지 몰라요! 저는 비밀을 좋아하거든요. 위골랭 씨에 대한 건가요?"

"아니야. 토끼에 대한 거야. 수컷 말이야."

"토끼가 아니지요? 그럴 줄 알았어요. 눈을 봤다니까요. 그리고 그 토끼는 절대로 냄비 속에 안 들어갈 거라고요! 뭔지 어서 말해 보세요!"

"토끼 맞아. 그렇지만 보통 토끼는 아니라고!"

그는 속삭였다.

"호주 토끼야!"

"나무를 오르는 그 토끼요?"

"어쩌면 올라갈 수 있을지도 모르지. 그렇지만 확실히 알고 싶지는 않아. 저 녀석은 계속 우리에 갇혀 있게 될 거야. 유럽산 암토끼와 교배를 시키면 성과가 아주 좋을 거야!"

"위골랭 씨에게 말해야 돼요. 확실히 관심 있어 할 거예요!"

"이건 비밀이라고 말했잖아. 아무도 이 사실을 알아서는 안 돼! 왜냐하면 호주 토끼를 프랑스로 들여오는 것은 법으로 금지되어 있거든!"

"그러면 누구한테 샀어요?"

"밀수를 하는 항해사에게 토끼를 산 어느 목축업자한테 샀어. 그는 새로운 종을 만들어냈고 즉시 수컷을 처분하고 싶어 했어. 가지고 있기에 너무 돈이 많이 들 것 같았거든. 그래서 내게 100프랑에 팔았어. 여기서는 그렇게 큰 위험은 없지. 게다가 우수한 신종을 얻는 대로 나는 그 녀석을 희생시킬 생각이야. 언젠가 프랑스의 모든 목축업자들이 이 신종을 레 로마랭 종이라고 부를 날이 올 거야."

21

 보름쯤 지나 침울한 위골랭에게 약간의 희망이 찾아왔다. 찌는 듯한 며칠을 보낸 뒤, 그는 물통을 가득 실은 마차가 지나가는 것을 보았다. 저수지가 바닥을 드러냈고, 꼽추는 걱정하는 기색이 역력했다. 그들이 지나간 다음에, 위골랭은 레 로마랭으로 달려갔다. 토마토 잎은 구깃구깃해지기 시작했고, 옥수수 잎은 뻣뻣했다. 호박 잎은 축 처졌으며 천처럼 흐느적거렸다. 토끼 농원의 사료용 풀은 노랗게 변하기 시작했다….
 그는 잎을 몇 개 따서 파페에게 가져갔다. 파페는 잎을 동그랗게 말아보고 냄새를 맡은 후 입에 넣고 씹어 보았다.
 "갈리네트, 며칠 더 화창한 날씨가 계속된다면 물통만 가지고는 옥수수 밭과 텃밭, 사료용 풀을 살리지 못할 게다."
 아주 만족스럽게도 더위는 계속되었고, 샘으로의 행렬은 하루에 네 번씩 지나갔다. 토마토는 고개를 푹 숙이고 옥수숫대는 색이 바랬다. 수분 증발이 점점 빨라져서, 장은 겉으로만 동정하는 위골랭에게 걱정거리를 털어놓았다.

"제가 텃밭의 절반과 사료용 풀의 일부분을 희생시켜야 하는 것이 아닌가 생각해 봅니다."

"참 아쉽네요. 사나흘 더 버텨보시지 그래요? 결국 비가 내릴 거예요…."

꼽추는 그 충고를 따랐다.

이틀 후에 두 공범은 이번 판은 이겼다고 생각했다. 그러나 편안하게 자고 있던 어느 날 파페는 엉덩이뼈가 아파서 일어났다. 엉덩이뼈는 절대 거짓말을 한 적이 없었다. 그는 다급하게 일어나 벌거벗은 채로 창가로 뛰어가서 덧문을 열었다. 새벽의 흐린 빛 사이로 하얀 진주 장막이 내리는 것을 보았다…. 그는 집게손가락을 빨고는 하늘을 향해 추켜세웠다. 소나기가 세차게 내리는 가운데 바다에서 온 산들바람이 불었다. 폭우를 불러오는 빗방울이 떨어져 낡은 저택의 기왓장을 두드리면서 그의 가슴을 덮고 있는 수북한 털에 와서 닿았다.

그가 중얼거렸다.

"오래가지는 않을 거야. 내 포도밭에 물을 줄 정도만 오겠지. 채소밭이나 평원에는 충분치 않을 거야. 그리고 너무 늦은 비야. 그의 작물은 이미 끝장났다고."

같은 시간, 위골랭도 셔츠 바람으로 농가의 문가에 서 있었다. 그는 폭우를 맞고 뽕나무에서 떨어져 내리는 잎을 바라보며 혼잣말을 중얼거렸다.

"위골랭, 어떻게 생각하니? 이 비가 재앙일지도 모른다고 생각해…. 확실히 밥티스틴의 기도 때문에 내리는 거야. 오늘 하루 종일 비가 내린다면 죽은 사람도 되살아날지 모르지…."

그동안 장 카도레는 모자가 달린 티셔츠를 입고 손에는 램프를 들고 물이 꾸르륵거리는 신발로 진흙탕을 거닐면서 비로 인해 생겨난 개울이 밭으로 흘러들어 작물에 닿을 수 있도록 작은 둑을 만들고 있었다. 그의 부인과 딸은 횃불을 들고 장의 작업을 도왔으며 마농은 하늘에서 떨어진 빗방울이 원피스 안으로 들어가 등을 타고 흘러내리면 발작적으로 웃었다.

8시가 되자 폭우는 점차 잠잠해졌다. 그러나 굵고 세찬 비는 계속해서 작은 실개천으로, 그리고 밭고랑과 바퀴 자국 사이로 흘렀다. 물을 지붕에서 저수지로 흐르도록 연결하는 도관을 분리해야만 했다. 왜냐하면 부엌에 물이 넘쳤기 때문이다.

3주 동안 밤에 세 차례나 비가 왔다.

네 개의 아시아 호박은 테라스의 기둥을 타고 올라갔으며 더 밝은 초록색 포도나무 가지와 섞여버렸다. 사료용 풀과 토끼풀은 크게 불어나 작은 평원을 이룰 정도였고, 파페가 말한 것처럼 곳에 따라 돌이 많기는 했지만 어두운 녹색을 띠며 빽빽하게 자랐다. 가장 성공을 거둔 곳은 텃밭이었다. 당근은 그들만의 생장력을 자랑하며 땅속으로 자랐고, 버팀목보다 훨씬 키가 커버린 토마토는 푸른 꼭대기를 아래로 드리우며 저녁 바람에 살랑살랑 흔들렸다….

*

장의 성공에 낙심한 위골랭은 파페에게 보고를 했다. 파페는 불평을 늘어놓으면서도 생각에 잠겨 자신의 매복 장소로 올라갔다. 그는 멀리서 파릇파릇하게 자란 이집트콩과 호박이 자란 아치, 덤불처럼 자라나는 토마토를 보았다.

그는 조금 기뻐하며 돌아왔다. 파페가 말했다.

"전부 다 푸르게 자랐단 말이지. 그러면 그늘밖에 더 생기겠니. 만일 이 작물들을 햇볕에 말린다면 지푸라기로 된 깔개를 채워 넣거나 당나귀에게 줄 건초더미나 만들 수 있을 게다. 게다가 토마토는 1킬로그램도 수확하지 못할 거야."

그러나 사흘 후 아연실색한 위골랭은 겨우 지나갈 정도로 무성한 밭에 엄청난 크기의 열매들이 주렁주렁 달린 것을 보았다고 파페에게 말하러 왔다. 그리고 신종 감자는 100년이나 경작을 해와서 척박해진 위골랭의 땅에서 자란 것보다 3주나 앞서 열매를 맺었다고 말했다. 또 제철에 파종도 못한 이집트콩은 카브리당이 영광스럽게 생각하는 이집트콩만큼이나 잘 자랐다.

거의 매일 아침 장은 토마토를 실은 당나귀를 데리고 뤼사텔에 내려가서 식료품을 사고 약간의 돈을 벌어오곤 했다. 감사하는 마음에서 그는 위골랭에게 가끔씩 채소 한 바구니를 선물했고, 위골랭은 그것을 파페에게 가져왔다. 첫날 저녁 벙어리 하녀는 통통한 토마토와 노랗고 부드러운 이집트콩, 잘 벗겨지고 껍질이 부드러운 감자를 보더니 손을 마주잡고는 기뻐했다. 그녀는 이상한 감탄의 소리를 내고는 개가 짖는 듯한 소리와 수화로 위골랭에게 멋진 성공을 거둔 것을 축하한다고 전했다.

뒤틀린 미소를 뒤로하고 두 사람은 마음속에서 농부로서의 고통스러운 질투가 끓는 물처럼 부글거리는 것을 느꼈다. 갑자기 파페는 놀란 하녀를 부엌으로 쫓아버렸다.

위골랭은 우울했다. 이번 성공으로 자신의 능력을 증명해 보인 아마추어가 점점 더 자연스럽게 농부의 일상에 대해 비난하고 충고할 거란 사실을 위골랭은 감히 입 밖에 낼 수 없었다.

22

　토끼 농장의 울타리 설치 작업은 파페가 예상하지 못한 속도로 점점 빠르게 진척이 되었다. 도랑을 파는 일은 두 달 만에 끝났다. 철책을 세우는 데는 이 주밖에 안 걸렸다. 그러나 네 개의 땅굴은 9월 말이나 되어서야 완성했다.
　토끼들은 이미 첫 새끼를 낳았다. 10월의 어느 화창한 아침, 토끼들은 전부 농장으로 풀려 나왔다. 이 의식에 초대를 받은 위골랭은 늙은 해골 토끼에서 나온 새끼들의 크기와 원기왕성함에 놀랐다. 토끼들은 여우만큼이나 붉은색을 띠었고, 야생 산토끼만큼 높이 뛰었다. 어미 토끼들은 평화로이 사료와 토끼풀을 뜯어먹었다. 그런데 가장 마지막으로 풀려나온 수컷은 농장 한가운데를 차지하고 허리를 곧추세우고 앉아 긴 귀를 쫑긋 세운 채 오랫동안 입술을 모으고 있었다. 갑자기 녀석이 철책을 향해 뛰어가더니 총알처럼 튕겨져 나왔다. 네 번 실패하자 토끼는 포기하고 땅굴 속으로 들어갔다.
　장이 자랑스럽게 말했다.

"자, 보십시오! 최초의 선조들이 자리를 잡았습니다…. 이제는 아시아 호박이 제 바람에 응답하는지 지켜볼 일만 남았습니다!"

호박들은 이미 오렌지보다 더 컸다. 그는 112개나 되는 호박을 세어 보았다. 호박은 테라스 위로 쳐 있는 철책 위에 매달려 있었다. 다 익은 무거운 호박을 지탱하기 위해서 몇 개의 말뚝이 추가로 심어졌다. 그러나 호박이 다 익었는지 어떻게 확인할 수 있을까? 껍질이 너무 단단해서 그것을 가늠하기란 불가능할 것 같았다.

위골랭이 이 문제를 해결했다.

"더 이상 호박이 자라지 않는다면 다 익은 거예요!"

호박이 수박 크기로 자란 때는 11월 말이었다. 더 이상 기다릴 필요도 없이 장은 한 개를 잘라 보기로 했다. 호박을 자르는 것 역시 일종의 행사였는데, 이 행사는 위골랭이 주관했다.

호박 꼭지를 따기 위해서는 전지가위가 필요했다. 그리고 모래를 이용해 정성껏 씻은 톱니 칼로 아시아 호박을 반으로 잘랐다. 우유처럼 하얀색의 과육이 풍부한 안쪽에는 반짝이는 까만 씨앗이 둥근 형태로 자리 잡고 있었다. 위골랭은 호박을 조각조각 잘랐고 각자 한 조각씩 맛을 보았다.

"호박 맛이 아닌데요."

위골랭이 말했다. 장은 잠시 생각에 잠겼다.

"달지 않은 수박이라고 할 수 있겠군요…. 시원해요. 형용할 수 없이 가벼운 향이 나는군요…. 하지만 맛있어요!"

위골랭이 말을 이었다.

"토끼들이 이것을 좋아하는지, 이것을 먹고 탈이 나지는 않는지 확인해야죠."

그 실험은 즉시 행해졌다. 그들은 하얀 과육에 겨를 섞어 일종

마농의 샘 213

의 사료를 만들었다. 토끼들은 그것을 맛있게 먹었고, 전혀 불편한 듯 보이지 않았다.

에메는 책에서 본 요리법대로 파이를 만들었다. 파이는 대성공이었고 위골랭은 이 기이한 호박이 맛이 좋다는 사실을 인정해야 했다. 그는 자기도 이 호박을 심겠다고 말했다.

장이 말했다.

"보십시오, 두 번째 판도 결말이 났습니다. 저희 계획이 순풍을 타고 있어요!"

"선생은 성공했어요!"

"아직은 아닙니다. 아직 멀었지요. 그렇지만 확실한 것은 시작은 성공적이었다는 겁니다!"

23

"시작이라, 시작이라. 시작이라. 시작은 항상 가능하지…. 시작을 했으면 끝을 맺어야지!"

파페가 말했다. 그러나 그의 조카는 비관적이었다. 장의 성공에서 그가 내린 결론은 꼽추가 신의 보살핌을 받고 있다는 것이었다.

"파페, 여름에 이렇게 비가 고이 내린 적이 한 번도 없었잖아요. 제 생각에는 인자하신 주님이 우리가 생매장한 샘을 대신해서 그에게 비를 내린 거예요…."

"겁쟁이 같으니라고."

"두 번째로는 그들은 도시를 전혀 그리워하지 않아요. 오히려 그 반대지요! 그들은 더할 나위 없이 행복해하고 있어요. 그는 일을 해서 피곤하지만 살이 찌고 있죠. 그의 부인은 꾀꼬리처럼 노래를 불러요. 그리고 딸아이는 한 뼘이나 자랐어요. 허벅지도 탐스럽고요. 하루 종일 그 아이는 먹고 춤추고 그네를 타며 노래를 불러요. 이런 건 바보짓이 아니에요…. 단숨에 성공세를 타기도

했고, 그가 하는 말이 이해가 잘 안 가기는 하지만, 텃밭을 가꾸는 데는 성공했잖아요. 토끼 농장도 만들었어요. 사육제에나 나올 법한 토끼들이 굉장한 새끼들을 낳았어요. 나무처럼 딱딱한 호박도 상상이 아니었어요. 씨앗 네 개만으로도 200킬로그램을 수확할 수 있었잖아요. 그리고 사람에게나 토끼에게나 호박은 맛있고 말이죠…. 처음에 저는 그를 비웃었어요. 그렇지만 지금은 두려워요. 그가 절대로 떠나지 않을 것 같아요!"

"아니지! 아니야! 전부 다 오래가지는 않을 거란 말이다! 그는 씨앗 네 개로 성공을 했지. 왜냐하면 네 개 정도는 물을 줄 수 있었으니 말이다. 그렇지만 500개를 심게 되면 절반은 7월에 죽을 거고 나머지도 아몬드 정도 자라면 다행일 거다! 그리고 두 번째로 오십 마리의 토끼를 기르는 데 성공했다 한들, 열 마리는 병에 걸릴 거고, 일고여덟 마리는 질식할 거고, 또 일고여덟 마리는 쇠스랑에 찍혀 죽겠지. 그리고 첫 가뭄이 오면 언덕에 풀이 없어서 남은 토끼를 먹이기 위한 음식을 사야만 할 거고, 100프랑이나 주고 산 토끼를 3프랑에 팔아야 할 처지가 될 거야. 돈이 떨어지고 나면 그가 떠날 게야."

24

어느 날 저녁, 어린 딸이 잠들자 장 카도레는 에메의 침대로 와서 앉았다.

"에메, 계산을 해봤어. 상속받은 돈 13,682프랑에서 남은 돈은 그리 많지 않아. 우리를 부자로 만들어줄 계획에 많이 써버렸거든. 그렇지만 오늘 당신한테 첫 시작은 성공적이었다고 확실하게 말할 수 있어. 우리가 치렀던 고생은 보상을 받았고, 가장 힘든 고비는 넘겼거든. 이제 우리에게 남은 1,123프랑을 당신에게 맡길게. 이 돈이면 1년을 지내기에는 충분할 거야. 다른 수입이 없다고 해도 말이야. 우리는 집세를 낼 필요도 없고, 비싼 옷을 사 입을 필요도 없어. 그리고 야채도 풍족하게 가지고 있고 말이야. 석 달 후에는 토끼를 팔 수 있을 거야…."

에메가 말했다.

"게다가 필요하다면 제 목걸이를 팔 수도 있어요. 사람들이 말하기를 이건 적어도 10,000프랑은 받을 거라고 했거든요."

장이 외쳤다.

"목걸이를 판다고? 절대 안 되지! 당신 목걸이는 가족 대대로 물려 내려온 보물이잖아. 그건 언제나 가족들 손에 있어야 해. 차라리 난 맨발로 걸어다닐 거야! 그런 불경한 일은 생각하고 싶지도 않아. 그리고 그럴 필요도 없어. 우리 상황이 아주 밝지는 않다고 해도 아직까지는 완벽하게 정상적이거든. 그리고 일 년 안에 크게 새출발을 하리라고 장담할 수 있어. 지금 당신에게 설명을 해줄게….”

"여보, 우리에게 아무런 걱정이 없을 거라고 제게 설명할 필요는 없어요. 우리에게 돈이 없다고 말했다 한들, 저는 여전히 당신을 믿었을 거예요. 그리고 크게 웃었겠지요. 당신께 부탁드리고 싶은 게 있어요. 피곤한 일은 끝났고, 이제는 당신의 걱정거리도 줄었어요. 그리고 밤에는 추워지기 시작했고요. 그러니 당신이 제 곁에 와서 자는 게 마땅할 거예요."

그녀는 갑자기 붉어진 얼굴을 이불로 가렸다. 그러나 그럴 필요가 없었다. 장이 벌써 촛불을 불어 껐기 때문이다.

*

조용하고 상쾌한 가을이 왔다.

장은 호박을 따서 다락방의 쥐들을 피해 부엌에 있는 선반 위에 가지런히 정리해 두었다. 매일 아침 수프와 사료를 만들기 위해 호박 세 개를 잘랐다. 그리고 까만 씨앗을 잘 씻어서 찬장 안에 있는 큰 유리병에 모아 두었다. 그런 다음 가족들은 풀을 베러 언덕으로 출발했다.

장은 어깨 위에 긴 황마 자루를 지고 갔다. 당나귀의 안장에 달린 주머니에는 도끼와 풀을 베는 낫 여러 개를 비롯해 빈 가방 몇 개와 간식거리가 들어 있었다. 염소들이 앞서 가고 그 뒤로 마농이 소리를 지르거나 돌을 던지며 그들을 쫓아갔다. 돌 언덕을 지나가는 내내 하모니카 소리와 마농의 웃음소리가 메아리로 돌아왔다. 뒤따라오던 당나귀는 엉겅퀴 덤불에서 잠깐씩 멈추어 섰는데, 그럴 때면 장은 가볍게 채찍질을 했고, 그러면 당나귀는 입에 꽃을 가득 문 채로 무사태평하게 다시 출발하곤 했다.

초기에는 멀리 갈 필요가 없었다. 그러나 날이 갈수록 많지는 않지만 여전히 야생 초목이 자라고 있는 더 먼 고원 쪽으로 올라가야만 했다. 그곳에서 장의 가족은 약초를 캐면서 염소 떼를 돌보고 있는 밥티스틴을 만났다. 그녀는 장의 가족들이 풀로 가방을 채우는 일을 도왔다. 8시 반이 되자 바위 아래 둥글게 자리를 깔고 맛있게 아침을 먹었다. 그런 다음 그들은 긴 언덕을 내려왔다.

풀이 들어 한껏 부풀어오른 가방을 등에 묶은 당나귀는 한 걸음 한 걸음 흔들흔들 걸어갔고 다리밖에 보이지 않는 장 카도레는 노래를 흥얼거리며 쌓아 올린 건초더미 아래로 멀어져갔다.

12월이 되자 올리브를 수확했다. 새싹과 죽은 가지로 뒤덮여서 가끔씩 염소 먹이를 주기 위해 가지치기를 해야 했던 고목은 오랫동안 받지 못했던 사람 손길에 민감한 반응을 보였다. 장의 친절함과 곱사등이 인생에 연민을 느낀 브라마팡의 정직한 방앗간 주인이 10퍼센트만을 가져갔기 때문에 그들은 수확한 올리브로 35리터의 기름을 얻었다.

텃밭의 작물은 계속해서 잘 자랐다. 잘 먹고 바람과 햇볕을 충분히 받은 토끼들은 계속 수가 늘었다. 호주에서처럼 빠르게 증가하지는 않았지만 첫 교배로 열네 마리를, 두 번째 교배로는 열여덟 마리를 얻었다. 세 번째 교배로는 서른 마리가 생겼다.

그때부터 장은 매주 토끼 농원에서 즐거운 사냥을 하곤 했다.

마농의 샘 219

항상 왕성한 식욕을 보이는 토끼들이 언덕에서 가져온 풀더미 위에 몰려 있으면, 장은 땅굴의 입구를 막고 가족들이 춤을 추며 소리를 지르고 손뼉을 치는 가운데 요리를 할 만큼 자란 토끼들을 울타리 한쪽 구석으로 몰아 넣으려고 했다. 그렇게 잡은 토끼들은 일주일 동안 토끼장에 따로 가두어 놓고 엄선한 풀과 밀과 호박으로 만든 영양가 있는 사료를 먹었다.

매주 토요일마다 해가 뜨면 장은 오바뉴로 출발했다. 암탕나귀의 양쪽에는 잘생긴 토끼 대여섯 마리가 들어 있는 평평한 나무 상자가 실리고 가끔씩은 야채 바구니도 함께 출발하곤 했다. 그는 나무 지팡이를 손에 들고는 회색 코트와 줄무늬 바지에 단추가 달린 앵클부츠를 신고 당나귀 뒤를 따라갔다. 그는 자신감에 가득 차서 파란색으로 '레 로마랭 목축'이라고 쓴 작은 판자를 겨드랑이 사이에 끼고 갔다.

그의 중산모자는 시장에서 금세 유명해졌다. 가끔씩은 플라타너스 나무 기둥에 판자를 달아놓고 나무 상자 사이에 서 있는 장의 모습을 보며 지나가던 사람들이 웃음을 터뜨리곤 했다. 그의 옆에서 장사를 하던 뚱뚱한 여자 상인은, 손님들이 값을 깎으려고 덤벼들면 버티지 못하는 모습을 보고 장 대신 '상품'을 팔아주겠노라고 제안했다. 그는 기쁘게 제안을 받아들였다. 그동안에 그는 7시 미사를 드리러 갔다가 마농을 위한 재미있는 신문을 샀다. 플라타너스 나무에 기대어 판매가 끝날 때까지 그는 신문을 읽었다. 15프랑, 가끔은 20프랑을 손에 쥐고 빈 토끼 상자를 든 채로 흔들리는 당나귀 위에 오른 장은 언덕으로 돌아왔다. 그럴 때면 단추가 달린 부츠가 줄무늬 바지 끝에 우스꽝스럽게 매달려 있곤 했다.

25

 장의 가족들은 어느 정도 풍족하게 살았으며 여자들에게는 아무런 걱정거리가 없었다. 언제나 머리를 잘 손질하고 정성스럽게 차려입은 에메는 우연찮게 하녀를 대신하게 된 귀부인처럼 집안일을 맡아서 했다. 맑은 공기로 그녀는 더 아름다워졌으며 흥에 겨워 노래를 부르곤 했다.
 이제 막 열 살이 된 마농은 금발이 찬란했다. 얼굴에 비해 너무 큰 두 눈은 푸른 바다색이었으며, 에메가 가위 없이는 머리에 붙은 케르메스 잎이며 소나무 가지와 가시덤불의 잔가시를 빼내지 못할 정도로 숱이 많았다.
 언덕의 바람을 맞으며 나무와 우정을 쌓고 고요한 고독과 함께 마농은 여우처럼 가볍고 활기찬 작은 야생동물같이 살았다. 마농이 가장 좋아하는 사람은 동화 속에 나오는 인물인 양 동경하는 밥티스틴이었는데, 밥티스틴 역시 마농을 좋아했다. 매일 아침 황무지 같은 언덕 위에서 그들은 함께 염소를 지켰다. 밥티스틴은 마농에게 가축을 돌보는 방법과 덫을 놓는 기술을 비롯해 언덕의 수천 가지 비밀을 가르쳤다. 밥티스틴의 수업은 알아들을 수 없는 불어로 진행되었지만, 몸짓과 표정을 통해서 분명하게 전달되었다. 몇 주 만에 마농은 피에몽 여인이 하는 말을 다 알아들었고, 피에몽의 거친 방언으로 말하곤 했다. 그녀는 큰 걸음으로 달리는 암탕나귀를 타고는 승리의 고함을 외치면서 레 로마랭으로 다시 내려왔다. 그러고는 붉은 버섯, 커다란 편도나무 열매, 수분이 풍부한 삿갓버섯, 백리향 잎을 먹고 자란 달팽이나, 도금향 잎으로 향을 낸 티티새와 노간주 열매로 속을 채운 지빠귀 등의 천연 음식을 가끔씩 안장 주머니에 담아 갔다.

처음에 마농은 죽은 새를 먹는다는 사실에 창피함을 느껴 먹으려 하지 않았다. 어느 날 저녁 장이 붉은 비계로 몸통을 만 멧새를 꼬치에 끼워 불에 구우면서 엄숙하게 말했다.

"우리는 언제나 작은 새들의 불행을 측은히 여겨왔단다. 왜냐하면 새들은 날아다니고 짹짹 울음소리를 내기 때문이야. 그러나 새들 역시 먹기 위해서 수많은 작은 생물을 죽이는 잔인한 동물이라는 사실을 알아야 해. 무고한 개똥지빠귀나 착한 방울새를 위해 눈물을 흘리는 노처녀들이 양 갈비를 볼 때는 왜 전혀 울지 않지? 양 갈비가 잉걸불에서 구워지는 걸 볼 때면 울고 있는 건 다름 아닌 양 갈비란다!"

그러고 나서 그는 기름에 지글거리며 구워진 꼬치 하나를 들고 먹기 시작했다. 마농도 꼬치를 하나 들었다. 그 뒤로 그녀의 순진한 양심의 가책은 사라졌다.

음식들이 언제나 맛있는 것은 아니었으나 그녀의 아빠는 맛을 느끼는 것 자체를 거부했다.

"어머니인 자연은 언제나 자식들을 먹인단다. 나는 이만큼 먹는 즐거움을 누려본 적이 없어. 얼마 전부터 일시적인 가난 때문에 우리는 천연 비료 외의 다른 첨가물이 들어가지 않은, 인자하신 주님의 땅에서 난 야생 음식과 제철 음식을 먹을 수밖에 없단다. 게다가 매일 마시던 커피 세 잔을 포기한 것도 매우 기쁘게 생각해. 왜냐하면 일요일에 마시는 모카커피 한 잔을 더 감사히 여기게 되었거든. 그리고 잠도 훨씬 더 잘 잔단다. 아침에 일어나는 데 도움이 되는 라일락 차는 몸에도 더 좋고…. 이 새로운 식습관 덕분에 내가 완벽하게 건강을 유지할 수 있는 거야. 도시의 공기가 끔찍한 질병의 원인이었어. 층층이 쌓인 공간에서 지옥 같은 소리를 들으면서 살고, 매일 아침 악취가 나는 사무실에 앉아서 스스로가 잘난 사람이라고 생각하는 불쌍한 이들을 생각할 때면, 그들을 비웃게 된단다!"

그는 빈정거리면서 웃었고 마농은 까르르 웃었다.

마농은 집에서는 말이 별로 없었다. 그녀는 모든 면에서 존경하는 장의 이야기를 듣는 걸 좋아했고, 그의 신체적 결함을 따스한 모성애로 감싸 안았다. 식사를 할 때면 그녀는 아빠의 접시와 잔을 주의 깊게 지켜보았다. 가장 큰 개똥지빠귀, 가장 예쁜 무화과나 버섯은 장에게 먼저 주었다. 그리고 아빠가 밭에서 돌아오면 그 앞에 무릎을 꿇고 앉아 무거운 단화의 끈을 풀어 주었다.

마농이 가장 기뻐하는 날은 바로 비 오는 겨울날이었다. 왜냐하면 가족들이 전부 집 밖으로 나가지 않기 때문이었다. 진액이 풍부한 장작 아래로 나뭇단이 타 들어가는 벽난로 앞에서 장은 마농에게 프랑스의 역사를 이야기해 주었고, 시를 읽어 주거나 등장인물마다 목소리를 바꿔가며 몰리에르의 희곡을 연기하기도 했다. 그리고 장이 마농을 위해 오바뉴에서 작은 하모니카를 사다 주었기 때문에 그들은 화음을 맞추어 작은 콘서트를 열곤 했다. 마농은 〈마갈리〉나 〈미제 바베〉를 연주했고, 장은 노래의 주제를 변형한 놀랄 만한 변주곡을 연주했다.

가끔씩 나무꾼 주세페는 피롱 뒤 루와의 골짜기나 바오 드 베르타뇨의 비탈로 일주일간 일을 하러 떠나곤 했다. 그럴 때면 밥티스틴이 염소 떼와 검정개를 데리고 왔다. 야채 바구니나 샘물을 담은 물통 두 병 또는 진액이 많은 긴 장작을 들고 왔다. 그것이 그녀가 집세를 내는 방식이었다. 장은 매우 감사하는 마음으로 이 선물을 기꺼이 받았다. 선물을 거절하는 것이 자칫하면 선물을 주는 사람의 마음을 아프게 할 수 있기 때문이다. 그때마다 밥티스틴은 장의 가족과 하루를 보냈다. 그녀는 에메에게 비르질르의 목동들이 하는 대로 황무지의 푸른 우유를 응고시킨 다음 등나무 줄기로 만든 체에 걸러 염소 치즈 만드는 법이나 세이보리를 박아 넣은 둥근 치즈, 양파 파이, 바질 수프 등등의 요리법을 가르쳐주었고, 마농은 통역을 했다.

정오에 밥티스틴은 장의 가족들과 점심을 먹었다. 하지만 그녀를 가족들과 함께 식탁에 앉히는 것은 불가능했다. 그녀는 벽난로 구석에서 무릎에 접시를 올려놓고 가끔씩 웃음을 터뜨리거나 열렬하게 축복을 빌면서 식사를 했다. 저녁이 되면 인사를 하고 떠났다. 밥티스틴이 떠나면 장은 문에 빗장을 지르고 열쇠로 잠근 다음 주머니에 열쇠를 집어넣었다. 저녁 식사가 끝나면 그는 하모니카를 들고 피에몽의 옛 노래를 연주했다. 그러면 에메는 화음으로 노래를 불렀고 마농은 맨발로 식탁 위에서 춤을 췄다. 그럴 때면 언덕 위의 고요한 농가에는 삶의 기쁨과 수많은 희망과 부드러움이 흘렀다.

위골랭은 가끔 이웃을 방문했고, 파페에게 그에 대해 보고했다.

"파페, 저는 두려워요… 그의 계획은 거의 잘 굴러가고 있어요. 그는 이런 생활을 싫어하지 않아요. 그의 할아버지가 농부였다는 것이 드러나요. 토끼 마흔 마리와 호박 쉰 개에 만족한다면 확실히 그는 20년 동안 안락하게 살 수 있을 거예요….”

"참아라, 참으라고! 용기는 아름다운 거란다. 하지만 그는 책을 읽었고 야망이 있는 사람이야…. 그것이 그를 멀리 이끌 게다. 갈리네트, 그것 때문에 그가 망하게 될 거란다."

26

어느 날 저녁, 식사를 마친 뒤 장 카도레는 에메에게 말했다.
"내일은 일요일이야. 당신은 아름답게 차려입어야 해. 셋이서 다 함께, 우리를 위해 해주신 모든 것을 하느님께 감사드리기 위해 레 바스티드의 미사에 참석할 거야."
"이웃사촌이 마을 사람들에 대해 말해 준 대로라면 뤼사텔로 미사를 드리러 가는 게 나을 것 같아요."
"아니! 숨으려는 듯한 인상을 주면 안 돼. 나는 아무에게도 빚진 게 없고 아무도 두렵지 않아. 그걸 보여주기로 마음먹었어."

*

에메와 마농은 예쁘게 차려입었다. 깃털 장식이 있는 모자를 쓴 에메는 샛노란 정장을 입었다. 단춧구멍에 푸른 엉겅퀴 꽃을 꽂고 손에 금색 가방을 들었으며 굽이 아주 높은 루이 15세 풍의 구두를 신고 약간 비틀거리면서 걸어가는 에메는 200미터 밖에서도 눈에 띄었다.

마농은 정말 예뻤으며, 자신이 예쁘다는 사실에 만족했다. 환하게 빛나는 곱실곱실한 금발은 파란색 모자 밖으로 살짝 삐져나왔다. 반들반들한 구두와 하얀 스타킹을 신고 핑크색 새틴 원피스에 허리에는 푸른색 리본을 두른 마농은 우아하고 고급스러운 인상을 주었다. 목젖을 가리는 빳빳한 칼라 때문에 살짝 목이 졸린 장은 회색 코트와 금색 조끼를 입고 쥐색 중산모자를 썼으며 회진줏빛 장갑을 꼈다. 장은 은색 손잡이 장식이 달린 까만 지팡이를 우아하게 흔들었다.

그들이 지나가는 광경을 봤을 때 위골랭은 사람 수로 그들을 간신히 알아볼 정도였다. 그는 놀라서 가까이 왔다.

"마을에 내려가세요?"

"네, 미사를 드리러 갑니다."

위골랭은 뭔가 꼭 말해야겠다는 생각에 바보같이 대꾸했다.

"아, 오늘이 일요일이죠! 저는 오늘이 무슨 요일인지도 모르고 지낸답니다. 미사에 조심해서 잘 다녀오세요…."

그는 오솔길을 따라 장의 가족이 내려가는 것을 지켜봤다.

"말도 안 돼! 저런 사람들이 도시에서 지내지 않는다는 것이 믿기지 않는단 말이야. 꼽추만 아니면 그를 도지사인 줄 알겠어…. 하긴 외지인처럼 옷을 입었다는 건 나한테 좋은 일이야. 아무도 그에게 말을 걸지 않을 테니까!"

*

그들이 마을 광장에 모습을 드러낸 것은 하나의 사건이 되었다. 그들의 존재를 무시하고 지냈던 많은 농부들이 다른 사람들에게 누구냐고 물어보았다. 파페가 바르바리우에서 온 메데릭에게 대답했다.

"농부가 되고 싶어 도시에서 온 사람일세."
"불가능해! 그럼 인부를 쓸 거란 말인가?"
"전혀 아니지. 자네나 나처럼 농부 일을 하고자 한다네. 다만 곡괭이질을 할 때 장갑을 낄 뿐이지!"

그러자 메데릭은 곱사등을 물끄러미 쳐다보고는 웃기 시작했다. 장 카도레는 속상하고 화가 나서 얼굴이 빨개졌다. 그는 메데릭이 자신의 곱사등을 비웃는다고 생각했기 때문이다. 장은 이를 꽉 물고 화가 난 눈빛으로 주변을 둘러보았다. 소문이 광장에 퍼지자 여기저기서 즐거워하는 웃음소리만 들려왔다. 여자들은 에메의 화장과 목걸이, 브로치, 반지에 대해 수군거렸다. 미사를 보는 내내 사람들은 그들을 쳐다봤다. 주임 신부는 아주 나이가 많은 분이셨다. 백내장 때문에 책을 읽을 때는 안경을 써야만 했고 틀니 때문에 강론 중간 중간 불편해했다. 그는 새로운 신도의 존재를 알아채지 못했다. 장의 가족은 맨 뒷줄에 앉아 있었다. 장은 사람들이 자기들을 정면에서 보는 것을 선호했기 때문이다. 그러나 매 순간 사람들의 시선은 그들을 향했고, 장은 그 시선에서 사람들의 조롱을 읽었다. 그는 경계의 시선으로 그들에게 답했다.

성당에서 나오면서 에메는, 가장 장사가 잘되는 날이기에 일요일에도 문을 여는 푸줏간에 들렀다. 클로디우스가 에메를 친절하게 맞이했다. 멀리서 장의 가족을 지켜보던 파페는 사람들이 몰려와서 할 일이 많아졌기 때문에 클로디우스가 대화를 시도하지 못하는 모습을 보며 기뻐했다.

"클로디우스는 오랫동안 도시에서 살았으니 언덕 생활에는 관심이 없을 거야. 그리고 그는 샘에 대해서는 전혀 모르니까."

파페는 중얼거렸다.

이윽고 그들은 빵집에도 들렀다. 그들을 위해 시골 아줌마들이 소곤거리면서 길을 비켜 주었다. 장은 그들의 행동을 적대적이라고 생각했다. 아주 조용한 가운데 빵집 주인이 빵의 무게를 달았다. 마침내 그들이 광장 앞을 지나갔다. 그곳에는 미사에 참석하지 않은 강한 영혼들이 공놀이를 하고 있었다. 장은 아무도 쳐다보지 않는 척하면서 그들 앞을 위엄 있는 태도로 지나갔다.

팡필이 말했다. "위골랭의 이웃이군."

필록센이 단언했다. "바보가 아닌 척 행동하는군그래."

장의 가족은 사람들에게서 등을 돌리고 약간은 가파른 비탈을 따라 계곡으로 내려가는 오솔길로 접어들었다. 바로 그때 카브리당이 포석을 막 스쳐 지나간 팡필의 공을 치려고 조준을 하고 있었다. 그는 오랫동안 조준을 한 후 공을 던졌다. 공은 세 번을 튕긴 후 언제나처럼 팡필의 공을 빗맞혔다. 그뿐만 아니라 땅에 박혀 있는 포석의 머리 부분에 맞고 튕겨서 길가에 심어져 있는 케르메스 나무를 넘어 날아갔다. 공은 하필 계곡 쪽으로 날아가서 길 끝에서 걷고 있던 꼽추의 등으로 떨어졌다. 장은 화가 나서 위험한 공을 집어 들고는 온 힘을 다하여 보이지 않는 사람들을 향해 던졌다. 공을 찾아 뛰어왔던 카브리당은 다행히 옆으로 피했다. 공은 그의 머리 높이를 통과해 미장이 베르나르의 발 위로 떨어졌다. 베르나르는 발을 양손으로 움켜쥐고 한 발로 펄쩍펄쩍 뛰기 시작했다. 그때 카브리당이 프로방스 방언으로 소리를 쳤다.

"꼽추로도 모자라서 미친 거요?"

장 카도레는 가족이 알아듣지 못하는 이런 욕설에 대꾸하지 않은 채 오솔길을 계속해서 내려갔다. 그러나 그는 다른 공이 날아올까 두려워 가끔씩 뒤를 돌아봤다.

"어머니가 옳으셨어. 그들은 야만인이야. 나는 그들이 우리랑 비슷하게 생긴 사람인 것이 창피해."

그 순간 필록센은 카브리당을 훈계하고 있었다.

"자네가 공을 맞히는 것을 한 번도 본 적이 없어. 던지는 데만 정신이 팔려서 말이야. 저 사람이 머리에 공을 맞았으면 그 자리에서 즉사했을지도 모른다고."

팡필이 말했다.

"어린애는 어떻고? 어린애를 죽였으면 어쩌려고?"

카브리당이 외쳤다.

"아무도 죽이지 않았잖아요!"

대장장이가 말했다.

"그 공이 곱사등에 맞았단 말이야. 길가에서 다 봤다고!"

파페가 받아쳤다.

"오히려 좋은 일이었을 게야! 곱사등을 고칠 수도 있었다고!"

그 말은 호응을 불러왔다.

"어쨌든, 제가 일부러 그런 게 아니라는 건 다들 아시잖아요. 그리고 계속 걸어갔으니 죽지도 않았어요!"

카브리당이 대꾸했다.

*

마사캉 농가 앞의 공터에 도착했을 때 장의 가족은 양파를 심은 밭 두 이랑에 물을 주고 있는 위골랭을 발견했다. 장은 자신이 당한 일을 위골랭에게 말했다.

매우 격분한 에메가 말했다.

"그들은 제 남편을 죽이려 했어요!"

"에메 부인, 그렇지는 않을 거예요. 아시다시피 마을 사람들이 약간 거칠기는 해도 그 정도는 아니거든요. 제 생각에는 사고였을 것 같아요. 그런 일이 간혹 일어나잖아요."

장이 외쳤다.

"맹세할 수 있나요?"

위골랭은 잠시 생각하는 듯했다.

"맹세라고요? 아뇨. 당연히 제가 본 일이 아니니 맹세할 수는 없어요. 그러나 제 생각에는 사고 같아요. 사고가 맞을 거예요."

27

 봄이 되자 대대적인 작업은 다시 시작되었지만, 위골랭은 일하러 오지 않았다. 노새 주인이 작은 포도밭을 만들기 위해 마을 저쪽에 있는 땅을 갈도록 시켰다고 말하면서 그는 장에게 미안하다고 했다. 그리고 레 로마랭의 밭은 지난해에 깊이 일궈 놓아서 땅이 충분히 휴경기를 가졌으니 다시 깊이 일굴 필요가 없다고 덧붙였다. 장은 3주간 그를 다시 보지 못했다.
 겨울 내내 원기를 되찾은 장은 곡괭이를 들고 고랑을 팠다.
 토끼를 팔았음에도 밀 기울을 구입하기 위해서는 절약을 해야만 했다. 이제 그에게는 720프랑밖에 남지 않았다. 결국 그 돈의 절반은 화차 넉 대 분량의 거름을 구입하고 운반하는 데 쓰기로 했다. 거름은 아들이 기병대에서 마구간 관리 반장을 맡고 있는 오바뉴의 도매상을 통해서 구입했다. 이 소중한 비료를 땅에 묻는 데 꼬박 사흘이 걸렸고, 어느 맑은 아침 장은 드디어 아시아 호박 씨앗을 뿌렸다.
 "피트당 100킬로그램이면 25톤의 호박을 기대해 볼 수 있을 거야. '안전 우선 원칙'에 입각해 최소한으로 잡고 그 절반만 기대해야지. 그것으로도 충분할 거야. 책에는 매년 8톤에 달하는 사료를 얻을 것이라고 쓰여 있으니까. 이제는 옥수수를 심자."

장을 그렇게 말하며 위쪽에 있는 밭에 옥수수 10킬로그램을 심었다.

"씨앗 하나로 400개에서 450개의 씨앗이 붙은 옥수수 한 포대를 수확할 수 있어. 때로는 두 포대도 나오지. 그렇게 되면 이론적으로는 씨앗 하나당 400배의 수확이 가능하다는 말이야. 신중하기 위해서 난 300배만 인정할 거야. 그렇게 되면 300톤의 옥수수를 수확할 수 있을 거야. 물론 가장 어려운 일은 매일 50에서 60킬로그램의 옥수수를 따서 나르는 일이 되겠지. 이 문제는 경작이 최정점에 달했을 때, 그러니까 18개월이 지난 후에나 문제가 될 거야. 그때가 되면 피에몽 사람들을 고용할 정도로 돈이 있을 거야. 우리 친구 주세페가 소중한 협력자 역할을 해주겠지."

마농이 말했다. "주세페 아저씨는 안 그럴 거예요. 아저씨는 너무 자부심이 강해요. 큰 도끼만 좋아하고요. 풀을 베는 건 여자들 일이라고 했어요. 내년에 제가 열두 살이 되면요, 저랑 밥티스틴 아주머니랑 암탕나귀랑 풀을 베는 일을 잘할 수 있을 거예요. 아빠가 암탕나귀를 한 마리 더 사주시면, 저희가 다락을 가득 채울 정도로 풀을 베 올게요."

*

4월에는 통계 수치 이상의 비가 내렸다. 바다에서 오는 바람이 적당한 간격으로 밤에 오랫동안 비를 뿌려 주었다. 씨앗은 며칠 만에 싹을 틔웠으며 어린 식물들은 푸르게 자랐다.

어느 날 저녁 위골랭이 파페에게 말했다.
"밤에 비가 오는 건 일종의 축복이에요. 꼽추의 호박들이 자라기 시작했고 옥수수도 잘 자라고 있어요. 순조롭게 일이 시작되고 있다고요."
"너무 순조로워서 탈이지. 4월에 아흐레나 비가 오는 건 좋은 일이 아니란다."
파페가 말했다.
"성 파테른 축일 4월 15일에 비가 내리면, 여름에 네 저수지는 마르리라."

*

5월도 역시 풍족했다. 저수지는 항상 물로 가득했고 매주 멋진 비구름이 바다 쪽에서 올라왔다. 밭에 심은 작물이 잘 자라는데도 위골랭은 버릇을 통제하지 못하고, 낮에 올빼미가 그러는 것처럼 눈을 자꾸 깜빡거렸다.
"갈리네트, 착각하지 마라."
파페가 말했다.
"예수 승천대축일에 비가 온다면 모든 것을 잃게 되리라."
6월에도 계속 밤새 비가 내렸다. 긴긴 낮 동안 이글거리는 태양 아래 서 있던 줄기들은 도처에서 놀랄 만한 속도로 녹음을 이루었고 활짝 핀 꽃들로 덮였다. 7월 초순이 되자 작은 호박들이 만개한 호박꽃 사이로 모습을 드러냈다. 눈으로만 봐도 100여 개가 보였다. 사람 키만큼 자란 옥수숫대는 하얀 옥수수를 선보이며 흔들렸고, 황혼녘에 부는 산들바람은 긴 옥수수 잎 사이를 지나가며 바람 소리를 냈다.

언덕에 내린 비로 작물들도 잘 자랐다. 밀처럼 높고 빽빽하게 자란 야생 작물들이 계곡을 뒤덮었다. 충분히 먹고 자란 토끼들은 6주 만에 새끼를 낳았고, 모든 토끼들이 굴에서 나와 뛰노는 모습을 볼 수 있었다. 장은 이 광경을 보여주기 위해 위골랭을 불렀다. 카네이션을 꿈꾸는 위골랭은 아연실색한 나머지 자신의 걱정을 감추지 않았다.

에메가 물었다.

"무슨 걱정이라도 있으세요?"

잠시 주저하고 눈을 세 번 깜빡인 위골랭은 기력을 모아 말했다.

"전부 훌륭해요. 그런데 너무 훌륭해서 걱정이 돼요. 왜냐하면 올해 여름이 아직 오지 않았거든요."

장이 말했다.

"친애하는 이웃 선생, 선생은 너무 회의적이군요. 지금은 7월 3일입니다. 저수지에는 물이 넘치고 있고 한 달만 더 지나면 위험한 시기는 넘긴 겁니다. 8월에는 폭우가 쏟아지니까요!"

"네, 맞아요. 맞고말고요. 그렇기 때문에 제가 선생을 위해서 만사를 어둡게 보고, 이렇게 걱정을 하는 거예요! 마지막 순간에 이런 멋진 성공이 물거품이 된다면 불행하잖아요!"

위골랭이 말했다.

*

"결국 인자하신 주님은 우리에게 등을 돌리셨어요. 저 불행한 꼽추는 원하는 만큼의 물을 다 가졌잖아요. 제 이집트콩 밭에는 이끼가 낄 거고 파페의 포도밭은 뿌리균 병에 걸렸어요. 그런데 꼽추는, 그 녀석 호박은 바람의 천사 부파레우가 그 안에 입김을 불어넣은 것처럼 크게 자랐다고요. 그는 돈을 많이 벌 거고 절대로 이곳을 떠나지 않을 거예요."

위골랭이 파페에게 말했다.

"걱정 말거라. 몹쓸 봄 동안에는 운이 좋았지. 그렇지만 이건 여름이 불같이 더울 거라는 징조. 7월 말이 되면 푸르른 식물들이 다 익은 밀처럼 노랗게 변할 거고, 옥수수 잎은 푸석푸석해져서 매미처럼 노래를 할 거야."

파페가 말했다.

"6월에 비가 오면, 손가락을 빨게 되리라."

*

늙은 농부의 격언은 옳았다.

7월 5일이 되자 갑작스럽게 늦여름이 찾아왔다. 그때까지 얌전했던 매미들은 올리브나무에 붙어 광적으로 울어댔고 엄청난 크기의 태양이 불덩이처럼 이글거리며 창공으로 곧장 올라갔다.

정오가 되면 소나무 밑동을 따라 동그랗게 나무 그늘이 생겼다. 땅은 푸르스름하고 투명한 아지랑이를 내뿜으며 타오르기 시작했다. 작물들도 곧 열에 익어갔다. 옥수수 밭은 매일 밤 몇 센티미터씩 자랐고 호박은 올리브나무 가지를 타고 올라가려는 듯 나무에 착 달라붙었다. 호박들은 이미 작은 멜론보다도 더 컸다.

장은 설명했다.

"자, 이것이 바로 열대 식물의 비밀이야. 많은 비가 내리고 나면 이번엔 작열하는 태양이 등장해 수분의 교환을 촉진시켜서 줄기와 잎의 작용을 자극하거든. 이 놀라운 교환 시스템이 올여름에 막 자리를 잡은 거야. 이는 신께서 우리의 노고에 보답을 해주시기로 결정을 내렸다는 증거지."

그러나 태양이 등장한 지 사흘 째가 되자 장은 잎들이 윤기를 잃어간다는 사실을 발견했다. 몇몇은 이미 피곤한 듯이 뒤로 젖혀졌다. 이제는 물탱크의 물을 이용할 때가 되었다. 저녁 때 소식을 들으러 온 위골랭 앞에서 그는 계획을 설명했다.

"물탱크는 지금 가장자리까지 꽉 채워진 상태랍니다. 즉 12입방미터의 물을 담고 있지요. 작물에 물을 주기 위해서는 한 번에 3입방미터의 물을 이틀에 한 번 꼴로 줘야 합니다. 그러면 여드레 동안은 문제없이 물을 줄 수 있습니다."

위골랭이 말했다.

"그렇네요. 그런데 여드레 만에 비가 올지 확실하지 않아요!"

"알고 있습니다! 그래서 저희는 내일부터 르 플랑티에로 산책을 갈 겁니다. 저희는 여드레 동안 물탱크에 3,200리터의 물을 가져다 부을 수 있어요. 즉, 이틀간 물을 줄 수 있는 분량입니다. 그렇게 되면 열흘 간 작물에 물을 줄 수 있습니다."

"열흘이라면 괜찮네요. 그런데 이런 여름에는 어떤 일이 생길지 모르지요."

위골랭이 말했다.

"선생 말씀이 맞습니다. 그래서 저는 최악의 상황도 예상해 두었습니다. 열흘 동안이나 하늘이 저를 배신한다면 저는 작물의 일부분을 희생시키고 선생께 노새를 빌릴 생각입니다. 노새는 분명히 50리터들이 물통 두 개를 나를 수 있을 겁니다. 그러면 다섯 번 왕복해서 하루에 1입방미터씩의 물을 물탱크에 채울 수 있을 거고, 그 정도면 다음 비를 기다리기엔 충분할 겁니다."

"잘 짠 계획이군요."

위골랭이 말했다.

"그 상황이 오지 않기를 바랄 뿐이죠."

장이 말했다.

*

이튿날 동이 트자마자 장은 기쁜 소식을 맞이했다. 태양이 떠오르고 있지만 하늘은 흐렸던 것이다. 그는 샘에 가려던 계획을 보류하기로 하고 텃밭에서 일을 했다. 그러나 8시쯤 되자 태양이 구름 사이로 모습을 드러냈고 구름은 재빨리 흩어져버렸다. 우렁찬 매미 울음소리와 함께 뜨거운 하루가 시작되었다.

장의 가족은 샘까지 세 번 왕복했다. 그러니까 울퉁불퉁한 바위와 자갈이 굴러 내리는 오솔길 위로 여섯 시간을 걸었던 것이다. 저녁 7시 무렵 세 번째 길을 다녀온 후, 물탱크의 수면 높이를 자세히 들여다본 결과 15센티미터나 올라갔다는 사실을 깨닫고 장은 뿌듯해했다.

그렇지만 마농은 테이블에 엎드려 잠이 들었다. 에메는 난롯가에 앉으면서 누군가 잡아주지 않으면 일어나지도 못하겠다고 불평을 했다. 장 자신도 목덜미가 뻐근함을 느꼈다. 그는 바로 이것이 유용하고 몸에 좋은 피로감이라고 말했다. 그렇지만 다음날 동이 틀 무렵이 되자 그는 곡괭이와 'S'자 모양의 약간 큼지막한 철 갈고리, 튼튼하고 가는 끈 2미터와 도끼를 챙겨 들고 혼자 암탕나귀 뒤를 따라 떠났다.

샘으로 가는 길 내내 그는 길목에 튀어나와 있는 가시덤불 가지를 잘라내고 굴러다니는 자갈을 치웠으며 발에 부딪힐 만한 바위의 튀어나온 부분을 깎아내고 땅에 팬 구덩이 몇 개를 채웠다.

게다가 그는 가는 길 중간쯤에 소나무 그늘 아래 쉼터를 마련했다. 소나무 밑동 부근의 덤불을 뽑아 없앤 후 작은 고인돌 모양의 돌 의자를 만들었다. 마지막으로 낮게 드리워진 가지에 철 갈고리를 걸어 두었다. 그래서 이제는 무거운 물병의 버드나무 손잡이를 갈고리에 걸어 두고, 물병을 지탱하기 위해 이마에 두른 띠를 벗고 잠시 그늘에 앉아 쉰 다음, 남의 도움 없이도 힘들이지 않고 물병을 다시 짊어질 수 있었다.

　가는 길은 매우 멀었다. 이 특별한 여정을 마치고 돌아오는 길에 그는 물을 80리터밖에 가지고 오지 못했지만, 가족들에게 오솔길은 이제 '가로수길'처럼 변했으며 그가 만들어놓은 '쉼터'가 있으므로 소중한 물을 나르는 작업은 유쾌한 산책이 될 거라고 알릴 수 있었다.

*

　무정하게도 여름은 여전히 불타올랐다. 하루에 네 차례나 왕복을 해보았지만 저수지의 수위는 빠르게 낮아져갔다…. 언덕의 풀들은 누렇게 색이 바랬고 토끼를 먹이는 데는 20여 개의 호박과 약간의 밀기울, 그리고 돈 몇 푼이 남아 있을 뿐이었다. 그래서 어느 날 아침 동이 트기 전에 장은 열두 마리의 토끼를 중간 상인에게 팔러 떠났고, 8시 무렵 밀기울 한 포대와 포도주 몇 병을 가지고 돌아왔다. 에메와 마농은 그에게 깜짝 소식을 전했다. 모녀가 둘이서 샘에 다녀왔던 것이다. 그는 외투를 벗고 운동화를 신은 다음 그녀들과 함께 샘으로 출발했다. 마농은 밀짚모자를 썼고 에메는 금빛 손잡이가 달린 분홍색 양산을 썼다.

　물을 나르는 작업은 열흘이나 계속되었다. 거듭 피로가 쌓여

갔으나 그는 큰 잔에 포도주를 마시면서 원기를 회복했다. 암탕나귀의 안장에 달린 통에 언제나 포도주 병을 가지고 다녔다.

저녁 식사를 할 때면 마치 하늘을 굴복시키려는 듯이 장은 큰 소리로 통계 수치를 재차 읽었다. 매일 밤 그는 빗소리가 들린다고 믿었다. 그럴 때면 창가로 달려가 덧문을 열어젖혔지만 언제나 잔인한 별들만 반짝일 뿐이었다. 그의 꿈속에서 비가 왔던 것이다.

일주일이 지나자, 그토록 노력을 했는데도 불구하고 장은 물탱크에 한 차례 뿌릴 물밖에 남지 않았다는 사실을 깨달았다. 가족들이 잠을 자고 있을 때 장은 램프를 손에 들고 암탕나귀와 함께 길을 떠났다. 그는 온종일 힘들게 나무를 하고 돌아온 주세페와 함께 밤중에 집으로 돌아왔다. 주세페는 귀중한 단잠 두 시간을 할애해야만 했다. 장과 주세페는 120리터의 물을 길어 왔다.

그들은 잠옷 차림의 마농을 발견했다. 마농은 장이 떠나는 소리를 듣고는 반딧불이 반짝이며 날아다니는 것을 지켜보면서 문턱에 앉아 장을 기다리고 있었다. 달빛 아래서 주세페는 작물을 관찰하고, 잎사귀를 뽑아 손바닥에 놓고 비벼 보았다.

"주인 어른, 잎에 병이 들었어요…. 작물의 절반을 버려야만 해요. 나흘 이내에 비가 오지 않는다면 전부 잃게 생겼어요!"

꼽추가 소리를 질렀다.

"분명히 비가 내릴 겁니다!"

주세페가 말했다.

"내일은 아니에요. 달을 좀 보세요!"

장이 말했다.

"물탱크에 아직 물이 반 리터 남았습니다. 하루에 다섯 번 왕복하면 엿새 분의 물을 나를 수 있습니다! 비가 올 겁니다. 왜냐하면 두 주나 밀렸거든요!"

"압니다, 알아요. 그렇지만 시기가 좋지 않아요. 이번 여름은 시작부터 글렀어요…. 절반을 버려야 해요. 저는 주인님을 더 이상 도와줄 수가 없어요!"

그는 시선을 내리깔면서 덧붙였다.

"내일 저는 나무꾼 다섯 명과 떠나야 해요. 한 건축업자와 계약을 맺었는데 제가 우리 팀의 십장이거든요. 르뮈 근처, 바르에 갈 거예요. 다른 나무꾼들이 오바뉴 역에서 내일 아침에 저를 기다릴 거예요. 넉 주 동안 하는 일이죠. 8월 25일까지는 그곳에 있고 26일에 돌아와요. 그동안 절반을 버려야 해요. 그러지 않으면 다 잃게 된다니까요!"

"압니다, 알았어요. 당신 말이 옳아요…."

"해가 계속해서 쨍쨍하다면 8월 26일에는 엔초랑 지아코모와 함께 올게요. 저희가 물탱크를 채우도록 하죠."

*

주세페의 말은 위안이 되는 약속이었고 장은 주세페가 약속을 지킬 것임을 알았다. 그러나 장에게 마땅히 주어야 할 비를 내려주지 않는 신의 고집에 낙담했다. 그는 하늘의 인자함보다는 정의에 호소하면서 '공짜 독촉'과도 같은 기도를 드렸다. 하지만 기도에도 응답은 없었다. 에메는 더 이상 노래를 부르지 않았고 걱정하는 기색이 역력했다.

어느 날 아침 장은 에메에게 물었다.

"돈이 얼마나 남았지?"

"아주 조금이요. 한 100프랑 정도 남았어요. 그렇지만 먹을 건 좀 있어요."

"한 10이나 12프랑이면 위골랭의 노새를 이삼 일 빌릴 수 있을 거야. 오늘 저녁에 그에게 물어보겠어. 게다가 어쩌면 돈을 받지 않고 노새를 빌려 주는 것도 불가능한 건 아니지. 노새만 있으면 문제는 해결되는 건데…."

그는 물병을 이고 다시 떠났다. 마농에게 즐겁게 말을 걸었고 하모니카를 불었으며 꼬박꼬박 쉼터에서 멈췄다. 갈고리에 물병을 걸어 두고 경련이 난 허벅지를 문지르며 포도주를 들이켰다. 네 차례 왕복을 하고 한 시간 동안 작물에 물을 준 다음에 장은 마사캉 농가로 갔다. 그러나 그는 아델리만 만났다.

아델리가 말했다.

"위골랭 씨는 마을에 가셨어요. 저녁을 먹고 늦게나 돌아오실 거예요."

꼽추가 말했다.

"곤란한데요."

"지나가면서 말을 전해 드릴게요."

"그렇다면, 아시겠지만, 내일부터 노새를 좀 빌려 줄 수 있는지 물어봐 주세요…."

28

같은 날, 늙은 앙글라드 집에서 저녁을 먹는 동안 키가 큰 탓에 '쌍둥이 형'이라고 불리는 그의 아들 조지아가 말했다.
"아버지, 크레스팽에서 온 꼽추가 미쳤나 봐요."
"그가 네게 말을 건네더냐?"
"아니요. 저희가 작은 포도밭에서 곡괭이질을 하고 있는데, 그가 당나귀에 아내와 딸을 데리고 르 플랑티에로 일고여덟 번이나 왔다 갔다 하는 걸 봤어요. 물통과 단지를 들고 말이죠."
동생 조나스가 말했다.
"부인은 분홍색 우산을 들고 있었고요, 꼽추는 곱사등 위에 큰 물통을 지고 있었어요. 그래서 꼽추가 더 똑바로 서지 못하는 것처럼 보였어요."
앙글라드가 대답했다.
"사람들이 말하는 걸 들어보면 그가 아메리카에서 가져온 호박을 심으려 한다는구나. 그런데 가뭄 때문에 호박들이 죽어간다지."

"그런데 꼽추는 왜 그렇게 멀리 가서 물을 찾는데요? 핀 고모가 그의 집 근처에도 샘 같은 것이 있다고 말했어요."

앙글라드는 어깨를 으쓱하고는 대꾸했다.

"핀 고모는 고릿적 이야기만 하지 않느냐! 나도 그 샘을 알고 있단다. 하지만 그 샘에 대해 없어졌어."

조나스가 말했다.

"보아하니 세자르 수베랑 아저씨가…."

앙글라드가 눈썹을 찌푸리며 단호하게 말했다.

"보아하니는 무슨 보아하니냐. 세자르는 그가 원하는 대로 하는 거고, 우리는 우리가 원하는 대로 하면 되는 거다. 베랄드, 여기 수프를 좀 더 가져와! 식탁에서 식사를 하지 않으면 대신 말을 하게 되지. 말을 하면 너무 많은 것을 말한단 말이야!"

*

같은 시각, 위골랭과 파페도 식탁에 앉아 있었다. 그들은 클럽에서 한잔하고 돌아오는 길이었다. 클럽에서 사람들은 심각한 걱정거리가 되고 있는 가뭄에 대해서 오랫동안 이야기했다. 분수의 물로 텃밭에서야 수확을 거둘 수 있었지만 계곡의 작물들은 매우 위태로운 상태였다.

파페가 말했다.

"앙글라드가 말하는 것을 들었냐? 성 안 축일에 비가 오지 않는다면, 성 잔 축일을 기다려 볼 수밖에. 오늘이 성 안 축일이고, 성 잔 축일은 3주 뒤란다."

위골랭이 대답했다.

"그러면 제 살구들은 다 말라버릴 거예요."

"그렇겠지! 내 포도밭도 포도주 두 통을 못 채우겠지. 대신 소소한 우리 불행에도 위안거리가 있지 않느냐. 네 이웃의 일도 잘 되지 않을 거란 말이다. 오늘 아침에 그들이 집에 없을 때 내가 호박을 보러 갔었단다. 충분히 물을 주지 않아서, 꼽추가 아무리 애를 쓴다고 해도 일주일이면 다 죽을 게다!"

"그가 절반을 포기할 거라고 말했어요."

"바보는 아니구나. 그렇다 해도 다른 절반도 다 잃을 거야. 매일 적어도 1,000리터의 물이 필요할 게다. 네 생각에는 암탕나귀에 아내와 딸내미, 양산에 곱사등을 가지고 물을 얼마나 나를 수 있을 것 같으냐? 태양이 일주일만 더 버텨준다면 끝장이야."

바로 그때 아델리가 창문을 두드렸다.

"꼽추 씨가 왔었어요. 내일 선생님의 노새를 빌렸으면 한다고 말했어요. 이게 다예요. 안녕히 계세요."

"이제야 이해를 하는 것 같구나."

파페가 빈정댔다.

"며칠 전에 이 문제에 대해 제게 말했어요. 가뭄이 계속되면 노새를 빌려 달라고요."

"그래서 넌 뭐라고 했는데?"

"아무 말도 안 했어요."

위골랭은 잠시 주저하다 자신없이 말했다.

"그래도 꼽추가 제게 부탁한다면 거절하기 어려울 거예요."

놀란 파페가 꾸짖었다.

"좋다고 대답을 해서는 안 되지! 노새를 빌려 준다면 너는 그를 구해 주는 셈이야. 노새는 하루에 물을 500리터나 나를 수 있단 말이다."

위골랭은 잠시 파페를 쳐다보고 다시 시선을 낮췄다.

"그렇게 말하지 마세요. 왜냐하면….”

그는 입을 다물었다. 파페가 눈썹을 찌푸렸다.

"왜냐하면 뭐?"

위골랭은 눈꺼풀을 파르르 떨고 코를 훌쩍이더니 어깨를 으쓱 했다.

"파페에게 그걸 말하는 게 좋을지 모르겠어요…. 제게 생각이 있거든요.”

위골랭은 파페의 얼어붙은 눈초리 때문에 기침을 했다.

"이해하실 거예요. 파페가 저한테 그의 친구가 되라고 하셨잖아요. 저는 알아서 잘 처신했고, 성공했죠. 그리고 거의 2년 정도 친구로 지냈어요…. 조금씩 조금씩 그도 제 친구가 되었구요. 장 선생이라고 부르고 백포도주를 같이 마시면서….”

놀란 파페가 못된 시선으로 소리쳤다.

"뭘 하려는 거냐, 이 바보 녀석아? 카네이션이냐, 친구냐? 이제 보니 겁쟁이로구나! 꼭 네 어미가 말하는 것 같단 말이다.”

파페는 사나운 눈초리로 조카를 쳐다보면서 말했다.

"고양이 목을 조르기 시작했으면 끝을 내야 한다.”

그들은 한 마디 말도 없이 크게 후루룩 소리를 내며 베이컨 수프를 먹었다. 벙어리 하녀가 얇은 폴렌타 빵 위에 갈비 네 대를 얹어 가지고 왔다.

"그래서 너는 그자를 도와 노새 등에 물통을 달아 나르는 것을 허락할 거란 말이냐?”

"제가 말하고 싶은 건 그게 아니에요. 그게 아니라고요…. 제가 말하고 싶은 건, 그가 부탁을 하면 거기 가지 않을 수가 없다는 말이에요. 그래서 제가 떠나는 게 더 나을 것 같아요.”

"어디로 말이냐?”

"아틸리오네 집으로요. 요새 여기서는 별로 할 일이 없어요. 아델리가 제 대신 살구를 수확하고 파페가 앙글라드를 통해 오바뉴에 살구를 가져가면 되죠. 앙티브에 열흘간 가 있으면서 아틸리오 일을 도와줄 거예요. 아틸리오는 기뻐하겠죠. 그리고 저도 카네이션 재배법을 다시 기억할 수 있을 거예요. 제가 쓸 꺾꽂이 가지를 고를 수도 있고, 아틸리오가 어디서 꽃을 팔면 되는지도 가르쳐 줄 거예요…. 그건 중요하죠. 아시겠어요?"

"좋은 생각이로구나. 전적으로 찬성이다. 당장 내가 돈을 줄 테니 당장 내일 아침에 떠나거라. 네 말이 맞다. 이곳을 떠나는 게 낫겠다. 네가 노새를 빌려 주지 않는다면 어쩌면 꼽추는 너한테 화가 나서 다른 사람에게 농장을 팔 수도 있으니까. 좋다. 내일 아침 일찍 떠나거라. 좋아."

그들은 오랫동안 식사를 했고, 벽시계 추가 왔다 갔다 하는 소리만 고요한 정적을 가로질렀다. 위골랭은 눈을 들지 못했다. 냅킨을 치우면서 파페가 말했다.

"네가 무슨 생각을 하는지 안다. 그자를 구할 수도 있다는 생각에 불편한 게지. 그렇지만 내 생각은 반대란다. 내 말은, 이건 그를 위한 거야. 언젠가 너도 내게 말하지 않았니. 꼽추가 올해 작게나마 성공을 거둔다면 그는 계속할 거고, 내년에 다시 시작하면 일을 하다 지쳐 죽을 때까지 한평생을 불행한 사람으로 남을 거라고 말이다. 그런데 모든 작물이 말라버리면 그는 의미를 알아들을 테고, 내가 그의 농가를 사면서 친절하게 베푸는 돈으로 도시로 돌아갈 수 있을 거야. 그 편이 그에게 훨씬 나은 길일 게다. 카네이션을 제쳐두고라도 나라면 그에게 노새를 빌려 주지 않을 거란다. 돕지 않는 게 그를 위하는 길이기 때문이지. 자, 여기 50프랑이다. 가서 자거라. 그리고 내일 아침에 뒤도 돌아보지 말고 오바뉴 역으로 가거라."

"파페, 들어보세요. 집에 가서 옷을 챙겨와 여기서 잘래요. 왜냐하면 꼽추가 새벽 4시에 찾아올 수도 있어요…. 그러니까…."

"별 걱정을 다 하는구나. 정 그렇다면 얼른 다녀오거라."

*

이튿날 아침 7시쯤 장은 레 로마랭으로 찾아갔다. 계속 문과 창문을 두드려봤으나 헛수고였다. 그는 위골랭의 밭으로 내려갔지만 아무도 볼 수 없었다. 막 집으로 돌아가려고 할 때 마을에서 오는 아델리를 보았다. 장은 그녀를 기다렸다.

"위골랭 선생이 어디 있는지 아십니까?"

"그가 떠났다고 그의 삼촌이 방금 말씀하셨어요."

"오바뉴로요?"

"네. 기차를 타러 말이죠. 친구 집에 수확을 도와주러 갔어요."

"언제쯤 돌아온답니까?"

"모르겠어요."

"노새는요? 노새가 어디 있는지 아십니까?"

"그의 삼촌이 포도 수확기까지 레 종브레의 누군가에게 노새를 빌려줬다고 제게 말씀하셨어요."

"마을에 다른 노새가 있지 않나요?"

"너댓 마리가 있어요. 그런데 가뭄 때문에 전부 다 밭을 가는 데 동원되고 있지요. 아마도 한 마리는 구할 수 있을지도 몰라요. 오후에 물어볼게요. 그렇지만 아시다시피 사람들은 가축을 빌려주는 걸 내키지 않아 해요. 그러니 제가 장담할 수 있는 건 하나도 없네요…."

　　　　　　　　　＊

　장의 가족은 물통, 물병, 포도주 병을 들고 르 플랑티에 샘으로의 행군을 다시 시작했다. 그들은 길어져가는 그림자 위로 하루 종일 걸었다.
　저녁이 되어 마지막으로 샘에 다녀오는 길에 장은 작물의 절반에 물을 주었다. 머리는 어지럽고 발은 타는 듯이 아팠지만, 펌프의 꼭지를 돌리면서 그는 다음 날 아침 열서너 마리의 토끼를 오바뉴의 장에 내다 팔아야겠다고 다짐했다. 그러고 나서 에메의 목걸이를 전당포에 가져가고, 노새를 한 마리 사리라…. 그렇게 되면 남아 있는 작물을 살릴 수 있을 것이고 매달 삼사십 마리의 토끼를 기를 수 있을지도 모른다. 그 정도면 괜찮은 출발이다.
　그는 수확할 수 있는 호박의 무게, 옥수수 포대의 개수, 10월에 노새를 되팔면 살 수 있을 만한 밀기울의 양을 계산했다. 손해날 건 없었다. 게다가 샘에 가는 길에 마농이 암탕나귀에 타고 그가 튼튼한 동물인 노새를 타고 간다면 힘을 절약할 수 있을 것이다. 그가 이 유쾌한 계획에 살짝 미소를 지었을 때, 펌프에 연결된 관에서 꾸르륵 하고 물이 바닥나는 소리가 그의 꿈을 산산이 부쉈다. 저수지의 물이 바닥나버린 것이다.
　처음에는 놀란 기색을 감추지 못했으나, 이윽고 그는 어깨를 으쓱했다.
　"하는 수 없지. 내일이면 노새가 생길 거야."
　그는 걸음을 옮겼다.
　겁에 질린 마농이 달려왔다.
　"아빠, 물이 한 방울도 안 나와요!"
　장이 즐거운 어조로 말했다.

"알고 있단다, 알고 있어. 그렇지만 내일부터는 비를 기다릴 수 있단다!"

"어떻게요?"

"이리 와라. 밥을 먹으면서 설명해 주마."

*

장이 미래의 계획에 대해서 설명하자 마농은 손뼉을 치고 즐거움에 겨워 웃으면서 소리쳤다. 그렇지만 에메는 억지로 웃음을 지었다.

"노새 한 마리는 비싼가요?"

"당연히 암탕나귀보다 비싸고말고! 오바뉴에 가면 400이나 500프랑에 한 마리 살 수 있을 거야. 이 돈은 절대 잃는 게 아니야. 9월 말이 되면 노새를 되팔 거고, 어쩌면 이윤을 남길지도 몰라."

장은 집게손가락을 치켜들면서 말을 이었다.

"그런데 이 계획에는 당신의 희생이 필요해. 일시적인 희생이라고 할 수 있지. 희생보다는 '이별'이라고 말해야겠군. 그래, 당신 목걸이 말이야."

에메는 걱정스러운 듯이 보였다. 마농은 마치 신성모독이라도 한 듯 놀라서 속삭였다.

"엄마 목걸이를 팔려고요?"

"아니야! 아빠가 일시적인 이별이라고 말했잖니. 그 말은, 그 보석을 공인된 은행과 비슷한 전당포에 맡긴다는 뜻이야. 즉 정부에 속한 곳이라고. 이해하겠니? 하나도 위험하지 않아! 그 목걸이를 담보로 잡히면 적어도 2,000프랑은 받을 수 있겠지. 에메랄드가 세 개니까 그 이상의 가치가 있거든! 그러면 나는 아주 멋진 노새를 한 마리 살 거고, 두 달 후에 노새를 되팔 거야. 분명히 돈을 더 받고 팔 수 있겠지. 언덕의 공기가 좋아 훌륭하게 자랄 테니까 말이지. 그러면 2,000프랑을 도로 가져다 주고 목걸이를 찾아오는 거지!"

"그런 거예요? 엄마는 목걸이를 잘 안 하니까 반대하지는 않을 거예요! 엄마, 그렇지 않나요?"

안심한 마농이 말했다.

"그렇고말고. 마농, 이제 9시야. 내일 아침에 해야 할 일이 많구나…. 가서 자거라!"

에메는 촛불 세 개를 켜고 램프를 불어서 껐다. 장이 문에 빗장을 건 뒤, 각자 촛불을 하나씩 들고 나무 계단을 올라갔다.

*

장이 침대에 걸터 앉자 에메는 장의 묵직한 신발 끈을 풀기 위해 바닥에 무릎을 꿇고 앉았다. 하루 종일 샘에 왕복하느라 장은 지쳤지만 새로 한 계산 덕분에 희망으로 가득 차 있었다.

"첫날부터 이렇게 해야 했어. 하긴 누가 이렇게 끔찍한 가뭄이 찾아올 것이라고 예상했겠어…. 그래도 결국 너무 늦지는 않았어."

에메가 눈물이 그렁그렁한 눈으로 장을 쳐다보았다. 장은 매우 놀랐다.

"목걸이와 이별하는 것이 그렇게 속상하오?"

그녀는 어깨를 살짝 들어 대답을 대신하고는 고개를 숙였다.

"에메, 대대로 내려오는 예쁜 보석에 대한 당신 마음은 이해하고 있어. 그런데 다시 말하지만 잃어버리는 것이 아니라니까! 이번 대출은 꼭 필요한 거야. 솔직히 말하자면 이게 나의 유일한 마지막 희망이야. 저수지는 바닥을 드러냈고, 사흘 이내로 비가 오지 않는다면 내 계획은 망하게 되는 거야…. 당신 걱정시키지 않으려고 우리가 빚을 졌다는 사실을 말하지 않았어…. 그래, 뤼사텔 목공소에 150프랑을, 오바뉴의 철물점에 100프랑 정도, 그리고 화차 두 대 분의 퇴비를 빚졌어. 이 노새가 작물을 살리지 못한다면, '0'에서 시작하는 게 아니라 마이너스에서 시작해야 할 지경이야!"

그러자 갑자기 에메는 엉엉 울면서 손으로 얼굴을 가리고 중얼거렸다.

"이미 저당 잡혔어요…."

장은 그 말을 바로 알아듣지 못했다.

"뭐라고 했어?"

"목걸이 말이에요…. 이미 전당포에 저당잡혔다고요…."

"언제?"

"지난달에요."

"그런데 도대체 왜?"

"돈이 바닥났었거든요…. 당신한테 말했어야 하는데…. 그렇지만 걱정을 끼치고 싶지 않았어요. 당신이 이런 것 저런 것을 샀잖아요. 책이랑 연장들, 퇴비 같은 거요…."

그녀는 시선을 내리깔면서 덧붙였다.

"게다가 얼마 전부터는 포도주를 많이 마셨어요. 그래서 목걸이를 담보로 줬어요."

"이럴 수가! 그렇다면 당신한테 돈이 많이 있어야 하잖아?"

"전당포에서 100프랑밖에 안 줬어요…. 에메랄드가 가짜였대

요."

"가짜라고? 말도 안 돼!"

"보석 가게에 가서도 보여 봤어요…. 첫눈에 가짜라고 하더라고요."

장은 매우 놀라서 화를 냈다.

"그렇게나 귀한 가보가 가짜라니! 대체 당신 가족들은…."

가보라는 말에 에메는, 예전 퀴레피프 오페라단에서 〈마농〉과 〈라크메〉를 불렀을 때 그녀에게 이 보석을 선물해 준 아르헨티나인 지휘자를 생각하며 씁쓸해했다. 에메는 장의 발치에서 흐느꼈다. 장은 부드럽게 에메를 일으켰다.

"울지 마…. 돌이킬 수 없는 건 없어…. 방금 당신한테 말한 것만큼이나 우리 상황이 절망적인 건 아니야. 당신이 잘한 거야. 돈을 계획 없이 쓰고 당신이 걱정하도록 내버려둔 내가 잘못이야. 이제 가서 자고, 걱정하지 마…. 잘 생각해 보면 틀림없이 해결책을 찾을 거야. 에메, 가서 그만 자."

장은 에메를 침대로 데리고 가 옷을 벗기고 아이에게 하듯이 이불을 덮어주었다.

*

장은 괴로워하며 자신의 방으로 돌아왔다. 창문이 활짝 열려 있었음에도 초의 하얀 불꽃은 똑바로 타오르고 있었다. 별들은 잔인하게 반짝이고 있었으며 미적지근한 고요함 속에 소나무 숲도 움직이지 않았다. 그는 이 가혹한 밤에 덧문을 닫고 침대로 돌아와 부어오른 발목을 오랫동안 주물렀다.

'무엇을 해야 할까?

그는 내년 파종을 위해 호박 열 대와 옥수수 한 이랑 정도만 남기기로 결심했다.

'아마도 내게 남은 토끼로 빚을 조금은 갚을 수 있지 않을까?' 어쨌든 그는 자신이 실패자에 바보라는 생각이 들었다.

'도시로 가 창구에서 일하는 게 나을까? 아니야, 절대 안 돼!'

위골랭이나 에메, 그리고 마농 앞에서 자신의 실패를 절대로 털어놓지 않을 터였다….

그는 침대 아래 무릎을 꿇고 앉았다. 갑자기 경건한 태도로 도움을 요청할 때만 하늘을 찾는 낙심한 사람처럼 그는 오랫동안 기도를 드렸다. 팔꿈치를 침대에 대고 두 손을 모은 장은 목덜미가 뻣뻣하고, 멍든 곱사등은 우스꽝스럽게도 무거웠으며 상처투성이의 다리는 피곤함을 느꼈다. 그는 말없이 속으로 기도를 드렸다. 그의 귓가에 조용한 충격을 받은 심장 소리와 피가 부글부글 끓는 소리가 들렸다. 그는 천천히 잠에 빠졌으며, 연민에 찬 그의 꿈이 다시 시작되었다. 멀리서 천둥소리와 지붕 위에 떨어지는 가벼운 물방울 소리, 그리고 홈통에 흐르는 물소리가 들렸다. 그는 언제나처럼 꿈이라는 것을 알고 있었기에 꿈에서 깨는 것을 거부하고 있었다. 천둥소리는 점점 가까이서 들려왔고, 장은 무거운 빗줄기 아래서 번쩍이는 번개의 섬광을 따라 도움을 요청하면서 마농이 도망다니는 모습을 보았다…. 그는 눈을 떴다. 번개가 방 안을 밝혔고, 문가에는 길고 하얀 잠옷을 입은 마농이 그를 향해 손을 내밀고 있었다. 마농의 환한 얼굴에는 눈물이 반짝였다.

"아빠, 들어보세요!"

천둥을 동반한 비구름이 기왓장 위에 딱딱 부딪쳤고, 나무 계단이 만드는 황홀한 음악이 들려왔다. 떨어지는 물소리가 빚어내는 노래는 물탱크의 텅 빈 벽을 깨우면서 메아리가 되어 울려 퍼지고 있었다. 마농은 장의 품에 뛰어들어 그의 따가운 볼에 흐르는 눈물을 훔쳤다…. 에메가 들어오자 그들은 창가로 다가가서 소나기 아래로 고개를 내밀어 보았다. 번개가 치자 수천 개의 반짝이는 별빛 사이로 소나무 숲이 모습을 드러냈다. 장은 빗소리를 들으며 에메와 마농을 꼭 끌어안았다. 에메는 떨고 있었고, 마농은 승리와 행복감에 젖어 소리를 질렀다.

*

날이 밝자 모자가 달린 낡은 코트를 입고, 장 카도레는 세찬 빗속에서 맨발로 작물들 사이를 걸어다녔다. 코트 속에는 그 혼자가 아니었다. 코트 단추 사이로 큰 공 같은 마농의 금발이 삐져나와 있었다.

작물들은 한눈에 알아차릴 정도로 이미 잎을 꼿꼿이 세우고 있었다. 일주일 전부터 포기했던 잎들조차 용기를 얻은 듯이 보였다.

"자, 여길 봐! 다 잃어버리는 줄 알았던 순간에 모든 것이 되살아났어…. 저수지는 물로 가득하고, 작물들은 새 출발을 했으며, 언덕은 다시 파릇파릇해졌지. 앞으로 나흘만 있으면 그것으로 무얼 해야 할지 모를 정도로 언덕 위에는 풀이 가득할 거야. 땅굴이 경사진 덕택에 우리 토끼들은 고생하지 않았지. 지금은 8월 초순이야. 하늘이 우리에게 제때 갚지 않은 이레 분의 비가 있는데, 난 그것을 돌아오지 않을 빚으로 생각할 거야. 그 비를 제외하더라도 통계에 따르면 적어도 나흘은 더 비가 내릴 테고, 그 정도면 가을까지 지내기엔 풍족해. 그러나 맹목적으로 믿는 데서 그치지 말고, 24일간의 가뭄에 대비하여 우리만의 대책을 세우자꾸나. 주세페가 다른 나무꾼들과 돌아오는 8월 26일까지 대비하는 거지. 자, 일하러 가자!"

*

장의 가족은 다시 르 플랑티에로 행군을 다시 떠났다. 그러나 이번에는 서두르지도 걱정도 하지 않았다. 물을 위한 이 행군은 매우 불필요하다고 생각되는 만일을 위한 것이었기 때문이다.

땅속 깊이 스며든 폭우 덕분에, 그리고 저수지의 물 덕분에 하얀 줄무늬가 난 푸른 호박들은 잎으로 그늘을 만들 정도로 무럭무럭 자랐고, 옥수수 이삭은 원기왕성하게 컸다. 그리고 언덕 위에 새로이 돋아난 풀은 토끼 먹이로 쓰기에 충분했다.

그렇지만 8월의 작열하는 태양이 매일 아침 텅 빈 하늘에 떠올라 풀과 작물 위로 드리워지는 옅은 안개를 만들어냈다. 정오가 가까워오면 모든 것이 말라서 푸석푸석해진 땅은 발밑에서 먼지로 으스러졌다.

그래서 그는 방법을 바꾸어 매일 아침 호박 줄기 하나하나마다 2리터씩 물을 주기로 했다. 그리고 수분의 증발을 늦추기 위해 황마 누더기, 낡은 테이블보, 침대보, 이불, 신문 등을 가져다 덮었다. 돌을 네 개 받치고 그 위에 헛간 문짝을 올려 놓기도 했고 털가시나무나 소나무의 굵은 잔가지 등으로 작물을 덮어 두었다.

일을 지켜보고 있던 파페는 처음 이 작업을 보았을 때는 눈물이 날 정도로 웃었다. 장이 잘못된 길로 가고 있었던 것이다. 물탱크에 물이 있는 한, 이렇게 보호된 작물들은 계속 성장해서 물이 더 필요해질 것이 뻔했다.

열흘째 되는 날, 걱정이 된 나머지 꼽추는 수치 계산을 다시 하기 시작했다.

"물탱크에 아직 6입방미터의 물이 남아 있고, 이틀에 한 번씩 2입방미터의 물을 사용한다고 가정했을 때, 그리고 매일 물을 나른다면…."

그래서 8월 26일까지 버티기 위해서는 밥티스틴, 에메, 마농 모두 물을 길어 와야 하고, 하루에 일곱 번 왕복, 즉 열두 시간씩 걸어야 한다는 결론이 나왔다. 알프스의 사냥꾼도 힘들어 할 이런 일과를 여자들에게 강요하는 것은 불가능했기 때문에, 장은 스스로 이렇게 긴 가뭄을 가정하는 것은 어리석은 일이라고 타일렀고, 더 나은 해답을 얻기 위해서 문제의 변수를 바꾸었다. 그래서 그는 8월 20일에는 비가 내릴 것이라고 정했다. 그러면 그때까지 여자들은 하루에 두 번만 샘에 다녀오면 되고, 집안일을 하고, 물을 주거나 토끼를 보살피는 등의 일을 할 시간이 있을 것이다. 그리고 하늘이 그에게 비를 주지 않는다면, 그는 나무꾼들이 올 때까지 기다려 볼 수 있을 것이다.

그는 다시 강행군을 계속했다. 저수지의 물은 매일매일 줄어들었으나, 주세페는 올 것이고, 작물을 살릴 수 있을지도 모른다.

*

어느 날 아침, 장은 빈 물통을 들고 르 플랑티에 샘에 도착했다. 마농은 암탕나귀에 올라타고 오면서 하모니카를 불고 있었다. 그때 장은 밥티스틴의 동굴에 운명의 신이 다녀간 것을 발견했다.

밥티스틴은 말없이 얼이 빠진 채로 하얗게 질려 침대 모퉁이에 앉아 있었다. 그녀 앞에는 나무꾼처럼 보이는 한 남자가 있었다. 그는 젖은 옷으로 이마를 닦으면서 부드럽게 피에몽 방언을 사용해 말했다. 다른 쪽에는 텁수룩한 수염에 거구인 남자가 모자를 손에 들고 동상처럼 움직이지 않고 있었다.

그들 세 명은 문가에 서 있었는데, 장 카도레는 이 피에몽 남자가 하는 말을 하나도 알아들을 수 없었다. 그때 마농이 밥티스틴 쪽으로 달려가 팔로 그녀를 안고 흐느꼈다.

그러자 거구의 남자는 밖으로 나가 꼽추를 향해 따라오라는 손짓을 했고, 힘들여 설명을 했다.

*

언덕의 잘생긴 나무꾼, 위대한 주세페가 죽었다. 바르의 숲에서 매우 비틀린 어느 큰 나무의 '잘 보이지 않는 썩은 나무 기둥'이 '도끼질 한 방'에 쓰러졌고, 주세페는 너무 늦게 뒤로 물러났다. 끝쪽에 붙어 있던 크지 않은 가지 한 개가 주세페의 목덜미를 내리쳤고, 작은 '목뼈'를 분질러버렸다….

사람들이 그를 병원으로 싣고 가는 동안 그는 자신이 죽으리라는 것을 알았다. 그래서 주세페는 거구의 남자에게 아내에게 알리러 갈 것과 '꼬추 선생'에게 아내를 잘 부탁한다고 말했다.

장 카도레가 이해를 못하고 '꼬추 선생'이 누군지 묻자, 나무꾼은 어깨를 치켜들어 목을 쑥 집어넣고는 손가락으로 장을 가리켰다….

*

　마농은 하루 종일 밥티스틴 곁을 지켰다. 그동안 나무꾼들은 장을 도와 첫 행군을 나섰다. 지아코모라고 불리는 거구의 남자는 50리터들이 물통을 들었고, 엔초라는 남자는 큰 물병이 두 개밖에 없는 걸 아쉬워했다. 장 카도레는 샘까지 네 차례 왕복했다. 마지막 행군에서 장은 밥티스틴을 레 로마랭 농가로 데려오고자 했다. 그러나 그녀는 고개를 저어 거절했다. 그녀는 더 이상 울지는 않았지만, 한 마디 말도 하지 않았고 움직이지도 않았다. 지친 마농은 짚으로 만든 깔개 위에서 잠이 들었고, 한밤중에 그녀의 나이든 친구가 이상하고 단조로운 피에몽 노래를 부르기 시작했을 때도 목소리조차 듣지 못했다. 밥티스틴이 즉흥적으로 작곡한 듯한 그 노래는 사랑과 죽음에 대한 내용을 담고 있었다.

*

　이튿날 아침, 밥티스틴은 공포에 질려 일어나서 커피를 준비하고는 자기가 직접 남편을 찾으러 갈 거라고 말했다. 왜냐하면 동굴 한구석에 주세페를 묻어야만 하기 때문이라고 했다. 추위로부터 지켜주기 위해서 벽난로 근처에 묻을 것이고 아무도 주세페 위로 걷지 않고 신께서 보존토록 바위 쪽에 묻어야 한다고 말했다. 그리고 나서 그녀는 르 뮈까지 가는 기찻삯과 주세페를 데려오기 위한 마차를 빌려야 한다며 동굴의 갈라진 틈새에서 금화를 두 움큼 꺼냈다. 그러나 동굴에서 잠을 자고 있던 나무꾼들은 '건축업자'가 필요한 조치는 다 취해 주었고, 불쌍한 주세페는 엔진으로 움직이는 멋진 차로 이튿날 레 바스티드 성당에 도착할 거라고 말했다. 그녀는 마지막으로 그를 만나러 즉시 떠나기를 원했고, 두 나무꾼과 함께 성당 계단에 앉아 밤을 지새웠다.

*

이튿날 아침, 샘까지 두 번 왕복한 장은 가족들과 함께 주세페의 장례식에 참석했다. 한 마디도 하지 않은 채 장은 마을 대표로 참석한 필록센, 팡필, 앙글라드와 카지미르에게 차갑게 인사했다. 늙은 사제가 미사를 집전했고, 한 번도 만난 적이 없는 고인의 용기와 굳센 기상을 칭송했으며, 매우 간단하게 고인을 위한 면죄 기도를 드렸다. 마을 묘지에서 짧은 의식을 치른 후에 이탈리아인 나무꾼들은 오랫동안 미망인을 안아 주고는 일거리가 기다리고 있는 레 종브레 평원으로 떠났다. 그리고 장의 가족들은 밥티스틴을 레 로마랭 집으로 데려왔다.

29

위골랭이 앙티브에서 돌아왔다. 그는 정성스레 묶인 큰 꾸러미를 들고 왔다. 그것은 돌아오는 계절에 꽃을 피울 수 있는, 아틸리오가 준비해 놓은 꺾꽂이 가지였다.

그는 멋진 체크무늬 모자와 걸을 때마다 삐걱 소리가 나는 구두를 사왔다. 파페는 문 앞 계단에 앉아 파이프를 피우고 있었다. 위골랭은 팔꿈치로 문을 밀어서 열고 발로 문을 닫았다.

"어땠어요?"

파페가 말했다.

"어땠다니? 네가 출발한 다음 날, 대대적으로 폭우가 내렸다. 딱 좋지 않은 상황에서 말이야. 그 작자가 운이 좋지 뭐냐."

"이런, 젠장! 파페가 좋은 소식을 전할 줄 알았어요. 제 잘못이에요. 기차 안에서 그 생각을 했다고요."

"무슨 생각을 했다고?"

"꺾꽂이 가지를 가져온 것이 잘못이었다고요. 이건 아직 태어나지도 않은 아기 침대를 사는 거나 마찬가지예요. 불운을 가져온단 말이에요."

파페가 말했다.

"무슨 말인지 모르겠구나. 오늘 아침에 가져온 꺾꽂이 가지가 지난주에 비를 내리도록 했단 말이냐? 그렇게 나쁜 소식은 아니란다. 아직 그가 잘된 것이 아니란 말이지. 주세페는 죽었고, 그 이탈리아 출신 아내는 아무것도 할 줄 모르지. 난 큰 희망을 품고 있단다!"

"좀 그런게요, 지금이라도 제게 노새를 부탁할 거라는 거예요." 위골랭이 말했다.

"사실대로 말해. 우리는 내일부터 포도를 수확할 거다…. 네 살구는 아주 크게 자라지는 않았지만, 시장에 나온 살구가 없었단다. 그래서 앙글라드가 네 걸 많이 팔아 줬지."

30

 피에몽 출신의 여인은 재투성이 불가에 앉아 있었다. 동상만큼이나 말이 없고 텅 빈 시선에 주름진 얼굴이었다. 마농은 그녀 옆에 바짝 붙어서 거칠고 주름진 손을 쓰다듬으면서 알아들을 수 없는 피에몽 방언으로 작게 소곤거리고 있었다. 에메는 풀 베는 고된 작업을 혼자 하러 갔다. 검정개가 언덕에서 염소를 지키고 있었다. 장은 샘으로 떠나다가 마사캉 농가에 들러 위골랭에게 도움을 요청할 작정이었다.
 장은 집에서 나오고 있는 위골랭과 마주쳤다. 그는 두 번씩이나 문을 잠근 다음 아델리를 위해 문턱 돌 아래에 열쇠를 숨겼다.
 장이 말했다.
 "마침내 돌아오셨군요!"
 "네! 삼촌네 포도 수확을 도와드리려고요. 한 해의 가장 큰 작업이죠…. 생각하시는 것처럼 잘돼가고 있나요?
 "불행히도 아니에요! 안 계셨던 동안 가장 힘든 일을 겪었답니다! 모든 것을 다 잃는 줄 알았지요. 그렇지만 아주 대단한 폭우가 내려서 '임시 방편'으로 살아났답니다! 이 고약한 가뭄은 끈질기게 계속되는데 저수지에는 이제 한 번 분량밖에 남지 않았습니다. 오늘 저녁에 물을 줘야 하는데…."

"올해는 정말 좋지 않은 해예요. 모든 사람들이 고생하고 있어요…. 포도밭도 마찬가지예요…. 마치 빵에 들어가는 건포도처럼 쪼그라들었어요. 서둘러서 포도를 수확해야 돼서 내일 아침부터 시작할 거예요…."

위골랭은 잠시 멈췄다가 애써서 다시 말을 이었다.

"그것만 아니었다면 선생께 노새를 빌려 드릴 수 있었을 텐데…. 하지만 지금은 불가능하네요…."

"그러면 한 이삼 일 후에는 어떻습니까."

"아! 안 될걸요…. 삼촌네 포도 수확이 끝나면 목수네 포도 수확을 위해 노새를 빌려 주지요. 그다음에는 대장장이 카지미르네로 가요. 매년 습관처럼 그렇게 해왔어요…. 아마 일주일도 더 걸릴 거예요. 아! 어쩌면 적어도 열흘은 걸리겠네요. 그렇지만 선생도 아시다시피, 요즘 같은 무더위에는 확실히 대단한 폭우가 올 거예요…! 지금이 비오는 철이거든요."

위골랭은 슬픈 듯 말하고는 하늘을 쳐다보며 덧붙였다.

"오늘 저녁에 비가 오면 좋으련만…."

"하늘이 들었으면 좋겠네요!"

장은 그렇게 말하고는 자갈에 부딪치는 구두 소리와 물통 소리 속에서 암탕나귀 뒤를 따라 멀어져 갔다.

*

지친 한나절을 보낸 후에 장은 가장 잘 크고 있는 호박과 가장 잘 자란 옥수수 이랑에 물탱크가 바닥날 때까지 물을 줬다.

"앞으로 이틀 동안은 문제없어. 하루에 일곱 번 왕복할 수 있다면 앞으로 이틀은 문제없을 거야. 1,400리터의 물을 나를 수 있고 그 정도면 한 번 물주기엔 충분하니까 말이지. 그리고 오늘 아침 위골랭 선생이 오늘이나 내일 우기가 시작된다고 말했어. 오늘은 별들이 더없이 잔인하게 빛나고 있으니 그가 틀렸지…. 그렇지만 나는 그의 예측을 믿어. 그리고 조만간에 비가 올 것이라고 무언가가 내게 암시를 하고 있지. 자, 이제 자러 가자. 그리고 틀림없이 결정타가 될 전투를 위해서 힘을 비축해 두자."

새벽 5시경 장은 계곡으로 가는 길 위에서 무거운 짐을 실은 마차가 지나가는 소리에 반쯤 깼다. 마차 소리에 창문도 흔들렸다.

"이게 뭐지? 나무꾼들인가?"

그는 눈을 비비고 침대 위에 앉아서 귀를 기울였다. 멀리서였지만 우렁찬 천둥소리가 생트 봄에서 들려왔다.

그는 튀어오르듯이 일어나서 달려가 창문을 열었다. 계곡 끝에서 번개가 갑작스럽게 조용한 새벽을 밝혔다.

그는 서둘러서 바지를 입고 운동화를 신었다. 그동안 에메와 마농은 머리에 스카프를 두르고 잠옷 위로 블라우스를 입었다. 그들이 계단을 내려가는 동안 천둥소리는 더 가까워졌다.

"이건 결정적이야…. 하지만 하늘이 주는 선물이 아니라고. 위골랭 선생이 이미 내게 알려줬어. 이건 이 시기의 정상적인 날씨라고!"

장이 기쁨으로 떨리는 목소리로 말했다. 장의 가족은 집에서 나왔다. 아직까지 머리 위로 해가 떠오르고 있는 중이었지만, 북쪽으로 보이는 거대한 절벽은 빠르게 지나가는 번개에 빛나고 있었다.

"대단한 비야! 오랫동안 오지는 않겠지만 이 정도면 20분만에 물탱크가 차겠는걸!" 장이 말했다.

그들은 구세주 비구름이 오는 것을 더 잘 보기 위해서 언덕 능선을 타고 올라갔다. 마농은 아빠의 손을 잡고 웃으면서 올라갔다. 오른쪽으로는 후광으로 붉게 빛나는 태양이 소나무 숲 사이로 떠오르고 있었다. 그러나 폭우 전에 생기곤 하는 엷은 안개로 거의 가려져 있었다.

시커먼 구름은 계속 다가왔고, 이제는 하늘에서 시작해 땅으로 내려와 죽은 나무를 눈부시게 만드는 번개가 구름을 갈라놓았다. 장은 아이처럼 박수를 치면서 웃었다. 하늘에서 내려오는 비구름의 자극적인 냄새는 마치 땅에서 올라오는 듯했고, 구름 냄새가 보이지 않는 장막처럼 그들을 둘러쌌다. 바람이 보랏빛 황무지 위로 흐르는 강물처럼 스쳐 지나갔다…. 장은 갑자기 손을 이마로 가져갔다.

"왔다! 첫 번째 빗방울이야!"

장이 외쳤다. 마농도 작은 손바닥을 내밀었다.

"나도요! 나도요!" 마농은 굵은 빗방울을 핥았다.

그들 오른쪽에서 비바람이 노랗게 빛나는 태양과 마주치며 보랏빛 뿔피리를 불었다. 테트 루즈나 가를라방 지역 위로 번개가 잇따라 지나갔고, 돌로 만든 북을 치는 듯한 지뢰 소리가 우르릉 단조로이 응답했다…. 가로로 내리는 비와 함께 돌풍이 몰아쳐 소나무 숲을 흔들어 놓았다. 에메는 겁이 났다.

"이제 들어가는 편이 낫겠는데요…."

"아니지! 나는 드디어 하늘이 우리에게 주신 이 성수를 온몸으로 받고 싶소!" 장이 말했다.

그는 풀숲에 무릎을 꿇고 은총을 구하는 기도를 드렸다. 그가 기도를 드리고 있던 바로 그때, 비구름이 500미터 앞의 높은 생 테스프리 언덕 꼭대기에 닿았고 마치 섬에 닿아 갈라지는 두 갈래 파도처럼 양쪽으로 갈라졌다. 두 편으로 갈라선 비구름은 각기 갈라진 쪽으로 떠났고, 그들의 머리 위로는 길고 하얀 삼각지 대만이 움직이지 않은 채 남아 있었다.

장은 입을 벌린 채 일어서서 이 이해할 수 없는 배신 행위가 일어나는 광경을 지켜보았다. 봉우리를 지나 계곡 저쪽 편에는 양쪽 모두에 환한 번개와 함께 비가 내리고 있는 반면, 이쪽에는 성난 바람만이 얼굴에 닿으며 그를 조롱하고 있었다. 그는 이를 악물고 웃으려 애를 썼다.

"이럴 수가! 우리에게 전혀 도움이 안 되는 이해할 수 없는 현상이야…. 들어가자."

그는 소리 없이 울고 있는 마농의 손을 잡고 집을 향해 내려갔다. 그러다가 갑자기 걸음을 멈추더니 딸아이를 밀쳐내고는 바위 위로 올라가 하늘을 향해 고개를 쳐들었다. 그리고는 격하고 절망적인 목소리로 외쳤다.

"난 꼽추란 말입니다! 내가 꼽추란 사실을 당신이 압니까! 그게 쉬운 일이라고 보십니까?"

부인과 딸이 울면서 그에게 뛰어왔다. 그는 양손을 펴서 입가에 대고는 천둥소리 사이로 계속 외쳤다.

"그 위에 아무도 없소?"

반항하는 외침이 메아리로 울려 퍼지는 동안 장은 놀란 에메와 마농을 향해 내려와서 그들 어깨에 팔을 올리고 천천히 집으로 왔다.

에메가 커피를 준비했고 그는 옆에 무릎을 꿇고 앉은 딸아이의 머리를 쓰다듬으면서 커피를 마셨다.

"방금 전에는 내가 약간 우스꽝스러운 행동을 했지만, 그렇다고 낙담한 것은 아니야. 이번 비바람은 이렇게나 잔인하지 않은 다른 비바람을 알리는 징조야. 아마도 조금 있다가, 어쩌면 오늘 저녁이나 밤에 비가 오겠지. 그동안 르 플랑티에에 다녀옵시다!"

그들은 작열하는 태양 아래 매미가 우는 숲을 향해 떠났다. 포도주 네 병으로 간신히 체력을 유지하면서 장은 자신의 하루 목표를 달성했다. 그러나 저녁 식탁에선 어느 누구도 말을 하지 않았고, 장은 에메와 마농에게 조금이라도 음식을 먹으라고 강하게 권해야 했다.

31

목수 팡필은 라 가레트 언덕 가에 있는 도금향 숲속의 매복 장소에서 자고를 기다리며 오후 나절을 보냈다. 그곳에서 그는 암탕나귀를 따라가는 행렬을 몇 번이나 보았다.

그가 집에 돌아왔을 때, 그의 덩치 큰 아내 아멜리는 스튜 요리를 접시에 담으면서 입맛을 다시고 있었다. 자기 접시에 언덕에서 잡은 토끼의 등심과 간 요리를 덜면서 아멜리가 물었다.

"무슨 일 있어요?"

"나 말이야?"

"그래, 당신 말이에요. 걱정이 있는 듯 보여요."

"걱정이 아니지. 그냥 생각이 좀 많아서…. 오늘 내가 본 어떤 것이 머릿속을 떠나지 않는구먼."

"뭔데 그래요?"

"어, 오늘 낮에 내가 사냥감을 기다리고 있는데, 레 로마랭에 사는 꼽추가 르 플랑티에 언덕을 따라 다섯 시간 동안 적어도 열 번은 지나가는 걸 봤어. 봄 동굴까지 갔다가 곱사등에 큰 물통을 지고 오더구먼…. 물통을 실은 당나귀하고, 여자 둘에 딸내미까지 물병을 지고 다녀오더라고."

아멜리는 팡필의 접시에 토끼 뒷다리 요리 두 덩이를 담으면서 물었다.

"그런데요?"

"오는 길에 꼽추네 집에 들러 보니까, 호박에 물을 주려고 르 플랑티에에 있는 동굴에 물을 길러 가는 모양이야. 요즘 같은 무더위에 강제 노동하는 노예처럼 걸어다니는데, 끔찍하더라고!"

"누가 그들에게 시키기라도 했대요?"

"호박이 시키는 게지. 이런 햇볕 아래서는 호박이 다 시들어버릴 거야."

"그가 계산을 잘못해서 그런 거잖아요."

아멜리가 말했다.

"그럴지도. 그런데 꼽추네 집에 샘이 하나 있는 것을 난 알고 있다고."

"아니, 그러면 왜 꼽추는 그 멀리까지 물을 찾으러 간대요?"

"샘이 있는 줄 모르니까 그러지."

"샘을 볼 수가 없대요?"

"막혀 있는 듯해…. 어쨌든 샘이 저 혼자서 막혔을라고."

아멜리가 눈썹을 찌푸렸다.

"그렇담 누가 샘을 막아버렸대요?"

"내 알 리가 있나."

팡필이 신중하게 말했다. 그러고선 낮은 목소리로 덧붙였다.

"어쩌면 수베랑 가에선 알지도 모르지."

"허허! 그런 말은 하는 게 아니에요!"

아멜리가 말했다.

"다른 사람들한테는 얘기 안 한다고. 그런데 내 보기엔…."

"이 양반이! 다른 사람들 일에 참견해 봤자 좋을 게 하나도 없다니까요. 그 꼽추는 크레스팽에서 왔잖아요. 지난번에 빵집 주인이 그리 말했다니까 그러네. 크레스팽 놈들이 어떤 작자들인지 알잖아요?"

팡필은 어깨를 으쓱했다.

"그런 건 다 말들일 뿐이라고. 그들도 똑같은 사람일 뿐이라니까."

"아! 그래요? 하지만 처음으로 마을에 내려왔을 적에 페탕크 돌을 던져 카브리당을 죽이려 하지 않았어요!"

"그런 것이 아니라고! 나도 거기 있었다니까! 그 불쌍한 꼽추가 먼저 등에 공을 맞은 거야! 그러고 나선…."

"그러고 나서라뇨. 다른 사람 일에 참견 말아요. 당신도 손님들이 있어야 장사를 하지요…. 크레스팽에서 온 꼽추가 당신한테 일을 주진 않으니 말이에요."

아멜리는 스튜 요리를 덜어주고는 자리를 잡고 앉았다.

"때마침 파페가 왔다 갔어요. 당신이 파페네 노새 안장을 다시 했으면 한다는데."

"급한 일이래?"

"파페네 일은 언제나 급한 일이죠! 항상 현금으로 지불하니까 말이에요!"

"알았다니까. 내일 아침에 가보도록 하지." 팡필이 말했다.

32

 그날 밤, 꼽추는 짐승처럼 곤히 잤다. 해가 소나무 숲에서 나와 중천에 떴을 때 가족들을 깨운 건 아직 잠이 반쯤 든 마농이었다.
 장은 3시간이나 잃어버린 것을 애석해하며, 덧문을 열 새도 없이 급하게 옷을 입고 뛰어서 계단을 내려갔다…. 그러나 문을 열자마자 이상한 기운에 그는 문간에 서버렸다. 더 이상 숨을 쉴 수 없었고, 마치 화덕 입구에 서 있는 듯했다. 그럼에도 바람이 살짝 불어서 그는 초라한 올리브나무 꼭대기에서 올해 돋은 홀쪽한 잔가지들이 흔들리는 것을 보았다. 테라스 위로 한 발짝 나가서 하늘을 쳐다보았다. 구름 한 점 없는 하늘에 태양은 샛노랗게 이글거렸고, 얼굴을 스치는 바람은 타오르는 듯했다. 그는 아내를 불렀다. 에메가 창문을 열었다.
 "에메, 지금 나한테 열이 나는 거요, 아니면 바람이 내 얼굴을 태우는 거요?"
 그녀는 완전히 잠이 깨서 바람결에 얼굴을 내밀어 보고는 외쳤다.

"세상에나, 불이라도 났대요?"

장은 공기 냄새를 맡고 집에서 나와 걸어간 다음 사방을 둘러보았다. 연기가 나는 곳은 어디에도 보이지 않았다. 오로지 소나무 송진 냄새만 맡을 수 있었다….

"아니야. 이건 최악이야. 지중해 동남풍이요…. 아프리카에서 오는 바람이지…."

에메는 서둘러서 내려왔다.

"가관이야, 이게 마지막 배신 행위요, 운명이 가하는 최후의 일격이야! 그런다고 나는 물러나지 않을 것이고, 불공평한 처사에 항복하지도 않을 것이야! 이 잔인한 바람은 하루 종일 불어오진 않겠지만, 오늘 저녁까지 우리에게 많은 해를 끼칠 수 있소. 이제 시간문제야. 즉시 전부 다 물을 뜨러 가자!"

그는 암탕나귀를 끌고 와 안장을 얹으면서 말했다.

"나는 일을 빨리 할 거요. 당신과 마농은 나를 따라올 수 없을 거라고. 대신 할 수 있는 만큼 왕복하고, 가져온 물은 기다리지 말고 전부 작물에 뿌려야 해."

그는 물통 아래 안장 속에 빵 반 토막, 치즈 한 개와 포도주 두 병을 챙겼다. 그리고 겨드랑이 밑에 가는 막대를 끼고 아침 식사를 하면서 암탕나귀를 따라 큰 걸음으로 출발했다.

이상하고도 붉은 빛이 안개처럼 드리워 까만 그늘을 만들었다. 이글거리는 바람은 서서히 불었다. 새 소리 하나, 매미 소리 하나 들리지 않았다. 장은 아침을 다 먹은 다음 포도주 반병을 마시고는 지팡이로 암탕나귀를 때리면서 르 플랑티에의 샘까지 큰 걸음으로 당나귀 뒤를 따랐다.

돌아오는 길에 그는 세 여자와 마주쳤다. 장은 멈추지도 않은 채로 지나가면서 그들에게 말했다.

"이건 사생결단의 문제야!"

장이 너무 들떠 있어서 에메는 겁이 났다. 마농이 에메에게 말했다.

"엄마, 아빠는 병이 날 거예요…."

"그럴지도 몰라…. 하지만 어쩔 수가 없구나…."

아침나절에만 장은 네 번 왕복했다. 정오가 되자 그는 네 다리를 떨고 있는 불쌍한 암탕나귀에게 반시간의 휴식을 허락해야만 했다. 마농과 밥티스틴이 당나귀를 볏짚으로 문질러 주고 풀을 먹이는 동안 장은 달걀 두 개를 꿀꺽 삼키고, 스스로 말하기를 '땀을 더 잘 흘리게 하기 위해서' 포도주 한 병을 통째로 마셨다. 물을 흡수하고 아지랑이가 피어오르는 덮개로 보호받고 있는 작물들은 별로 죽어가는 듯 보이지 않았다. 그는 원기를 되찾아 다시 출발하면서 자신의 성공에 대해 잠시도 쉬지 않고 떠들었다.

죽음의 뜨거운 바람이 계속해서 불어댔다. 이제는 바람 때문에 불그스름한 가는 먼지가 날아다녔다. 먼지들은 빗물처럼 줄줄 흐르는 땀에 달라붙었고, 가혹한 더위에 장의 다리는 점점 더 무거워졌다. 돌아오는 길에는 물의 무게 때문에 지쳐서 장은 당나귀 꼬리를 붙들고 눈을 감은 채 낮은 목소리로 운명과 신의 섭리, 사하라 사막에 욕을 퍼부으며 기계처럼 걸어왔다. 어린 마농은 울었다. 지나는 길에 에메는 장에게 모자를 씌워 주었다. 그는 쉬지 않고 불평불만을 내뱉으면서 햇볕과 피로와 포도주에 취해 비틀거리면서 여정을 계속했다….

*

언덕 위에서는 몇몇 농부들이 일을 하고 있었다.

그리고 계곡 바닥 쪽에서는 위골랭이 파페와 귀머거리 하녀, 마을의 두 청년과 함께 포도를 수확하고 있었다. 파페는 멀리서 '불쌍한 장 선생'의 여정을 지켜보았다.

"파페, 이러다 그가 죽겠어요!"

손에 전지가위를 든 파페는 위엄 있게 말했다.

"그는 다시 세금이라도 징수할 수 있지만 암탕나귀는 그럴 수가 없지. 내가 걱정하는 건 당나귀란 말이다!"

*

엘리아생은 계단식 밭을 이루고 있는 마른 돌벽을 보수하고 있었다. 계곡 꼭대기에 가려서 그는 장의 여정을 일부밖에 보질 못했다. 매번 지나갈 때마다 그는 잠시 망치를 손에서 놓고는 마치 새로운 광경이라도 보듯이 장을 지켜보았다. 그는 힘차게 큰 소리로 비웃고, 어깨를 으쓱한 다음 손바닥으로 다리를 때리면서 목청을 높여 외쳤다.

"불쌍한 미친놈, 불쌍한 미친놈!"

작은 규모의 검은 밀밭을 베고 있던 팡필은 오후 내내 이 광경을 지켜보았다…. 그러다가 오후 5시경이 되자 그는 불행한 장이 미치광이처럼 달리는 것을 보며 중얼거렸다.

"이런, 넘어질 거라니까. 두고 볼 수가 없어…."

그는 덤불 속에 숨겨 두었던 장총을 챙겨서 산허리를 넘어 레종브레 쪽으로 향했다.

*

　저녁 9시가 되어서야 비로소 장은 절뚝거리는 암탕나귀를 마구간에 넣고 부엌으로 들어왔다. 램프 주위로 식탁이 차려져 있었다. 밥티스틴은 계단 아래쪽에 앉아서 크게 코를 골고 있었다. 에메는 버드나무 가지로 만든 나무 의자에 앉아 발을 바닥에 내린 채로 자고 있었다. 머리는 뒤로 젖혀져 벽에 기댄 모습이었다. 마농은 주먹만 한 얼굴에 언뜻 보기에도 눈 주위가 푸르스름해져서 아빠를 기다리고 있었다.

　문가에서 그가 말했다.

　"이제 살았어. 작물들이 버티고 있다고. 이제 살았어."

　에메는 눈을 뜨고 일어났다. 마농은 장의 손을 잡고 그의 자리로 인도해 의자에 앉혔다.

　장의 얼굴은 어둡고 불그스름했는데 이가 드러나도록 입을 삐쭉거렸다. 그는 살짝 열린 입으로 숨을 쉬었고, 포도주 잔을 채우기 위해 떨리는 손을 진정시키고 있었다. 그때 갑자기 그의 눈이 스르르 감기더니 앞으로 쓰러지며 턱을 접시 위에 처박았다. 그의 팔이 테이블 아래로 축 늘어졌다. 에메와 마농은 울면서 그를 바닥에 뉜 다음 방에서 요를 가지고 내려와 그를 그 위에 눕혔다.

　잠이 깬 밥티스틴은 곁으로 다가와 그를 오랫동안 쳐다보았다. 그는 옆으로 누워 있었는데, 빠른 숨소리가 무더운 날 사냥개의 숨소리처럼 가빴다. 비쩍 마른 얼굴에 초췌한 기색이 역력했고, 관자놀이에서는 땀이 송송 배어 나왔다. 밥티스틴이 그의 냄새를 맡아 보더니 몇 마디 중얼거렸고 마농이 통역을 했다.

　"밥티스틴이 이건 햇볕 때문이래요. 오늘 쨍쨍했던 못된 햇볕 때문이요."

밥티스틴이 다시 뭐라고 말했다.

"그녀가 아빠에게서 '태양을 거두어 드릴' 거래요. 우리가 태양을 거두지 못하면 아빠는 내일모레 죽을 거래요. 그리고 그녀는 무엇을 해야 하는지 안대요."

피에몽 사람인 밥티스틴은 개수대로 물을 뜨러 갔다. 그녀는 물병의 물로 잔을 가득 채운 다음 큰 목소리로 주문을 외웠다. 그리고 나서 벽난로 앞에 앉아 재를 푸는 삽으로 호두만 한 크기의 숯을 나뭇단에서 분리해 핀셋 끄트머리로 집어 들었다. 그러고는 일어서서 눈을 감더니 가만히 누워 있는 장에게 마농이 알아들을 수 없는 말을 몇 마디 했다. 그리고 나서 물이 가득 찬 컵을 장의 이마 위에 올려놓고, 중얼거리면서 물컵에 숯 덩어리를 빠트렸다. 하얀 소용돌이를 일으키며 기포가 요란하게 올라왔다.

"해가 떠났어…. 너도 봤니? 해가 지금 막 떠났어!"

에메는 입술을 파르르 떨면서 울었다. 어린 마농은 겉으로 감정을 드러내지 않고 용감하게 아빠를 쳐다보았다. 갑자기 그의 얼굴이 빛났다. 고통스러운 장의 숨결이 점차 차분해지고 있었다. 일 분쯤 지나자 그는 깊은 숨을 내쉬었다.

"이제 됐다. 태양이 떠났어. 그렇지만 태양 때문에 아픈 거야. 사흘 동안 그는 말을 할 수 없어. 이제 탕약을 끓일 풀을 찾으러 가야겠다."

밥티스틴은 램프를 들고 한밤중에 나갔다.

*

셋째 날 아침이 되어서야 그는 초점 없는 눈을 떴다. 에메는 천천히 그에게 말을 걸어 보았지만 대답을 듣지는 못했다. 그의 얼굴은 매우 창백했지만, 열은 내린 상태였다. 에메는 장에게 탕약을 마시게 했다. 그러고 나서 그는 웃는 건지 찌푸린 건지 알 수 없는 표정을 하고는 다시 잠이 들었다. 그가 고른 숨을 내쉬는 소리가 들리자 불쌍한 에메는 테이블에 팔을 겹쳐 베고 엎드려서 잠이 들었다.

그동안에 밥티스틴은 염소를 돌보면서 굶주린 토끼들을 위해 언덕에서 마른 풀을 가져왔다. 그리고 어린 마농은 물병 무게의 균형을 맞추기 위해 왼쪽 팔을 옆으로 쭉 편 채로 샘에 다녀왔다. 마농은 악몽을 피하기 위해서 호박 줄기 여덟 대만 돌보면서 당나귀를 데리고 하루에 세 번 샘에 다녀왔다.

*

넷째 날 저녁 장은 깨어났고, 밥티스틴은 장에게 새로운 탕약을 먹였다. 장은 말을 하려고 노력했으나 한 마디도 하지 못했다. 에메는 마음이 아파서 눈물을 참지 못했으나 피에몽 출신의 밥티스틴은 걱정할 것이 하나도 없고 곧 말을 하게 될 거라고 안심시켰다.

사실 장은 아침나절에 정신을 차리고 정말 일어나고 싶어 했다. 그렇지만 다리가 그를 지탱하지 못해서 지푸라기 깔개 위로 넘어지며 주저앉곤 했다. 장은 엷은 미소를 짓고는 말했다.

"내게 무슨 일이 일어났던 거지?"
"일사병이었어요. 그래도 밥티스틴 덕분에 살았어요."
에메가 대답했다. 에메는 울면서 장의 손에 입을 맞췄다. 마농은 들어와서 가장 자연스러운 어조로 장에게 물었다.

"아빠, 좀 괜찮아요?"

"그래. 그런데 이렇게 하루를 잃어버렸구나!"

마농은 사실을 말할 엄두를 내지 못했다. 그때 밥티스틴이 기름 한 숟가락으로 향을 낸 물에 야채를 데쳐 만든 요리를 한 접시 들고 왔다. 장은 천천히 먹으면서 주위를 차례로 둘러보았다. 그러고 나서 자기 방으로 올라가고 싶어 했다. 그는 벽을 짚고 일어나는 데 성공했다. 여자들이 그가 침대 위에 눕는 것을 도왔다.

"호박들이 너무 병들진 않았지?"

장이 묻자 마농이 대답했다.

"약간이요. 그렇지만 더운 바람은 지나갔고요, 예쁜 호박들이 남았어요."

"나중에 보면 알겠지, 나중에 보면. 고맙구나."

장은 에메의 손을 잡고는 잠이 들었다.

*

마농은 샘에 한 번 더 다녀왔다. 그러고는 장이 이튿날 그렇게나 오래 잤다는 사실을 깨닫고 갑작스럽게 끔찍한 사태를 목도하게 됐을 때 얼마나 깊이 실망하게 될지를 생각하면서 잠자리에서 울었다. 어린아이다운 달콤한 잠이 서서히 찾아오지 않았다면, 아마 밤새 울었을지도 모른다.

*

장은 잠꾸러기 아내와 딸을 깨우지 않고 아침 일찍 일어났다. 참사를 예상하면서 걱정스러웠던 장은 잔가지들이 타닥타닥 타오르는 불로 커피를 끓이느라 부엌에서 오래 머물렀다.

생각에 잠겨 커피를 조금씩 마시고 있는 동안 그는 아련한 웃음소리 같은 소리를 들었다. 그것은 물탱크에서 나는 소리였다. 그는 나무 덮개를 걷으러 갔다. 한 줄기 물이 관에서 흘러나오고 있었다.

그는 달려가서 덧문을 열었다. 태양이 떠오르고 있는 와중에 가는 회색 빗줄기가 줄무늬처럼 내리고 있었다. 감격에 복받쳐서 그의 눈가에 눈물이 고였다. 그는 무릎을 꿇고 하늘과 여러 신들께 감사 기도를 드렸다. 그러고 나서 아무것도 쓰지 않고 그대로 밖으로 나가 비를 맞았다.

*

비는 세차게 내리지는 않았지만 옥수수 잎사귀에 부딪히면서 지나치게 딱딱 두드리는 듯한 어색한 소리를 냈다.

그는 부드러워진 흙을 밟으며 걸었다. 옥수수는 하얗게 변했고 빗방울은 쭈글쭈글해진 옥수수 잎에 부딪혔다. 장은 갑자기 가슴이 죄어오는 것 같았다. 밭으로 들어가서 잎사귀를 한 줌 쥐어 보았지만 그의 손가락 사이로 죄다 부서져 내렸다. 옥수수는 죽어 있었다…. 바람이 하얀 옥수수 숲으로 지나가자 숲이 바스락거리기 시작했다. 그러자 장은 씁쓸한 미소를 지으며 큰 소리로 외쳤다.

"임금님 귀는 당나귀 귀…."

*

느린 걸음으로 장은 호박밭 쪽으로 걸었다.

비를 내리게 했던 밤바람에 덮개들이 날아가서 덤불 위에 널브러져 있었다. 그리고 신문지들은 올리브나무에 걸려 있었다. 언덕 위에 있는 죽은 편도나무 꼭대기에는 구멍 난 침대보가 처량하게 매달려 있었다….

군데군데 노란 얼룩이 생긴 호박의 큰 잎은 말라 죽어서 부드러웠다. 더위에 휘둘리고 바람에 나부꼈던 긴 줄기들은 마치 포도나뭇단처럼 바짝 말라 버렸다. 호박 줄기에는 오렌지 정도 크기에서 성장을 멈춘 열매가 맺혀 있었다. 열매들도 역시 죽었다. 장은 고개를 숙인 채 이 참혹한 광경을 보며 걸었기 때문에 오래된 올리브나무 가지에 달려 있는 풍성한 녹음을 보지 못했다…. 그는 몸을 낮추어 죽은 호박을 한 개 딴 다음 손으로 들어 무게를 헤아려보고 돌 두 개를 이용해 단단한 껍질을 깼다. 그러자 섬유질이 풍부한 푸른 과육이 나왔다.

그는 냄새를 맡고는 맛을 보았다. 호박은 단단했고 약간 쓴 맛이 났다.

"어쩌면…. 어쨌든 토끼들은 이보다 더 쓴 아루굴라 잎사귀도 잘 먹으니까…."

그는 토끼 농장으로 발걸음을 돌렸다.

*

그의 발소리가 나자 불그스름하고 하얀 어린 토끼들이 땅굴에서 쏟아져 나왔다. 토끼들이 울타리를 넘으려고 뛰어올랐다. 철책에 기대어 일어서서 토끼들은 장이 오는 모습을 보고 있었다.

장은 토끼 수에 놀랐다. 한 번도 토끼들이 전부 모여 있는 모습을 본 적이 없었기 때문이다. 크기도 제각각에 나이도 제각각인 토끼들은 대략 오십 마리쯤 됐다. 굶주려 깡마른 늙은 수컷 혼자만이 풀이라곤 한 포기도 없는 농장 한가운데 저만치 떨어져 있었다.

장은 수토끼를 향해 호박 조각을 던졌다. 호주 수토끼는 서두르지 않고 호박 조각으로 다가왔고 새끼들은 거리를 두고 반원으로 둘러섰다.

수토끼는 코로 호박을 뒤집었는데, 그느라고 코를 두 번이나 과육에 처박곤 했다. 그리고 나서 먹이를 준 사람을 쳐다보고는 조소를 던지는 것처럼 까만 입술을 살짝 들어 올렸다.

갑자기 장에게서 등을 돌린 토끼는 농장 끝으로 뛰어가더니 크게 도약해 울타리를 훌쩍 넘어서 옥수수밭 사이로 사라졌다.

"토끼마저도!"

장은 간단하게 내뱉었다.

그는 주머니에 손을 넣고 오랫동안 농장을 따라 걸어다녔다. 철책을 따라서 굶주린 토끼 떼들이 그를 따라왔다….

닫힌 덧문 너머에선 잠에서 깬 여자들이 서로 바짝 붙어서 한 마디 말도 없이 괴로워하며 장을 지켜보고 있었다. 장이 집으로 다가오는 것을 보자 그녀들은 부엌으로 내려와 그를 기다렸다.

그는 차분했다.

"내가 얼마 동안 잤지?"

에메는 어깨를 으쓱하면서 솔직하게 대답했다.

"모르겠어요."

"엿새 동안 잤어요. 아빠가 식탁에서 쓰러진 후로 엿새가 지났거든요…."

마농이 대답했다.

"그래, 그 엿새가 2년간의 일과 희망을 망쳤어. 옥수수는 죽었고 호박도 마찬가지야…."

"전부 다는 아니에요. 큰 올리브나무 못 보셨어요?"

마농이 외쳤다.

마농은 장의 손을 잡아끌었다. 그는 마농을 따라갔다.

*

초토화된 밭을 지나가면서 마농이 설명했다.

"주세페가 아빠한테 말한 대로 했어요. 가장 큰 것만 찾았죠. 호박은 저기 저쪽 끝에 올리브나무 속에 있어요. 아빠도 이해하시겠지만, 엄마는 아빠를 간호했고, 밥티스틴은 발이 아팠어요. 샘에는 당나귀를 데리고 저 혼자서 다녀왔어요…. 그래서 저는 다른 호박에 물을 낭비하고 싶지 않았어요."

장과 마농은 나무 가까이에 이르렀다. 장이 위를 쳐다보자 푸른 녹음이 눈에 들어왔다. 어린 딸이 매일매일 준 물과 동풍이 몰고 온 거친 더위로 작물은 엿새 만에 고목을 덮었고, 고목의 은빛 가지들은 사람 손만큼 큰 파릇파릇한 나뭇잎에 가려 겨우 보이는 정도였다. 그럼에도 열매는 하나도 보이지 않았다. 마농이 나무 두 그루를 양쪽으로 헤치고, 검은 기둥에 기대어 있는 장을 끌어당겼다. 그는 고개를 들었다. 푸른 고깔 모양의 벽을 따라서 작은 수박처럼 둥글고 흰 줄이 있는 열매가 층층이 매달려 있었다.

마농이 말했다.

"113개예요. 제가 세어 봤어요."

장은 마농의 어깨를 잡고 마농의 푸른 눈을 오랫동안 쳐다봤다. "우리는 이보다 열 배는 더 얻었어야만 해. 그렇지만 이 호박들은 정말 값진 것이란다. 이 호박들이 바로 결정적인 증거야….

내 딸아, 바로 네가 가장 아름다운 크리스마스트리를 선물해 준 거야."
 그는 마농의 이마에 입을 맞추고 미소를 지으며 말했다.
 "이리 와. 가서 음악을 연주하자꾸나!"

33

 이 끔찍한 나날이 가는 동안 위골랭은 파페의 포도주를 만들었다. 그러나 매일 아침 동이 틀 무렵이면 그는 마사캉 농가에 올라가서 소중한 꺾꽂이 가지에 우물에서 길어 올린 물 몇 통씩을 줬다. 그는 집 안에 들어가 볼 시간을 내지 않았다. 막연한 후회감 때문에 심각한 사태를 겪고 있을 장을 만나는 것이 두려웠다. 그는 고양이를 보지 않은 채 확실하게 목졸라 죽이고 싶어 했다.
 어느 날 아침 위골랭이 포도주를 꺼내러 가는데 일찍부터 파페가 매복 장소에 올라왔다. 그는 매우 쾌활한 모습이었다.
 "갈리네트, 바로 지금이 그에게 가볼 때다. 그의 밭은 전쟁터라고 해도 될 정도야. 넝마 조각들은 전부 날아갔고, 호박은 돌돌 말린 상태고 옥수수는 백짓장처럼 하얗단다. 게다가 그는 보이지도 않더군. 그 불쌍한 사내가 죽으면 안 되지…. 아파서건 절망 때문이건 말이다. 6,000프랑, 아니 7,000프랑을 그에게 주거라…. 그렇지만 흥정하는 건 잊지 마라! 다른 사람이 너보다 먼저 가기 전에 얼른 뛰어가거라. 아, 그리고 막 담근 포도주 두 병을 가져가렴. 환자들한테는 그보다 더 좋은 게 없을 게다…."

*

위골랭은 팔에 바구니를 걸고 빗속으로 떠났다. 그는 멀리서 침대보와 젖은 신문지 조각들을 보았다. 밭에는 아무도 없었다. 그는 호박밭 쪽으로 내려갔다. 뒤엉켜 있는 긴 호박 덩굴이 발밑으로 따각따각 소리를 냈다. 그는 줄기 하나를 잡아 뽑고 뿌리를 조사했다.
"망했군, 망한 거야."
그리고 옥수수 잎 몇 장을 부스러뜨려 보았다.
"이것도 망했군."
토끼들이 철책 안에서 그를 쫓아왔다. 위골랭은 토끼들을 한동안 쳐다보고는 말했다.
"이렇게나 말라서야!"
그는 한숨을 쉬고 중얼거렸다.
"결국 그를 이해시키려면 이렇게 되었어야만 했어."
그는 병문안을 가는 것처럼 소리내지 않고 집으로 다가갔다. 그런데 한 열 걸음 정도 남겨놓았을 때, 음악 소리가 들리는 것 같았다. 그는 앞으로 조금 더 가서 멈췄다. 하모니카가 크리스마스 캐럴인 〈동방박사의 행진〉을 연주하고 있었다.
"내가 미친 게 아닌가 싶을 지경이야. 내가 미쳤거나 그가 미쳤거나!" 위골랭이 말했다. 그는 환희의 송가가 끝나기를 기다렸다가 문을 두드렸다. 장이 하모니카를 손에 들고 나타났다. 그는 마르고 창백했으나 눈빛이나 목소리는 쇠약한 사람의 것이 아니었다.

"안녕하십니까, 이웃 선생! 포도 수확이 끝났습니까?"

"네, 장 선생님. 포도주가 다 만들어져서 이제는 마실 일만 남았지요. 술이 세지는 않지만 적어도 13도는 될 겁니다…. 제가 선생께 두 병 가져왔어요. 당연히 아직 발효는 안 됐지만 이미 맛은 좋거든요!"

"지금 맛을 보지요! 에메, 잔을 가져와!"

그들은 부엌으로 가서 앉았고, 위골랭은 포도주를 식탁에 올려놓았다.

"자, 선생은 이 재난을 보셨습니까?"

위골랭은 황폐해진 밭을 쳐다보고는 고개를 가로저었다.

"네…. 저도 마찬가지예요. 제 텃밭도 죄다 말라 죽었어요…. 지중해 바람이 많은 작물을 망쳤어요."

에메가 말했다.

"저희 남편은 심하게 고생했어요, 일사병으로 죽을 뻔했죠!"

두 잔을 가득 채운 다음 장은 미소를 지으면서 말했다.

"밥티스틴이 뜨거운 숯을 넣은 물 한 컵으로 저를 살렸습니다. 제 아내가 말해 준 것에 따르면 말입니다. 건강을 위하여!"

그들은 건배했다.

위골랭이 말했다.

"그것이 일사병을 치료하는 유일한 방법이지요. 그 방법에는 마법의 주문을 외워야 해요. 그러지 않으면 효과가 없지요!"

마농이 말했다.

"밥티스틴 아줌마가 주문을 알고 있어요. 그리고 아줌마가 제게도 주문을 가르쳐 줄 거라고 했어요!"

위골랭이 말했다.

"훌륭한 선물이 될 거야! 다만 사람들이 너를 마녀라고 부를 거란 말이지. 건강을 위하여!"

그들은 건배를 했다. 장은 대단히 만족스러워 하면서 반 컵을 비운 후 공표했다.

"친애하는 이웃 선생, 선생의 포도주는 맛있군요. 그런데 제 계획은 실패로 돌아갔습니다. 하늘이 불공평하다거나 예외적인 기상 상태를 비난할 수도 있습니다. 하지만 저는 제 상식이 부족하고 제가 바보 같았기 때문에 실패했다고 생각하고 싶습니다…. 잔인한 교훈이었지만, 단지 지나가는 교훈으로만 받아들이지는 않을 것입니다."

장은 남은 포도주를 마셨다.

위골랭은 초조하게 다음 말을 기다렸다.

"저는 제가 매우 능숙하고, 매우 신중하다고 생각했습니다. 그렇지만 저는 본질을 파악하지 못했습니다. 즉 유일한 문제는 물이었습니다."

"물론이죠. 물이 없으면 선생의 계획은 성공할 수 없어요."

위골랭이 말했다.

"확실합니다. 저의 유일하게 타당한 변명은 당치도 않게 성령이란 뜻의 생 테스프리라고 불리는 저 바위 꼭대기의 힘을 간과했다는 것입니다. 이름과는 다르게 악마 같은 존재를 말입니다. 어쨌든, 그것은 과거의 일입니다! 지금 제가 하고자 하는 것을 말씀드리겠습니다."

그는 다시 잔을 채우고 말을 이었다.

"우선은 제 토끼의 4분의 3을 내다 팔 겁니다. 토끼들을 먹일 만큼 적당량을 수확하지 못했기 때문입니다. 다른 한편으로는 제게 현찰이 조금 필요하기 때문입니다."

위골랭은 '잘됐군' 하고 생각했다.

"게다가 제 힘을 집중할 다른 계획 때문에 토끼를 사육할 만한 시간이 없을 것입니다. 왜냐하면 저는 우선적으로 우물을 팔 예정이니까요!"

'이런, 전혀 마음에 안 드는 계획이야.' 위골랭은 생각하고는 물었다.

"어디에요?"

"아직 장소는 정하지 않았습니다. 개암나무 가지가 제게 장소를 알려 줄 것입니다."

위골랭은 몸을 떨었다.

"선생은 수맥을 찾을 줄 아세요?"

"정확히는 아닙니다. 그렇지만 매우 소중한 지침서를 가지고 있지요. 그 지침서를 면밀하게 공부해서, 제가 개암나무 가지를 잘 다루게 되면 이 계곡에서 수맥을 찾을 수 있을 것이라고 확신합니다. 아! 제가 원하는 것은 지하를 흐르는 강이 아닙니다! 아니지요! 제 손목보다 가는 물줄기만으로도 매우 충분할 겁니다. 수많은 좌절감을 겪은 지금 저는 신께서 이 정도의 보상은 거절하지 않으시길 바랍니다."

다시 한 번 장은 자신감에 가득 찼고 기뻐했다.

"우물을 파는 법은 알아요?"

"성공할 거라고 생각합니다. 어쨌든 우물이란 절대로 그냥 구멍은 아닙니다! 제 우물의 깊이는 12미터밖에 되지 않을 겁니다. 일단 우물이 완성되면 비가 한 방울도 내리지 않는다 해도, 제 문제는 해결되는 겁니다."

장은 수단과 방법을 가리지 않겠다는 태도로 미소를 지었다.

"그런데 어떻게요? 물이 없는 우물이 무슨 소용이 있을까요?"

에메가 묻자 장은 자신만만하게 대답했다.

"적어도 물탱크로 쓸 수 있지! 2미터 지름에 12미터 깊이의 우물이면 아주 적당한 크기고 정확하게 43입방미터의 물을 담게 됩니다. 제가 우물을 계곡 가운데에 만들면 양쪽 언덕에서 흘러내리는 물을 도랑을 통해 우물에 모을 수 있겠죠. 봄에는 대체로 비가 많이 올 테니 우물을 가득 채울 겁니다. 그리고 초여름이 되면 이 우물과 물탱크까지 합해 55입방미터의 물을 사용할 수 있을 것이고, 이건 열여덟 번 물을 줄 수 있는 양입니다. 즉 조금도 걱정하지 않고 36일을 보낼 수 있는 겁니다."

"36일이면 괜찮네요…. 그렇지만 더 긴 가뭄도 겪었잖아요…."

위골랭이 말했다.

"잊으신 것이 있군요. 이 36일 동안, 저희는 힘들이지 않고 10입방미터에 해당하는 물을 나를 시간이 있습니다. 즉 적어도 여드레는 더 버틸 수 있는 것이죠!"

장은 자신만만하게 대꾸했다. 포도주 때문에 흥분하기 시작한 그는 집게손가락을 치켜들고 외쳤다.

"대체 어디서 44일 동안 지속되는 가뭄을 겪게 됩니까? 사하라 사막에서요? 어쩌면요! 고비 사막 한가운데면 모르겠지요! 여기에는 생 테스프리 봉우리가 있지만, 통계적으로 불가능합니다!"

그러고는 테이블을 손바닥으로 내리치더니 웃으며 말했다.

"문제는 해결되었습니다! 마십시다!"

그는 또다시 잔을 채웠고 단숨에 비웠다. 위골랭은 경악을 금치 못하면서 집을 나왔다.

파페는 수베랑 저택에서 위골랭을 기다리고 있었다.

위골랭은 파페에게 장을 찾아간 것과 대화 내용을 보고했다. 파페는 실망스러움과 걱정을 감출 수 없었다.

"네가 말한 모든 걸 종합해 보면, 좋은 소식은 딱 한 가지뿐이구나. 그가 적포도주를 마시기 시작했다는 거야. 무리한 일을 하고자 하는 사람들은 항상 그러지. 포도주에서 힘을 찾곤 해. 6개월도 안 돼서 그들은 무엇에도 도움이 안 되는 사람이 될 뿐이야. 그렇지만 제일 성가신 것은 그 나뭇가지구나…."

"그가 책에서 비밀을 찾을까 봐 걱정이 되세요?"

"절대 그렇지 않아…. 비밀 문제가 아니란다. 감각 문제야. 그가 딱 맞게 샘을 발견한다면 그건 매우 특별한 경우지…. 그렇지만 그가 정말로 그 방면의 일을 시작한다면 결국엔 진짜 수맥 탐사자를 고용하게 될지도 모르지."

"파페는 그가 탐사자를 불러올 거라고 생각하세요?"

"레 종브레에 한 사람이 있었지. 그가 레 로마랭에 올라와서 바보 같은 기세로 나뭇가지를 들고 찾으면 오 분 만에 샘으로 직행할 거고, 샘의 깊이며 하루에 몇 리터의 물을 얻을 수 있는지 말해 줄 게다…."

위골랭은 몸을 떨었다.

"그가 아직도 레 종브레에 사나요?"

"아직도 레 종브레에 있지. 기쁘게도 공동묘지에 있단다."

"다행이네요!"

"다행이고말고…. 그에게 아직도 돈이 남아 있더냐?"

"남아 있는 돈이 없다고 말했어요. 그렇지만 돈 문제는 절대 알 수 없는 거라서요."

"20프랑만 남아 있다면 그는 오바뉴로 수맥 탐사자를 찾아갈 거고 탐사자는 5, 6프랑을 요구하겠지. 다행히도 그 모든 게 불가능하구나…. 허나 만일 착한 사람을 만난다면?"

그는 생각에 잠겨 고개를 끄덕였다. 창백한 얼굴로 숨을 가쁘게 쉬고 있던 위골랭은 절망적으로 눈을 깜빡였다.

*

보름 내내 위골랭은 포도밭 거름을 주고 가축을 지키면서 과실수 가지치기를 하는 등 단순한 작업을 하느라 매우 바빴다. 그럼에도 그는 레 로마랭에 두 번이나 다녀왔다. 장은 오바뉴에 가고 없었다.

사실 장은 '재정 상태를 해결하러', 즉 약간의 돈을 구하러 갔다. 그는 쉰 마리의 토끼를 팔고 수컷 두 마리와 암컷 여섯 마리만을 남겨 두었다. 그리고 전당포에 자신의 시계와 반지를 저당 잡히고, 사전이며 『과학의 불가사의』, 아돌프 티에르가 쓴 『제정과 통령 정부의 역사』를 비롯한 책 몇 권과 은제 식기를 팔았다.

그렇게 해서 그는 160프랑을 모을 수 있었다. 에메가 소중하게 보관해 온 70프랑과 합쳐 230프랑이 되었다. 뤼사텔의 목공소와 오바뉴의 철물점에 진 700프랑이 넘는 빚을 갚기 위한 것이 아니라 빵과 포도주를 사기 위한 돈이었다.

장은 에메에게 말했다.

"그 외에 우리 올리브나무에 열매가 가득하니 그걸로 기름을 짤 수 있을 거야. 그리고 마농 덕분에 가뭄에서 살아난 백여 개의 호박과 약간의 이집트콩, 아몬드 한 포대, 염소젖, 밥티스틴의 치즈와 토끼 몇 마리가 있지. 그리고 버섯, 채소, 사냥감 등등 언덕 위에서도 먹을 걸 구할 수 있을 거야…. 적어도 6개월 동안 이것이 우리의 음식이 되겠지. 빈약하기는 해도 건강식이야. 게다가 마지막에는 성공할 것을 알고 있다고!"

에메가 말했다.

"걱정이 되는 건, 신발이 다 떨어졌다는 거예요…. 샘까지 오가느라 대여섯 켤레는 망가졌어요. 당신에게도 왁스를 칠한 장화밖에 남지 않았어요."

"오바뉴에 갈 때는 그걸로 충분할 거야…. 여기서는 맨발로 아주 잘 걸어다닐 수 있어."

34

어느 날 아침 위골랭은 땔감나무를 준비하러 도끼를 어깨에 메고 밧줄을 허리에 감고 언덕 위로 올라가다가 멀리 계곡 한가운데서 어떤 의식을 치르고 있는 기이한 행렬을 보았다.

수맥을 찾는 가지를 양손에 들고 꼽추는 하늘을 쳐다보면서 천천히 일정한 간격으로 걸었고 그의 아내가 조용히 뒤따르고 있었다. 에메 뒤로는 작은 딸아이가 엄숙하고 긴장된 태도로 염소 두 마리와 암탕나귀를 끌고 있었다. 기이한 행렬은 계곡 한가운데서부터 거슬러 올라왔다. 갑자기 수맥을 찾고 있던 장이 멈추면 뒤따라 오던 사람들도 멈추어 섰다. 나뭇가지는 그의 턱을 향해 기울어졌다. 장은 두 발짝 뒷걸음질쳤다가 다시 앞으로 두 걸음 오더니 또 멈춰 섰다. 에메가 가까이 와서 땅에 막대기를 꽂았다. 그리고 그들은 다시 엄숙한 행진을 계속했다.

"이건, 이건 정말 걱정거리야. 그의 감각이 뛰어나다면, 아마 그 샘을 찾을지도 몰라. 게다가 그 샘은 깊지도 않잖아. 이런 젠장, 젠장!"

위골랭이 중얼거렸다.

*

오후가 되자 마농은 염소와 암탕나귀를 데리고 생 테스프리 꼭대기에서 내려왔다. 좁고 가파른 길을 따라 내려오던 마농은 멈춰 서서 장을 불렀다. 장은 마법의 가지를 손에 들고 눈을 감고는 천천히 걷고 있었다.

"아빠, 이리 와서 보세요!"

"무슨 일이니?"

"돌 위에 까만 페인트가 묻어 있어요."

마농은 납작한 돌멩이 옆 길가에 쭈그리고 앉았다. 돌멩이 위에는 거칠게 화살표가 그려져 있었는데, 화살표는 농가를 가리키고 있는 것 같았다.

마농은 집게손가락 끝으로 가리키면서 말했다.

"아직 완전히 마르지 않았어요. 이게 뭐지요?"

"아마도 이 화살표는 나도 아직 가보지 못한 산책로를 사람들에게 가르쳐 주는 것처럼 보이는구나…. 오늘 아침에는 지나간 사람이 아무도 없었지?"

"없었어요. 제가 저 위에 있는 소나무 숲에 있었는데, 아무도 못 봤어요."

그는 당황해서 곰곰이 생각했다. 이 화살표는 드물게 오가는 행인에게 크레스팽에서 온 적이 살고 있는 집을 가리키는 조용한 공격일 수도 있다. 그리고 나서 그는 말도 안 되는 일이고, 스스로 피해망상에 사로잡히면 안 된다고 생각했다. 게다가 화살표가 정확하게 집을 가리키는 것은 아니었다. 집보다는 건너편 해

뜨는 언덕을 가리키는 것 같아 보였다.
"아마도 길을 안내해 주는 화살표 같구나. 군인이나 물 또는 숲을 안내하는 걸 거야."
장이 말했다.

*

저녁에 나뭇단을 지고 언덕을 내려오던 위골랭이 집에서 50미터 더 높은 곳에서 다른 화살표를 발견했다고 알렸다. 그 화살표는 처음 것과 같은 방향을 가리키고 있지는 않았지만 처음 것과 거의 직각을 이루었다.
장은 그를 만나러 올라왔다.
"장 선생님, 이거 선생님이 칠했나요?"
"저와는 상관없는 겁니다! 저쪽에 동쪽을 가리키는 화살표가 있었습니다. 이것은 거의 남쪽을 가리키네요…. 아마도 지도 제작자나 등기부 직원을 위한 표시인 것 같습니다."
"제 생각에는 여행객들을 위한 표시 같아요. 가를라방의 오솔길에는 노란 화살표가 있었고, 레프레스키에르에는 파란색이었어요…. 이 말은 일요일에 멍청한 사람들이 오는 것을 볼 거라는 뜻이죠…. 그들은 지나가면서 계절에 따라 제 자두나 살구를 훔쳐 먹을 거예요! 저라면, 제가 찾은 화살표는 전부 없애버릴 거예요!"
위골랭은 큰 돌을 힘겹게 들어 올려 표지를 땅에 거꾸로 묻어 버렸다.

*

장과 위골랭은 농가로 다시 내려왔다. 위골랭이 물었다.
"가지가 말을 했습니까?"
"네, 그렇습니다! 게다가 너무 수다스럽답니다. 다 믿어보면 이 계곡에는 물이 있을 만한 중요한 지점이 적어도 네 곳이나 됩니다. 물론 계곡 저 아래쪽에 말입니다."
위골랭은 안도의 숨을 내쉬었다.
"네. 물이 경사를 따라 흐르니까요…."
"그렇지만 우물을 파는 데 가장 좋고 편리한 위치를 정하기 전에 몇 번 더 시도해 봐야 합니다. 내일 확실한 결정을 할 겁니다…."

*

이튿날 아침 일찍 위골랭은 계곡에 놓아 두었던 덫을 살펴보러 갔다. 그는 매우 멋진 자고를 한 마리 발견했고, 일이 어떻게 되어가는지 볼 겸 그 새를 에메에게 선물하기로 마음먹었다.

레 로마랭에 가까워지자 위골랭은 곡괭이 소리를 들었다. 더 가까이 가자 꼽추가 일하고 있는 모습이 보였다. 밭 한가운데 무릎 높이 정도 파인 둥근 구덩이 안에서 그는 광부용 곡괭이를 휘두르는 중이었다. 그 주위로 쌓아올린 흙더미 위에 그의 아내와 딸아이가 앉아 있었다. 그 옆에는 광주리 하나와 컵을 씌워둔 포도주 병이 놓여 있었다. 그가 우물을 파기 시작했던 것이다.

위골랭은 웃으면서 다가가 온화한 에메에게 인사를 하고 붉은 자고를 그녀에게 건네주었다. 장이 구덩이에서 나왔다. 위골랭은 그가 하얗고 마른, 힘줄이 불거진 맨발 차림인 것을 보았다. 장은 굵은 엄지발가락을 우스꽝스럽게 세우고는 마치 달걀 위를 걷는 것처럼 걸었다. 장 역시 위골랭의 시선을 의식했다.

"어제부터 맨발로 걷는 연습을 하고 있습니다. 왜냐고 물으실 테지요. 첫 번째 이유는 신발 가격이 너무 비싸기 때문입니다. 그래서 저는 신발 없이 지내는 데 익숙해지고 싶습니다. 그리고 또 저는 최고급 가죽만큼 두껍고 그보다 더 부드러운 굳은살을 만들기 위한 첫걸음을 이곳에서 내딛고 싶습니다…. 또 다른 이유는 제가 자연인이 되고 싶기 때문에 그 우스운 천 조각은 이제 완전히 필요 없습니다. 맨발로 걷는 것은 대단히 즐거운 일이며, 대지의 어머니가 지하에서 주는 정기를 제 몸이 더 잘 흡수해서 몸에 활력을 주고 젊게 만드는 것 같습니다!"

위골랭이 물었다.

"그런데 이곳이 좋은 장소예요?"

"정확히 그렇습니다! 제가 나뭇가지를 손에 들고 이 구덩이 중앙 위로 지나갈 때 가지가 말 그대로 튀어 올랐단 말입니다!"

장이 환한 얼굴로 말했다. 에메가 덧붙였다.

"정말 인상적이었어요! 가지가 손에서 두 바퀴를 돌더니, 휙 하고 튀어 올랐어요!"

"새처럼 날아갔어요!"

마농이 외쳤다.

"게다가 가지가 이곳을 선택해서 저는 매우 행복하답니다. 왜냐하면 이곳은 계곡 가장 아랫부분이고, 우연찮게라도 제가 이곳에서 물을 찾지 못해도 쉽게 빗물을 다 모을 수 있으니까요. 게다가 이곳은 제가 작물을 키우는 밭의 한가운데입니다. 그러니까 우물 테두리에 펌프를 설치하면, 그리고 어쩌면 작은 풍차도 하나 설치하면, 물을 줄 때 수문을 열기만 하면 되는 겁니다. 그러고 나서 저는 긴 의자에 앉아 하모니카를 불고 있겠죠!"

위골랭은 그들이 샘에서 100미터쯤, 왼쪽으로는 50미터 정도 떨어져 있다는 계산을 했다. 위골랭이 말했다.

"나뭇가지가 튀어 올랐다면 바로 이곳이 파야 하는 곳이죠. 그리고 알아야 하는 건 바로 깊이인데요."

"8.5미터입니다."

꼽추가 간단하게 대답했다.

"이미 계산하셨나요?"

"물론입니다."

"어떻게요?"

"작은 자갈법에 의해서 말입니다. 조수가 수맥을 찾는 사람의 왼손에 돌을 한 개씩 올려놓습니다. 호두 크기의 자갈이 1미터, 그보다 작은 자갈은 0.5미터를 의미합니다. 이건 물론 수맥 탐사자가 스스로 정한 규칙이지요. 제 경우는 여덟 번째 자갈을 올려놓았을 때 나뭇가지가 흔들렸습니다. 작은 자갈을 더하자 떨기 시작했지요. 한 개를 더 올려놓자 떨림이 멈추었습니다. 그래서 8.5미터입니다."

과학적인 설명과 신비로운 '규칙'에 위골랭은 크게 감명 받았다. 꼽추가 마치 이집트콩 경작이나 양파 씨뿌리기처럼 너무나 당연하고 잘 알려져 있는 것을 얘기하듯 했기 때문에 더욱 그러했다.

위골랭이 말했다.

"8.5미터라, 그것도 큰 작업인데요."

"물론입니다, 그렇고말고요. 그렇지만 생각해 보십시오. 이틀 동안 저희는 이미 60센티를 팠습니다. 그러므로 하루에 30센티씩 더 판다는 계산은 비논리적이지 않지요. 그렇다면 12미터짜리 우물을 파는 데는 사십 일의 작업이 필요할 뿐입니다!"

그동안 에메가 구덩이에 들어가서 아궁이에서 쓰는 작은 구리 삽으로 광주리에 흙더미를 담았다. 위골랭은 말도 안 되지만, 몇 주, 몇 달 동안 이렇게 조금씩 일하면 어쩌면 목표에 도달할지도 모른다고 생각했다.

"물론 우리가 도달하게 될 땅의 토질을 파악해야만 합니다. 어쩌면 매우 힘든 난관이 기다리고 있을지도 모르지요. 이 계곡의 지하에는 여러 다른 지층이 형성되어 있는 것이 확실합니다. 제가 막 통과한 경작 지층이 맨 위에 있지요. 그 아래에는 아마도 사력층(沙礫層)이 있을 테고, 의심할 여지없이 사암층이 있을 겁니다. 제 개암나무 가지가 알려 주었지요. 여기까지는 아무 문제가 없을 겁니다."

장은 위골랭을 단호하게 쳐다보고는 생 테스프리 언덕을 향해 집게손가락을 치켜들었다.

"그렇지만 우리는 신생대 4기의 제2세, 쥐라기의 백악기 지층 위에 있다는 사실을 잊지 말아야 합니다! 맞습니다. 백악기입니다! 다시 말해 어느 정도 깊이까지 내려가면 지층학적으로 단단하고 흰 암석층에 도달하게 됩니다. 만일 물이 그 암석층 위로 흐른다면 보름 안에 거기에 도달하겠죠. 그렇지만 물이 제4기의 지층 아래로 흐른다면, 6개월, 아니 그보다도 더 걸릴 겁니다. 이것이 사실입니다. 그렇지만 '라보르 임프부스 옴니아 빈시트', 즉 '노력하면 모든 것을 이룰 수 있다'는 말이 있지 않습니까! 자, 일을 시작합시다!"

그는 구멍 안으로 다시 들어갔다.

 마사캉 농가의 뽕나무 아래 긴 의자에 마주 앉아 위골랭과 파페는 큰 올리브 열매를 망치로 납작하게 만들었다. 으깬 올리브 절임을 만드는 것이었다. 위골랭은 침울한 얼굴로 파페에게 장의 이야기를 전했다.
 "제가 두려운 것은 그가 박식하다는 거예요. 머리가 돈 사람이라고 말할 수는 있지만, 똑똑하다는 건 좋은 일이죠. 장은 제게 땅 밑에 무엇이 있는지 설명했고, 가장 아래층에는 아주 단단한 제4기가 있다고 했어요. 물이 그 위로 흐르기 때문에 어쩌면 구멍을 뚫을 필요가 없을 거래요."
 파페가 말했다.
 "갈리네트, 그냥 내버려둬라. 전부 말뿐인 게야. 계곡 밑바닥에서 그는 아무것도 찾을 수 없을 게다. 그렇지만 가장 심각한 것은 그가 끝까지 일을 해내면 저수지를 하나 더 갖게 될 거라는 거지. 그건 상식적인 생각이니까 중요한 거다. 허나 전부 다 무기력하게 실패로 돌아갈 테니 두고 보거라. 그래도 이삼 년은 더 걸릴 수도 있지. 현재로서는 우리가 무엇을 할 수 있을지 모르겠구나. 유일한 희망은 그가 암석층을 발견하고 스스로 낙심하는 것뿐이란다. 기다려 보자꾸나."

35

 가을이 찾아오자 석양은 저 멀리 언덕을 붉게 물들이고, 서늘한 바람은 제비를 몰아내고 알프스 산맥에서 개똥지빠귀를 불러왔다.
 위골랭은 겨울을 날 땔감을 비축했다. 매일 아침 노새의 고삐를 끌고 그는 레 로마랭으로 가는 오솔길을 따라가며 큰 소리로 우정 어린 인사를 나눴다. 닷새째가 되자 꼽추의 얼굴은 더 이상 보이지 않고 땅 밑에서 그의 대답만 들려왔다. 이틀이 더 지나자 금발머리의 에메는 흙더미에 앉아서 뜨개질을 하고 있었다. 그러다가 구덩이 가에 광주리가 올라오면 그녀는 광주리 손잡이를 잡아 올려 광주리를 비우고 다시 우물 안으로 내려 보냈다.
 '일이 잘 진행되는군. 그가 사력층에 도달했어…. 그다음에는 어떻게 되더라?' 위골랭은 생각했다.
 일주일 후, 그는 멀리서 곡괭이 소리를 들었다. 곡괭이는 쿵 하는 둔한 소리를 냈다. 가끔씩 타닥 하는 소리도 났다.
 '그렇구나, 이제 암석층에 도달했어.'

우물 위로는 도르래가 달린 세발 기중기가 설치되었고, 우물 안으로 밧줄 두 줄이 내려가 있었다.

에메가 도착했다. 에메는 카페에서 보는 것처럼 쟁반 위에 둥근 빵 반쪽, 컵 한 개와 작은 치즈 두 개를 들고 나타났다. 마농이 가슴에 포도주 한 병을 안고 있었다. 마농은 맨발로 가볍게 뛰어왔다.

위골랭은 작업장으로 내려갔다. 그는 쾌활하게 물었다.

"이제 일이 잘 되어가나요?"

"네. 그렇지만 점점 어려워지고 있어요."

에메가 대답했다. 그녀는 흙더미 위에 놓여 있는 푸르스름한 암석 조각을 손가락으로 가리켰다. 위골랭은 조각 하나를 들어서 관찰한 다음 말했다.

"단단하네요."

"네. 단단합니다."

꼽추의 목소리가 들리면서 장갑 낀 그의 손이 우물가에 불쑥 나타났다. 그는 밧줄로 만든 사다리를 타고 올라와서 우물가의 흙더미 위에 앉았다. 하얀 돌가루를 뒤집어쓴 그는 마치 뼈에로처럼 비쩍 말라 있었다. 땀방울이 그의 하얀 얼굴 위로 흐르면서 자국을 남겼고, 그 사이로 적갈색 얼굴이 드러났다. 그는 여전히 맨발이었고, 다리를 후들후들 떨고 있었다.

"4.2미터를 팠습니다! 사력층을 통과했고, 이제는 하얀 암석층에 도달했습니다. 하얀 암석층은 화강암과 같은 소리를 냅니다. 제가 선생께 말씀드렸던 제4기의 지층입니다."

그는 이음새가 너덜너덜한 장갑을 벗고는 주머니에서 흙먼지가 묻은 손수건을 꺼내 이마를 닦았다. 그런 다음 네 걸음을 더 가서 쌓아둔 흙더미의 경사 부분에 앉았다. 마농이 포도주 병을 손에 들고 다가왔다. 꼽추는 포도주 병을 입가로 가져가 병 바닥이 하늘을 향하도록 들고 포도주를 마셨다. 위골랭은 그의 가늘고 주름진 목으로 포도주가 꿀꺽꿀꺽 넘어가는 모습을 지켜보고 있었다. 마침내 장은 크게 한숨을 쉬고 웃으면서 말했다.

"이제는 토목 인부들이 느끼는 갈증을 이해합니다. 이것이 크게 도움이 되거든요!"

그리고 나서 그는 천천히 식사를 했다. 위골랭은 장의 떨리는 손과 상처투성이 비쩍 마른 발을 보았다. 갑자기 장이 곧 죽을 거라는 확신이 들었다. 위골랭은 장 앞에 무릎을 꿇고 앉았다.

"장 선생님, 저는 선생께 솔직하게 말해야만 해요. 아마도 선생께서는 제가 상관없는 일에 끼어든다고 생각하실지도 몰라요. 할 수 없지요. 저는 참된 우정에서 우러나와 하는 거니까요."

꼽추는 놀라서 눈을 들었다.

"서문부터 흥미롭군요."

'서문'이란 단어를 알아듣지 못한 위골랭이 대답했다.

"아마도요. 사실대로 말하자면, 선생 때문에 걱정이 돼요. 장 선생님, 여기서 시간과 힘을 낭비하고 계시는 거예요. 선생이 매일매일 말라가는 걸 보면서 걱정이 된단 말이에요. 2년 반 동안 선생이 해온 일은 말도 안 되는 짓이에요. 미친 짓이라고요. 자살 행위란 말이에요! 선생은 이 일을 하도록 태어난 사람이 아니에요. 그리고 그럴 체력도 없고요. 우물도 마치지 못하실 거예요. 설사 물을 찾는다도 해도, 그건 도움이 안 된다고요. 왜냐하면 그만큼의 옥수수와 호박을 기르기 위해서는 강이 필요할 거라고요. 토끼 문제만 해도 얼마 동안은 성공할 수도 있지만, 병에 걸리는 토끼가 한 마리라도 생기면 토끼 농장은 전부 망하게 되는 거라고요. 전부 다 선생이 하실 만한 일이 아니에요. 이게 진실이라고요!"

마농은 진지한 태도로 위골랭을 쳐다보았지만 장은 우정 어린 미소를 지으면서 그의 말을 들었다.

"계속하십시오. 선생께서 하시는 말이 흥미롭군요."

위골랭은 잠시 멈추었다가 힘주어 말을 이었다.

"선생 같은 사람은 도시에 어울려요. 다른 사람의 돈을 가져가는 세금 징수원으로 일하는 게 힘드셨다는 것을 이해해요. 선생은 선량한 마음을 가진 사람이니까요…. 그렇지만 이 정도 교육을 받으셨으니 교사나 우체부를 할 수도 있고, 담뱃가게를 할 수 있을지도 몰라요. 아니면 대도시 시청의 사무실에서 일을 할 수도 있고요. 그곳에서는 아무것도 하지 않아도 돈을 많이 벌 수 있대요. 저는 선생이 셔츠 바람에 토시를 하고 정갈한 모습으로, 문 앞에는 발을 털 수 있는 깔개가 놓여 있는 집에, 복도에는 편지함이 놓여 있고 계단에는 가스등이 켜져 있는 그런 곳에 계실 분이라고 생각해요. 그게 선생의 운명이라고요. 그러지 않고 이곳에 계신다면 점점 더 말라갈 거예요. 선생이 돈이 없다는 걸 잘 알고 있어요. 그건 창피한 일이 아니에요. 그냥 없는 거지요. 그래서 선생은 달팽이나 토끼, 버섯, 민들레를 먹게 될 거예요. 그건 일하는 사람이 먹을 음식이 아니지요. 그걸 먹으면 선생께서는 포도주를 많이 마셔야만 하고 결국 일을 끝내지도 못하고 죽을 거예요. 그럼 에메 부인과 어린 마농이 어떻게 되겠어요? 그 둘은 이미 얼마 전부터 예전처럼 활기찬 상태가 아니에요. 선생께서는 그걸 모르실지 몰라도 저는 눈치 채고 있었답니다. 제가 상관할 일이 아니란 건 알고 있어요. 그렇지만 걱정이 되고 마음이 아파요. 그래서 이렇게 생각나는 대로 말씀드린 거예요."

"이것이 선한 우정의 증거로군요. 감사합니다. 선생의 논리는 전부 다 납득할 만한 것은 아니지만, 전체적으로는 옳습니다. 계속해서 이 곡괭이로 단단한 암석층을 몇 미터 파 내려간다면 거기에 제 힘을 다 써버려 아마도 건강을 해칠지도 모릅니다. 그리고 제가 가족들에게 빈약한 식사를 강요하기로 결정한 것은 잘못한 짓입니다. 그러므로 그것은 포기하겠습니다. 왜냐하면 제게는 다른 해결책이 준비되어 있기 때문입니다. 제 마음에 들지는 않지만 꼭 필요한 해결책입니다."

장이 말했다. 그는 잠시 입술을 적시고 주위를 둘러본 다음 갑자기 물었다.

"선생 생각에 이 농가가 얼마쯤 한다고 보십니까?"

위골랭은 몸을 떨면서 눈을 깜빡거렸다.

"빌려 주시게요, 아니면 파시게요?"

"물론 팔기 위해서지요."

마농이 한 걸음 앞으로 나와서 외쳤다.

"안 돼요! 안 돼요!"

"잠시 기다려 봐라."

장이 말했다.

위골랭의 눈썹이 빠르게 움직였다. '잘됐어. 내 차지야. 너무 비싸지도 않은 좋은 가격을 불러야 해.'

"한 번도 생각을 해본 적은 없는데요, 계산을 해볼 수는 있겠지요. 아주 아름다운 곳 아닙니까? 그리고 집도 정리가 잘 되어 있고요. 그렇지만 시골 별장으로 쓰기에는 약간 멀지요. 그리고 농부가 사기에는 물이 없어서 크게 뭘 할 수도 없어요…."

위골랭이 대답했다.

"두 번째 물탱크가 있지요. 그러면 훨씬 나을 거예요."

장이 말했다.

"맞아요. 훨씬 낫지요."

위골랭은 잠시 생각을 하면서 집을 쳐다보고는 말했다.

"7,000프랑 정도가 아닐까요?"

"그것이 최종 가격입니까?"

위골랭은 다시 머뭇거렸다. 그의 심장은 세차게 뛰고, 얼굴에는 사방에서 경련이 일었다.

"어쩌면 제가 8,000프랑에 집을 살 사람을 찾아드릴 수도 있을 것 같은데요. 그것은 알아봐야 해요."

마농은 발을 동동 구르면서 소리를 질렀다.

"안 돼요! 아빠, 싫어요!"

"진정해라. 그러면 8,000프랑이란 말이죠. 저도 그 금액에 찬성입니다."

위골랭은 이 계약을 마무리짓기 위해 일어서서 악수를 해야 하나 자문했다.

"안 돼요! 안 돼요!"

마농이 외쳤다. 에메도 창백한 얼굴로 나섰다.

"여보, 그러지 마세요…."

"조용히 좀 해봐. 나는 이 가격이 적당하다고 말한 거야. 이 가격으로 크레스팽의 공증인에게 첫 담보 대출로 4,000프랑을 요구할 수 있을 거야."

"그러면 집을 판다는 건 아니죠?"

에메가 물었다.

"절대 아니지! 어머니가 태어나신 곳이자, 돈을 많이 벌어서 내 생애를 마치고 싶은 집인데 절대로 팔지 않을 거야."

기쁨에 넘쳐 마농의 눈에서는 굵은 눈물이 뚝뚝 떨어졌다. 그리고 하얗게 질린 위골랭은 눈살을 찌푸렸다.

장이 말했다.

"공증인이 4,000프랑을 선불로 준다면 최종적으로 성공을 거두기 전까지 다소 풍족하게 살 수 있을 겁니다. 그리고 노새도 한 마리 살 수 있을 거고요. 특히 제가 힘들이지 않고 이 끔찍한 암석을 가루로 만들어버릴 폭약 몇 킬로그램과 광부용 도구를 구할 수 있을 겁니다. 첫해에 사육한 토끼로 대출금을 갚을 수 있을 것이고, 그러면 끝입니다! 이것이 바로 제 계획이지요."

그러자 어린 딸은 웃음을 터트리고는 블라우스에서 작은 하모니카를 꺼내 위골랭 앞에서 즐거운 곡조를 연주했다. 위골랭은 기침을 하고 물었다.

"장 선생님, 암석을 폭파하려고요?"

"12미터 정도 아래로 내려가려면 그렇게 해야 할 겁니다."

"어떻게 하는지 아세요?"

"『광부의 지침서』라는 책을 가지고 있습니다."

"통계상의 오류를 다시 겪지 않도록 조심하세요! 통계란 손 안에서만 문제를 일으켰지요. 하지만 다이너마이트는 훨씬 더 위험해요!"

"그 위험의 정도는 제어하는 사람의 지식에 반비례합니다. 제가 20분 전부터 말씀드린 것처럼, 오늘 이 마지막 포도주 한 잔이 제 의견의 유쾌한 결론이 될 것 같군요."

*

위골랭은 아연실색해서 떠났다.

'바로 이거야. 나는 좋은 행동을 하려고 했는데, 오히려 그 대가를 치르게 되었어. 그에게 4,000프랑 아이디어를 제공한 사람이 바로 나야. 이건 파페에게 말하면 안 돼. 그가 스스로 생각해 냈다고 말할 거야. 그런 저당은 우리에게 이롭지 못하니, 말하는 게 잘못이지.'

36

파페는 문턱에 앉아서 정원에 쓸 보호대를 뾰족하게 만들고 있었다.

"어찌 되었니?"

"우물은요, 진전이 있어요. 다만 그에게 돈이 없어서요, 맨발로 걸어다니고 있죠. 딸내미도 마찬가지고요."

"맨발로 걷게 되면 먹는 것도 시원찮아지지."

파페가 말했다.

"그들이 뭘 먹는지는 모르겠지만, 어쨌든 그는 계속 포도주를 마셔요. 그리고 밀짚 속에 숨어 있는 사마귀처럼 말랐고, 죄수처럼 힘들게 곡괭이질을 하지요."

"이런 건 전부 우리한테는 그나마 좋은 일이지…."

"잠깐만요! 그가 제게 곧 4,000프랑이 생길 거라고 말했어요. 크레스팽의 공증인을 알고 있는데 그가 장에게 저당을 잡아 돈을 빌려 줄 수 있대요. 그럴 수 있나요?"

파페는 당황한 기색을 보이며 벌떡 일어섰다.

"이런, 이런! 너 저당이 뭔지 알고 있어?"

"그건 공증인이 재산이 약간 있는 사람한테 돈을 빌려 주는 거죠. 왜냐하면 재산이 있다는 것은 약속을 지키는 사람, 돈을 꼭 갚는 사람이라는 믿음을 주잖아요."

"무슨 약속 말이냐? 우선은 공증인이 인지가 붙은 종이에 서명을 요구할 거란다. 그러고 나서 그 종이에 적힌 날짜까지 돈을 갚지 못하면 공증인이 재산을 가져가는 거야. 카스카벨네 기억하지?"

"그게 저당 때문이에요?"

"당연하지."

그것은 매우 끔찍한 이야기였다. 카스카벨 가의 아버지가 죽자 진지하지 못한 아들들이 농가를 담보로 잡고 사람들에게 과시하기 위해 농가 수리를 했다. 재산을 자랑하고 싶어 했던 것은 당연히 며느리들이었다. 그런데 수확이 변변치 않자 채권자는 모든 재산을 팔도록 종용했다. 카스카벨 아들들은 언덕 바람을 쐬며 지내는 대신 장화를 신고 램프를 손에 들고는 마르세유 하수구를 하루 종일 헤매고 다니는 신세로 전락했다.

"그래, 바로 그것이 저당이야. 언제나 그런 식으로 끝난다고!"

파페는 잠시 생각을 하더니 얼굴이 환해졌다.

"갈리네트, 결국엔 나쁜 점도 있고, 좋은 점도 있구나. 나쁜 것은 그에게 4,000프랑이 있으면 그는 우물을 완성할 거고 물탱크를 두 개나 갖게 될 거며, 노새를 살 수 있다는 거지. 내년 여름이 되면 그의 계획은 성공할 수 있을 거야. 그가 상상했던 것만큼은 아니지만 그래도 힘을 얻을 정도로는 충분히 성공하는 거지. 다른 한편으로, 내가 알기로 그는 방앗간에 적어도 700프랑의 빚을 졌다더라…. 노새라면 오바뉴의 마구상이 도살장에서 되사온 비리비리한 놈을 1,000프랑에 팔 게다. 그러면 2,300프랑이 남지. 광부용 곡괭이와 도화선, 밀수한 화약 등을 사는 데는 500프랑 정도 들 거고…. 그러면 1,800프랑이 남지. 신발이 필요할 거고, 특히나 포도주를 살 게야. 왜냐하면 더 이상 포도주 없이는 지낼 수 없으니 말이지. 게다가 토끼로 돈을 벌기 전에 먼저 토끼를 먹일 밀이나 겨도 있어야겠지. 내 생각에는 일 년 안에 대출 이자를 갚을 돈만 남게 되리라 본다. 하지만 채권자가 일 년 연장을 해줄 가능성도 있지. 그렇게 되면 일이 어떻게 돌아갈지 모르겠구나. 그렇지만 다른 한편으로 그가 전혀 운이 없는 사람이니 다른 일이 생길 수도 있지. 첫째, 그가 병에 걸리는 데 필요한 모든 행동을 하고 있으니 죽을지도 모르고, 한 6개월 동안 침대에서 일어날 기력조차 없을 정도로 수척해질 수도 있단다. 둘째, 그가 화약을 쓴다고 했는데, 화약과 포도주는 전혀 어울리지 않는 궁합이지. 그리고 날아오는 화약 파편에 얼굴 정중앙을 맞게 되는지도 모르고. 셋째, 토끼들이 병에 걸리면 적어도 여드레 동안은 끔찍할 게다. 어쨌든 저당권자에게 상황을 움직일 수 있는 힘이 주어지는 거지. 내가 그 저당권자가 될 생각이다. 그가 계획에 성공하면 내게 이자를 주고 빚을 갚을 것이고, 상황이 좋지 않다면 우리가 농가를 갖는 거지."

"파페, 대단한데요. 뭐라고 말할 필요도 없이 대단해요!"

"대단하지. 내게 돈이 있으니까. 얼른 그를 찾아가거라. 가서 나이 든 삼촌이 있는데, 적은 이자에 집을 담보로 4,000프랑을 빌려 준다고 전해라. 사흘 후에 바르톨레미 8번지에 있는 오바뉴 공증인 사무실로 서류를 들고 찾아오면 돼. 나는 그곳에 가지 않을 게다. 아프다고 핑계를 대고 말이야. 서명을 하면 공증인이 그에게 돈을 줄 것이야."

매우 감동한 위골랭은 감사하는 눈빛으로 파페를 쳐다보았다.
"파페와 같은 사람이 제 삼촌이라니 너무 멋져요…. 볼에 입맞춤을 해드려야겠어요!"

파페는 위골랭을 떠밀고는 말했다.

"바보 같은 짓거리로 시간을 허비하지 마라. 얼른 가 봐라. 이미 그가 크레스팽으로 떠났을지도 모르니까."

37

 이렇게 해서 11월의 어느 오후 장은 친애하는 위골랭에게 축복을 빌면서 오바뉴에서 돌아왔다.
 연장과 식료품, 운동화와 옷을 실은 암탕나귀가 그의 앞에서 걸어오고 있었다. 그렇지만 그가 더할 나위 없이 기쁘기만 한 것은 아니었다. 그는 한눈에 보기에도 불안한 표정으로 계속해서 사방을 살피고 있었다. 왜냐하면 당나귀에 매달아 둔 배낭에 체다이트 폭약 한 다스, 조끼 주머니에는 뇌관을 담은 작은 상자 두 개를 싣고 오는 중이었기 때문이다. 그리고 셔츠 속으로 도화선을 허리에 감고 있었다. 사실 어느 채석장 인부로부터 불법으로 구입한 이 위험 물질을 운반하면 안 되는 거였다. 게다가 한 가족의 가장이었던 그 인부도 이 물질을 공사장에서 훔쳐 왔다. 그럼에도 그는 목공소에 들러서 밀기울을 구입하고 빚을 갚은 다음에 백포도주 두 잔을 마시는 배짱을 부렸다.

*

그날 저녁 식사를 마친 후 장은 오랫동안 『광부의 지침서』를 공부했다. 화약 장전에 대해서 자세하게 묘사하고 있는 세 쪽을 큰 소리로 두 번 읽었다. 저자는 뇌관의 위험성과 폭약의 장전에 대해 강조했다. 도화선의 끝은 나무 집게로 잡고 교묘하게 연결해야 하며, 폭약을 장전할 때는 둥근 나무토막을 이용해야 하는 등 장전시의 여러 요령에 대해 서술하고 있었다.

그는 대개 아이들이 그러듯이 화약을 가지고 있다는 사실에 매우 흥분했고, 자신감에 가득 차서 무서운 폭발력을 자랑하는 노란 용수철을 조작했다.

장이 에메에게 말했다.

"첫 번째 폭발이 성공할 거라고 거의 확신하는 바야. 왜냐하면 나는 1미터 가까이 되는 구멍을 팔 거고, 그곳에 화약 여섯 통을 주저 없이 심어둘 거거든…."

마농이 말했다.

"아빠, 우선 작게 폭발 연습을 해야 할 것 같아요. 아주 작은 규모로 말이에요…."

"마농, 작은 규모의 폭발이라도 큰 규모의 폭발처럼 사람을 죽일 수 있어. 만약에 신중하지 못해 거칠게 폭발물을 장착하거나, 도화선이 너무 짧은데도 우물 안에 불을 붙이러 들어간다면 말이지. 아빠는 아주 사소한 주의 사항까지 전부 고려할 거니까 아마 진짜 광부가 본다면 웃을지도 모른단다. 하지만 진짜 광부가 나를 지켜볼 일도 없고, 웃기든 말든 내게는 상관없단다. 안전이 우선이니까."

마농이 물었다.

"그럼 어떻게 하실 거예요?"

"간단하게 8미터나 되는 도화선을 쓸 생각이란다. 도화선 끝이 우물가에 닿도록 말이지. 그렇게 하면 내가 불을 놓은 다음에 올라오다가 줄사다리에서 떨어질 위험은 없는 거지. 이 정도 길이의 도화선이라면 적어도 8분이 걸리겠지. 그동안 우리는 좀 멀리 떨어져 있는 울창한 나무 밑으로 피해 가서 앉아 있을 테고, 멋진 폭발음을 듣게 될 거야. 땅이 흔들리고 어쩌면 돌멩이가 몇 개 튀어나오겠지. 그렇지만 우리에게로 튀어 날아오지는 않을 거야. 왜냐하면 돌멩이들은 총알처럼 우물벽을 따라 정해진 각도로 튀어나갈 테니까."

"멋질 거예요. 그런데 아빠가 도화선에 불을 붙일 때가 위험할 거예요."

"전혀 위험하지 않아서 네가 불을 붙여도 된단다!" 장이 대답했다.

*

작은 곡괭이와 광부 막대를 가지고 장은 꼬박 이틀간 네 뼘 정도 깊이의 폭약 구멍을 뚫었다. 늦가을 해가 짧아서 그는 램프를 켜 놓고 저녁에 구멍 뚫는 작업을 마쳤다.

"아마도 내일 아침에 구멍 뚫린 이 암석을 통해서 우리는 금보다 백 배는 소중한 물이 솟아 나는 광경을 보게 될 거야!" 장이 말했다.

다음 날은 추웠지만 날씨는 맑았다. 울새는 언덕 위 로즈마리 덤불에서 서로를 애타게 불러댔고, 토끼 농원을 덮고 있는 풀 위로는 흰 서리가 내려앉았다. 해가 뜨자마자 곧 서리는 사라졌다.

장은 천천히 의식을 행하듯이 폭약을 준비했다. 먼저 나무 집게를 만들었다. 둥근 철사 고리에 짧은 나뭇가지 두 개의 끝을 집어넣고 고정을 시켰다. 그리고 무서워하는 마농에게 스무 걸음 정도 뒤로 물러나라고 시켰다.

장은 뇌관에 도화선을 연결했다. 그러고 나서 어깨에 배낭을 걸친 다음 천천히 우물 바닥으로 내려갔다. 그동안 마농은 도화선의 묶이지 않은 쪽을 단단히 잡고 있었다. 장은 구멍 안쪽에 폭약을 집어넣었다. 바닥에 닿을 때 충격을 받지 않도록 줄에 묶은 채로 하나씩 차례로 내려 보냈다. 다섯 개를 넣은 다음, 장은 여섯 번째 폭약이 담긴 파라핀을 입힌 종이 상자를 열고 그 안에 뇌관을 집어넣었다. 그리고 상자를 밧줄로 꽁꽁 묶어 다섯 개의 다른 폭약 위에 설치했다.

그는 폭약 위로 다른 것을 채우기 위한 30센티 정도의 여유가 있다는 것을 기쁜 마음으로 확인했다. 그 다음 구멍 안쪽 폭약 위로 모래와 자갈을 붓고는 점토 반죽을 마가목 막대기 끝으로 밀어 넣었다. 그는 충격을 주지 않고 살짝만 밀어서 마지막 반죽을 그 위에 쌓았다. 그러고 나서 고개를 들어, 양 갈래로 땋은 머리를 늘어뜨리고 자신을 쳐다보고 있는 딸아이를 향해 올라왔다.

장이 말했다.

"준비 다 됐다."

그는 긴 도화선의 끝을 도르래 위에 걸쳐 있는 밧줄에 묶었다. 장은 성냥갑을 마농에게 건네면서 말했다.

"자, 네가 해보렴."

엄숙하게 마농은 도화선의 한쪽 끝에 작은 불꽃을 가져갔고, 도화선은 가는 연기를 뿜어대며 희미하게 타 들어갔다.

"엄마를 불러오너라. 물이 갑자기 솟아 나올지도 모르니까 엄마도 여기 있어야 해."

*

위골랭은 토마토를 줄 맞추어 심기 위해 두 개의 말뚝 사이로 끈을 연결하는 중이었다. 그때 강한 폭발음이 들렸고 그 바람에 몸이 흔들렸다.

"이제 시작이군! 폭파를 시작했어! 결과를 누가 알겠어?"

위골랭은 말뚝에 끈을 묶으면서 생각에 잠겼다…. 그는 눈을 세 번 깜박이고 텅 빈 하늘을 쳐다본 다음 레 로마랭으로 향했다.

밭에는 아무도 없었다. 우물에서는 아직도 엷은 연기가 나고 있었다. 위골랭은 가까이 가서 폭약의 쓴 냄새를 맡아 보고, 우물 바닥에 암석 조각이 작은 더미로 쌓여 있는 것을 보았다.

'폭발음이 크게 난 것에 비해 별로 효과가 없었던 것 같군! 어쨌든 물은 나오지 않았고 그도 죽지는 않았어. 그는 어디에 있는 거지?'

그는 집 쪽으로 다가갔다.

장 카도레는 목을 가슴 쪽으로 숙이고 의자 위에 앉아 있었다. 그 앞에는 마농이 울면서 무릎을 꿇고 있었다. 그의 뒤에서 밥티스틴이 상처 난 목덜미 위에다 약초로 찜질을 했다.

위골랭은 안으로 들어가며 물었다.

"사고가 났어요?"

마농이 대답했다.

"목에 돌을 맞았어요."

꼽추가 고개를 숙인 채 속삭였다.

"제 잘못입니다…. 물이 솟아나는 것을 본다는 생각으로 우물로 뛰어갔답니다. 그러다가 아주 높이 튀어오른 돌멩이가 제 뒷목으로 떨어졌어요…."

"말을 할 수 있으니 그리 심하지는 않나 보네요."

"그러기를 바랍니다…."

밥티스틴이 말했다.

"목에 구멍이 났어요. 그리 크지는 않지만요."

위골랭이 말했다.

"아마도 폭약을 잘 채워 넣지 않으셨나 봐요…. 그래서 암석을 뚫고 들어가기 보다는 대포처럼 100미터 높이로 치솟은 거죠."

에메가 부상당한 장에게 커피 한 잔을 내밀었다. 장은 힘들게 고개를 들고는 마시려고 했다. 하지만 컵은 떨어지고 고개는 뒤로 젖혀졌다. 그의 얼굴이 완전히 젖혀졌고, 반쯤 열린 입에서 신음 소리가 흘러나왔다. 위골랭은 달려가서 그의 어깨를 받쳐 들었다.

"약해져서 그래요. 당연한 거고요. 시간이 지나면 괜찮아질 거에요."

위골랭이 말했다. 죽은 사람처럼 하얗게 질린 마농은 놀라서 장의 목덜미를 받쳤다. 장의 감긴 두 눈은 구멍 안으로 쑥 들어간 듯이 보였다. 에메는 흐느껴 울었다.

위골랭은 2층 침실로 뛰어 올라가서 베개와 이불을 가져와 테이블 위에 놓았다. 매우 조심스럽게 그들은 장을 그 위에 눕혔다. 곱사등 때문에 오른쪽으로 눕힐 수밖에 없었다.

에메가 말했다.

"얼른 가서 의사 선생님을 모셔오세요. 얼른요…. 돈은 있어요…."

"이장님께 레 종브레에 있는 의사 선생님께 전화를 하라고 할

게요. 이장님이 어떻게 해야 하는지 잘 아세요. 아마도 오시는 데 적어도 한 시간은 족히 걸릴 거예요."

에메는 숟가락으로 남편의 꽉 다물어진 이 사이로 하얀 약을 부으려 애를 썼다.

위골랭은 마을로 달렸다.

오후 내내 세 여자가 죽어가는 장의 곁을 지키고 있었다. 그는 움직이지는 못했으나 빠르고 짧게 숨을 쉬었다. 창백한 얼굴은 입을 삐죽거리는 것처럼 경련을 일으켰다. 밥티스틴은 가끔씩 미지근한 탕약에 붕대를 담갔고, 에메는 푹 파인 뺨을 부드럽게 닦아 주었다.

위골랭은 오후 5시경에 돌아왔다. 어스름이 내리고 있었다.

"의사 선생님께서 집에 안 계셨어요. 하지만 지금 막 돌아오셨어요. 선생님께서 오토바이로 레 종브레를 출발하셨으니까 30분 내로 이곳에 도착하실 거예요…."

에메가 물었다.

"의사 선생님께서 길을 아세요?"

"물론이지요! 바로 그분이 죽은 피크부피그를 확인하러 오신 분이에요!"

한 마디 말도 없이 마농은 램프를 켜고 외투를 입고, 마사캉 농가 앞으로 의사 선생님을 마중 나갔다.

의사는 길이 좋지 않아서 7시에야 도착했다. 그는 오토바이를 뽕나무에 기대어 세워 놓았다. 키가 크고 건장한 남자로, 금발의 무성한 턱수염을 기르고 있었다. 까만 펠트 모자를 쓰고 까만 외투에 까만 가방을 들고 나타났다. 마농이 의사에게 사고를 설명했다. 그는 성큼성큼 걸었고, 마농은 그를 따라서 종종걸음으로 뛰었다.

마농은 빠르게 말했다.

"그렇게 크지 않은 돌멩이가… 납작한 돌멩이가… 제 손만큼 큰 건 아니고요…. 아무렇지 않겠죠? 그렇죠? 아빠는 아주 강하니까요…. 아빠는 다른 사람들하고 똑같지 않아요. 왜냐하면 등이 약간, 아니 아주 동그랗잖아요…. 어쨌든 아빠는 그렇게 태어나셨어요. 그렇다고 등에 신경을 쓰지도 않으셨어요. 한 번도 피곤해하신 적이 없어요. 아주 건강하셨어요. 그리고 아주 즐거워하셨고요…. 심각하지는 않겠죠?"

의사가 말했다.

"봐야 알 수 있단다. 그가 말을 못하고, 대답을 못한다면 큰일이지. 뒷목이라면 심각할 수도 있거든."

"제 생각에는 아빠가 자는 것 같아요. 요새 일을 많이 하셨거든요…. 아빠가 자는 게 당연해요. 식탁에서 잠이 드셨던 적이 있어요. 그리고 아빠는 집에 혼자 힘으로 오셨어요. 제게 기대긴 하셨지만, 많이 기댄 건 아니에요. 잘 걸어 오셨다고요…. 아빠가 죽는 건 아니죠?"

마농이 물었다.

"결코 그렇지 않아! 사람들이 그렇게 쉽게 죽지는 않는단다. 그렇지만 심각할 수도 있어. 할 수 있는 것은 다 해봐야지."

의사가 대답했다.

그들이 부엌으로 들어왔을 때, 밥티스틴은 무릎을 꿇고 기도를 드리고 있었다. 에메는 모슬린 스카프로 장의 창백한 얼굴을 부드럽게 닦아주고 있었다.

에메가 낮은 목소리로 말했다.

"아까는 말을 하려고 했어요. 이를 꽉 물고요…. 그런데 조금 전부터 움직이질 않아요…."

의사는 장의 손목을 잡고 오랫동안 맥박을 짚었다. 그리고 가방에서 심장 고동 소리를 들으려고 나무로 된 도구를 꺼냈다. 이 모습을 보자 위골랭은 불안해졌고, 마농은 안심했다.

'의술의 능력으로 아빠가 살아날 거야.'

시계추 소리만 들리는 조용한 가운데 의사는 오랫동안 심장 소리를 들었다. 마지막으로 그는 작은 거울을 꺼내 뾰족한 콧구멍 앞에 오래 대고 있었다. 무릎을 꿇은 밥티스틴은 낮은 목소리로 기도를 드리기 시작했다.

의사는 마농의 손에 놓여 있던 치명타를 가한 돌멩이를 들고 관찰했다. 그러고는 붕대를 풀고 목덜미의 파인 곳에서 붉은 상처를 보았다. 상처는 길이가 겨우 2센티밖에 되지 않았고, 주위가 푸르스름하게 멍들어 있었다.

의사는 반짝이는 긴 핀셋을 들었다. 마농은 이를 꽉 물고 눈을 감았다. 그녀가 눈을 떴을 때, 핀셋 끝에는 피 묻은 붉은 석회석 조각이 들려 있었다. 손톱 크기보다도 작은 석회석이었다.

의사가 말했다.

"돌멩이가 크지는 않았지만 끝이 얇고 날카로웠습니다. 등이 굽었기 때문에 그의 척추는 더 약하고 상처받기 쉽지요. 아마도 우리 모두가 언젠가는 가게 될 그곳으로 떠날 때 고통을 받지는 않았을 겁니다…"

에메는 멍하게 의사를 바라봤다. 밥티스틴은 피에몽 기도문을 중얼거렸다. 상황을 이해하지 못한 마농은 장의 늘어진 손을 살짝 잡아서 식탁 위로 올려놓았다. 그 순간 그녀는 죽은 사람의 무게를 느꼈다. 동물적인 두려움에 휩싸여 그녀는 갑자기 움켜진 주먹을 가슴에 대고 벽을 향해 뒷걸음질쳤다. 위골랭은 성호를 그었다. 그런 다음 발끝으로 죽은 이가 누워 있는 테이블 옆을 떠나서 집게손가락 끝으로 시계추를 멈추었다.

밖에는 밤이 찾아와서 올빼미가 울었다. 의사는 왕진가방을 다시 닫으면서 불필요한 말로 끔찍한 정적을 채웠다.

"그는 고통받지 않았습니다. 얼마나 위독한 상처였는지 몰랐을 것입니다. 제가 조금 더 일찍 왔다고 해도, 손을 쓸 수는 없었을 겁니다…. 얼마나 상심하셨는지 이해합니다만, 이건 우리 모두의 운명입니다…. 신앙이 있으시다면, 잔인한 현세에서 벗어나 하늘나라에서 그를 다시 만난다고 믿으십시오."

위골랭은 의사의 말을 듣지 않았다. 그는 석유 램프의 노란 불빛 사이로 다시는 움직이지 않을 건장한 시체를 보고 있었다. 하얀 이마 위에 한 줄기의 검은 머리칼이 드리워지고 창백한 입술에 엷은 미소가 번져 있었다. 이상한 고통이 가슴을 조여와서 위골랭은 극심한 공포에 몸을 떨고는 굵은 눈물을 흘렸다. 그는 뒷걸음질로 문가로 다가가 깜깜한 한밤중 올빼미 울음소리 사이로 도망쳤다.

*

마을로 가는 길 내내 위골랭은 큰 소리로 외쳤다.

"이미 그에게 위험하다고 말했어요…. 제 잘못이 아니에요. 저는 아무것도 할 수 없었어요. 그가 자신의 불행을 불러온 거예요…. 바로 책 때문에 죽은 거라고요…. 그는 전부 다 안다고 믿었어요. 그래서 이렇게 된 거예요. 요전에 그가 제 말을 들었다면 이런 일은 없었을 거예요. 저는 양심에 거리낄 것이 없다고요…."

그는 이유도 모른 채 계속 울었다.

위골랭은 숨을 헐떡이며 파페의 집에 도착했다. 문을 열기 전에 그는 잠시 멈춰 서서 소맷자락으로 얼굴을 닦았다. 램프 불빛 아래 이미 상은 차려져 있었다. 조카를 기다리는 동안 모자를 쓴 채로 파페는 백포도주를 먼저 마셨다. 교구 주보를 읽으면서 즐거워하고 있었다. 그리고 마침 위골랭이 들어왔을 때 그는 큰 소리로 비웃는 중이었다.

"파페, 지금 막 장의 집에서 시계추를 멈추고 오는 길이에요."

위골랭은 피리 소리처럼 가는 목소리로 말했다. 그의 눈꺼풀은 빠르게 떨렸고 찡그린 미소와 함께 눈물이 솟았다.

파페는 놀라서 일어섰다.

"그래서 지금 우는 게냐?"

"모르겠어요. 일부러 이러는 건 아니에요. 긴장했나 봐요…. 우는 게 아니에요. 눈에서 저절로 눈물이 나는 거예요…."

"네 잘못이 아니다. 그건 네 불쌍한 어미의 약점이었지. 그가 죽었다는 건 확실하더냐? 무엇 때문에 죽었는데?"

"폭약이요. 처음 폭발로 말이에요."

위골랭은 낮은 목소리로 사건을 설명했다. 그동안 눈물이 계속 흘렀다. 약간 화가 난 파페는 백포도주로 잔을 채웠다.

"옛다, 여기 있다."

위골랭이 찔금찔금 마시는 동안 파페가 말했다.

"카네이션은, 이제 카네이션에는 관심이 없어졌냐?"

"아니에요! 관심이 있어요! 한편으로는 기뻐요. 보세요, 눈물이 멈췄어요. 이제 밥을 먹어요… 밥을 먹자고요."

위골랭은 식탁에 와서 앉았고 파페가 부엌과 연결된 문을 열러 갔다.

"눈물을 닦아라. 그녀는 듣지는 못해도 전부 본단다."

파페가 다시 앉으러 왔다. 벙어리 하녀는 테이블 가운데 수프를 가져다 놓고 나갔다.

"갈리네트, 나도 그가 불쌍하단다. 그가 고통 없이 죽어서 기쁘구나. 너는 뭘 바라는 게냐, 그게 그의 운명인데 말이다…. 세금 징수원으로 있었다면 백 살도 넘게 풍족하게 살았을 게야. 바로 책 때문에 죽은 거라고. 인자하신 주님께서 그를 거두시길!"

그는 빵 몇 조각을 집고 수프를 한 접시 가득 덜어 담았다.

"이제는 눈을 떠야 할 때란다. 우리가 유리해. 왜냐하면 우리가 계약서를 가지고 있잖니…. 그렇지만 그도 모르는 먼 사촌이나 부인의 부모, 크레스팽의 질투 많은 자나 이곳에 와서 커피나 사탕수수를 재배하고자 하는 도시의 어느 바보 녀석이 나타날지도 모른단다. 그들이 제안을 할 테고 공중인이 공고를 내겠지…. 공중인들의 공고는 팡플륀까지 퍼져서 멍청한 놈을 데려올 게야. 우리가 해야 할 일은 담보물 평계로 그 농가를 즉시 사들이는 거란다. 참된 우정의 발로지. 너는 천천히 먹고 그곳으로 돌아가 여자들과 같이 밤을 지새우도록 해라. 네가 우는 병에 걸렸으니 가서 여자들과 같이 울란 말이다! 적어도 그렇게 하면 도움이 되겠지…."

*

장례식은 이틀 후에 거행되었다.

11월 말의 해가 낮게 걸려 있는 지평선 위로 여름 저녁의 그림자만큼이나 길고 회색빛이 도는 그림자가 드리워졌다. 차가운 바람 한 줄기가 지나가면서 올리브나무가 흔들렸고, 개똥지빠귀는 테레빈나무 사이에서 먹이를 먹었다.

밤 사이에 관 짜는 일을 마친 카지미르와 팡필은 위골랭을 도와 시체를 관에 넣었다. 여자들이 방에서 옷을 갈아입는 동안 그들은 파페의 마차에 관을 실었다. 밥티스틴은 꿀 향기가 강하게 나는 야생 에델바이스를 두 아름 관 위로 뿌렸고, 그렇게 장 드 플로레트는 저 멀리 조종이 울리는 가운데 날아다니는 꿀벌 떼 속에서, 휴식의 공간으로 떠났다.

에메와 마농은 밤새 울어 눈물로 젖은 얼굴을 팡필이 가져다준 베일로 가렸다. 새카만 옷을 입은 밥티스틴이 에메를 부축했고, 마농은 무표정하고 얼이 빠진 채로 작은 병정처럼 움직이지도 않고 앞으로만 똑바로 걸었다. 위골랭은 노새의 고삐를 끌고 가면서 길가에 있는 자갈을 발로 차서 치웠다.

장례 미사에서 여자들은 수도 관리인 앙주와 푸줏간 주인 클로디우스, 페탕크 공을 던졌던 일을 씁쓸하게 후회하고 있는 카브리당과 두 쌍둥이 아들 사이에서 창백한 얼굴로 떨고 있는 늙은 앙글라드 등, 그녀들이 모르는 사람들을 보았다. 성당에서 나오는 길에 필록센이 중산모자를 손에 들고 와서 장례 행렬에 가담했다. 그렇지만 파페는 계속 집에 있었다.

묘지에서 카지미르와 팡필이 밧줄의 양쪽 끝을 잡고 관을 구덩이 바닥에 내려놓았다. 마농은 조용하고도 얌전하게 로즈마리 한 가지를 관 위에 던졌다. 베일을 쓴 에메는 마치 그 자리에 없는 듯이 아무런 행동을 취하지 않았다. 밥티스틴이 장과 주세페의 무덤에 꿀벌이 날아다니고 있는 에델바이스를 나누어 꽂아 두었다.

이윽고 이장이 에메에게 인사를 하면서 남편을 알지 못했던 것이 유감이며 군(郡)에서 장례 비용을 지불할 것이라고 말했다. 에메가 억양 없는 목소리로 관 비용을 누구에게 지불해야 하는지 물었을 때 팡필이 다가와서 크레스팽의 누군가가 이미 지불했다고 속삭였다.

마을을 향해 언덕을 올라가면서 카지미르가 말했다.

"이 사람이 우물을 파려고 하지만 않았더라면 지금쯤 죽지는 않았을 텐데 말이에요."

그렇게 말하고서 그는 위골랭을 정면에서 똑바로 쳐다봤다.

팡필도 관심이 없다는 투로 말했다.

"그에게 샘이 있었다면 우물을 파려고도 안 했을 거야."

그리고 그는 앞서 걸어가는 사람들의 검은 그림자를 향해 고개를 들며 중얼거렸다.

"이제 부인들은 어떻게 되는 거지?"

"모르겠어요. 아마 부모가 있겠죠…. 그리고 농가를 팔 수도 있을 거예요."

위골랭이 대답하자 카지미르가 친근한 말투로 말했다.

"그럼 자네가 적선을 베풀어 농가를 사줄 텐가?"

"상황에 따라서요. 농가가 얼마나 나갈 것 같아요?"

"아주 비싸진 않겠지. 비싸도 설마 사람 목숨 값만 하겠어."

목수가 말했다.

38

 위골랭은 바로 그 장례 마차 위에 상심한 여자들을 태우고 레로마랭으로 돌아왔다. 그는 여자들을 불 가에 앉히고는 무언가를 해주려고 했으나 다 헛수고였다. 그동안 밥티스틴은 탕약을 끓였다. 이틀이나 여자들과 밤을 새우고 지쳐서 위골랭도 마사캉 농가로 자러 갔다.
 나뭇가지가 타탁 타는 소리에 그는 저녁 때 일어났다. 파페가 벽난로에 등을 대고 통증을 치료하고 있었다. 그리고 테이블 위에는 상이 차려져 있었다.
 "아, 잘 생각하셨어요! 배가 고파서 죽을 지경이에요. 마을까지 내려갈 힘이나 있을지 모르겠어요!"
 위골랭이 말했다.
 "그래, 그럼 식사를 하자꾸나. 지금이 이야기를 할 때야."
 파페는 불 가에 놓여 있던 뚝배기를 집어 들었다. 그 안에는 잘 구워진 닭 한 마리가 지글지글 끓었다. 파페와 위골랭 둘 다 전쟁을 치르기 전날처럼 생각에 잠겨 있었다. 파페가 닭의 한쪽 날개

끝을 잡고 말했다.

"잡아당겨라!"

위골랭이 다른 쪽 날개를 잡고 당기자, 닭의 하얀 가슴살이 모습을 드러냈다. 파페는 이가 좋지 않아 닭 가슴살을 잘게 잘랐다. 위골랭이 먼저 말을 했다.

"이제 어떻게 하지요?"

"내일 아침에 그의 부인을 보러 가서 저당에 대해 설명을 하고 농가를 사자꾸나."

"좀 더 기다려야 하지 않나요?"

"기다린다고? 무슨 이유로?"

"묘지에서 우릴 이상하게 쳐다보는 사람들이 있었어요."

"그런데? 그게 어떻다는 거냐? 나도 그들을 이상하게 쳐다볼 수 있단 말이다."

"네, 그런데 우리가 지금 당장 유산 문제를 꺼내면 그들이 뭐라 하겠어요?"

"하고 싶은 대로 말하게 둬라. 나는 다른 사람의 일에 참견 안 한다. 그리고 절대 다른 사람이 내 일에 참견하도록 그냥 두지 않을 테고."

"파페, 팡필이 제게 기분 나쁜 말을 했어요."

"팡필이 한 말이 뭐가 어떻다는 게냐? 풍차가 말을 해도 비슷한 소리를 할 수 있어."

"카지미르도 제게 비꼬는 말을 했어요."

파페의 시선이 갑자기 어두워졌다.

"카지미르, 그 녀석은 마르세유에 있는 자기 누이 유산을 가로챘단다. 맞아. 금화가 든 초록색 물병을 말도 없이 가져간 게 바로 그 녀석이야. 다음번에 그가 너한테 비꼬는 말을 하면 초록색 물병에게 안부 전한다고 대꾸해 줘라. 우리는 내일 아침 그 부인을 보러 갈 거다."

그들은 잠시 조용한 가운데 식사를 했다. 그러다가 위골랭이 포도주를 한 잔 마시고는 말했다.

"파페, 들어보세요. 우리가 지금 당장 그들을 보러 가면 소문이 돌 거예요. 마을 남자들은 상관없어요. 하지만 마을 여자들은, 파페도 아실 거예요. 우리가 지나갈 때 그녀들은 땅바닥에 침을 뱉고도 눈 하나 깜짝 안 할 거예요."

파페는 잠시 생각을 하면서 포도주를 마셨다.

"갈리네트, 그 부분에서는 네 말이 일리가 있구나. 그러면 어떻게 했으면 좋겠냐?"

"카네이션이라면 급하지 않아요. 땅에 꺾꽂이 가지를 심으려면 3월까지 기다려야 해요. 그래서 제 생각에는 지금 당장 농가를 사더라도 그 부인께는 원하는 만큼 있으라고 해요. 그런다고 해서 우리가 땅을 파거나 꽃밭을 만들면서 준비를 하는 데 문제 될 건 없을 거예요…. 3월이 되면 그들은 자발적으로 떠날 거고, 우리는 비난하는 소리를 듣지 않아도 되겠죠."

"확실히 그녀들이 떠날 거라고 생각하니?"

"여자들끼리 언덕에서 무엇을 하리라고 보세요? 밤에 무서워서 죽을 거라고요. 확실히 토끼를 계속 키울 만한 힘도 없을 거고요. 그러니까 여자들이 떠난 뒤에 막힌 샘을 뚫으면 되죠."

"여자들이 계속 머물면? 1,500프랑에 염소와 텃밭을 가꾸면서 이삼 년은 눌러앉을 수 있단 말이다!"

"그것도 생각해 봤어요. 여자들이 머문다고 하면 저는 계속 마사캉 농가에 살고, 그녀들더러 제 작물을 지키라고 하지요. 물을 주고, 꽃을 잘라 꽃다발을 만드는 일은 여자들이 잘하잖아요. 저를 위해 일을 할지도 모르고 삯도 그리 비싸게 받지 않을 거라고요!"

위골랭이 대답했다.

"하하! 그게 네가 생각한 거냐?"

파페가 경탄해 마지못하며 말했다.

"다는 아니고요, 어느 정도는요…."

파페는 포크를 들어 올리고는 잠시 생각을 하더니 미소를 짓고 한쪽 눈을 지그시 감아 보이며 말했다.

"그의 부인이 아직 아름답다는 것을 생각하지 않았단 말이지…. 그녀는 언덕에서 매우 지루해할 텐데 말이다."

위골랭은 살짝 얼굴을 붉혔다.

"파페, 그런 말 마세요. 그건 한 번도 생각해 보지 않았어요. 그리고 지금은 안 되죠. 불쌍한 시체가 이제 겨우 차가워졌을 뿐이에요…."

39

 아침 8시, 호젓한 농가의 부엌에 살짝 열린 덧문 틈으로 햇살이 쏟아졌다. 밥티스틴은 벽난로 앞에 무릎을 꿇고 앉아 불 속에 나무를 넣고 있었다.
 눈물 젖은 얼굴로 창가에 앉은 에메는 까만 천을 꿰매는 중이었고, 마농은 아빠의 낮은 의자 위에 우두커니 움직이지 않고 앉아 있었다. 헝클어진 머리를 하고 마농은 벽 너머 저 멀리 어딘가를 응시했다. 무릎 위에 얹은 양손에는 두 개의 하모니카가 들려 있었다. 난롯불의 탁탁거리는 작은 소리만이 침묵을 가르고 있었다. 마농이 시계추를 다시 움직이게 하는 것을 바라지 않았기 때문이다.
 테라스로 다가오는 발소리가 들렸고, 두 그림자가 덧문 틈새로 지나갔다. 문을 살짝 두드리는 소리가 들렸다. 마농은 부들부들 떨면서 일어섰다. 밥티스틴이 소리를 질렀다.
 "뭐예요?"
 문의 이음새 부분이 돌아가는 소리가 들리고 위골랭이 모습을 드러냈다. 그는 장례식 날 봤던 것처럼 정장 차림이었다. 그의 뒤로 아주 깨끗한 차림에 손에는 까만 펠트 모자를 든 하얀 콧수염을 기른 노신사가 따라 들어왔다. 여자들이 본 적이 없는 그 사람은 바로 파페였다.

"부인, 이렇게 방해해서 죄송한데요, 부인의 이익을 위해서 온 거예요."

마농은 한 발짝 뒤로 물러났다. 그리고 언제나 그러듯이 경계를 늦추지 않으면서 그들을 쳐다봤다.

마농이 불쑥 물었다.

"무슨 이익이요?"

파페가 대답했다.

"아가씨, 아가씨는 아직 어려서 불행이 지나가고 나면 귀찮은 일이 온다는 사실을 모르지…. 한 사람이 사망하면 반드시 유산 상속 문제가 생긴다오. 분명히 세금 징수원이 여러분께 돈을 달라고 할 겁니다."

위골랭이 말했다.

"불행히도 여러분께 재산이 얼마 남지 않았다는 걸 알아요. 장 선생께서 제게 말씀하셨거든요."

에메는 어깨를 곧추세우고 낮은 소리로 말했다.

"1,100프랑이 남았어요…."

"그것을 다른 사람에게 말씀하실 필요는 없습니다. 그 외에도 여러분께는 집과 밭, 르 플랑티에 계곡이 남아 있지요. 그게 여러분의 유산입니다. 그게 가치가 있는 것이죠…. 정부에서 나와 여러분께 말씀드릴 겁니다. '유산의 가치가 얼마고 정부에 얼마를 내야 한다'고 말이죠."

"그러니까 아빠가 죽었기 때문에 돈을 내야 한다는 말이에요?"

마농이 물었다.

"그렇단다. 말도 안 되지만, 다 그런 거야."

위골랭이 대답했다.

"그리고 저는 남편께서 이 농가를 저당잡히신 걸로 알고 있습니다."

"세상에! 그걸 생각 못했어요! 공중인이 그에게 4,000프랑을 빌려 주었어요!"

에메가 외쳤다.

"이제는 그걸 갚아야 합니다."

파페가 말했다.

"그런데 어떻게 갚죠?"

"우린 가진 것이 없으니까, 안 갚을 거예요. 그게 다라고요."

마농이 차갑게 말했다.

"이런! 서류에 아빠 서명이 있다는 것을 잊지 마라. 다 처분할게요. 먹을 빵까지 다 팔게요…."

에메가 외쳤다. 그러나 그녀는 말을 이을 수가 없었고, 눈물을 흘리면서 주저앉았다.

"부인, 돈 문제로 가슴 아파하지 마십시오. 제가 다 해결할 수 있습니다."

파페가 말하자 위골랭이 거들었다.

"그 때문에 제가 좀 전에 '부인의 이익'이라고 말한 거예요. 왜냐하면 이분이 여러분을 구하실 거거든요."

에메는 고개를 들었고, 마농이 가까이 다가왔다.

파페가 위엄 있게 말했다.

"부인께서는 전부 다 파실 필요가 없습니다. 빵을 파실 필요는 더더군다나 없고요! 저는 그 공중인을 잘 압니다. 그에게 말하러 갈 겁니다. 부인의 돈을 가져가는 대신 오히려 그가 부인께 돈을 드릴 겁니다! 당연히 무언가를 팔아야만 하겠죠. 가치가 있는 르 플랑티에는 가지고 계십시오. 그곳은 넓으니까요. 예전에는 경작이 가능한 지역이었습니다. 거기서 큰 멜론을 경작했죠! 향기가 놀라운 멜론이었답니다. 그리고 거긴 샘이 있습니다. 르 플랑티에는 재산이지요. 그리고 가구와 살림은 모두 가지고 계십시오. 그렇지만 불행하게도 이 농가는 팔아야 할 겁니다."

"안 돼요! 안 돼요! 절대 안 돼요! 엄마 '예'라고 하지 마세요. 저는 싫어요!."

마농이 외치며 에메에게 뛰어들어 두 팔로 안았다.

"우리가 그래야만 한다면…."

에메는 중얼거리고는 물었다.

"르 플랑티에만을 팔 수도 있잖아요. 마찬가지 아닌가요?"

파페가 대답했다.

"아닙니다. 마찬가지가 아니에요. 르 플랑티에의 경우는 신문에 공고를 낼 시간이 필요합니다…. 그리고 대출 이자도 내셔야 하고, 대출금도 갚아야 합니다. 대출금을 갚지 못하신다면 공증인은 르 플랑티에, 농가와 가구들을 전부 경매로 팔려고 공고를 할 겁니다. 여기가 멀어서 사람들이 많이 오지는 않겠죠. 결국엔 비싼 값에 팔리지 않을 테고, 한 푼도 못 받고 떠나게 되실 겁니다. 제가 부인께 적당한 제안을 하죠. 저는 8,000프랑에 이 농가를 지금 당장 구입할 수 있습니다. 그렇게 되면 부인께서 공증인에게 4,000프랑을 갚고, 몇몇 비용을 지불한다 해도 적어도 3,000프랑은 남게 됩니다."

위골랭이 말했다.

"8,000프랑이라고 말한 건 바로 저예요. 왜냐하면 장 선생께서 그렇게 생각하셨거든요…. 그가 언젠가 마농 앞에서 '7,000이나 8,000프랑'이라고 했어요."

파페는 화가 난 척했다.

"7,000이나 8,000이라고? 왜 자네는 내게 8,000프랑이라고 했나? 사람들이 7,000이나 8,000이라고 하면 7,000에도 좋다는 말이지!"

위골랭도 지지 않고 응수했다.

"당연하죠. 그런데 지금은 여자들만 남아 있고, 누군가는 여자들 입장을 고려해야 하잖아요! 8,000에 좋다고 하셨으니 8,000인 거예요. 부인, 그렇지 않나요? 그대로 두지 마세요. 한 번 말한 건 말한 거예요!"

"제 남편이 7,000이나 8,000이라고 말한 건 맞아요. 그렇지만 그는 팔려는 의도가 아니었어요!"

에메가 대꾸하자 파페가 말했다.

"의도는 중요하지요. 그렇지만 궁지에 몰렸을 때는 의도란 아무 힘도 없는 겁니다. 저도 살 의도는 없었어요. 그렇지만 부인께서 궁지에 몰린 상황을 보고 살 의도가 생긴 겁니다. 동의하십니까?"

마농이 외쳤다.

"안 돼요! 엄마, 대답하지 마세요! 엄마!"

마농은 엄마 무릎에 뛰어들어 흐느껴 울었다.

"엄마, 전 떠나고 싶지 않아요. 싫어요, 떠나고 싶지 않다고요! 엄마는 아빠를 묘지에 혼자 남겨두지 않을 거지요? 엄마!"

위골랭은 마농의 절망적인 흐느낌에 살짝 감동해서 벌떡 일어섰다.

"울지 마라, 꼬마야, 울지 마. 내 말을 잘 들어라. 이분이 농가를 사지만, 이분은 이미 땅을 가지고 계시고, 일을 많이 하기엔 나이가 너무 많단다. 그래서 이분은 내게 이곳을 빌려 주시려고 농가를 사는 거야. 나는 불쌍한 장 선생이 해놓은 일을 전부 잃는 것을 바라지 않아. 단지 이곳에서 경작을 하고 싶을 뿐이란다. 우리 집 부근이지. 그래서 나는 마사캉에서 지낼 거고, 너희 가족은 이곳에서 원할 때까지 지내도록 해."

파페가 나섰다.

"이건 그의 일이니, 내가 참견할 일은 아닙니다."

"그렇게 하시겠어요?"

에메가 떨면서 물었다.

"네. 그렇게 하겠어요. 여기 집에서 지내세요. 저는 문을 두드리지 않고는 절대 들어오지 않을 거예요. 왜냐하면 제게 이곳은 장 선생의 집이거든요."

스스로도 놀랄 정도로 위골랭은 감정에 복받쳐 이렇게 말했고, 눈물을 흘렸다. 파페는 놀라서 그를 쳐다보며 위골랭의 연기력을 감탄해야 하는지, 바보 같은 감상벽을 한탄해야 하는지 스스로에게 묻고 있었다.

마농은 일어서서 중얼거렸다.

"감사합니다. 감사합니다…. 감사합니다…."

밥티스틴도 얼른 일어서서 관대한 위골랭을 위해 엄청난 재산을 얻고 오래오래 자식을 많이 낳고 살 수 있도록 성모마리아께 기도를 드렸다.

40

 어느 날 아침 에메와 마농은 사랑하는 언덕을 넘어 오바뉴로 내려갔다. 에메는 상복을 입고 미망인들이 쓰는 베일을 썼다. 금빛 곱슬머리 덕분에 마농의 까만 옷이 환하게 보였다. 공증인의 집 앞 정원에서 파페가 그들을 기다리고 있었다.
 법을 집행하는 공증인은 친절했다. 그는 8,000프랑이라는 가격이 적당하다고 말했다.
 "이 토지가 관개가 된다면 확실히 두 배는 받으실 겁니다. 그렇지만 물탱크가 하나밖에 없고 집도 오래되었으며 마을에서 먼 곳에 위치하고 있으니, 저는 매수인께서 관대함을 베푸셨다고 여러분께 말씀드리는 바입니다."
 파페는 너그러운 미소를 지어, 이러한 관대함은 자신의 천성에서 나온 것이므로 놀랄 일이 아니라는 것을 보여주려 했다.
 공증인은 저당은 즉시 말소되며 이자를 지불하고 비용을 빼고 나면 카도레 미망인께 3,880프랑이 돌아갈 것이라고 선언했다. 그리고 공증상의 알 수 없는 이유 때문에 매수인은 '서명한 공증인이 보지 않는 데서' 그 금액을 지불해야 한다고 단언했다. 그러자 파페는 일어서서 공증인에게서 등을 돌리고 '보지 않는 데서' 정직하게 카도레 부인에게 해당하는 금액을 건넸다.

서로 서명을 하고 그들은 함께 사무실을 나왔다. 문 앞에서 파페는 옛 친구를 방문하러 가야 한다는 이유로 매도인들에게 작별을 고했다. 왜냐하면 눈물도 나지 않을 정도로 심한 절망을 겪어서 어린애답지 않은 아이와, 베일을 드리운 미망인과 나란히 서서 걷는 것이 별로 내키지 않았기 때문이다.

41

 그날 저녁 덧문을 다 닫아놓고 문에는 빗장을 걸고서 파페와 위골랭은 그들의 성공을 축하하기 위한 호화로운 저녁 정찬을 들었다. 식사로는 토마토 소스에 버무린 정어리 두 상자에 햄을 채운 라비올리와 양의 넓적다리 요리가 나왔다. 벙어리 하녀는 이걸 요리하다 칼에 손을 베였다. 파페는 오바뉴에서 음식을 가져왔다. 이 정도 규모의 음식을 살 때는 소문이 돌기 때문에 마을에서 사면 안 되었다. 그리고 식탁에는 먼지가 가득 덮인 포도주 두 병이 있었다. 조금도 흔들리지 않게 병을 따면서 파페가 물었다.
 "이게 무슨 포도주인지 아니?"
 "작케 포도주요?"
 "그래, 우리 아버지께서 심심풀이로 텃밭에 심은 작케 포도를 수확해 만든 포도주란다."
 "우와! 그러면 저만큼이나 오래된 거네요."
 "그렇고말고! 네가 태어나던 해에 서른 병을 따로 보관해 두었단다. 네가 첫 영성체를 했을 때 조금 마셨지. 그리고 나머지는 네 결혼식을 위해 보관해 뒀단다. 하지만 오늘은 기념할 만한 날이지. 레 로마랭 농가는 우리 것이고, 우린 떼돈을 벌 수 있을 게다."

"확실히 떼돈을 벌 수 있죠! 그럼 뭐부터 먹을까요?"

그들은 웃으면서 서로를 쳐다보고 당당하게 도시 사람들의 음식을 먹었다. 파페는 천천히 잔을 채웠고, 고향 언덕에서 난 흑포도주를 마시기 전에 서로 건배했다. 포도주의 떨떠름한 맛이 입 안 가득 퍼졌다.

이 축제는 한 마디의 말도 없이 진행되었다. 입 안에서 노릇노릇한 빵을 씹는 소리만 들려도 기쁘고 만족스러웠으며, 서로 쳐다보는 것만으로 기쁨을 나누기에는 충분했다. 라비올리를 먹고 난 다음, 벙어리 하녀가 마지막 순간에야 꼬챙이를 꽂아 굽기 시작했기에 양고기는 기다려야만 했다. 그들은 만족감에 번갈아가며 트림을 한 후, 파페가 말했다.

"갈리네트, 어제 여자들이 떠나면 샘을 뚫자고 했잖니. 그런데 그 생각은 틀렸단다. 그건 가장 먼저, 지금 당장 해야 할 일이야."

"왜요?"

"내가 생각해 봤는데, 약간 걱정이 된단다. 그 샘은 막힌 지 적어도 3년은 되었어. 만일 다른 곳으로 흐른다면, 정말 말라버렸다면 어쩔 셈이냐?"

"맙소사! 그런 말씀 하지 마세요. 라비올리가 위에서 소화가 안 되잖아요!" 당황해서 위골랭이 말했다.

"기다려라. 말라버렸다고는 생각 안 한다. 그렇지만 확실히 다른 곳으로 흘렀을 수도 있어. 내 말을 잘 들어 봐라…. 처음에는 자연스럽게 흘러갔지. 가장 쉬운 길로 흘렀으니까. 그런데 우리가 그것을 막았다. 그러면 다른 길을 찾겠지. 그런데 그 다른 길은 처음 것만큼 만족스럽지 못하지. 홧김에 찾은 것이기 때문이야. 그래서 우리가 원래 길을 열어주면 물이 다시 그쪽으로 흐를 것은 분명하단다. 알겠냐?"

"물론이죠. 앙투안 같네요."

위골랭이 말했다.

"앙투안이라니?"

"앙투안은 로잘리 드 클라리스를 원했는데요, 갑자기 로잘리가 우체부랑 결혼을 했어요. 그녀가 막힌 샘이었다는 걸 안 앙투안은 오바뉴의 처녀를 선택했죠. 그런데 로잘리가 과부가 되자마자, 그는 이혼을 하고 로잘리를 선택했어요. 즉 인자하신 주님이 막힌 것을 풀어주신 거죠."

"바로 그거다. 바로 그거야. 그렇지만 이혼하는 데 시간이 걸렸다는 것을 명심해라. 우리도 비슷한 상황인 거야. 우리 마개 뒤에는 진흙이며 자갈에 아마도 뿌리가 붙어 있을 게다. 왜냐하면 더 이상 흐르지 않을 때는 고여서 막히는 법이거든. 물이 다시 차오르려면 한두 달을 기다려야 할 거다. 그래서 내가 당장이라고 말한 거다. 내일 가서 뚫자꾸나!"

"여자들이 떠나기까지 기다리고 싶어 했던 이유가요, 그녀들이 물을 보면 심하게 가슴 아파할까 봐서예요."

"어쩌면 그럴지도 모르지. 그렇지만 네가 모든 준비를 끝내고 돈을 다 썼을 때, 물이 곧바로 돌아오지 않는다면 우리도 가슴 아프게 될 게다. 내일 그곳에 가자꾸나. 걱정 마라. 연극을 좀 하면 여자들은 불쌍한 꼽추가 틀리지 않았다는 것을 보고 오히려 자랑스러워 할 게다. 자, 양고기가 왔구나!"

*

그들은 아침 7시쯤 해가 떠오르기 시작할 때 레 로마랭에 도착했다. 위골랭은 어깨에 긴 광산용 막대기와 곡괭이 하나, 그리고 삽을 짊어지고 있었다. 파페가 든 무거운 배낭 속엔 흙손과 끌이, 그리고 파페의 손에는 석공들이 쓰는 큰 망치가 들려 있었다.

레 로마랭 테라스에서 밥티스틴은 초조해하는 염소의 젖을 짜느라 분주했다. 2층의 덧문은 여전히 닫힌 상태였다. 그들은 큰 올리브나무 아래에 연장을 내려놓았다. 파페는 은 체인이 달려 있는 회중시계를 들었다. 그는 시곗줄의 길이를 조정하는 듯하더니 밭으로 가 느린 발걸음으로 하늘을 쳐다보며 산책하기 시작했다. 그동안 소나무 아래 앉아서 위골랭은 가지런한 이를 드러내며 아침을 먹었다.

10분이 지나자 마농이 문가에 나타났다. 그녀는 까만 옷을 입고, 가슴께에 흰 줄무늬가 있는 푸르스름한 멋진 아시아 호박을 안고 있었다. 그 뒤로 베일을 쓴 에메가 나왔다. 에메는 꽃이 핀 로즈마리 꽃다발을 들고 있었다.

그 모습을 보고서 유령을 무서워하는 체하는 파페의 움직임을 마농은 한동안 지켜보다가, 에메와 함께 위골랭에게 다가왔다. 위골랭은 일어서서 그들에게 서툴게 인사했다.

에메가 물었다.

"벌써 물을 찾으시나요?"

"네. 시도해 보려고요."

"왜 남편이 파던 우물을 계속 파지 않으시나요?"

"불행을 가져올까 봐 두려워서요…. 그가 남겨둔 채로 그냥 두는 게 나을 것 같아요."

마농이 물었다.
"샘을 찾을 거라고 생각하세요?"
"확실히 어딘가에 있을 거야. 왜냐하면 네 아버지가 그렇게 말씀하셨으니까. 그가 말한 건 절대 어리석은 것이 아니었어. 그는 박식한 사람이었거든…."
"아빠처럼 호박도 기르실 거예요?"
"아니란다! 그는 나보다 훨씬 더 똑똑했어. 그런데도 성공하지 못했잖니."
"그 돌멩이만 아니었어도 아빠는 우리에게 말씀하신 걸 전부 이루셨을 거예요. 확실해요. 호박도 놀라웠어요…. 제가 호박을 주면, 토끼들이 앞다투어 달려왔어요. 호박을 좋아했거든요. 아빠가 옳았어요…. 물만 있었더라면…."
마농은 말을 잇지 못했다. 턱이 떨렸다. 굵은 눈물방울이 뚝뚝 떨어졌다. 그러더니 갑자기 멀리 가버렸다.
에메가 물었다.
"묘지 열쇠는 주임 신부님께서 가지고 계시죠?"
위골랭이 대답했다.
"네. 대장장이도 한 개 가지고 있어요. 지나가는 길에 가져가시기만 하면 돼요."
"고맙습니다."
에메는 마농을 향해 비틀거리며 풀 위로 걸어갔다. 금발의 마농은 까만 옷을 입고 가슴에 봉헌을 끌어안고 있었다.
"꽃은 이해가 가는데, 호박으로 무얼 하려는 거지?"
위골랭이 중얼거렸다.
파페는 잠시 생각을 하느라 멈춰 섰다가 작게 휘파람을 불었다. 그는 위골랭에게 서둘러서 오라는 신호를 했다.

"여자들이 떠난 틈을 이용하자! 연장 얼른 가져오너라!"

*

일은 생각했던 것보다 더 오래 걸렸다. 3년 전에 위골랭은 무화과나무가 살아나거나 물이 스며들까 봐 두려워서 흙을 너무 단단히 다져 두었다. 위골랭은 두 시간 동안 곡괭이질을 해서, 곡괭이와 삽을 쓸 수 있을 정도의 길고 좁은 구덩이를 팠다. 마침내 그는 환하게 미소를 지으며 고개를 들고는 구덩이 옆에 곡괭이를 던졌다.

"광부 막대기를 주세요!"

양손으로 그는 무거운 철 막대기를 들어 올렸다가 두 발 사이로 떨어뜨렸다. 무거운 충격이 가해졌다. 위골랭은 파페에게 살짝 윙크를 했다. 시멘트에 도달한 것이다. 그는 온 힘을 다하여 일정한 간격을 두고 시멘트를 내리쳤고, 철 막대기는 그의 양손에서 진동하며 소리를 냈다. 그는 파페에게 시멘트 조각을 건넸다. 파페는 언덕 위로 몇 발짝 올라가서 그것을 빽빽한 덤불 사이로 포물선을 그리며 던져버렸다.

갑자기 위골랭이 말했다.

"촉촉해요, 마개를 찾았어요."

그는 구덩이 한가운데 쭈그리고 앉아서 다시 말했다.

"움직이지 않아요!"

"털가시나무 마개라서 그렇단다. 천 년은 좋이 갈 게야!"

파페가 대답했다.

"부풀어 올랐어요. 절대로 뽑을 수가 없겠는걸요. 주위에 있는 바위를 깨뜨려야겠어요…."

파페는 위골랭에게 망치와 끌을 건네주었다. 반복되는 망치 소리가 오래오래 울렸다.

파페가 불쑥 말했다.

"여자들이 돌아왔구나. 아니다. 부인 혼자구나. 어린것은 없단다. 계속해라, 계속해."

에메는 집을 향해 다가갔다. 생생한 절망감에 상심한 그녀는 아무것도 듣지도 보지도 못하는 것 같았다.

위골랭은 갑자기 망치와 끌을 던졌다.

"이번 충격으로 마개를 뽑을 수 있을 거예요."

그는 몸을 낮추고는 말했다.

"됐어요!"

위골랭이 참호 주변으로 몸을 내밀고 소리 없이 웃기 시작했다. 파페는 나무 마개를 받아 들고 멀리 던져 버린 뒤 몸을 숙였다. 우물 한가운데서 사람 팔뚝만큼 굵은 물줄기가 힘차게 솟아 나와 바위를 적시더니 암석과 자갈 벽을 뚫고 올라오는 소용돌이 아래로 사라졌다.

"물줄기가 더 힘찬 것 같아요. 그 아래로 숨겨진 물이 많은 게 틀림없어요!"

위골랭이 말했다.

그때 그들에게서 20여 미터 떨어진 작은 언덕 위에서 금작화가 살그머니 양쪽으로 젖혀지더니 마농의 얼굴이 드러났다. 눈을 크게 뜨고 창백하게 돌처럼 우두커니 선 마농은, 그들이 무엇을 보고 있는지는 모른 채로 몸을 구부리고 있는 두 남자를 쳐다보았다.

미소 짓는 위골랭을 향해서 물이 소리 없이 계속 솟아 나오고 있었다. 위골랭은 중얼거렸다.

"파페, 카네이션이에요. 매년 15,000프랑이라고요…. 카네이션이요…. 돈이 뿜어져 나오고 있어요…. 보세요! 보세요! 물이 카네이션을 향해 흐르고 있어요…. 보세요!"

늙은 카무앵의 도랑은 막혀 있었다. 그래서 도랑으로 흐르지 못하고 갑자기 넘치더니, 맑은 물방울이 튀는 작은 개울이 비탈 위로 흐르기 시작했다. 그러자 위골랭은 크게 웃음을 터트리고는 모자를 하늘로 던져 버리고 팔을 활짝 벌리며 춤을 추기 시작했다. 그때 금작화 저쪽에서 길고 날카로운 소리가 터져 나왔다. 길고도 단조로운 절망적인 소리였다. 그 소리는 메아리가 되어 소나무 숲으로 퍼져 나갔고 갑자기 파페와 위골랭을 에워쌌다. 위골랭은 우뚝 멈춰 섰다.

"이게 뭐지요?"

"바보가 가져온 산토끼일 게다."

그들은 고개를 들었다. 회색빛 하늘은 텅 비어 있었다. 위골랭은 얕은 언덕 위로 올라갔다. 고요가 다시 찾아왔다. 그는 아무것도 보지 못했다. 그는 어깨를 으쓱하고는 실개천 가까이로 다시 내려왔다. 파페와 위골랭은 물이 졸졸 소리를 내며 가볍게 흘러가는 광경을 오랫동안 지켜보면서 환한 미소와 눈빛을 주고받았다.

*

3시간 후에 마농을 다시 찾은 건 밥티스틴이었다. 마농은 하얗게 질린 채 이를 꽉 물고는 덤불숲 안쪽 노간주나무 가지 아래 숨어 있었다. 밥티스틴은 옆에 웅크리고 앉아 아픈 동물에게 하듯이 마농을 쓰다듬으면서 방언으로 부드럽게 말을 건넸다. 에메에 대해 말하자 마농은 밥티스틴을 순순히 따라 나왔다. 그러나 언덕 위에 도착할 무렵 마농은 언덕 아래쪽 소나무 숲 사이로 한 줄기 실개천이 흐르는 것을 보았다. 그러자 마농은 두 손으로 얼굴을 가리고 울면서 털썩 주저앉았다…. 밥티스틴이 마농을 품에 안았고, 기도문을 외우면서 집으로 데려갔다.

*

두 공범은 기뻐하며 마을에 있는 수베랑 저택으로 점심을 먹으러 떠났다.

위골랭은 너무나 기쁘고 감동해서 쌍둥이 형제처럼 약간 말을 더듬기까지 했다. 모든 걱정거리로부터 해방된 그는, 벙어리 하녀가 밤중에 두 번이나 깨면서 오래 끓인 스튜 요리를 게걸스럽게 먹었다. 파페는 기쁨의 미소를 지으며 작게 잘라진 기름기 많은 비계를 오래오래 씹었다. 그는 혀를 이용해 남아 있는 이 사이로 음식을 능숙하게 가져갔다. 위골랭과 파페는 술을 많이 마셨다. 커피와 화주를 마신 후 위골랭은 당장 아틸리오에게 보내는 편지를 쓰고자 했다. 한 시간 이상 생각하고 의논을 거친 후 승리의 축가가 완성되었다. 우표를 붙이고 편지를 봉투에 넣은 후 그들은 레 로마랭으로 내려갔다.

마사캉 농가 앞을 지나면서 위골랭은 농가 뒤로 달려가서 뿌리에 흙이 달려 있는 카네이션 두 대를 뽑았다. 그는 한 손에 한 대씩 들고 갔다. 카네이션 꽃이 햇빛에 너울거렸다….

파페는 덧문이 살짝 열려 있는 집을 오랫동안 바라보더니 말했다. "여자들이 자고 있거나 아무도 없구나."

"잘됐어요! 일을 시작해요! 샘을 보세요. 오늘 아침보다 더 콸콸 흐르고 있어요!"

위골랭이 말했다. 그는 구멍을 두 개 파서 그곳에 카네이션을 심었다. 그러고는 양철 잔으로 물을 떠서 넉넉하게 물을 줬다.

한편, 파페는 농가로 내려와서 문을 두드려 보았다. 아무런 대답이 없었다. 그는 유리창에 얼굴을 가까이 대고 들여다 보았으나 아무도 없었다. 헛간을 살펴보러 갔다가 조카에게로 다시 올라왔다.

"여자들이 언덕으로 간 것이 틀림없구나. 당나귀와 염소를 데리고 갔어…."

파페가 말했다. 그러나 위골랭은 파페의 말을 듣지 않고 먼 곳을 보고 있었다.

"저기 누가 오는데요?"

그는 언덕 위의 오솔길을 내려와 그들 쪽으로 다가오는 듯한 무리를 가리켰다.

"노새가 두 마리야…."

파페가 말했다.

"남자 둘에 여자 하나예요. 밥티스틴 같은데요…."

엔초와 지아코모와 함께 오는 밥티스틴이었다. 노새의 안장 위에는 나무꾼의 짐수레가 두 개 실려 있었다. 그들은 올리브나무에 노새를 묶어 두었다. 그동안 밥티스틴은 열쇠를 가지고 문을 열었다.

"무슨 일입니까?"

파페가 묻자 밥티스틴이 대답했다.

"마농이 여기로 돌아오고 싶어 하지 않아요. 이곳이 신경 쓰여 머리가 돌아버릴 것 같은가 봐요. 그래서 부인께서 르 플랑티에 동굴에서 살기로 결정하셨어요. 그렇게 되면 그녀는 자기 집에서 살게 되는 거죠. 그래서 주세페의 친구들이 이사를 도와주러 왔어요. 두 번 왕복했어요. 두 번이요. 내일은 제가 토끼들을 잡아서 시장에 가져갈 거예요. 그리고 가끔씩 불쌍한 장 선생님의 호박을 따러 올 거예요. 불쌍한 그분이 옳으셨어요. 죽은 것 외에는 전혀 어리석은 행동을 하신 적이 없죠. 이제는 인자하신 주님과 함께 저 위에서 우리를 내려다보실 거예요. 주세페와 대화도 하고요. 르 플랑티에가 마농에게는 더 나아요. 부인께도 그렇고요. 성모마리아여, 불쌍한 부인께 축복을 내리소서. 그리고 염소에게도 더 나아요. 암탕나귀에게도 더 낫고요. 모두를 위해서도 나아요. 그리고 이 샘은요, 성모마리아께서 장 선생님께 보내주신 거죠. 다만 성모마리아께서 착각하셔서 나흘이나 늦게 보내주신 거예요. 왜냐하면 너무 많은 사람들이 기도를 하거든요. 대개는 바보 같은 일 때문에 말이에요. 그렇게 정신이 없는 걸 어떡해요. 누구나 다 착각을 할 수 있죠. 어쨌든 이미 일어난 일은 일어난 거예요. 이번이 마지막이에요. 제가 열쇠를 돌려드려야 해요. 선생님 집이잖아요."

밥티스틴은 치마 주머니에서 열쇠를 꺼내 마치 도시의 열쇠인 양 주인에게 천천히 엄숙하게 내밀었다. 그리고 세 발짝 물러서서 진지하게 인사를 했다.

그녀가 설명을 하는 동안 나무꾼들은 짐수레 위에 마지막 남은 가구를 실었다. 여행용 궤와 옷장, 그리고 하늘로 다리를 뻗은 뒤집힌 테이블 위로는 상자와 책 보따리가 놓여 있었다.

노새의 안장 위에는 짚으로 만든 깔개, 매트리스, 침대 틀 두 개와 두 개의 협탁이 실렸다. 세 번씩 오가지 않으려고 남자들은 베개로 머리 보호대를 만든 다음 상자를 머리에 이었다. 밥티스틴은 일고여덟 개의 냄비 끝을 밧줄로 묶어서 이상한 묵주처럼 보이는 그것을 허리에 둘렀다. 왼쪽 겨드랑이에는 추시계의 태엽을 끼고 오른손으로는 길고 가벼워 보이는 나무 상자를 균형을 잘 잡아 들었다. 그리고 넓은 리본으로 묶은 금색의 추시계를 목에 걸었는데 걸을 때마다 그녀의 펑퍼짐한 엉덩이 위에서 추가 흔들려 초를 세는 듯했다. 짐수레는 돌길 위로 시끄럽게 지나갔고 냄비들은 묵주기도를 하듯이 칭칭 부딪치는 소리를 내면서 그들은 점점 멀어져갔다.

파페에게 이런 소리가 이처럼 아름답게 들린 적은 없었다. 손에는 열쇠를 들고, 파페는 오랫동안 자유로운 출발을 지켜보았고, 자신의 권력의 상징을 넘겨주기 위해 위골랭에게 다가갔다. 위골랭은 개울가에 무릎을 꿇고 앉아 있었다. 곱슬곱슬한 붉은 머리에 하얀 카네이션 왕관을 쓰고, 물이 가득 담긴 잔을 하늘을 향해 들어 올렸다. 파페는 위골랭이 하늘에 은총을 구하고 물을 마시려는 줄 알았다. 그러나 그는 물을 자기 이마에 붓더니 엄숙하게 선언했다.

"성부, 성자, 성령의 이름으로 너를 카네이션 왕으로 명하노라."

(2권으로 이어집니다.)

READ MORE IN PENGUIN

찰스 디킨스
『두 도시 이야기』

"최고의 시절이자 최악의 시절, 지혜의 시대이자 어리석음의 시대였다. 믿음의 세기이자 의심의 세기였으며, 빛의 계절이자 어둠의 계절이었다. 희망의 봄이면서 곧 절망의 겨울이었다."

18세기 후반 런던과 파리를 배경으로 펼쳐지는 이 작품은 혁명이라는 정치적 격변기를 압축적으로 담아낸, 찰스 디킨스의 야심 찬 역사소설이다. 런던은 소박하고 안정적인 삶을 영위해 나가는 고요한 도시인 반면, 파리는 얼굴마다 굶주림이 쓰여 있는 가난한 사람들의 도시, 거대한 저항과 민중의 울분이 소용돌이치는 공간이다. 인물들의 역동적인 삶은 거대한 역사 속의 대조적인 두 도시를 넘나들며 갈무리되어, 누구도 시대와 무관할 수 없게 만든다. 작가는 궁핍했던 민중의 삶에 가까이 다가가 투쟁과 저항을 생생하게 그려냄으로써, 역사의 중심에서 잊히고 소외되었던 이들의 삶을 건져 올렸다.